幻想领域

后土记
Yesterday

YESTERDAY

龙智慧◎著

北方联合出版传媒（集团）股份有限公司

万卷出版公司

ⓒ 龙智慧 2018

图书在版编目（CIP）数据

后土记 / 龙智慧著 . -- 沈阳 : 万卷出版公司，
2018.6

ISBN 978-7-5470-4858-0

Ⅰ . ①后… Ⅱ . ①龙… Ⅲ . ①科学幻想小说－中国－
当代 Ⅳ . ①I247.5

中国版本图书馆 CIP 数据核字 (2018) 第 074457 号

出 品 人：刘一秀
出版发行：北方联合出版传媒（集团）股份有限公司
　　　　　万卷出版公司
　　　　　（地址：沈阳市和平区十一纬路 25 号　邮编：110003）
印 刷 者：辽宁泰阳广告彩色印刷有限公司
经 销 者：全国新华书店
幅面尺寸：145mm×210mm
字　　数：360 千字
印　　张：11
出版时间：2018 年 6 月第 1 版
印刷时间：2018 年 6 月第 1 次印刷
责任编辑：胡　利
责任校对：高　辉
装帧设计：末末美书
ISBN 978-7-5470-4858-0
定　　价：38.00 元
联系电话：024-23284090
传　　真：024-23284448

"蜂巢号"事件

　　杨天不能确定自己到底是醒着还是睡了，或者是已经死了。

　　他感到自己的身体里有某种难以名状的东西在不断涌动——就像一锅沸腾的水，在胃里翻滚，冒着泡，热气腾腾；或者像个滚烫的火球，反复碾压、烧灼着他的内脏、血管和筋肉，让胸腔充满混合了油脂的烟雾……杨天感到一阵阵恶心，他想呕吐，但却又无法移动身体——而事实上他根本看不到自己的身体。

　　他只能感觉到那具躯体在"嗞嗞"往外冒着油，干巴巴的皮肉塌缩了，紧紧贴在骨头上。骨头开始变得冷痛起来，就像锋利的冰刀刮削着骨膜似的，将神经一条条剥下。他多么渴望有一团火来炙烤骨头，带给他温暖。但此时他的皮肉却突然开始膨胀，并迅速脱离骨架，像吹起的气泡一样越来越大，随即变成薄薄的一层肉膜。此时他终于看到了自己的骨架，正躺在肉膜气泡里，内脏飘散在空中，位置错乱，只见膀胱在胃边上，而心脏却在睾丸上跳动，即刻拉成直条的大小肠子，它们分别挂着肝脏、肾脏、肺叶和胆囊，就如同冷库里挂着的肉块。杨天看着肉膜里的毛细血管，它们就像透明花瓣里的红色花纹，里边爬满蠕动着的虫子……

　　杨天感到自己的胃剧烈抽搐起来，并很快撞开了膀胱。他再次想要呕吐，但胃里依然是空荡荡的，仿佛充满了空气。他吐出一长溜一长溜的气体，这种状态持续了很久，胃的抽搐才逐渐平息下来。

这时，一种断断续续的鼓音，高低交错，在杨天的耳畔响起，就像鼓槌直接敲打着耳膜似的。每次击敲时，杨天都禁不住牙关颤抖，磕出一长串金石般的声响。声响消失后，四周突然会变得异常静谧，静到杨天甚至都听不到自己的心跳和呼吸了。

他努力睁大眼睛，极目之处开始变成一片肉红色的空间。空间里既没有黑暗的深处，也没有明亮的光点，颜色纯净，令人无法判断距离。杨天试着张了张嘴，但似乎连嘴巴都已不存在了。他的内心开始无端地恐惧，忍不住拼命喊叫起来，却听不到一个音节……

在杨天完全清醒前的几秒钟里，他听到了警报声。噩梦像潮水般迅速退去，当他睁开眼睛时，甚至已想不起梦里究竟发生了什么。

他警觉地打量起四周，他这才发现急促的警报声来自右前方，那是机械臂控制面板的位置；在它的上方是块屏幕，显示着一块陨石的表面，旁边有各种颜色的数字在不断变化着；正前方是一个椭圆形观察窗，观察窗外有个大型机械臂，而此时机械臂末端的吸附器正好贴在一块巨大的岩壁上。

杨天终于知道原来自己正在"鲸鱼号"里。

这时，右后方传来了急促的呼叫声："蜂巢，这是鲸鱼。请回复指令请求。"

声音飘忽而沙哑，听起来有点古怪，但杨天知道那是李子安的声音——毫无疑问，只有他坐在主控台旁边。杨天下意识地转过脸去，在一道强烈的逆光中他看见了李子安的背影——他正倾着身子，头朝向着主控台前方的通信屏。

那道逆光从前视窗外缓缓扫过，照亮了李子安的脸，他再次喊道："蜂巢，这是鲸鱼。我们即将被击中，请回复指令请求！"嗓门一下子提高了一个八度。

杨天瞥了眼通信屏，里边是"蜂巢号"星际拖船集控中心通信官凯瑟琳。但她并没有说话，只是半张着嘴，一双眼睛圆睁，惊愕的表情看起来就像是被一根鱼刺卡住了喉咙。

"糟糕！"杨天突然想起了什么，猛地回过头来，条件反射般地伸出左手，他很快就摸到了左前方的机械臂操纵杆。

"切手动挡！脱离吸附器！"李子安冷不丁回头冲着杨天大声喊道。

"切手动挡！脱离吸附器！"杨天复述了一遍命令，迅即打开控制面板上的一个透明盖子，旋即按下里边一个红色按钮。他的左手把操纵杆提了起来，往右边转了半圈。如果顺利的话，这个手动程序完成后，机械臂就会抛弃前端的吸附器并收回——这个解决方法虽然看起来很简单，但是却只能在紧急情况下启用。

机械臂轻轻抖动了片刻，但并没有从吸附器上脱离。杨天伸头往观察窗外看去，机械臂在飞船作业灯的漫射下发着冷峻的银光，有点刺眼。控制面板上的报警声再次响起，红色指示灯闪个不停，他检查了一下，发现是机械臂电压和通信信号异常报警。

"机械臂失压，无法脱离。"

"机械臂无法脱离。"李子安头也没回，低声咕哝了一句。他正检查身前的几个HUD屏。紧靠通信屏的是雷达屏，呈淡绿色，他看到上面有数量不少的光点缓缓向下方移动，旁边的红色数字正飞快地变化着，看起来情况不太妙。

"蜂巢，这是鲸鱼。目标相对时速：86000公里，我们无法收回机械臂，30秒后将遭遇陨石群。鲸鱼需要紧急救援。"李子安再次冲着通信屏喊道。凯瑟琳这时微闭着双眼，撮着嘴巴，但仍然没有发出声来。

"通信系统可能出了问题。"杨天还想接着往下说，但这一切都被前视窗外突然射来的一道红光打断了。那团剧烈的火光，看起来就像一朵瞬间盛开的玫瑰花一般。烧焦的舱筒、残缺的机械臂和无数船体碎片往这边迅疾飞来，一部分砸在"鲸鱼号"船体上，指令舱里响起了叮叮当当的撞击声，沉闷而清脆，像焐在锅里的爆豆般噼啪作响。

"是蟒蛇？" 杨天记得那是"蟒蛇号"的工位，距离"鲸鱼号"大约3公里。

"是。"李子安话音未落，几块陨石径直往"鲸鱼号"飞来，擦着飞船边儿飞奔而去，快得连影子都看不清楚。此时李子安身前的四个HUD屏全部扭曲变形，闪烁了几下之后就迅速消失了。紧接着，"鲸鱼号"飞船内外的作业灯、指示灯、照明灯全部都熄灭了，报警音消失，失去电力的舱内立刻变得黑黢黢的。

借着爆炸的余光，杨天又看到几块陨石与他们擦肩而过，而体积则比刚才的大了不少。

杨天还来不及说话，嘭的一声巨响，"鲸鱼号"船身突然剧烈抖动了一下，差点把他甩到对面的舱壁上。他往观察窗外望去，发现机械臂已经严重扭曲变形，应该是刚才遭到了一块陨石的猛烈撞击。"大花生"这时开始横向旋转起来，就像个缓慢加速的巨大陀螺一样，随即吸附在"大花生"上的"鲸鱼号"也紧跟着转了起来。

机械臂在离心力的作用下变形得更厉害了，咯吱咯吱响了数声后，硬生生扭曲了九十度，此时观察窗不再面向岩壁，而是朝向了太空。

"蜂巢，这是鲸鱼。我们需要紧急救援。" 李子安仍然没有放弃努力，他一只手死死抓住控制面板的边缘，而另一只手不停敲击着早已失去电的按钮，朝着漆黑的通信屏嘶喊着。

透过观察窗，杨天在"大花生"右前方偏上位置看到了"蜂巢号"的船身。原本应该灯火通明的集控中心和科考环陷入一片黑暗，唯有太阳暗白的光在"蜂巢号"三个层叠的大圆环上映出三道银色的光圈，形状就像三道诡异的圆虹。

就在"鲸鱼号"像流星锤般随"大花生"一起旋转时，杨天看见

"蜂巢号"被一块陨石击中了尾部的动力环。八个次级船对接基座中的一个顷刻变成了齑粉，两个临近的基座也遭到破坏，动力环扭成了一个巨大的"C"字形。

当"鲸鱼号"转往另一侧时，杨天看到了陨石群，它们像一群被潜流裹挟着的沙丁鱼群般铺天盖地席卷而来。在下一轮旋转中，杨天又发现"蜂巢号"动力环中间主引擎前面的一个液体氧罐被一块陨石击破了，还好没有发生爆炸，但高速喷出的气流却让"蜂巢号"快速自转起来。

"鲸鱼号"越转越快，杨天感觉自己的视线开始模糊起来了，他似乎看到越来越多的陨石从他眼前飞过。朦胧中他看到一团白光从"蜂巢号"球形的主舱和科考环之间的十字桁架顶部掉落下来，撞在桁架中部的辐射隔离层上——就如同一个小型反应堆爆炸了。

此后，杨天再也看不见"蜂巢号"了，无数血柱在他眼前不断晃动，他感到头重脚轻，鼻子里满是血腥味，眼球像要掉出来一般，周围渐渐暗淡下来。他努力睁开眼睛，但只看见一片无边无际的血色星空，正在旋转着离他远去……

Ⅲ型太空适应综合征

"各单元注意，指令CA003预备。请随时汇报姿态参数，我们即将接近'大花生'。"一个遥远而微弱的声音传来，黑巧克力般独特的声线听起来熟悉极了。这一刻杨天努力睁开眼睛，恍惚间一时搞不清楚自己身在何处。

"嗨，精神点儿！"李子安喊道，"马上就要逮住'大花生'了。"

杨天陡地回过神来，感到脖子边黏糊糊、凉飕飕的，他慌忙用手一摸，才发现自己的衣领都被汗水浸湿了。此刻观察窗外是一片乳白色的柔光，小行星2033KA1看上去像颗发着淡光的花生，表面那些蜂窝状陨石坑则形成了疏密有致的斑驳阴影，令人有点目眩。

"核对一下德尔塔V量和时间，手操平移靠近，注意控制好速度。"

"是。"杨天检查了一下身前的导航屏，"鲸鱼号"Z轴和Y轴十二个小型发动机和X轴两个主引擎的德尔塔V量显示在右上角，这些数值直接从"蜂巢号"集控中心传送了过来，虽然只是初调量，但已非常接近目标值了。在接近"大花生"50米处时，"鲸鱼号"将启动吸附器上的红外光谱仪，它可分层探测雷达和摄像机，并对工位区表面岩层进行观测扫描，而且扫描结果将成为确定吸附点的主要依据之一：

"伴飞速度22.673千米/秒；Y1—Y3负荷50%，维持20秒，间隔启动2次；90秒后启动Y4—Y6反推，满负荷维持5秒；30秒后Y4—Y6反推

50%，负荷6秒，间隔启动2次；20秒后Y4—Y6反推25%，负荷8秒，间隔启动4次。

接近工位坐标：103区；接近距离：50米。"

杨天将参数复核了一遍后说道："鲸鱼飞行系统参数确认。"

"参数确认！"

杨天望向李子安，发现他此时正对着飞行控制屏，指令舱里的这种沉默让杨天感到有些压抑。

"我刚才好像做了个噩梦。"杨天犹豫片刻后先打破了沉默。

"噩梦？什么噩梦？" 李子安突然回过头来，表情阴晴不定地盯着杨天。

杨天没料到李子安居然是如此的反应，支吾着说："唔……梦见任务失败了。"

"说说看。"李子安缓和了一下语气接着说道。

"好像是碰到陨石群了，好几艘次级船都被撞毁了……唔，挺惨的，咯咯……"杨天努力笑出声来，但听起来却颇为勉强。他看了眼前视窗外的"蟒蛇号"，远远望去就像个打着光的手电筒。

李子安皱起了眉，似笑非笑道："唔，陨石群？这倒不是不可能，我们现在就在小行星带边上哪。"

杨天不置可否，虽然他无法准确回忆起噩梦里的情景，但有那么一幅画面在他的脑海里却是清晰的：那些陨石看起来像沙丁鱼群一样密集。与之比起来，小行星带里稀疏的陨石算得上是寥若晨星了。再说了，"蜂巢号"现在距火星大约有200万公里，离小行星带可还远着呢。

李子安似乎看透了杨天的心思，微笑道："当然了，这是不可能的。除非……"李子安仿佛一下子陷入了沉思，没有接着往下说。

"除非什么？"

"嗯，没什么，放松些，弦别绷太紧了。"

"嗯，我会注意的。"

"那就好。"李子安顿了顿，接着说，"你有没有想过梦究竟是怎么回事呢？"

"什么？"

"梦！"

"梦？"

"对呀，做梦究竟是怎么回事？"

"唔……"杨天困惑地看了李子安一眼，支吾片刻才说道，"日有所思，夜有所梦呗。"说着用手指了指窗外的"大花生"，调侃道，"这家伙现在是全世界人民的噩梦，难道我能幸免吗？别告诉我你一点担心都没有。"

"确实。"李子安感同身受，但他接着问道，"人怎么能区分梦境与现实呢？比如说，我怎么知道自己现在是不是在做梦？"

"现在？"杨天见他神色凝重，就说道，"大脑能准确接收外界信息就不是梦。唔，不过你最好问问露丝博士。"露丝是这次远航的随船医生，没有谁比她的解答更专业了。不过杨天这么说还暗含了另一层意思，李子安的问题虽然说不上有多唐突，但感觉有点怪怪的，让人不得不担心他的心理状态，若能跟露丝谈谈当然是最好不过的了。

"说到露丝博士，你见过她吗？"

"没有。你呢？"杨天想起露丝是在舒帆返回地球后才登船的，科学家们一般都待在"蜂巢号"的科考环里，说到这个人，李子安也未必见过。

李子安果然摇摇头，却又问道："听说舒帆返回地球是因为她在火星上发现了某种东西？"

"太空署的人已经辟谣了吧。听说她要针对标准委员会的质询再次答辩哪。"

"哦。"李子安含糊地应道。

"依我看，标准委员会的人就是一群酒囊饭袋，吃饱了撑的。"杨天话一出口就觉得自己有点偏激了，把后面几句粗话愣是生生咽了回去。他看了看李子安，心想这么大的事他怎会不知道。

李子安回过头去，接着说道："答辩只怕是个幌子。"

"你的意思是……"杨天狐疑地看着李子安的背影，犹豫片刻才说道，"即使他们发现了什么东西，也没什么好隐瞒的吧。从火星带回的东西也不是一件两件，有必要搞得那么神秘兮兮的吗？"

"嗯。"李子安不置可否地应了一声。

"我倒是觉得，他们真有可能对太空综合征分类标准有疑问。舒帆建立起这套标准也有好几年了，而且眼下的临床案例并不多。上次印度宇航员苏米特的着陆事故，到现在还没搞清楚是Ⅱ型表征'幻觉'还是Ⅲ型'精神割裂'。依我看，只要超出了Ⅰ型'生理紊乱'，都不应该登船。Ⅱ型和Ⅲ型的危害是一样的，更何况很多Ⅲ型就是由Ⅱ型发展来的。"

"哦。"李子安头也没回，声音低哑地应道。杨天留意到他放在控制面板边缘的手轻轻抖动了一下。

"各单元注意，SDA总部通信请求。联合国秘书长马冯将对'蜂巢号'全体船员发表演讲，请开启通信信道01，等待建立视频通信。"凯瑟琳在通信屏里不紧不慢地说道。

李子安点击通信屏左下角编号为01的信道，然后用食指和拇指将屏幕展开，再轻轻一划，通信屏就滑动到了前视窗左上方，悬浮在了空中。这种用虚拟显控技术开发的HUD让整个飞船的重量减轻了30%，但需要跟踪手指运动和人眼焦点，可操控性并不高，在目前的技术条件下，除了少数简单的界面互动外，HUD屏不太适合飞船机动操作。

画面闪烁了几下，最先出现的是淡蓝底色上衬着白色地球的北极地图和周围一圈橄榄枝的联合国徽章。时至今日，已经很少有人不认识它了。马冯那张混合了欧亚非血统的脸孔从屏幕右侧映入，看上去面色有些凝重忧虑，双眼深陷在镜片后面，不过仍透着刚毅之色。

"同胞们，"马冯的声音在指令舱里响了起来，"三个月前当你们再赴深空时，我曾经为你们饯行。作为联合国秘书长，我批准了你们的坚决请求。虽然我深知，没有什么力量能够打败你们内心的坚定信念，哪怕它是来自地狱的能摧毁一切的恶魔。现在，我提出要再次与你们通话。我原本不应该在此时打扰你们的，但我又不得不这样做。因为在迎接胜利曙光的前夕，80亿地球同胞都想告诉你们，无论发生什么，他们都将与你们同在。"

马冯将攥着的拳头松开，稍微缓和了一下紧绷着的神经，接着说道："就在刚才，我和本吉船长有过简短的交流。我知道'蜂巢号'已经锁定了'大花生'，正准备执行下一步指令，这是一个令人振奋的消息。祝贺你们，经过三个月的漫长跋涉之后终于在茫茫太空与它相遇了。2033年，当中国的'致远号'深空探测器在土星和天王星之间发现小行星2033KA1时，全世界都陷入恐慌之中。它就像一个来自柯伊伯带的幽灵，带着毁灭一切的死亡气息奔向地球。但是……"

马冯陡地加重了语气，双目炯炯有神地凝望着镜头，再次举起手来，像是要把全人类的力量都传递给"蜂巢号"的船员们一样，一字一顿地缓缓说道："因为你们的勇气、力量和牺牲精神，使得人类才得以重拾文明免遭毁灭的信心，并对未来抱以希望。在过去的三个月里，你们已经克服了无数的艰难险阻，此时又即将面对整个任务中最具挑战性的工作——改轨2033KA1。而这又是拯救人类文明的关键一步，你们为此将承受巨大风险，但却一往无前。"

马冯此时接着用充满感情但又铿锵有力的声音说道："因为你们内心深处有那样简单而崇高的理想：拯救孩子、拯救人类、拯救地球！

你们所展现的献身精神令人深信：人类必被祈福！前进吧，勇士们！亿万万地球同胞与你们同在！"

马冯将手再举高了一点，并用力握成拳头，然后缓缓点点头。

视频信号在闪烁了几下之后就消失了。

杨天记得2029年马冯中国之行时，曾在联合国驻中国机构总干事唐纳德的陪同下，到北京航天城参观了"蜂巢号"中国预备宇航员的训练基地。在杨天的印象中，那个六十来岁的老头中等个子，看起来精力充沛，即使微笑时也带着庄重之色，杨天想这可能跟他那经常皱成"川"字的眉心有关。

2027年，马冯接任联合国秘书长一职，在短短不到一年的时间里就促成了太空开发署（SDA）的成立，还让近十个国际主要太空机构在SDA设立了分支机构，而国际天文学联合会、世界小天体协会、国际宇航科学院、世界航天工程学会等非政府学术组织则在SDA设立了联络部和办事处，目的是为太空资源开发、标准建设和工程建造提供学术上的支撑。

不过真正的变革发生在2028年第八十三届联合国大会通过《联合国宪章》修正案之后。修正案将太阳系星际开发协调事务列入联合国的职权范围内，此后通过了一系列太空法律、条约和协定，联合国行使起了对太阳系范围内太空资源开发进行监管的责任。两年前，当小行星2033KA1的轨道被测算出来后，联合国召开了第二十九届紧急特别会议，并全票通过了成立地球安全理事会的决议，这一举措从根本上巩固了联合国在太空事务中的领导地位。

许多人认为联合国的崛起是缘于星际移民时代国际深空合作的发展，而这起偶然的天文事件又恰好起到了推波助澜的作用。就像美国媒体所报道的那样，马冯被认为是"联合国秘书长中运气最好的一位"。这个来自南亚内陆小国的老头为什么如此热衷于太空呢？杨天看着观察窗外的"大花生"不由暗想起来。

　　此时，"大花生"那布满陨石坑的身躯已经占满了整个观察窗。两年前"致远号"发现它时，杨天正在火星阿尔西亚山西北坡一块平坦的开阔地上搭建着基地净化循环装置。在"蜂巢号"要求八艘次级船紧急返回火星轨道时，大家都还以为发生了超级沙尘暴，后来才知道是地球遇到了麻烦。

　　"蜂巢号"返回近地轨道时，离发现小行星2033KA1已经过去了几个月。杨天大致了解到一些情况，探测器"致远号"在前往天王星的途中发现了这颗行星。SDA的科学家们一致认为，这颗直径六公里的小行星将在2036年1月下旬与地球相撞。刚成立的地球安全理事会在激烈争辩之后拿出了五个方案，利用"蜂巢号"将"大花生"拖离原轨道就是其中之一，代号为"献花行动"。

献花行动

"相对速度12米/秒，启动反推后，X5和X6百分之二十五负荷，启动2秒。"李子安检查了一下飞行控制屏，回头对杨天说道。

"收到。"

"唔……你有没有觉得联合国越来越强大了？"李子安回过头去继续检查参数，不知是不是紧张的缘故，嘴里却有一搭没一搭地闲扯着。

"嗯，近几年在太空领域它起了很大作用。"杨天回忆起马冯的脸，突然有个念头在他脑海里一闪而过，但当他欲仔细去琢磨时却又想不起来了。

"你有没有想过……如果地球只有一个国家会怎样？"李子安有点心不在焉地问道。

杨天有些吃惊地看了一眼李子安，见他没有回头，一时想不准那句话的意思，就含糊其词道："这没什么好假设的，如果只有一个政府，那也有它合理的地方，存在即合理嘛。"

"那么你会接受只有一个国家的情况了？"

"这没有什么不能接受的。"杨天无法看到李子安的表情，心里不免有些担心起来，接着说道，"国家是历史的产物，只是社会的一种组织形式而已，地球上不管是一个还是多个政府，并没什么本质区别。我认为这就像科技进步一样，效率高的自然会淘汰效率低的。"

李子安像是自言自语般说道："嗯，历史的产物，说得真好！是啊……它总有一天会改变的……彻底的改变。"

杨天听着李子安梦呓般的话，浑身不寒而栗，胆战心惊地问道："什么彻底的改变？"

"历史会给出答案的。"李子安回过头来盯着杨天，微微笑道。

这一笑让杨天浑身起了鸡皮疙瘩，难不成李子安患上了Ⅲ型太空综合征？李子安是典型的学院派宇航员，理论功底深厚、技术扎实，具有异于常人的冷静头脑，看起来不像是精神方面会出问题的人。虽然杨天对他的成长经历不太熟悉，但从共事这段时间来看，他的成长背景应该是简单的，父母都是教师，不像那个印度宇航员苏米特，据说小时候还经历过宗教流血冲突。

不过杨天转念一想，觉得自己未免过于敏感了，李子安很可能只是随口说说，毕竟现在离地球几千万公里，思考问题的角度难免会有所不同。想到这里他就应付道："历史的事就留给历史吧，我现在只能说如果任务失败，历史就要终结。"

"咳，你好像很悲观哦。不过地球安全理事会提出了五个方案，不是吗？"

"唔，我只听说过'天使之箭'、'地下卫城'、'天外方舟'和'献花行动'。况且据说第五方案只是谣传，你难道还有什么内幕消息？"

"没有。"李子安摇摇头，追问道，"关于第五方案，你真的一点内幕信息都没有吗？"

"你应该比我更了解啊。"

"这种谣传……很难说。"

"嗯。我听说地球安全理事会原本只有四个方案，第五方案是人为杜撰的。理事会内的一些人就将计就计，任由谣言散播，他们可能认为这样反而有利于稳定人心。"

听杨天这么一说，李子安便不再回话，于是指令舱里便保持了一阵短暂的沉默。接着凯瑟琳黑巧克力般的声音响了起来：

"各单元注意，所有次级船飞行参数已得到确认，现在正在执行抵近操作。"

"Y1，Y2，Y3启动，50%负荷，维持10秒。"李子安左手握住飞行控制杆，右手转动控制台上的旋钮，"鲸鱼号"右侧传来刺刺刺的喷气声，船体被轻轻往左侧推去，10秒后喷气声便戛然停止了。

杨天注视着观察窗里不断变动着的数字。10公里，9公里……只见"鲸鱼号"正缓慢地向"大花生"靠过去，现在只能看到它的前半部分。真是一个奇怪的天体！此前"致远号"传回地球的照片显示，它由两个大小不一不太规则的椭圆形球体组成，中间的连接部分形成马鞍状浅沟，通过"致远号"的红外光谱仪分析其成分得知其大部分为铁镍金属，而且表面较平整，并不像一般小行星的表面那样崎岖不平。杨天注意到那些凹坑也分布得比较均匀。

"Y1，Y2，Y3启动，50%负荷，维持10秒。"李子安再次启动了右侧发动机，随之"鲸鱼号"加速朝"大花生"飘去。杨天感到黑压压的岩壁就像一座大山一样迎面压了过来，观察窗上的数字则飞速变动着，6公里，5公里……杨天已能看到一个直径为数十米的陨石坑的边缘了。此时他留意到"大花生"上方有一个小黑影，正围绕着"大花生"旋转。

"看，'致远号'！"杨天兴奋地叫道。"致远号"原本是前往天王星进行勘探的，但遇到"大花生"后，中国国家航天局就改变了它的飞行轨道，让其做了"大花生"的卫星，以便能持续观测和监控。

李子安"嗯"了一声，似乎并没有太大的热情。

"Y4，Y5，Y6启动，满负荷，维持5秒。X5，X6启动，25%负荷，维持2秒。""鲸鱼号"减慢了飞向"大花生"的速度，向尾部移动的速度也降了下来。

"报告一下X轴相对速度。"

"1.5米/秒。"

"好，先不做调整，继续接近。"

在完成一系列飞船机动后，"鲸鱼号"终于到达103区，与"大花生"保持着50米的距离。这时杨天已能凭肉眼观察到小行星表面的状况了。观察窗外正对着一块灰黑色岩壁，作业灯的光打在岩壁上，可以看到其表面覆盖着一层疏松薄灰，看上去有四五厘米厚。飞船缓慢滑过一个直径约三十米的浅坑后，杨天看到了一块平整岩面，这块区域是"献花行动"的科学家们根据"致远号"所摄影像确定的第二吸附点，现在看来"致远号"的工作没有白费。

"蜂巢，这是鲸鱼。请求第二吸附点岩层分析扫描。"

"已收到。请抵近20米操作。"凯瑟琳回应道。

李子安将飞船平移过去，又启动反推发动机0.5秒，在距离岩壁20米处停了下来。

"请报告相对位移。"

"相对位移：0。"

"好，即将启动机械臂，请锁定飞船速度。"杨天将操纵杆往下压，同时大声报告道，"103区第二吸附点，执行岩面扫描。"机械臂从观察窗下方被慢慢推出。这款产自加拿大的机械臂是三个月前在近地轨道上组装的。两年前当SDA提出"献花行动"方案时，加拿大工程师们立即根据方案的构想做了设计。这款机械臂的载荷达到了惊人的500吨——因为只有这样才能让"鲸鱼号"变成"大花生"的一个发动机，在3000KN主引擎推力下不会被扭成麻花。

杨天留意着观察窗上的数字，在吸附器离"大花生"表面2米时，机械臂停止了推进。

"开启红外光谱仪扫描。"从吸附器中心部位伸出了一个长方形装置，位于它底部的遮罩打开后，一道绿光射出，垂直照射在岩壁上。这道绿光从左至右扫描了大约3米后遮罩关闭，处理器将数据同步传输到"鲸鱼号"和"蜂巢号"，只有七八秒钟就得出了分析结果。

"扫描分析：铁50.16%，镍19.18%，钴10.05%，碳8.07%，硅酸盐4.08%，其他成分未知；组织疏松程度：致密；表面平整度：理想。请'鲸鱼号'确认结果。"凯瑟琳说道。

"'鲸鱼号'确认岩层扫描结果。"

杨天将机械臂往前推到离"大花生"表面仅有20厘米的位置。"现在执行钻探取样。"只见位于吸附器中心处的岩土钻探机往前伸出了钻头。不久，钻头与陨石表面接触处冒出了细微的火花，但片刻之后大火花就熄灭了，很快钻头自动收回了程序。而里边的样本存储管已经采集到岩样，并送往一个样本分析器里做进一步分析。

"钻探操作执行完毕。"

"收到，请待命。"

杨天知道其他七艘次级船也和"鲸鱼号"一样，正以22.685千米/秒的速度伴随"大花生"往地球飞去。他们的分析报告此时正通过电磁波发往地球。待SDA科学家们对八个"引擎安装点"评估完毕，八艘次级船将会紧紧吸附在小行星2033KA1身上，并在此后的三十六个小时里将它拖往火星轨道。而在被火星引力捕获之后，"大花生"将有一个新的名字——火卫三。

捕捉"大花生"

"各次级船请注意，数据评估完毕。请漫游者、挖掘者、'剃刀号'根据新参数调整飞船的位置。"杨天虽然谈不上喜不喜欢黑巧克力，但不知为什么，在每次听到凯瑟琳的声音时他总会想起黑巧克力。

杨天只跟凯瑟琳交谈过一次，典型的美国白人姑娘，礼貌、热情、开朗。那是在"蜂巢号"的首个舞会派对上，杨天端着饮料杯，靠在会议舱临时改成的舞池外围的圆形围栏上，看着火星的弧形轮廓线穿过对面舱壁上的一个个舷窗，就像穿过一溜黑色玛瑙石的金线一般。凯瑟琳的脑袋从其中一个舷窗底部冒了出来，将金线从中截断了，金黄色的头发便被染上了一道光边。

"我是凯瑟琳。你应该是'鲸鱼号'的领航员杨天，对吗？"凯瑟琳微笑着伸出手来，逆光中杨天看不清她的面目。

"你好，凯瑟琳，听声音就知道是你了。"

"哈哈，每个人都这么说。你觉得舞会怎么样？"

"很奇怪，不是吗？"杨天看着舞池中央微重力区里各种古怪的舞姿回答道。

此时就在杨天前方不远处有对舞伴正在跳一种很奇怪的舞蹈。浮在空中的双脚伸直，紧跟节奏快速摆动，他们的双手则在胸前画着一个个小圆圈，偶尔也会拉住对面舞伴的手轻轻一扯，于是两人都像陀螺一样飞快地旋转起来。而旁边的那一对则看起来更有意思，他们的双脚互相勾住，屁股半蹲着，你瞧，他们的上半身和双手就像拉锯一样来回仰俯，看起来铿锵有力。微重力区外是比火星重力略低的区域，有不少人在这里跳着华尔兹。这个区域很显然是适合跳华尔兹的，他们在蹦着，转圈时旋转的身体显得特别轻盈，就像飘起来了一样，一下子能蹦出两三米远。

"奇怪？"凯瑟琳反问道，"看上去很有趣嘛。"

"如果有机会，你大概是会留在火星了？"

"当然，我也希望有这样的机会。我甚至还没下去过哪。"凯瑟琳看了看舷窗外的火星，眼里满是憧憬。

"首批220人名单已经确定了，不是吗？"

"听说这个计划做了很大的改动。"

"跟紧急召回有关？"

"不太清楚，不过据说地球遇到了麻烦。"凯瑟琳举起手里的饮料杯喝了一口。这时一位30岁左右的男子走到他们身边，杨天虽然知道他是科考环的科学家，但不能确定他叫什么名字。

"嗨，凯瑟琳，舞会怎么样？"男子问道。

"很奇怪，不是吗？"凯瑟琳咯咯笑了起来，接着她介绍道，"这位是巴特，做空间能源研究的。杨天，'鲸鱼号'的领航员。"

"幸会。"

"幸会。"

"蜂巢号"把2000吨物资运到火星上后，还没来得及处理完，就从火星匆匆地返回了地球，那是舞会结束后的第二个火星日。自那以后杨天再也没有见过凯瑟琳，除了在通信屏里看到她之外。

"所有吸附器就位；相对速度：0；飞船速度锁定确认；CA011指令5秒倒计时。"凯瑟琳发出了指令。杨天看着前方的吸附器，觉得它就像八爪章鱼一样静静地悬在岩壁上。

"5，4，3，2，1，启动！"凯瑟琳话音落下时，杨天摁下了控制按钮，吸附器轻轻碰触到岩壁上，但瞬间就被强大的电磁力吸附在了小行星的表面。随后吸盘中间的桩位钻机就启动了，直径30厘米的钻头往铁镍岩层里掘进了3米。

"请报告CA011指令执行情况。"

"'潜水者号'CA011指令执行完毕，位置正常，吸附状态正常。"

"'漫游者号'CA011指令执行完毕，位置正常，吸附状态正常。"

"'鲸鱼号'CA011指令执行完毕，位置正常，吸附状态正常。"

"'剃刀号'CA011指令执行完毕，位置正常，吸附状态正常。"

"'挖掘者号'CA011指令执行完毕，位置正常，吸附状态正常。"

"'巡逻者号'CA011指令执行完毕，位置正常，吸附状态正常。"

"'螳螂号'CA011指令执行完毕，位置正常，吸附状态正常。"

"'防卫者号'CA011指令执行完毕，位置正常，吸附状态正常。"

"收到。集控中心即将执行次级船飞行程序闭锁。"凯瑟琳发布完指令后保持了一小段时间的静默，集控中心似乎在核实各个飞船的飞行数据。

片刻后，一个锁定标记出现在飞行控制屏的左上方，凯瑟琳的声音再次响起，"飞行程序闭锁已启动，次级船飞行控制权移交'蜂巢号'，准备执行改轨指令。请各单元监控参数变化。"

杨天看了眼姿态参数和动力参数，发现一些数字在时快时慢地变化着，不过"鲸鱼号"不能再自主飞行了——它和所有其他次级船变成了"大花生"的发动机，由"蜂巢号"远程操控。而它们之间的一系列复杂的机动配合全是由集控中心的自动程序统一完成的。

这种机动配合在"蜂巢号"上已经演练了十来次，没有哪一次是不成功的。

"CA012指令传输中！改轨程序将在10秒后启动。"

10秒后,杨天明显地感觉到一阵轻微的挤压力从座椅左侧传来,显示屏上显示"鲸鱼号"的引擎负荷正在缓慢上升,主引擎已经启动了。当主引擎达到满负荷时,杨天观察了机械臂的工作状态,看上去运行状况很好,此前已经做过一次10%的超载试验,没有出现任何问题。

"改轨程序已经进入自动运行状态,将在三十六小时内保持连续机动。所有船员将实行轮值作息,以便随时监测飞船状态。"

三十六小时内,八艘次级船将对"大花生"进行轨道校正,在离火星2万公里的地方将速度减到2.14公里/秒,最终完成火星轨道插入。到那时,"蜂巢号"也就完成了这次远航的使命。

"嗨,看起来可以放松一下了,祝贺。"说着杨天伸出手去。

李子安回过头来,并不与杨天握手,而是微笑道:"任务才刚开始呢。"

杨天悻悻地缩回手。此时指令舱里突然响起了另一个声音,"蜂巢!这是挖掘者。我们这里可能出现了电磁的扰动,请确认!"杨天记得"挖掘者号"的领航员是安德鲁,他们在月球上曾见过一面。

"收到。"凯瑟琳回道。大概十来秒后凯瑟琳的声音又响起来了,"请引力观测单元开启磁场探测激光束。"

"磁场探测激光束已启动。"这是杨天第一次听到引力观测单元在公共信道里的通话。他从前视窗向外望去,发现右上方星空中出现了一道闪亮的细线,此时正划破黑暗向宇宙深处射去。杨天隐隐感到了一阵不安,一种不祥的预感在他心里涌起。尽管作为一位老宇航员,他不觉得此时有什么凶险。

数十秒过去了,"鲸鱼号"的显示屏上也出现了类似跳帧现象的信号扰动。杨天正准备向集控中心汇报时,突然看到远处的星群瞬间亮了不少,而且变得更加璀璨起来,同时似乎在有节律地缓缓摆动,像是夕阳下湖面上的粼粼波光,突然星星被一阵劲风吹拂,剧烈地荡漾起来。

"快看！"杨天忍不住惊呼起来。

李子安一边朝他手指的方向看去，一边问道，"怎么回事？"

"奇怪……太奇怪了。"杨天以为是自己的幻觉，使劲眨了眨眼，但那些星星仍然在荡漾着，看起来诡异极了，"你难道没看到吗？那些星星在动！"

"是的，我也看到了！"李子安说道，然后目不转睛地盯着前方。

这是无法想象的天文事件，用人的肉眼居然能看到星群像谐波一样抖动！杨天忍不住叫道："快！我来录像。你赶紧向'蜂巢号'报告。"他快速伸手抄起舱壁上的长焦摄像机，对着前视窗就是一阵猛拍。

"蜂巢，鲸鱼观测到不明原因的星体在振动，请检查。"李子安对着通信屏急切地喊道。

3秒钟后，凯瑟琳的声音从集控中心传来，"监测到不明原因的磁场！我们将紧急解锁，所有次级船立即中止行动，返回基……站……"凯瑟琳最后一句话好像受到了强烈干扰，听上去似乎拖着长长的变了调的尾音。

"蜂巢，鲸鱼飞行控制系统无法解锁。请回复！"

"鲸鱼……"

"蜂巢，鲸鱼无法接收信息，请重复！"

"鲸……"

"蜂巢，我们无法接收信息。第二吸附点不能脱离，请求紧急解锁命令！"

……

"蜂巢，这是鲸鱼。请回复指令请求……"

……

杨天感到昏昏欲睡，他努力想睁开眼睛，然而他的眼皮却无法控制地塌了下来……

蒲公英之梦

叶梓飞看着一朵白色的蒲公英向自己飘来，轻盈、美丽，阳光从白色的冠毛中穿过，让蒲公英变得精致而通透起来。一阵风吹来，蒲公英迅捷地旋升，稳稳向空中荡去，叶梓飞在下面追逐着，欢快地拍起手来，像只小兔子一样在乡间小路上奔跑着，高兴地叫喊着。越来越多的蒲公英飞了起来，像漫天飘舞的雪花，叶梓飞咧开嘴，露出幸福的微笑……

"叮叮叮，叮叮叮……"

趴在桌上的叶梓飞猛地惊醒了，揉了揉惺忪的睡眼，然后戴上了眼镜，看了下墙上的钟表，时间是上午10点。他扫了眼实验室，从一扇玻璃脱落了的窗户向外望去，发现几缕阳光透过墙壁高处的换气窗射进来，洒在了实验间地板上，散落的几个线圈正在幽暗的角落里发出微微铜光。

"叮叮叮，叮叮叮……"

实验间的门铃声仍然顽固地响着。忽然叶梓飞感到右肋部隐隐疼了起来，他用一只手按住那里，另一只手把裹在腿上的防蚊报纸撕掉，站起身，穿过实验室，来到门边，摘下话筒，屏幕上显示出一个女孩的面孔。

"您好，我们找叶梓飞先生。"

"你是谁？"

"我们是空间飞行器设计研究所的。"

"空间飞行器设计研究所？"

这时女孩的背后出现了另一个人头，是个四十岁左右的中年男子。

"你好，我们找叶博士谈恢复项目的事。"

叶梓飞很快便打开了大门边的一个小门，紧接着探出头去。外边的阳光有些刺眼，过了好几秒钟叶梓飞才适应过来。

"我是叶梓飞。"叶梓飞打量着身前的一男一女，他们穿着体面整洁，身后不远处还停着一辆黑色SUV。

那两人面面相觑了几秒后，男的慢慢扭过头来问道："您是叶梓飞？"

"是的。"叶梓飞弯下腰，伸出手将粘在裤管上的一片透明胶带撕下来，用手搓成一个球，扔进了旁边草丛里。

女孩则笑着迎上前来，毕恭毕敬地双手递过两张薄膜般透明的名片说道："叶博士您好，这位是我们研究所的副所长张锐教授，我是负责外联的杨颖，很高兴与您见面。"

叶梓飞将名片微微举起，名片左侧播放着一段视频，大致内容是单位介绍之类，另一侧则显示着两人的身份信息。"是航天局下面的？"叶梓飞询问道。

"对……我们是最近才成立的单位。"杨颖恭敬地回答道。

张锐这时插话道："叶博士，我们进屋聊怎样？"

叶梓飞这才想起有点怠慢两人，忙将他们让进门来，说道："不好意思，到实验室里坐吧。这个地方比较偏僻，条件较差……"

"叶博士，您的情况我们很了解。"张锐站在实验间里环顾着四周。这是一处依山而建的大库房，对面墙上有个半圆形轨道门，看上去有七八米高的样子，大概占据了整堵墙的60%。实验间的另一侧耸立着一个高约4米的球状装置，球面上蒙着铝箔一样的薄膜，在它的上面布满黑色节点，而每个节点上都有一个向外伸出的像触角一样的天线，天线顶端则是伞状的线圈，节点之间以复杂的弧线联结在一起。装置底部陷进一个厚约2米的圆形托盘里，托盘呈上窄下宽的"凸"字形，在装置的下腹部伸出了三条像桨片一样的薄片，非常对称地分布在托盘周围。

张锐接着说道："这样的项目废弃了实在太可惜。因此我们这次过来的目的，就是想请您恢复项目。"

"恢复项目？"叶梓飞弯腰将地上的几个线圈捡起来，放到堆放着各种零七八碎电子元件的工作台上后说道，"这原来可是航天院的事。"

"唔，以前是的，但现在情况有些变化。江大伟教授在组建了我们所后，认为您的项目比较适合在我们那里搞，就去找相关部门做了些争取。再说航天院对您的项目已经撒手不管了，搁置了起来。好在您自己一直在坚持，您原来的这些研发成果，我们都可以全盘接管过来。具体的情况我不便多讲，但我想您见了江所长后就应该很清楚了。"

"江大伟？"叶梓飞侧头想了想，"就是解决声爆问题的那个江大伟？"

"是的。"

"哦。"叶梓飞木讷地点点头，机械地伸手将工作台上的零件码了码，嘴里悻悻说道，"什么研发成果？这是条死路，没戏。"

张锐大步走到那个大圆球旁看了看，呵呵笑道："叶博士啊，你也不用妄自菲薄。这可是江所长亲口说的，每个人的认识不一样，不能说被一些人否定了就不是真理，真理有时可是掌握在少数人手里的。再说了，如果是真的没戏，你怎么不放弃？"

叶梓飞一听感到难以回答，一时愣在那里没有作声。

"所以说你自己还是有信心的，至少觉得是有希望的，难道不是吗？"张锐就像老朋友一般，加了句贴心话。

"没有希望。"叶梓飞失望地说完，无奈地摇摇头，徐徐地将目光转向了不远处那个奇怪的大球。

"我听说上边某些领导暴跳如雷，你也死不撤退，说是干门卫也要耗在这里……"张锐光顾着兴高采烈地说着，忽然一抬头看见叶梓飞脸色铁青，就把后半句话咽了回去，转了个话头说道，"怎么说呢？你宁愿放弃高薪也不放弃项目，即使再没希望，也还有信念。只要有信念，我们就能继续将项目进行下去。"

"我确实没什么想法。"

张锐不解地看着叶梓飞，迟疑片刻后道："这么说来，你相信那些专家的结论？"

叶梓飞不置可否地瞥了眼张锐，又继续盯着杂乱的工作台，表情显得十分淡漠。

张锐见叶梓飞不说话，猜不透他心里究竟在想些什么，就小心地接着说道："江所长，也包括我，都不这么认为。国外的秘密研究搞了几十年了，从来就没间断过。呵呵，不过你说是死胡同，我反倒更有信心了，这说明你把问题看得很透彻。"

叶梓飞迷茫地看了眼张锐，心想虽说这个人与他素昧平生，但说起话来却有种自来熟的感觉，就大胆地问道："没记错的话，江大伟应该在麻省理工吧？"

张锐与杨颖互相对望了一眼，在犹豫片刻后，说道："您不知道地球安全理事会的方案吗？"

"了解一些。"

"江所长就是其中一个方案的提名人之一。"

"哦，他参加的是哪个方案？"

"这个……具体情况江所长会告诉你。"

"跟我的项目有关?"叶梓飞困惑地看着张锐。他知道一年前"致远号"发现小行星的事,也知道联合国成立地球安全理事会的事,还知道该组织提出了四个应对方案。这些事媒体都报道过,不过叶梓飞了解到的情况仅限于此。

"是的。"张锐肯定地点点头,"您是否愿意去见他一面呢?"

三人上了SUV,迅即从京郊自动公路往东边市区驶去。叶梓飞茫然望向窗外,路边层叠式菜地里正长着麦苗和各种蔬菜,自动灌溉系统喷洒着水花,一派宁静而又充满生机的景象。有点不协调的是菜地外边竖起的那一圈电网,挂着一些破烂的木板,上面用猩红的大字写着"高压危险,禁止闯入""偷抢粮食,后果自负"之类的标语。

在与张锐的不断交谈中叶梓飞了解到,江大伟是在2029年成为SDA的专家组成员。半年前江大伟辞掉了麻省理工的教授职务后就回国了,紧跟着就组建了这个由联合国SDA和国家航天局共管的研究所。江大伟的主要贡献就是解决了飞行器的声爆问题,并获得了诺贝尔物理学奖。叶梓飞一时搞不清楚,自己的项目到底和江大伟的方案有什么联系。不过此时他也不便多问,索性用心欣赏起窗外的风景来。

SUV过了七环之后,一座座搭着脚手架的高楼不断从车窗外掠过,这些楼群像风扇叶片一样按一定弧度排列着。一些高楼就像竖直插在地面上的巨刃,边缘看起来非常锋利。按照原来的规划,这些楼群构成的廊道能把西边吹来的风引入城区,而且可在低空形成螺旋形风涡,把空气中的漂浮颗粒送往800米以上高空。不过在能源革命后,这样的规划便既显得有点多余又可笑了,它们看上去更像是为华北雾霾史修建的纪念碑。

这时,张锐指着空无一人的脚手架说:"去年有关小行星的消息传出来后,动作最快的是这些开发商。他们马上就把工程停掉了,不愿再投钱,怕房子卖不出去。当然也不全是这方面的问题,一些开发商因为银行破产,资金链断了。取钱的人太多,好几家银行倒闭了,后来在政府的干预下才控制住了局面。"

"哦？"叶梓飞觉得有点不可思议。这几年他对社会上鸡零狗碎的事早已不管不问了。

张锐消息颇为灵通："去年'大花生'的消息出来后，在短短不到一年的时间，北京的人口减少了60%。别说在建的楼房了，一些原来人满为患的小区，现在都找不着几个人影儿了。许多人回了老家，大部分企业因为人跑光了，撑不下去了就倒闭了。一些有钱的大企业都把钱投到……唔，那种生存项目。"张锐瞥了眼坐在边上的杨颖，接着说道，"当然也有企业家给公共救助项目提供捐助。"

叶梓飞边听边留意了一下窗外，发现路上的车和行人果然非常稀少，如果不是那些高楼，他还以为汽车正行驶在西北某个县城的郊区公路上呢。

"大学学生也有一半多都退学了，许多学生要么回老家，要么去了西部地区，听说那边能建救援设施。"杨颖接过话头说。

"留校的学生做什么呢？"叶梓飞见杨颖这么了解学校的情况，想必她应该刚毕业没多久，便好奇地问道。

"大部分仍在坚持上课。不过许多学生转专业了。"

"转专业？"

"对。转得最多的是学经济、金融、商科的，学法律的也转了不少。这种时候转专业也不用什么手续，登记一下，想听什么课去就行了，那些还在上课的老师也不计较。"

"哪些专业比较火呢？"张锐好奇地插嘴问道。

"当然是天体物理、地质地理、救援技术、急救医学之类的专业了，这些专业的老师快要忙不过来了。航天工程之类的专业也很热门，不过这些年它原本就很火。"

"嗯，这都是因为开发火星给弄的。"张锐接着问杨颖，"你的专业是……"

杨颖不好意思地笑道："商科。"

叶梓飞听到此言，忍不住打量起杨颖来。这女孩穿着得体，谈吐礼貌但直接。不知学商科的女孩怎么会来研究所这种单位，不过他想到她刚才说的话，也就没什么好疑惑的了。

张锐似乎对这个话题颇有兴趣，接着问道："你大概了解同学们的想法了？"

"你是指换专业？"见张锐点点头，杨颖接着道，"嗯，算是了解一些。拿商科来说吧，不少学生觉得商业没用，保护不了地球，说穿了就是让钱从一个口袋进到另一个口袋的学问。所以一些同学就觉得商业只分配利益，并不产生价值。"

"哦？这种观点有意思。难道你也不喜欢商业吗？"

"那要看商业的目的是什么。在这种时候，商业只能像助燃剂一样，帮助科技去拯救人类。在我们同学那里，重商主义者的话现在完全没有市场了。"

张锐有点诧异地看着杨颖，说道："比喻倒不错，不过人类天生……"说到一半突然他停住话，两眼凝视着杨颖，阳光正穿过车窗照在她的侧脸上，像是蒙上了一层理想与梦幻的色彩——这个时代的青年们，将会经历怎样的激荡岁月呢？他们将站在怎样的高度守望地球呢？当危机过后，又将迎来什么样的明天呢？张锐想到这里，内心忍不住暗笑起来——自己又何尝没有年轻过呢！想到这里他话锋一转接着道，"不过做一位尊重科学的商人，也是能起很大作用的。"

叶梓飞打开车窗，撒进SUV的阳光照在他的手臂上着实有点灼痛，楼群远处碧空如洗，湛蓝的天空让人感觉到几分诡异的静谧。张锐拧开收音广播，一个柔和的女声传了出来：

……上周SDA几个专家组就此前模拟大撞击的结论进行了新一轮的

评估。本台记者从一位驻联合国的观察人士处获悉，评估虽然已经结束，但在一些细节方面仍存有分歧，这或许正是新的评估结果仍未公布的原因吧。该人士同时指出，原来关于撞击点处洋壳将被击穿并引发花彩列岛火山集体爆发的结论基本不会改变，在离太平洋西缘2500公里处……

　　叶梓飞昏昏欲睡，每天睡眠三小时的习惯使他一旦停止思考就会产生睡觉的欲望。他将身子靠在座椅上，不一会儿就进入了梦乡。

磁　球

汽车在西六环外打满太空时代烙印的航天城里驶过。这座航天城始建于十年前，当时美国NASA、俄罗斯联邦航天局、欧空局都已经将宇航员送到了火星，甚至于连印度和巴西也都即将发射载人火星飞船。出于种种考虑，国家决定启动主要以火星开发为目的的深空载人航天计划，新航天城就是在此基础上兴建起来的。

会议室就位于航天城西边的一栋不太起眼的灰色楼房的三楼，透过窗户往东边望去，可以看到"蜂巢号"巨大的圆球形中国基地，顶端有个只比该建筑小一点的碗状天线直指苍穹。这种通信中心在全球总共有六个，分别位于美国、法国、俄罗斯、英国、中国和日本，除了美国总部外，其他的都是以统一标准建设的。

江大伟五十岁出头，中等个头，身形略瘦，戴着眼镜，头发乱蓬蓬的，里边夹杂着一些银丝。他迎上前来握住叶梓飞的手说："叶博士你好，我们本该五年前就见面的。"

寒暄过后，众人刚一坐下，江大伟就直截了当地说道："叶博士，想必你已知道我们找你的目的了吧。我们准备重启你的项目，也就是说要继续研制磁球飞行器，我希望由你做带头人。实不相瞒，这个研究所设立的初衷之一，就是要保证这个项目的正常……不，应该说是快速开展。"

听了江大伟的话，叶梓飞显然是吃了一惊。他担心江大伟作为刚回国的学者，不太了解实际情况，便急忙说："江所长，这实在让我感到很意外……我的理论并不成熟，况且实验也失败了，你们要重启项目我没意见，但做带头人的事……我做不了。"

江大伟连忙摆摆手说道："我虽然在国外，但对整个事情的来龙去脉却是了解的。实验失败了没错，但是项目之所以搁置更多是舆论造成的。你又见过什么项目能一次实验成功？泼脏水的是一些西方利益集团，他们无非是想通过学术渠道把项目搅黄。如果没有小行星事件，他们的目的或许就达到了。"

叶梓飞急忙摇摇头沉默不语，并不太认可江大伟的说法。

江大伟见状，拿起了桌上一本薄薄的白色封皮的小本子，一边翻看一边接着道："你可能不知道的是，恰恰是那些泼脏水的人，却在背后偷偷做实验，你做梦都不会想到，他们的理论基础就是你那篇'一类超导态电磁力场与引力的相关性研究'的论文。支持他们的金主，是垄断了世界航空航天飞行器市场的寡头们。他们知道，一旦你的东西弄出来，他们也就玩完了。"

"这个理论是有缺陷的。"叶梓飞对那些公司在做什么丝毫不感兴趣，但当江大伟提到那篇论文时他就直接说出了自己的想法。

江大伟认真地看着叶梓飞。这是他第一次见到这个三十多岁、其貌不扬的青年人，但通过和叶梓飞的短短几句交谈之后他更坚定了原来的想法，不过他知道此时还需要再做些疏导。他将小本子翻到某页，然后拿起来在空中扬了扬，说道："这本《太空防务评论》是美国某些研究机构呈送给联邦政府的秘密资料，他们的幕后老板就是一些搞太空开发的企业。现在这帮家伙已经吃不开了，但你只要是看到以前他们说了些什么，就明白是怎么回事了。"

江大伟将小本子凑到眼前，念道："'关于磁球飞行器的几点评论'，乔·本杰明，约翰·威尔森，比尔·史密斯。……一、关于叶的引力子模型，我们认为目前尚缺乏合适的数学工具予以验证，但这并不妨碍立马开展相关实验；二、我们已经观测到超导态电磁力场存在吸收质能的特性，但还需要进行大量的实验以取得更多数据；三、我们认为叶的实验若成功，将可从根本上改变目前的航天市场格局，对航空工业将产生毁灭性的打击。"

江大伟念到这里忽然停下来，见叶梓飞抬头蹙眉望着他，沉声说："你看到了吗，这三个人当时抨击你最凶，却在背后搞这种名堂。"江大伟加快语速说道，"六年前我看过你的论文，虽然觉得有站不住脚的地方，很想跟你聊聊，但自己那个时候也没想明白，于是就拖了一年，结果听说项目中止了，再加上在SDA做了些破事，耗时耗力，只好作罢。最近我想办法搞到了你的实验数据，反而变得对你的项目有信心了。"

叶梓飞沉下心一想江大伟搞到的资料应该来自航天院，由此看来他真的完全接手了这个项目，就急切地说道："理论上的问题目前尚没有解决，实验风险太大。"

江大伟凝神看看叶梓飞，随后来回踱了几步，停下来说："我听说实验中出了人命，对不对？"

叶梓飞心口仿佛被锤子敲了一下，肋部又隐隐疼了起来，不过他很快便镇定了下来，随即答道："是的。"

"实验总难免会有意外。只有继续前进，人死得才有价值。"江大伟顿了顿，然后略显沉重地说，"离'大花生'撞上地球还有不到两年的时间。你想想，和整个人类灭亡相比，死两个人算什么？这两年时间，你会用来攻克理论还是开展实验？再说了，许多成功的实验都不是依靠理论取得的成功，莱特兄弟不就是很好的例子吗？"

叶梓飞暗想，声爆实验不就是先有理论，再进行工程建模的吗？不过话到嘴边他又咽了回去，改口说道："江所长，我并不担心恢复实验。但你说设立研究所的目的之一就是保证这个项目开展，我很担心，您要知道，这是一个成功率很低的项目，不能指望它……而且我根本就不知道这个项目跟那四个方案之间有什么联系。"

"没有联系，"江大伟迈开腿走到窗前，看着远处的"蜂巢号"基地继续道，"这个项目只跟第五方案有关。"

"真的有个第五方案？"叶梓飞的眼里充满了疑问，"我可听说那只不过是个谣传。"

"呵呵，没错，说不定连谣传也变成了方案的一部分。"江大伟说着，转过身来，阳光在他全身打上了一圈光晕，他的面目瞬间变得模糊起来，"这是一个没有方案的方案……可能永远也不会有名字。"

"啊？"叶梓飞感到无比诧异。

"很奇怪，是吧？开放，就是这个方案的特点。它要在人类所有潜在的创造力中找出一个解来。"江大伟边说边从逆光的阴影里走出，快步来到桌前。

"我的项目与方案有什么关系？"

"它是不是处在实验阶段？"

"是的。"

"它也许会成功，是吗？"

"唔……或许吧。"

往　事

　　叶梓飞把实验室里里外外彻底打扫了一遍，所有的计算稿纸、设计图纸都被归好类装进文件袋里，实验用的各种线圈、电子元器件、金属管子、电路板、芯片和一些微缩磁球模型也都进行了编号。他已经很久没有这样用心地认真打扫过卫生了，待收拾完后他突然又觉得右肋处隐隐作痛起来。

　　叶梓飞忍住痛走进实验间里，不紧不慢地来到那个高耸的轨道门边，静静站着，抬头望望锈迹斑驳的高门，又低头看看已经锈蚀的轨道，然后走到门旁，摸索着找到了开关，按下了启动按钮。一阵嘎嘎的声音立刻传来，细尘在空中纷纷洒落，随之大门往一边徐徐滑去。顷刻间一个黑黢黢的巨大山洞出现在了他面前，里边传来了车轮轧过轨道产生的"隆隆"回响，就像来自地底深处幽冥的轰鸣一般。

　　他对着巨大的山洞，想象着五年前这里曾经发生过的一切，那是些被封存的他最不愿去触碰的记忆……灯火辉煌，人声鼎沸，超导态磁球快速旋转着，每个节点的晶格离子吸收着来自球体的能量。磁球迅疾脱离了基座，它的重量消失了，轻盈地在空中沉浮，就像一个随波荡漾的皮球。

　　坐在磁球里的是叶梓飞的助手，他最亲密的同事——博宁，他就像坐在一个潜水舱里，随着水中的潜流轻柔地升降。他感觉不到磁球外壳的旋转，但能看到磁球周围的空气像一团团棉絮一般飘散。当磁球被推进笔直的山洞时，那些棉絮飘向了后方，磁球像一个被风吹起的肥皂泡，往山洞中徐徐飞去。

1公里，2公里，3公里，减速……突然一声巨响从山洞深处传来，叶梓飞一下子身子僵直。那一刻他只看到远远的一团绚丽的绿光，那是等离子体迸发出的光芒——磁球和他的助手在一瞬间变成了离子态，随即裹着热浪从山洞中涌出，扑在他身上，然后在空气中消散了。

山洞像一头怪兽张开的嘴，仿佛能吞噬整个宇宙，他曾在里面看到美丽的星云，看到了生命的迸发与消散，从极大至极小、极坚硬至极柔软、极荒凉至极富足……"当我无比恐惧时，我就无所畏惧了。"他似乎闻到了空气烧灼的味道，又隐隐感觉到右肋疼痛起来。

叶梓飞重新回到实验室，记忆的闸门却再也关不住了。他缓缓环顾四周的墙壁，没错，照片还在那个位置。叶梓飞走过去，将照片取了下来，用手抹掉上面厚厚的灰尘和蛛丝，一张清秀的脸庞即刻显露了出来，依偎在他身旁。

她叫张萌——叶梓飞已经很久没有想起那个名字了。意识到这点时他突然感到很难过，退回到桌边坐下。是啊，已经很久没有想起她了，看上去都有点陌生了，她还好吗？

五年前当她匆匆离开时，叶梓飞既不难过，也不内疚，他只是安静地走到实验间去，那里有另一个还没有完工就已经废弃的磁球。他站在那里默默念叨："为什么？为什么呢……"他现在回想起当时的情景，内心是难过的。

他们有过很美好的日子。2028年，当她第一次采访他时，磁球还没建好，而他却已经在国内外有了褒贬不一的名声。

"知道蒲公英为什么飞得那么轻巧吗？"

"为什么？"

"因为它有着颇为完美的结构，而且它很轻盈，更重要的是它的种子的大小和冠毛的直径刚好达到了一种微妙的平衡。当周围有空气流动时，即使那种扰动很小，它也能完全摆脱掉引力作用的束缚飞走。而且那种扰动只需维持在很小的值上，它就会一直飞下去，直到落在另一个地方。磁球有比蒲公英更完美的结构，因为它根本就不需要任何扰动。"

他告诉她，在他很小的时候，就常常一个人对着蒲公英发呆。他不像其他小朋友那样，摘一大捧蒲公英拿在手里使劲吹，而是会静静守在一株蒲公英旁，等风吹来，看着蒲公英在风中摇曳着腾起，飘荡着飞远。这时，他常会跟在后面，直到看着蒲公英越过草尖和树梢，飘向幽静的山谷里去。他说他很少说话，大家都叫他"哑巴哈哈"，就是傻子的意思。

当叶梓飞向张萌说起自己那孤僻而乖张的童年往事时，一点都没有设防。他说，每一个个体都是值得尊敬的生命，就像那些蒲公英，无论它们落在何处，都曾有过一段努力的旅程。

在他六岁那年，双亲不幸摔下山崖殒命。他寄养在大伯家里，自此过上了寄人篱下的日子。大伯懦弱，伯母尖酸刻薄，他常常因为蠢笨而遭到伯母的训斥。有一年秋天，当他趴在田埂上，观察一只水黾划过稻田里的水面时，脚上的鞋掉进水渠里去了，但他毫无察觉。等他感觉到时，那只滑脱的鞋已经被水冲得无影无踪了。偏不凑巧，他照看的牛闯入了别人家的菜地，吃光了那户人家地里所有的蔬菜。他的伯母便用藤条在他的背上、屁股上抽出了十几道血痕，还让他在冰凉如水的夜里把剩下的那只鞋顶在头上，在门阶外跪了一个通宵。在此后七天的高烧中，他梦见了那一生中最多的蒲公英。

自那之后，他就更像个孤僻的灵魂游弋在亲情之外。而且他的话更少了，甚至他的伯母一度曾要把他送去精神病院。

有一天夜晚，他乘着夜色爬上了一棵高高的松树，骑在枝丫上仰望着天空。他看到了巨大的天河，无数璀璨的星星在里边发着光。他想念他的爸爸妈妈，心想他们为什么会跌下山崖。想起这些，他的心里难过极了。他的双眼噙满了泪水，恍惚中仿佛星星也都变成了一朵朵模糊的小白花——母亲生他时曾梦见满天飞起的白梓花，于是就为他起名叶梓飞。他想念母亲，终于忍不住放声哭了起来。他浑身颤抖，指甲抠进树皮里。许久之后，当他感到指尖流出的血液已经结痂、变得异常疼痛时，便停止了哭泣，看着平静的银河，内心渐渐孤寂下来。他聆听着耳边的风声和树叶的沙沙声，仿佛听到了宇宙深处传来的呼唤。

也是从那时起，他所有关于情感的记忆便都中断了，他很少再哭——他甚至忘了那晚的事情。一位小学老师偶尔会来找他，跟他讲数学知识，也讲科学家的掌故，他的心中渐渐有了一团光明。他不知道，当他那充满童稚的目光在执着地观察事物时，已有人在悄悄地留意着他的成长了。老师告诉他，他并不孤独，因为历史上有和他一样的人。这团光明照亮了他灰暗的心，指引他在自然的奥秘中寻得快乐，忘记屈辱和痛苦。当他越来越知道寻常事物背后的秘密时，他就学会了躲到另一个世界里去，以至完全忘记了生活中的种种不幸。

当叶梓飞有了离开山村去镇中学读书的机会时，他一步都没有回头，此后他也从未回去过——在后来的岁月里，他已经完全忘了那个山村的模样。他仍然孤僻，走路常低着头，成绩不好但也不坏，很少参加集体活动，几乎没人注意到他的存在。直到大学生涯中的某一天，他惴惴不安地敲开了一位物理教授的门。

"你是？"

"我叫叶梓飞，是您的学生。"

"哦，有事？"

"我有篇论文，我想您应该能看懂，所以就……"说着，叶梓飞便将四页薄薄的纸小心翼翼地递了过去。

"啊哈，喔。"教授被逗乐了，端起桌上的水杯，然后将纸接过去说，"我看看能不能看懂！"

叶梓飞局促不安地站在那里。

"哈哈，唔……"教授看着封面上的标题，几乎把咽了一半的水喷了出来，"你在研究反引力？"

"是的，第三页有个公式，证明自旋为1的引力子存在。"

教授狐疑地看着叶梓飞，紧接着快速把几张纸粗略翻看了一遍。看完之后思忖了片刻，又从头开始看起。后来他的脸色越来越凝重，把眼镜摘下来，用手揉揉有些不听使唤的眼睛，又用力掐了掐鼻根，又重新把眼镜戴上，凑近了看，他的喘气声喷得纸张微微颤动起来。他又翻看了一遍，然后抬起头眯着眼睛，看了叶梓飞良久，说道："以引力子作为天体引力传递的介质，从来都是个假想粒子，在假设中这种引力子自旋都是为2的。自旋为1的引力子也就是反引力子，它将与引力子互斥。我无法判断你的论证，因为这不仅是个数学、物理问题，而且也是个工程问题……唔，你叫什么？"

"叶梓飞。树叶的叶，梓树的梓，飞翔的飞。"

"你是我的学生？"

"是的，我在工程物理三班。"

"大三？！"

"是的。"

教授的一只手有些颤抖地把纸重新举起来，用另一只手扶着眼镜，从头至尾又看了一遍。

"叶梓飞同学，我不得不说，这超出了我的研究范围。不过我可以跟校长申请组织全国专家研讨——如果有必要，可以搞国际学术研讨——当然鉴于其敏感性，得由国家相关部门同意才行。不过国内专家研讨是没有问题的，我们学校在专业领域内的排名是全国顶尖的，这种研讨会马上就可以搞起来。你先坐下，我打个电话。"教授说着向旁边的沙发指指，叶梓飞走过去坐了下来。

"喂，是张校长吗？我想和您说个事……"教授有些激动地冲着电话兴奋地叫道。

此后，叶梓飞虽说成了名人，但他依然孤僻，而且常常低着头，不过已经没有人能忽略他的存在了。此后发生的一切都水到渠成，在花了另外三年完成博士论文后，他的磁球飞行器项目便通过了国家立项，在航天院研制开了。

也就是在那个时候他遇到了张萌，一个采访他的漂亮女记者。他们一见如故，他跟她谈他的理论，以及他正在进行的实验，也谈他的童年，当然也并不避讳他过去曾有过的创伤。

他第一次这样无所顾忌地敞开心扉，以至于在每一次采访后张萌都泪流满面。她不知道，需要多么痛苦的人生经历，才能让他如此淡定地剖析童年。他说他的一切灵感，都来源于那天夜晚他所看到的天河。她告诉他，她更相信他是在天河深处听到了母亲的呼唤。于是他那条情感的闸门在尘封多年之后重又打开了。

他们度过了一段美好的日子，没有花前月下、海誓山盟，沉静的生活使她一度相信，这将是自己一生的归宿。

幸福总是那么短暂。2029年，当磁球实验失败后，国内国际舆论一片哗然，项目遭撤资，叶梓飞因不愿放弃项目，甚至顶撞上司而遭到停职。他放弃了国外抛来的橄榄枝，宁愿死守着那堆已被弃用的设备，过最清贫的生活，也不愿离开他曾经奋斗过的地方。他还抱着一线希望——或许有一天，他能找到问题的答案。

而对张萌而言，那种生活是极其艰难的。每次看着他那伏在案前的雕塑般的背影，张萌的内心就充满失落和哀怨。当幸福抽丝剥茧之后，就只剩下冰冷琐碎的现实。她是热情聪慧的，但也是娇贵脆弱的，她无法承受没完没了的冷清、孤苦、无望，内心的委屈终在一个傍晚爆发。那天她不慎打翻了一叠瓷碗，还被破碗割伤了手背，当她请他打扫一下满屋子的碎片时，他在桌前头也不回地说："正忙着呢，稍等会。"

"我的手割伤了。"

"稍等一下，刚想起一个地方要再算算。"

"我的手流血了啊。"

"我说过了，别打断我好吗？"他有些气恼起来，没好气地说。

"你觉得我是累赘吗？"她轻声问道。

叶梓飞头也不回，仍伏案写着算着，或许他真的并没有听见。

"你是在跟我生活吗？"她感到非常委屈不由自主地提高了嗓门，喊了起来。

"对不起，我正忙呢。"他依然没有回头。

张萌的双眼含着泪水，但她没有哭泣，而是悄悄走到衣柜旁，把自己的衣服一件件叠起来，装进箱子里。她认为她该走了，她不想再继续过这样的生活。她走过那布满瓷片的屋子，在门边回过头来，看着他的背影说："叶梓飞，我真希望从没遇到过你。再见。"

他回过头来，茫然地问道："你去哪里？"

她叹了口气，缓缓地从实验间侧门出去了。

他……真的是人吗？她这样想着，泪眼模糊地看着路边荒芜的杂草、远处的山和天边的云。她想不明白当年那个向她一遍遍解释超导态电磁力场的人哪里去了。

她坐上车后仍然在想，或许他还是他，只是她已经很累了。

车子离那个败落的实验场越来越远了。在那冷清的岁月里，它看上去更像是山脚下的一个坟堆，充满了幽暗得令人窒息的气息。

叶梓飞将相片凑近了看，张萌很美。那是尘世的美，五官精致，脸庞秀丽，皮肤白皙。在叶梓飞看来，或许可以称之为物质的秩序之美、星际的结构之美，以及分子云的光彩之美，总之是美的。美丽总要归于人世和尘土，叶梓飞这样想着，顺手将相片放进了一个文件袋里。

一个星期后，设计所的技术人员进驻磁球实验场，一辆大型掘进机将隧道往西边又掘进了3公里，一个施工队开始建设更大的实验场了，成排的卡车将装备和材料运了进来，中断五年的项目又重新开始了。

白鳍豚的复生

"胡先生，兴兴和旺旺可以谈恋爱、生孩子吗？"一位来自美国的男记者兴致勃勃地问道，周围传来了一阵愉快的笑声。

"这个问题提得挺好的。白鳍豚跟人一样，是喜欢群居的哺乳动物，当然也需要谈恋爱、生孩子。不过兴兴比旺旺大两岁，所以它们是姐弟恋啊。"

"哈哈哈。"笑声变成了一阵哄堂大笑。胡一云实在是太擅长和媒体打交道了，他的幽默感早已让他成了明星级科学家，三十六岁、年轻帅气的相貌更为他吸引了众多粉丝。

"胡博士，白鳍豚已经消失很久了，通过DNA技术复制出来的兴兴和旺旺是否能适应已经变化了的环境？"一位女记者一板一眼地问道。

"我想它们应该是能适应新环境的，我们的河流已经越来越美丽了，水也越来越清澈，老百姓们不再随便往江边倒垃圾了，不是吗？更重要的是，政府规划了禁航的水道，这些变化和举措都足以为兴兴和旺旺提供一个舒适的环境了。何况它们已经在长江水族馆里适应很长一段时间了。所以我相信它们会爱上这条河流的。"胡一云正色说道。

"我想了解的是，它们会比它们的祖先，或者说它们的前身更聪明、健康吗？"一位英国记者举手发问。

"我不知道它们的前身是不是很聪明、健康，所以我没法回答你的问题。不过如果你到水族馆里仔细观察的话，就会发现它们既聪明又健康，而且很漂亮哦。"

"哈哈哈。"大家又开心地笑了起来。

在长江水族馆入口东侧的大型多功能会议厅里，"兴兴和旺旺放归自然的新闻发布会"正在如期举行，来自全世界三十多个国家的记者们将胡一云团团围住，人类首次利用DNA复制技术成功复活灭绝物种的消息让记者们兴奋不已。兴兴和旺旺是两只白鳍豚，准确地说是两只利用五十多年前死去的白鳍豚的DNA信息培育出的新白鳍豚，它们将在今天放归到长江之中。

"胡先生，在复活兴兴和旺旺的过程中，碰到的最大困难是什么？还有请展望一下以后工作的方向。"一位戴着眼镜、带着法国口音的男记者问道。

"哦，弗里德先生，你好。首先我要谢谢您上次的报道，我拜读过了，您写得很专业，还更正了一些错误认识。"胡一云记得这个记者是来自法国的弗里德。DNA复制技术在西方社会碰到了一些反对的声音，比较尖锐的抨击多来自宗教界。于是胡一云联系了法国一家报纸，采访的记者正是弗里德。当时他们谈的主要话题便是利用DNA技术复制耶稣的问题。

那个叫弗里德的记者不好意思地说道："谢谢。"

"不光难点多，而且每一个步骤都很关键，比如说将DNA导入受体，从数万个基因序列里选择一个正确表达，用一系列正负调控因子调节包装染色体，控制细胞核裂变等，都是问题，不是吗？不过我们已经克服了大部分问题。未来我们会尝试培养DNA的自主寻的性，但这是很困难的，目前还只处在实验室控制阶段，所以还有很长的路要走。"

"这项技术可以让恐龙复活吗？"另一位年轻记者抢过话头问道。

"唔，如果那只恐龙是活在中新世晚期，那么这是有很大可能性的。很可惜它们是中生代生物，所以目前我们还没有办法复活恐龙。"

"什么叫很大可能性？您能详细说说吗？不好意思我对地质年代有点犯迷糊。"那位记者不依不饶地追问。此时从记者群里传来一阵会意的笑声。

胡一云推了一下鼻梁上的眼镜，微笑着对那个记者说："中生代有三叠纪、侏罗纪、白垩纪三个纪，正是盘古大陆时期。有个口诀保你一学就会：盘古就是三白侏，是不是一下子就记住了？"胡一云话音刚落周围便传来了哄堂大笑。

胡一云也惬意地笑笑，然后带着一贯的自信接着说："为什么说目前恐龙的复活还不太可能呢？在自然界里DNA只要680万年就会完全降解，所谓完全降解是指遗传信息变得支离破碎。最近我们尝试在西伯利亚永冻土层里一条鸟臀目恐龙的大腿内侧采集DNA信息，但最后失败了，因为这些信息已经完全无法辨认了。如果这只恐龙活在中新世晚期，也就是680万年以内，那么还是有办法获得比较有价值的DNA的。很遗憾，恐龙在6500万年前就灭绝了。所以目前你还只能在科幻电影里见到它们。"

"照您的意思，只要是在680万年内灭绝的生物，DNA技术都能让它们复活？"

"我想你的推断是正确的。"

有不少记者听到后嘻嘻笑了起来。

一位戴着眼镜、身材瘦削、动作机敏的小个子记者迅速站起来，语速极快地说："胡博士，您刚才说'目前'还不太可能让恐龙复活，"小个子刻意强调了'目前'两个字，然后接着说道，"这是不是意味着将来有可能将破碎的DNA信息重新拼接呢？您有相应的计划或时间表吗？"

跟记者打交道真得小心！胡一云暗忖，接着一脸无辜地说："唔，当一个科学家说将来某件事是可能的，他肯定是对的；如果他说某件事是不可能的，那么他基本上就是错的。所以，你觉得我应该选择哪一个呢？你一定会支持我选对的那个，不是吗？我现在的时间表就是，马上睡七天七夜啊。"他知道会有媒体把这句话作为标题大肆宣扬,这可正合他意。

"胡博士辛苦了。"一位文质彬彬的记者站了起来,"据我了解,DNA的半衰期大概是521年。也就是说每隔521年脱氧核糖核苷酸间的化学键会断裂一半。根据您刚才所说的话,目前的技术能在DNA完全降解之前实现生物复活,您的意思是说只要某个生物的DNA没有完全降解,就能将大部分已经断裂的化学键重新链接,请问人类怎样才能做到这点?"

胡一云正了正身子,碰到专业记者或者做过背景调查的记者,他总会肃然起敬:"嗯,谢谢。你倒提醒了我应该设个实验室开放日……"

听到胡一云这么说,大家都欢呼雀跃起来,少数记者还鼓起掌来。胡一云摆摆手,笑着对坐在旁边的国家科技部和长江水族馆的几位负责人说:"不过这事我说了不算,得领导们点头同意才行。我倒是可以简单地给诸位介绍一下DNA技术的整个过程是怎样的。"胡一云拾起手边的一个笔形控制器,轻轻按了一下,于是便在嘉宾席和媒体记者席之间出现了一个全息影像,里边展示的正是DNA分子的双螺旋结构。

"大家都知道,20世纪最重要的发现之一就是DNA这种多聚分子,它是我们洞悉一切生物传承、生长和进化的密码。"胡一云的声音不高不低、不缓不急,充满了男性的魅力,几秒钟内就会在云媒上得到处理加工,然后迅速传播到电视、网络、手机甚至机场、小区、街头的显示终端上。"大部分生物的DNA分子都是双螺旋结构,由两条核苷酸分子链组成。核苷酸中唯一变化的单元便是碱基,组成碱基的嘌呤和嘧啶通过氢键,也就是氢原子配对组成碱基对,而碱基对的不同排列顺序则构成了基因表达。氢键既可以使蛋白质与核苷酸序列结合,又不会破坏碱基对,因而调控蛋白质就能对特异的基因表达进行选择。"

胡一云按下控制器按键,画面变成了嘧啶和嘌呤的结构图,而且在每个结构图旁边都标注了分子式。胡一云接着说道:"因此,氢键断裂就意味着蛋白质不能再调控基因表达了。我们所做的是利用数学模型,在极少数未断裂的氢键连接基础上进行序列重排，通过精确控制原子间的电子和离子交换，重新建立氢键。当这部分工作完成后，蛋白质就又能对这些生物分子起作用了。"在全息的三维动画里，氢键的修复过程被完整地展示了出来。

动画展示完毕后，一位中年记者立即站起身来，颇有点咄咄逼人地说："胡博士，你曾说医生职业将在2050年消失，执业医师协会因此提出了抗议。此外，你的一些其他言论也激怒了不少制药厂商，你怎么看待这些事？"

胡一云知道有些媒体是行业利益的代言人，这位中年记者很可能是来自医药领域的行业媒体，要么医药企业是他们的大广告客户。对尖锐的问题他倒并不反感，但这个问题却已经偏离新闻发布会的主题了。"我没什么看法，不过倒是可以提供一些数据：2032年，也就是去年，人类的平均寿命已经达到了112岁，这还包括各种事故造成的意外伤亡！基因技术已经使我们克服了癌症、艾滋病等以前很难治愈的疾病。我可以很乐观估计一下，到2050年，人类的平均寿命将达到150岁！另外还有个统计数据或许你会感兴趣。去年，医生的失业率比十年前提高了30%！我想问在座的各位，你们有多长时间没看医生了？"

记者们纷纷七嘴八舌地讨论起来，有的说十年，有的说十五年，还有说从未看过医生的。胡一云接着说道："全体扫描诊断机和纳米机器人治疗器的广泛运用，已经能够治愈75.8%的人类疾病。我可以负责任地说，除了精神病，人类疾病已经基本上被攻克了。"

记者席里又传来了哈哈的大笑声，那位中年记者铁青着脸坐了下来。站在一旁的一个身形精壮的年轻男子这时悄悄走到胡一云身边，俯下身来对他耳语了几句。胡一云抬腕看了下手表，与坐在身边的几位领导模样的人简单交流了几句，然后他扭过头对记者们说："各位记者辛苦了。不好意思我还有个重要会议，只能失陪了。关于兴兴和旺旺的问题，水族馆赵馆长一定会给你们更满意的答复。"胡一云抱拳作揖，正准备离开时，一位容貌秀美的女记者突然站起来说道："胡老师请留步，我能否问最后一个问题？"

"请问。"

"我听说DNA复制技术将被应用到火星基地上，请问这是否属实？如果属实，这是否违反了联合国颁布的《太空伦理法》呢？"

胡一云一下子怔住了，他没料到新闻发布会上出现了跑太空口的记者。她是从哪里得到这个消息的呢？其他记者也被这莫名其妙的问题弄得一怔，大家都瞪大眼睛看着胡一云。

胡一云迅速整理了一下思路，说道："我不了解这个计划。如果你有确切的消息来源，方便时也请转告我。据我了解，《太空伦理法》是禁止在火星上进行生命复制的。"

发布会结束后，胡一云迅速穿过水族馆往后门走去，那个精干男子则紧紧跟在他身后。经过水族馆那条长长的廊道时，胡一云忍不住往中央那条直径达5米的透明玻璃水道望去。兴兴和旺旺像是受到了召唤一样，从玻璃水道远处嬉闹着游来，胡一云忍不住走了过去。兴兴和旺旺立马靠过来，圆圆的鼻头不时蹭一下玻璃壁，亲昵中透着几分顽皮，又小又黑的眼睛瞪着胡一云，流露出依依不舍的神情。胡一云伸手抚摸着玻璃壁，心中颇有几许留恋。

这两条曾经消失的生命是他一个细胞一个细胞地培养出来的，它们就像自己的亲生儿女一般，只是它们已经在这里生活了三四年，是时候回长江了。胡一云不知道，在复杂险恶的野外它们还能不能像现在这般悠游。如果DNA基因序列里保留了记忆信息的话，那么兴兴和旺旺还记得半个世纪前长江的模样是怎样的吗？它们会不会孤独？是否会生养后代？但不管怎样，送归长江后这一切都会水落石出的。

胡一云还在出神时，精干男子再次走近他身边，低声说："胡老师，只怕要赶不上时间了。"

火星怪石

其实，胡一云骨子里挺反感给自己安排助手一事的，名义上是助手，实则完全不是那么回事。虽然他并不讨厌小王，但也谈不上喜欢——他看起来坚毅朴实、行动机敏，但工作起来太线条了，而且他的存在已经严重影响了他的私人生活。

"你真能一人撂倒七八个？"胡一云倚在座椅里斜眼看着小王问道。这张采用纳米材料制作的椅面准确地感应到了他的体温，并以令常人难以觉察的速度迅速调节着车内的温度，热双金属涂层的车窗玻璃自动降低了透明度，使车内暗了下来。

小王憨厚地嘿嘿一笑。一个屏幕出现在他们面前，提示即将前往的目的地和到达时间。自动安全装置将他们的身体固定在座位上，车内机器人重复了一遍目的地后，小车就自动点火发动，而且很快就沿着GPS设定的路线出发了。

"真佩服。"胡一云顿了顿道，"你这身功夫用在我这里浪费了，得去保卫领导。"

小王扭过脸来认真地说："您也是领导。"

"哈，你太抬举我了。我就是个搞研究的，怎么能和领导比？"

"上级说了，要像保护领导一样保护胡老师。"

"唔，好吧。"胡一云觉得没辙，只好"嗯哼"一声，但过了片刻他又忍不住旁敲侧击，"你说这恐怖分子真那么神通广大？都什么年代了，他能在大街上把人给掳走了？"

"上级交代，现在的形势错综复杂，最近又有新式恐怖主义分子，专门劫掠科学家，为罪恶目的服务。尤其是像胡老师这样的科学家，可以说是恐怖分子的唐僧肉。保不准他们把胡老师劫走，通过DNA复制技术造个拿破仑、希特勒、萨达姆之类的战争狂人，那么世界又会大乱，人民群众就要遭殃。"

"噗！"看小王鼓着眼睛说得振振有词，胡一云差点没笑出来。"哎，我说小王啊，你们领导是不是有点危言耸听了？若真有恐怖分子让我造希特勒，我难道不能往基因里加点什么东西，造个白痴希特勒出来？恐怖分子被一个白痴领导，岂不都要完蛋？"

小王听胡一云这么一说，好奇地问道："您说的是真的？"

"那当然。你看兴兴和旺旺，那可是五十年前的尸体，我是不是把它们做得又乖巧又聪明？说说看，聪明的难做还是傻的难做啊？"

"当然是聪明的难。"

"聪明。"胡一云顺嘴夸上一句，接着说，"所以说你们上级有点紧张过度啦，是不是？我看你还是回去保卫领导比较好。"

"不行，胡老师，我不能擅自离开工作岗位。"

胡一云悻悻地摘下眼镜，揉了揉眼睛说："唉，好吧。既然你意志这么坚定，我也不勉为其难了。不过现在我得休息一会儿，到了后叫醒我吧。"至今，他还没搞清楚政府划分敏感技术的标准是什么，而保护名单一直属于密级材料，自己也无从得知。

汽车在高速公路上自动行驶了半个小时左右，终于抵达黄陂的塔式弹射平台旁边。这种塔式弹射平台看起来就像一只倒立的靴子，下方的"靴筒"内停放着小型核聚变动力飞机。这些飞机通过自动传送带被送到100米高、有点像靴底的平台上。飞机在平台上能够实现快速起飞，就像从航空母舰的飞行甲板上起飞一样。最重要的是，这种机场安装既方便又不占空间，一般而言有足球场那么大一块地皮就能建成。

胡一云和助手两人乘坐直梯到达平台顶上，登上了一架正在等待他们的飞机。这种自动飞机因为有足够的动力和轻盈的机身，机翼和尾翼都非常短小——不但能在塔式弹射平台上自如起飞，也能在联网的三维GPS导航下快速转弯和升降。

飞机启动加速后，胡一云的身子被猛地挤到椅背上，飞机在经过短暂的50米冲刺之后被抛向空中，以三十度的爬升角度上升，大概一分钟后就平稳地向北方飞去了。大约一小时后，飞机就降落在了位于北京航天城内的塔式弹射平台上了。

胡一云一行走下飞机，见有五个人站在电梯门口迎接。他一眼就认出左边那位白发苍苍的老头是国内知名的遗传生物学家、国家生物遗传研究院前院长黄觉，一年前已从院长位置上退下来了，但在学术界的影响还是很大的；站在黄觉旁边的中年男子是空间生命研究院院长李君健，彼此在一些会议上有些交集，不过不是十分熟悉；旁边三位中有一位是白人，想必是联合国的官员，另两位男子看似面熟，但他一时半会儿想不起在哪儿见过。

五个人同时迎了上来，互相介绍之后胡一云才知道，那个白人是联合国特别代表威廉姆，刚从位于美国纽约的联合国总部过来。另两人中一位是联合国驻中国机构总干事唐纳德，另一位是外交部副部长董鸣，原来他是外交部发言人，分管太空司。胡一云在电视上见过他们几次，难怪看起来很面熟。

在会议室里刚一落座，威廉姆就直截了当地说："胡博士，首先我要代表联合国秘书长马冯先生向您的团队表示祝贺，祝贺兴兴和旺旺回到长江。但我们这次会面还有更重要的事情，希望在接下来的两个小时内，我们能尽可能地探讨一些细节问题。想必您已经知道了部分情况，这件事与火星基地有关。"

"威廉姆先生，谢谢。我了解到一些情况，但并不清楚细节。需要提及的是，在今天上午的发布会上有位记者问到了在火星基地使用DNA复制技术的事。我不知道这是不是本次会议的主题？"

威廉姆等人听了此话都为之一愣。董鸣对威廉姆和唐纳德厉声说："我对联合国有关部门这种不负责任的行为表示愤慨。你们不能靠放'试探气球'的方式来检测舆论方向。虽然我们尊重联合国的决策，但你们这样做将陷我国科技工作者于不义之中。"董鸣神态冷峻、语言犀利，跟以前做新闻发言人时没什么两样。

威廉姆连忙道："董部长，这个消息一定是谣言。联合国的所有决定都是在遵守《联合国宪章》和太空法律、条约和协定基础上做出的，不可能监守自盗。联合国内部的任何人未经授权不能擅自对外发声，'试探气球'是不存在的，在必要的时候我们可以出面澄清。"

胡一云温和地说道："我对法律的事不太了解，也没有兴趣，但只要是政府的决策，我一定会尽力配合好的。"他看看董鸣，又看看威廉姆，至于他口里所说的到底是中国政府还是联合国，就由他们协调解决好了。现如今这个时期，不仅中国政府遇到了这种问题，美国、英国、日本……所有其他国家政府在与联合国打交道时都会有些磕磕绊绊，尤其是在太空事务中，各方之间的磨合可能也不是几年内就能完成的。

威廉姆说道："好，胡博士。我要指出的是SDA并不会在没有结论的情况下做出任何决定，而且决策也必须在法律框架之内。如果《太空伦理法》修正案没有通过联合国大会审议，DNA复制技术是肯定不会在火星上使用的。我想各位都应该非常清楚这一点。这次的会议是专家研讨会，我们已经在世界范围内举行了四次这样的会议，希望能够得出一个确切的结论。所以在此先请各位了解一下情况。"

威廉姆打开了控制器，从天花板上射下来一道光束，在圆桌上方显示出了一块陨石的全息图片。那是一块黑色石铁陨石，椭圆形，表面有一圈圈环形的熔流线。熔流线呈褐色，看起来非常美丽。

"这块美丽的陨石是'挖掘者号'飞船的宇航员安德鲁在火星基地

附近找到的。2032年10月，安德鲁在操作掘进机挖掘路基时，钻头被卡住了，当他检查钻头时发现了这块陨石。它比普通的鸡蛋稍大，约有5厘米高，重约1火星公斤。当他把陨石带回基地时，几个专家都认为这是一块看上去很漂亮的石铁陨石。"

威廉姆抓起会议桌上的矿泉水瓶喝了口水，接着说道："当时在火星基地的几个专家对它进行了光谱扫描，以下是扫描结果。"他按了下手头的控制器，立刻便有一组数据显示在陨石旁边：

"铁：35.39%；镍：18.41%；硅酸盐：15.02%；钴：5.53%；碳：4.68%；钛：3.24%；锇：2.24%；铱：2.11%；金：2.09%；钨：1.43%；钼：1.29%；铌：1.23%；钽1.16%；锆1.12%；水：2%；其他成分未知。"

坐在威廉姆斜对面的李君健这时候说道："测出的水分含量是2%？"

"对。"威廉姆一边回答一边用目光缓缓环视了一下众人，"当时几个专家也发现了这个不寻常的现象。'蜂巢号'的随船生物学家舒帆又做了进一步的检测，下面这张图就是舒帆的超声波扫描结果。"

另一道光束被打开了，屏幕上出现了一个半透明的灰色物体。在灰色物体中间，有个比周围颜色略浅的灰白色圆球，看起来很像一颗普通的珍珠。

"这应该是个气孔吧。"李君健说道。

"最初舒帆也是这样认为的，不过在仔细对比了高光部分和暗区后，她发现那就是一颗水珠。"

"水珠？"李君健颇感惊奇地反问道，显然这种奇怪的结论超出了他的预料。其他人也面面相觑，觉得很不可思议了。

"更奇怪的事情还在后面。'蜂巢号'成立了一个三人专家小组对此进行了研究。我想各位应该对他们的研究结果非常感兴趣，而讨论这些结果就是我们今天会议的主要议题。各位手边都有一份由三人小组撰写的报告，在浏览时请随时批注，然后请各位提出问题。"

　　胡一云打开手边的电子纸，这是一种用石墨烯做成的纸张，纸张内侧嵌入了一块极薄的超微芯片，能够迅速处理留在纸上的标记，并可自动把信息整理、存储到云数据库里。胡一云的手指轻轻划动电子纸，他看到整份报告并不长，加上附在中间的图片也就10张纸，但他看完后心中却隐隐感到了某种不安。

《阿孔德报告》

胡一云轻轻地抬头望向黄觉和李君健，发现他们两人也正向他看来，三人面面相觑，眼里充满狐疑之色。

威廉姆觉察出了他们的困惑，和声问道："几位有什么想法？"

"很难置信，"黄觉摇了摇头说，"在九年前的《阿孔德报告》里，阿尔西亚山岩石中发现的碱基类似物，只是多种碱基形式和碱基结构的化合物，这些有机化合物是以散乱的、游离态的形式分布的，它们之间既没有氢键连接，而且它们本身的结构也是不完整的，所以没有结论认为那是包含基因信息的生物分子。但在这份材料中，却说碱基是按顺序排列的，这是很明显的证据，说明火星生命是存在的，或者说是曾经存在的。"

胡一云知道《阿孔德报告》是由美国火星任务专家阿孔德撰写的火星考察报告。经过不懈努力，阿孔德终于在阿尔西亚山西北斜坡岩缝的冰渍层里找到了数块石头，发现了其中含有碱基的有机化合物，因而他得出结论认为，在当时的火星环境中，火星生命正处于孕育阶段，但其后的环境变化使这个过程中断了。这个报告在当时引起了极大轰动，同时也加速了人类火星探索的步伐。

李君健翻到电子书中的一张图片，上边显示着一个表面覆盖着类似糖霜的半透明棍状物，其里边有一条黑色螺旋线。他随手将电子书靠近光束，并用手指把图片拖曳进光束里，图片的二维码信息便被光束解读出来了，显示出3D动画，那个棍状物开始缓缓旋转着，与会者都能从不同侧面看到它的形状。李君健用手指着棍状物对众人说："从碱基分布和排列的情况看，这段分子聚合体好像发生过DNA片段交换，这是更让人难以理解的现象。"

"DNA片段交换是怎么回事？"一直未发一言的总干事唐纳德这时问道。

"唔……从宏观和通俗的角度来理解，就是有性繁殖中的受精过程。"

"这是个受精卵？"董鸣作为组织协调和处理外事关系的官员，并不了解这些技术问题，但很显然他也被李君健刚才的观点震住了。

"不能简单地理解为受精卵，受精卵是完整的生殖细胞，人类卵子直径能达到0.2毫米，相比这个分子聚合体大了几十万倍。也就是说，对这个分子聚合体，或者我们也可以叫它染色体吧，对它而言，DNA信息交换是在纳米级别上进行的。不过让人费解的不是这些，而是……"李君健突然停了下来，像是正在琢磨一件什么事情一般。

"而是什么？"正在倾听的威廉姆见李君健不再接着往下说，忍不住追问道。

李君健回过神来，支吾道："嗯……没什么。我觉得这种尺度上的基因信息交换也是地球生物圈内经常发生的事。但在火星上，尤其是在一块陨石的核内发生这种情况，就太让人难以置信了。"

"我们现在需要的就是解释。"威廉姆迅速将脸转向胡一云问道，"胡博士，你怎么看？"

胡一云此时的思绪已经飞到了九霄云外。与黄觉和李君健一样，他也发现了这种不同寻常的现象。两种基因信息的交换是自然产生的，就像精子与卵子结合一样。有性繁殖正是在这种基础上建立了基因进化机制——通过细胞的重新结合，增加了基因表达的各种可能性，从而为基因突变和物种进化创造了条件。但从这份报告所提供的资料来看，情况就变得非常复杂了——这到底代表着原始生命的诞生还是意味着某种未知力量的控制？它与《阿孔德报告》中的碱基分子有关系吗……

"胡博士，胡博士？"威廉姆有点不耐烦地急切催促道，"你认为这种分子有分裂生长的可能性吗？"

"哦，对不起，威廉姆先生。"威廉姆的喊声将胡一云的思绪拉了回来，他这才发现那双灰蓝色的眼睛正瞪着他，热切期待着他的回答，胡一云下意识地将视线移到黄觉和李君健身上，"我很难据此判断原因，但我有几点意见：第一，这是一条比较完整的DNA分子聚合体，并且，就像李院长所说的那样，它的基因信息产生过交换，也就是说进行了配对，但没有进一步分裂，我们不知道这个自然过程为什么中断了；第二，"胡一云深深吸了一口气，将目光转向董鸣和威廉姆，"在我们目前的技术条件下，这种分子聚合体有可能裂变生长，但概率很低，这是我从专业角度做出的判断。"

威廉姆轻轻舒了一口气，正准备说话时，胡一云又补充道："不过，我认为在没搞清原因的情况下，我们更不应该盲目使用有关技术。"

听到这里，威廉姆点点头，对胡一云和其他两位专家说："各位，我将把你们的意见反馈至马冯秘书长。同时……"他说着将目光转向董鸣说道，"我们还要调查那条火星基地将使用DNA复制技术的谣言是从哪里传出来的。我们的一切行动都将在联合国的法律框架，尤其是《太空伦理法》规定的范围内进行。但我需要透露的是，《太空伦理法》修正案已提上议事日程，以便适用于当下和将来可能发生的新情况。"

会后，胡一云得到了其他四个专家组对火星怪石内分子聚合体的初步意见报告，其中美国专家一致认为这是继《阿孔德报告》之后的又一力证，说明火星生命还在孕育期时就遭到环境巨变的扼杀。日本专家组保持着与美国专家的一致论调，认为这一分子聚合体正是在火星生命萌发时产生的。

　　来自欧洲的专家组则存在较大的分歧，英国的一位专家认为这是原始生命广泛散布宇宙的证据，但他的"老旧的二十世纪日不落帝国心态"遭到了一些专家的嘲笑；来自法国的专家则认为这是一个封存于液体中的有机分子化石；德国的专家更进一步认为它是化学自养型生物分子。

　　而俄罗斯的专家组则提出了一种惊人的观点，认为这个分子或许是40亿年前地球撞击成月时溅往火星的陨石中携带的，很可能来自地球的早期生命LUCA（Last Universal Common Ancestor）。他们认为LUCA以DNA储存遗传信息，并且会自动互换基因信息片段。当到达火星寒冷的环境后，这种喜热的生命体才会无法生存进化。

　　自从那次会议结束之后，威廉姆一直与胡一云保持着密切联系。胡一云内心也非常清楚，SDA将会有下一步的动作，根据自己的研究领域和威廉姆的热忱态度，将来他们到底要做些什么已经很明确了。只是胡一云并不去捅破那层窗户纸，这倒不是担心法律问题——他对于培育那个火星生命的积极性并不比其他科学家高。

　　从威廉姆那里胡一云陆续了解到一些新的情况。由于众说纷纭，联合国SDA难以取得一致的意见，因此，对下一步需要开展的工作有些举棋不定。火星怪石——这时它已经有了一个新名字"火星生命石"，被放在位于火星同步轨道上的"蜂巢号"科考环医药实验单元里，在每个火星日都进行两次观测，以确定水珠和分子聚合体的性状是否发生改变。

　　多数专家赞成，在火星生命石送回地球后，应在严密控制的实验室内切开陨石，对分子聚合体进行更细致的观察。这就对实验室环境提出了极高的要求，有人认为要将实验室内各类细菌、病毒和孢子的数量控制在绝对的零个是一项不可能完成的任务。一位韩国科学家提出了一个相对可行的方案——将"火星生命石"放在直径为一米左右的玻璃球腔内，可让研究人员利用机械手在玻璃腔外进行各种操作和观测，这样就大大提高了污染的可控性。

威廉姆在一封邮件中提到，SDA正在加紧推进《太空伦理法》的修订工作，计划在下一届联合国大会之前提交审议，其中最关键的就是有关外星生命体的复制问题。当前的《太空伦理法》规定了一切外太空的地球生物复制，以及一切外太空生命体的复制——无论在地球上、还是其他星体空间，都违反了人类精神，因此也都是被禁止的。这部法律在上一届联合国大会审议时获得了多数人的支持，但也扼制了有关研究的开展。SDA提出的修正案要求"有限条件的可控复制"应是被允许的，希冀借此为空间生命研究开一道口子。

不久后，胡一云又接到了来自威廉姆的通知，称他将作为"生命体一号"专家组的主要成员参与到相关工作之中。原来SDA提前做出了准备，在听取了众多专家的意见后，他们决定将"火星生命石"运回地球、并且要在零污染的条件下进行深入观察，项目代号为"生命体一号"。胡一云深知，"生命体一号"并不涉及生命复制问题，而让他参与其中，无非是在为下一步计划预热而已。

为打消胡一云的后顾之忧，威廉姆回到联合国总部后，立即组织人力对"火星基地将使用DNA复制技术"的谣言进行了调查。令他感到意外的是，那个向胡一云问的记者竟然是SDA的跑口记者，来自星空网，名叫张萌。他们通过跟踪张萌的信息来源渠道，找到了一个叫"太空捍卫者联盟"的网络组织，这个组织的宗旨就是反对人类进行外星殖民和太空开发。由于管理比较松散，这个组织目前并没有什么实质性的行动，因此也从未对联合国的太空政策产生任何实质性的影响。

不过，为了做到万无一失，"蜂巢号"与地球的通信密级还是进一步加强了，参与项目的专家组需要签订保密协议——一切研究都将在法律框架内进行，但仍需避免消息泄露可能带来的麻烦。

来自太空的报道

星空网八号空间站格林尼治时间2月8日23时电 记者张萌

在500多名工程师安全返回地球之后，"蜂巢号"看起来比以前光亮多了！

事实上，现在透过八号空间站七号生活舱的舷窗，大概只能看到两样东西：黑夜中的地球和这艘即将遮住它的星际拖船。和平时大家经常看到的一样，它就像个发着光的羽毛球，沿着北纬15.5°的轨道运行，每天转13.5圈。不过从记者现在所处的角度看，它几乎与地球融为了一体，就像是在黑暗的母体里等待分娩的孩子。八天后，近万吨重的"蜂巢号"将首次离开地球，前往火星。

"蜂巢号"离张萌所处的空间站大约相去10公里，船上的灯光勾勒出了它的船身，但此时已经湮没在了来自地球的驳杂灯火之中。张萌翻看了一下联合国太空署分发的媒体采访手册，按照里边的时间进度表，我们可以确认的是调试工作已经接近尾声了。尽管有近半年的时间，张萌一直都以挑战者的姿态出现在太空署的新闻发布厅里，不过现在她却基本放弃了质疑。调试组即将撤出"蜂巢号"，而船员们则在一个月前就已经进驻了，一切都在有条不紊地按照计划进行。张萌看着舷窗玻璃里自己的影子，LED光将她秀丽的脸庞蒙上了一层昏暗的冷白光晕，看起来有点惨白。她发了会儿呆，拢了拢飘散的发丝，又开始写了起来。

"调试组计划明天将撤出。在船长本吉正式接管'蜂巢号'后，这艘宇宙飞船将会进行168小时的绕地球试运行。之后，'蜂巢号'将踏上前往火星的旅途，这也是人类史上第八次远征火星。九年之前，'猎户座号'载人飞船第一次登陆火星时，没有人会想到有今天的这一幕出现。但我们联想到这九年科学家们在火星上所取得的成绩，就不难解释'蜂巢号'首航的意义了。记者从SDA获得的资料显示，利用基因技术培育的蓝藻和藓苔，在北至奥林帕斯山、南到阿尔西亚山的三角形地带存活率达到了80%，目前已经蔓延到艾斯克雷尔斯山东麓。来自中国生物重造工程小组的胡一云博士近日公开表示，进行过基因重构的蓝藻能在最大程度上克服火星环境对其生长的不利影响，而且繁殖速度比原来的品种快了近一倍。他同时还表示，即使在诺克提斯迷宫等不具备融冰条件的地区，蓝藻也能存活。这意味着即使远离埋有聚变融冰装置的冻土层，绿色植被也能生长。虽然目前土豆还只能在纳米复合膜蔬菜棚里存活，但SDA的一位植物学家却认为，按照目前火星大气的变化趋势，预计三年内就能实现土豆等农作物的露天种植。SDA的另一位空间生命专家则认为，这一变化的更重大意义在于，地球上的哺乳动物将在'不久的将来''无限制地'生活在火星地表上。'蜂巢号'这艘能同时容纳2000人和3000吨货物的太空驳船，已经昭示了人类太空殖民时代将全面来临。"

张萌边写边用手摸了摸自己光滑的脸庞，抬头环顾了一下四周，小隔间里鲜有按钮或开关，像是一个崇尚极简主义风格的微型起居室。她用手摸索着打开了身下的一个按钮，于是桌子侧一个长条形盖子便被打开了，从里边弹出一根吸管，看起来像条柔软的天线。在进入太空之前，她跟其他记者都接受过三个月的短期培训，所以对空间站的构造和生活设施基本上都有所了解。张萌含住吸管吸了口饮料，混合了蛋白液、维生素、纤维素和香草味道的液体在舌头的味蕾上停留了一会儿，缓缓顺着张萌细长的脖子进入她的胃里。张萌吸了吸鼻翼，整理了一下思路，接着写道：

　　"'蜂巢号'是人类有史以来在地球之外建造的最大的人造物，被称为'唯一一个全人类足不出户、不借助任何工具都能亲眼看到的建筑'，它代表了人类现有的技术力量所能达到的高度。从2027年开始，全球近十个航天发射基地就马不停蹄地将数万吨构件、装备、材料，还有工程师和技术人员送上了近地轨道。持续五年的辛勤劳动终于取得了成果，就像在地球上无数次看到的一样，它由一个穹顶状圆形主舱与三个大小不等的圆环组成，其结构之宏大精巧，称得上是人类文明的'第九大奇迹'。

　　"如果你从正面看上去，就可发现它的几个圆环互相叠影，构成了三个完美的同心圆。最大的圆环为储集环，直径846米——几乎与'蜂巢号'850米的身长相等，满载时能装下3000吨的货物；位居末端的圆环为动力环，其上分布着八艘次级船的对接基座。这八艘次级船分别是潜水者号、漫游者号、鲸鱼号、剃刀号、挖掘者号、巡逻者号、螳螂号、防卫者号。它们的主要功能各不相同，比如潜水者号能深入木卫二的冰下海洋，剃刀号可以削、切坚硬的岩石，螳螂号则被称为'大力士'等。值得一提的是，在正常航行中它们将为'蜂巢号'提供额外的动力；第一个圆环是科考环，来自全球十几个太空机构的科研和工程人员将驻扎于此，从事空间考察和科研活动；球形主舱则既是'蜂巢号'的集控中心，同时也是行政和会议中心。

　　"至于'蜂巢号'的桁架结构——在地球上它是无法通过肉眼看到的——就整本而言像个立体十字架。在十字架的横梁位置有两条于九十度处相交、长度相等的横梁。两条横梁的四端装有四个核聚变反应堆，它们处在球形主舱和科考环之间。水平贯穿'蜂巢号'的主架，尾端位于动力环之间，安装有两个主引擎。主架的中间段则是零重力通道，以方便主舱、科考环、储集环和动力环之间的人员往来。"

　　"嘀嘀！"此时系在张萌左袖口袋里的手机闪烁着响起来，一下子打断了她的思路。两年前地球到空间站的即时通信还是被管制的，自从一家叫"星际联网"的通信公司建立起太空通信后，太空即时通信领域已经完全开放了。张萌看了眼提示，发现是个陌生号码，便没再理会，低头接着写道：

"2027年以前，各个国家仍然为远涉火星孤军奋战。尽管美国NASA与俄罗斯联邦航天局提出了建造太空运输船的设想，此后又有欧空局和中国国家航天局等机构加入其中，但建造方案却迟迟没有公布。直到时间轴进入2027年，联合国提出了'同一个星空，同一个希望'的愿景之后，'蜂巢号'的建设才正式被提上议事日程。

"这一切都缘于星际远航的迫切需求。在最初几次载人飞船登陆火星并完成科考任务之后，越来越多的国家认识到了建造一艘巨型太空船的重要性。2027年的联合国倡议得到了许多国家的支持。多达五十三个国家参与'蜂巢号'的建设，全球数十个大的航天器公司连轴转地生产构件和装备，所有航天中心昼夜不停地往近地轨道运输材料——正因为如此，才加速了航天动力和材料的革命，并大大降低了运输成本。在'蜂巢号'里，你不仅能看到来自美国和俄罗斯的动力系统和全息控制系统、欧洲的导航系统、中国的海绵体高熵合金材料、日本的生命支持系统和纳米碳技术，还有来自加拿大的机械臂、印度的软件、澳大利亚的聚变燃料和巴西的生物油……

"这艘星际拖船是人类共同努力的杰作——它不仅仅是一艘货船，还是太空中的指挥中心和移动城堡——这至关重要，能实现对所有在火星或其他星球作业的飞船就地进行指挥，依靠电磁波的长距离通信方式再也不能阻碍人类踏入太空的脚步了！'蜂巢号'是征服太空的母舰、是人类文明的结晶，也是人类团结进取的象征。从它诞生之日起，它就是人类命运共同体的产物。"

写到此处，张萌不禁对自己这篇充满陈词滥调和专业术语的稿件深感恶心，有些厌烦地合上了电脑。她想起数年前自己写的文章还是那样的精巧灵动，但现在浸淫于周围那些所谓光明、伟大的声调中，她无力地发现自己已越来越偏离作为一个写作者的初衷了。张萌看着舷窗里自己的脸庞，模糊的轮廓里透着一丝暧昧不明的气息，好像已经失去了作为曾经的挑战者的锐利。张萌深深叹了一口气，突然想起了刚才的那个短信，于是好奇地打开了手机，她发现有一段文字出现在屏幕上。

"张记者您好，我是'太空捍卫者联盟'外联部部长于娟，很高兴能与您认识。我们诚挚邀请您参加第三届太空捍卫者联盟会议。

"本届联盟会议的主题是'保护星空，拒绝扩张'，框架议题包括：一、关于和谐星空的伦理道德和太空正义的哲学思考；二、人类太空殖民扩张的潜在性风险评估（含太空生态灾难的前瞻性思考）；三、人类技术与人类文明再反思（含星际文明进化路径可能性的探析）。

"信息附件是一份详细的会议议程，请参阅。敬请莅临参加！"

张萌惊奇地看着这条信息，看起来这像是一个太空环保组织。从会议的议题上来看，这个组织具有很明显的反火星移民的倾向。为了弄清楚到底是怎么一回事，她急不可耐地打开了附件。看后她才发现那是一张邀请函，还附上了详细的会议资料。张萌上网找了些资料，才算对"太空捍卫者联盟"有了一个大概了解。

原来这是个基于网络的环保组织，大概在20年代中期由几个兴趣小组演化而来。那时候人类刚刚踏足火星，便在网络上掀起了一波又一波的太空探索热潮，这几个兴趣小组正是在这种背景下催生的。最开始的时候，小组成员主要讨论一些宇宙哲学、天文物理、外星生物、星际旅行和太空环境等方面的问题。但在讨论中一些人的观点渐渐产生了分歧，随之引发了争吵。

争吵的焦点主要集中在人类活动是否会污染火星环境的问题上。在20年代中期以前，由于实行严格的检疫隔离制度，这个问题并没有凸显出来。但随着人类开始在火星地表大面积种植转基因蓝菌、藓苔和地衣，火星的环境污染问题也就显得严峻起来了。

小组中的反对派认为，人类活动对火星造成了极大的污染，如果存在火星生物的话，这种污染将对其构成致命威胁；赞成派则抛出了两个观点：一是人类至今还没有发现什么火星生命，所以那种担忧完全是杞人忧天；二是即使有火星生命，致命威胁的说法也是夸大其词。火星生命既然能适应那么恶劣的生存环境，难道还会被微不足道的所谓污染（无非就是细菌、病毒、孢子之类）致死吗？

反对派认为赞成派完全缺乏逻辑：火星上至今没有发现生命并不代表没有生命，人类目前的活动仅限于阿尔西亚山西北面的一小块区域内，还有其他一些更古老的宜居地人类并未探索，那些地方可能就有火星生命存在；火星生命能适应火星环境，但并不一定能抵抗地球病毒，就像北美的印第安人无法抵抗欧洲的传染病一样。

赞成派中的一些人则抛出了"物竞天择，适者生存"的论调，这更激起了反对派的强烈愤慨，认为赞成派是激进的达尔文进化论者和地球沙文主义的代表，双方随之展开了骂战。随着骂战的不断升级，兴趣小组彻底分裂。只占少数的反对派决定成立一个组织来保护空间环境，他们暗中联合起来，退出兴趣小组，形成了一个新团体，在网络里对各种太空事件进行评论，于是"太空捍卫者联盟"在此基础上就慢慢发展了起来。

但由于"太空捍卫者联盟"的意见与时代潮流格格不入，完全背离了主流民意，自诞生以来也就从没有壮大过，发表的意见也常常被湮没在碎片化的网络信息里。在人类探索太空的热情持续高涨的大背景下，"太空捍卫者联盟"抛出的火星微生物灭绝论缺乏有力的证据支撑，于是也就无法博得人们的眼球。因此无论是在人类道义上还是法律框架内，太空环保概念都没有立足空间。再加之联盟成员逐渐变得混杂，最开始时只是一些单纯的天文爱好者、白领、大学生，后来一些不得志的民间科学爱好者、UFO爱好者和喜欢猎奇的超自然派也掺和进来了，使得整个联盟变成了思想上争奇斗艳的大杂烩，也越发显得不入流起来。

了解到隐藏在"太空捍卫者联盟"身后的背景后，张萌忍不住微微一笑，随即解开了缚在身上的固定带，风一样地从小隔间里飘了出去。

整个20年代，近地轨道上共建造了十个国际空间站，能容纳四百多个宇航员。在"蜂巢号"建造期间，这十个空间站里装满了工程技术人员和专家，他们用摆渡舱往返于"蜂巢号"和驻站之间。但在"蜂巢号"完工之后，工程师们则撤回地球，空间站就留给了刚从地球来的政府组织和企业代表、观察人士和媒体记者们。八号空间站是中国在20年代中期建造的，最多能容纳三十多人。生活舱共有三个，呈辐射状对称排列在服务舱的末端。在每个舱内还隔离出六个独立小间，宇航员们一般在这些小间内休息。目前除了两名驻站宇航员外，还有十一名来自世界各地的媒体记者，因此实际上这个空间站已经变成了媒体中心。

但事实上联合国的这种安排可以说是欠妥的。跟以前的老式空间站一样，八号空间站并不带有人造重力装置，它的尺寸太小，短半径旋转制造的人工重力会产生科里奥利力和加速度让人感觉很不舒服。没有重力的环境给记者们采访、报道和写稿带来了不便，而那些带有重力的大型空间站却分配给了政府官员和企业代表，这种安排曾一度令记者们愤愤不平。

端　倪

张萌从三号生活舱飘出来后，穿过中间的过道进入了一号舱。一号舱里此时正播放着音乐，舱底处有位男子刚做完深蹲训练，此时正在卸肩上的弹力伸缩带。张萌一眼认出那名男子叫杨天，他的体型看上去非常健美，脸型方正、浓眉大眼，给人一种健康阳光的感觉。

张萌迎了上去招呼道："嗨，杨天，你好。"

杨天朝她挥挥手，顺便关掉了身旁的音乐播放器。

"我叫张萌，星空网的。"

"嗯，我看过你写的报道。"杨天用毛巾擦了擦汗，接着说道，"挺好。"

"谢谢。这首曲子听起来很棒。"

"贝多芬的《悲怆奏鸣曲》，是我的最爱之一。"

"《悲怆奏鸣曲》？名字听起来似乎很沉重。"

"事实上这支钢琴曲跟悲伤没什么关系，它的原名叫C小调第八钢琴奏鸣曲，整个乐曲传达的情绪是激昂有力的，很有激情和力量。"

"哦，看起来你对音乐很有研究啊。"

"哪里，我只是懂些皮毛而已，中学时学过一段时间。这首钢琴曲难度不大又好听，所以那时我经常弹。你知道，我们这种学钢琴的也就自己玩玩，最终都会放弃的。"

"唔，陶冶一下性情也是好的……确实想不到，我一直觉得宇航员都是理工出身，跟艺术基本上是绝缘的。"

"哪谈得上艺术，业余爱好而已。"杨天惭愧地笑了笑。

"我想起来了，爱因斯坦的小提琴就拉得很不错。唔，看来我也犯了刻板成见的毛病。改天有时间的话，让我欣赏欣赏你的演奏水平。对了，你这时应该在'蜂巢号'上啊，怎么回来了？"

"哦，明天开始试运行，今天算休息日，所以回来取点东西。"

张萌暗想中国籍宇航员在进驻'蜂巢号'之前都在八号空间站里，这倒没什么奇怪的，又接着问："你对'蜂巢号'的感觉怎样？"

"果然是记者，开口就是问题，呵呵。"杨天爽朗地笑着说，"感觉很棒。'蜂巢号'很大，自动化程度高，感觉挺先进的。"

张萌灵机一动，说道："你倒是提醒了我，要不我现在给你做个采访吧。"说着从上衣口袋里抽出了一个微型摄像头。

"采访？我可没准备。"

"不用准备，也就是随便聊聊。"

"唔，"杨天看了看腕表，答道，"好吧。记者，想聊些什么？"

"'蜂巢号'那么大，给你的感觉像什么？"

"嗯，"杨天捋了一下头发道，"我倒是有个比方，当我驾驶着摆渡舱过去时，感觉像是……坐着缆车爬一座大山，你肯定坐过缆车吧？"见张萌点头，杨天接着说，"如果把山体想象成'蜂巢号'的船体，你就会有那种感觉了，初次接近可能会有点眩晕，不过习惯后就好了。我听说会安排记者参观的，不是吗？"

张萌点点头，接着问道："能说说你的经历吗？很多人觉得能成为'蜂巢号'宇航员的人都不一般。"

"没有什么特别的。我在中学期间对航天比较感兴趣，所以大学学的是航天工程。毕业时听说飞行员比较容易成为宇航员，于是就去飞行学院学了两年。之后在飞行大队做了三年飞行员，后来深空六号上马，我们飞行大队挑选宇航员时就被选中了。我在深空六号待了六个月，那是中国进行的第一次深空载人航行。但遗憾的是当我们飞到离火星还剩一半路程时就折返了。这次航行只往火星轨道发射了一枚卫星。"

杨天顿了顿接着说道："后来就到了这个空间站，那时它才刚刚建好。我在这待了一年多，参加了加拿大机械臂和脉冲星导航试验系统的安装。在完成这些工作后又去了趟月球。"

"那一定是去建设氦-3开采场吧？"张萌不失时机地插问道，那时月球上正在兴建开采核聚变燃料的矿场，大部分去月球的宇航员都参与了该项目的建设。

杨天点点头答道："从月球返回后又来到了这里。"

"喔，你是哪一年成为'蜂巢号'宇航员的？"

"准确地说是'蜂巢号'预备宇航员。那大概是2028年吧，也就是从深空六号回到地球之后。"

"此后的经历都算是针对性训练？"

"算是吧，2028年后的任务都有针对性。"

"在'蜂巢号'上你具体负责哪些工作呢？"

"我是'鲸鱼号'的领航员，但在'蜂巢号'正常航行时我们主要待在主舱里，只有执行脱飞任务时才去次级船。在'鲸鱼号'上的工作主要是监测飞行参数和操作机械臂。登陆火星后的工作则包括基地建设和科研的一些配合任务。"

"能详细谈谈火星上的工作吗？"

"目前分配的任务主要是安装净化循环设施，此外还有一些路基建设工作。"

张萌突然想起"太空捍卫者联盟"的事，于是问道："净化循环装置主要是用于保护火星环境？"

"不全是。它能收集废水和排泄物，并进行固液分离，然后制成饮用水和蔬菜的肥料。我想这应该是无害的，不过专家的解释比我的应该更有说服力。"

"哪些专家？"张萌追问。

"比如这次随船的日本植物学家香穗子博士，她也研究微生物与环境的关系。参观科考环时你可能会见到，她负责生态实验单元，还有一位科学家比较了解，她叫舒帆，是一位生物学家，也是医生。"

"嗯，"张萌想了想道，"能用一句话表达你对人类火星基地的期待吗？"

杨天挠挠头，颇感为难地道："这很难说……唔，它好比是人类在太空里撒下的第一粒种子，我期望它是一个新的文明。"

"如果让你选择一种方式与一个新文明打招呼，你会怎么做？"

"唔……"杨天想了想道，"我可能会给他们弹上一曲。"

采访完杨天后，张萌返回了三号舱。刚进到舱内，她就看到斜对面的小隔间里突然飘出了一个身子，向她迎面飞了过来，张萌认出他是BBC的记者杰夫。自从在肯尼迪航天中心集合后，杰夫似乎对她特别感兴趣，总是有一搭没一搭地找她聊天。

"萌，你看起来脸色不太好，是不是患上太空适应综合征了？"杰夫关切地问道，蓝色的眼睛显得很清澈。

"唔，我很好。杰夫，谢谢你。"

"嗯，那就好。"杰夫拉起张萌的手说，"我带你看样东西。"

张萌轻轻地挣脱了杰夫的手，本不想去看，又不忍拂他好意，便随他来到舷窗边，抬头往窗外看去，只见一道美丽的暗绿色弧光在天空中亮起，来自太阳的高能粒子流正吹在地球的大气圈上，被电离的大气分子产生了绚丽的极光。

"真美！"张萌忍不住轻声赞道。

"萌，和你一样，"杰夫又拉起张萌的手柔声说道，"既美丽又神秘！"

张萌看着眼前的极光，不由想起了另一种光芒，那是同样的颜色，同样的瑰丽无比、神秘莫测、凶险万分……她沉浸在回忆里，一时竟呆住了，以至于忘了立马抽回被杰夫握住的手。

杰夫握着张萌的手，凑到自己的唇边，柔声说道："萌，我喜欢你。"

张萌惊觉起来，赶忙抽回自己的手说："不，杰夫。对不起，我想我该回去休息了。"说完她便转身往自己的隔间飞去。

"对不起，萌，请你不要介意。"杰夫在后面焦急地喊道，但张萌却一头扎进了自己的小隔间里，仿佛什么也没听到一样。此刻，她仿佛被那道光芒击中了一般，几乎失去了魂魄。那是离子的光芒，在那个幽暗的山洞里，磁球幻化成绿火，让一切化为虚无——如果他成功了，他们就能幸福吗？或许吧，他的身影在寒夜孤灯里该是多么的遥远和冷漠啊！她紧紧闭上眼睛，将头靠在光滑的舱壁上，心里的声音却理智地告诉她，不会的，即使她不离开，他们也永远不会幸福的。

这是多么可怕的魔咒啊！她已经在心里一千遍地告诉自己，她只是怜悯他，那不是爱——他既自私又冷漠，所要奉献的既不是为她，也不是为人类，只是为他头脑中那难以化解的幽灵。他不惜用他全部的爱、热情、生命去捕捉它，制服它！他只遵从于他自己的天地宇宙。泪水无声地从她那紧闭的眼角滚滚而下……

培植园之行

媒体记者是在格林尼治时间2月16日8点整前往"蜂巢号"的。

他们被分成两拨，乘坐那种可以容纳七人的大型摆渡舱往"蜂巢号"飞去。另一种数量较多的小型摆渡舱每次只能乘坐两人，并不适合太空公务活动。不过得益于金属玻璃材料技术的发展，这种摆渡舱一般具有宽大的舷窗，这样一来乘客们就能够饱览太空的美景。

张萌刻意不与杰夫同乘一舱，尽管此前的七天里，他们在八号空间站狭小的空间中仍不时会碰面，每每触碰到杰夫略带歉疚又颇有不甘的眼神时，她总会觉得尴尬。

驾驶摆渡舱的是留守在近地轨道的宇航员。眼下张萌将头贴在摆渡舱的舷窗玻璃上，于是地球、太空和"蜂巢号"的景色便一览无余地展现在她的眼前。眼下"蜂巢号"看上去确实太雄伟了，它那巨大的圆环就像个时空之门，仿佛要把摆渡舱那渺小的身躯吞噬掉一般。850米，那是一座山峰的高度！846米，那是一条彩虹的弧度！十几米的摆渡舱简直就像是彩虹底下的一叶孤舟。张萌看看"蜂巢号"，又看看静谧的地球，忽然悟出了一个道理：任何事物，当靠它太近时，只能发现其琐碎；而离它太远的话，又只能感到其缥缈。只有在适当的距离上，方能体会到它的伟大。

起飞后，"蜂巢号"像一座陡峭的大山一样压了过来，所有人都屏住呼吸，心跳却不由自主地加快了。有几个记者还出现了轻微的眩晕感，面红心悸、鼻头冒汗，于是他们便紧紧抓着缚在身上的固定带，生怕不小心一个失足掉进万丈深渊里去。

在逼近段结束之后，众人再也看不到"蜂巢号"巨大的躯体了——出现在他们视野里的全是球形主舱不断旋转的舱壁，人们紧张的心情才稍稍得到缓解，但很快又被转动的舱壁搞得眼花缭乱。两艘摆渡舱进入交接段后，张萌看到球形主舱的底部并列排着三圈气闸，不久她就意识到这正是摆渡舱的交接口。此前这些气闸一直处于频繁的开关之中，因为建设队伍每天都要从这里进出，在他们撤走之后大部分气闸也随之闲置下来。

交接口并不跟随主舱一起旋转，这样的设计有利于它与各种宇宙飞船进行对接。摆渡舱使用的是智能对接系统，所有的减速、平移、仰俯操作都不需要人工操作。驾驶员甚至都不用再看监控屏，就向大家介绍起对接的工作原理来。摆渡舱在经过姿态调整后，前端的气闸圈插入了气闸孔，一阵轻微的晃动后，便死死地锁在了"蜂巢号"上。由于两艘船的气压是一致的，所以并不需要再进行加压之类的操作。

这时，闸门打开了，随即从里边传来了一阵欢迎的鼓掌声，同时一个美妙的广播音立马响起："'蜂巢号'全体船员欢迎媒体朋友们登陆'蜂巢号'！"

众人鱼贯而出，他们看到一小群人正等在交接舱里。一个显示屏就悬浮在他们背后的空中，上面用中、英、俄、德、法、日、西、葡八国语言写着"欢迎光临'蜂巢号'！"的标语。这么多语种看起来虽然做作，却也令人颇感舒心。几名工作人员热情地将众人引到球形主舱中间的零重力通道内，当他们通过一道闸门后，就进入了一个电梯模样的小房间里。待了片刻，房间慢慢转动起来，所有的人都感觉到脚底轻轻地接触到了地面，这时房间对面的一道门突然打开了。

一行人穿过那道门，进入到一条通道里，当他们越往里走，心里就越踏实，因为他们脚下已经能够明显感觉到身体的重量。尽管这只是比在地球上轻25%的重力，但轻盈的步态却给人带来了一种奇妙的体验。

　　众人来到一个狭长开阔的会议厅里，只见会议厅一侧摆放了鲜花、果蔬和其他一些食物，每个座位前都有一瓶矿泉水和一张电子纸。记者们马上就适应了这种似曾相识的环境，大家都愉快地找到自己的座位并很快就坐下了。

　　须臾，会议厅边上的一扇门徐徐打开，一位气宇轩昂、轮廓分明、穿着制服的中年人在几个人的陪同下步入会场。张萌立马认出这人是"蜂巢号"船长本吉。他是中美混血儿，在美国接受教育，曾在NASA的项目中两度进入火星，是一位经验丰富的宇航员。

　　"各位媒体朋友们，大家好！"本吉洪亮的声音在会场里响了起来，"我谨代表'蜂巢号'全体船员欢迎大家的到来。"本吉顿了顿，接着道，"一个月前，马冯秘书长嘱托我，一定要让媒体朋友们见证这个新时代的诞生。

　　"我完全赞同马冯先生的提议。因为'蜂巢号'无法向所有公众开放，你们将作为全体地球公民的代表，记录在这里的所见所闻，告诉地球上的人们，让他们了解，这个由人类所建造、寄托着我们的光荣和梦想、代表着星际和平的旗舰将如何踏出它前往太空的第一步。因此我在这里真诚地恳请你们，就像马冯先生嘱托我的一样，告诉人们'蜂巢号'是什么样的、它将去往哪里，以及它将为人类带来什么。

　　"我们的事业是人类所共同希望并坚定相信的，我们的科技力量使我们相信人类正向着一个光明的未来前进。'蜂巢号'正是人类先进科技的结晶，代表着一个伟大的、团结的人类力量正在太空中崛起。正是由于'蜂巢号'的诞生，当我们面对浩瀚的星空时，才不再感到人类的渺小与无助。

　　"当人类的旗舰驶往幽暗的深空时，我们都将秉持这样一种信念：人类不是为了寻求征服，而是为了寻找和平！

　　"谢谢媒体朋友们，祝你们在'蜂巢号'上度过愉快的一天。"

本吉挥挥手，简短的欢迎词结束了，大家脸上露出了振奋的神色。

本吉离开后记者们休息了片刻，享用了一些食物，还到周边的落地舷窗边观赏了太空美景。站在窗边的感觉真的是很奇妙的，因为球形主舱旋转的缘故，每分钟能四次看到地球从身边擦过，由此，那些适应能力稍差的人便会产生身体正在自转的错觉。许多记者都群情雀跃地体验着这种奇妙的感觉。

按照联合国安排好的行程，大家首先参观了集控中心。那是由几片扇形区域组成的空间，只见巨大的光幕遮住了舷窗，上面显示着令人目不暇接的曲线、图表和各种结构图，各色数字在屏幕上飞快地闪烁着。令张萌印象深刻的是一面显示着飞船结构的光屏，它看上去非常复杂，但又给人极其简洁的感觉。一位工程师点击着他身边的全息操控屏，光屏上的飞船结构瞬间迸开，即刻变成了十来个模块。工程师快速选取了其中的一个模块再次点击，这个模块又一次分解出更多的模块。就这样连续操作五次之后，张萌甚至已能看到小至螺栓那么一丁点儿大的零件了。工程师告诉她，最多只需五次操作，集控中心就能找出"蜂巢号"飞船里任意一处故障点。

另一项令人赞叹的技术可能就是次级船控制光屏了。从这个光屏里能看到所有八艘次级船的工作状态和参数，只要在操作台上输入一系列控制代码，这些次级船就能实现自动脱离母舰、伴飞、对接、加减负荷等一系列机动操作，顷刻间它们就变成了八个会飞的引擎。

参观完球形主舱后，众人通过输送间进入零重力中央通道，前往科考环继续参观。零重力中央通道是一个全长达500多米、直径4.5米左右的圆筒。不过科考环位于通道靠前的位置，距离球形主舱大约200米。记者们花了差不多一分钟时间达到科考环的输送间闸门旁——对于熟练的宇航员，穿过这段距离只需20秒左右。

科考环同样采用人工重力，少数需要失重环境的实验单元被放到储集环上。输送间比球形主舱稍大，同样是绕着环形轨道运行的电梯，稍微不同的是墙壁上有八个按钮，对应着八个环段，而且在每个按钮旁边都标注上了该环段上的单元名称。

记者们可以随意选择自己想去的环段。张萌想起了杨天的话，决定去生态实验单元所在的七号环段看看。七号环段仅此一个单元，想来这个单元应该是很大的。幸好杰夫并没有选择七号环段，与她同行的是日本NHK的一名记者。

两人在一名工作人员的引导下穿过长约100米的通道，他们到了才发现香穗子博士和她的一名助手已经在舱门口等着了。香穗子看上去四十岁左右，穿着白色大褂，头发在脑后绾成一个发髻，戴着眼镜，鬓角垂下两缕细发，气质典雅但又随和，是一副精干而又不失温婉的女性知识分子形象。

"欢迎。"香穗子侧着身子微微鞠躬，冲他们微笑着说道。

一行人首先来到蔬菜培植园里。张萌看到舱门边张贴了一张电子纸，她上前点开一看，里边是介绍培植园的文字。根据介绍，这段半圆形舱体深20多米，高约10米，被垂直分成五个隔间，种植面积0.5公顷，差不多有半个足球场大小。每个隔间由内到外分别种植着生菜、小白菜、草莓和西红柿。

香穗子见张萌正聚精会神地察看电子纸，便走上前来礼貌地问道："怎样？需要帮助吗？"

"唔，'蜂巢号'的宇航员就吃这些蔬菜吗？"

"当然。蜂巢号这次共有86人前往火星，培植园能保证他们每天吃上新鲜蔬菜。这里生菜的生长周期是三十天，小白菜和草莓四十五天，西红柿九十天左右。这种周期能够满足120人以上的蔬菜需求。"香穗子说完启动了旁边立柱上的一个按钮，上边有一排LED灯降了下来。"这些LED灯能够调节光度，用脉冲光照方式控制蔬菜生长。我们会计算每天的采摘量，当供应过剩时，电脑会根据采摘量自动延缓蔬菜生长的周期。"

　　日本的精细种植技术确实令人赞叹，张萌暗想。见那位日本记者在助手的陪同下已经走远，就接着问道："地球植物对火星环境有什么影响？"

　　香穗子没想到张萌突然问这个问题，不由愣了愣，思考了一会儿才说："我还没有去过火星，因此我并没有从事这方面的研究。不过我认为这是一个复杂的过程，并不是某个单方面的研究所能评估的。单就目前的大气监测数据看，火星大气中的氧原子浓度有加快增高的趋势。"

　　"这种影响是积极的吗？"

　　"我想是这样的。"

　　"如果火星存在厌氧生物的话，那么这种大气变化意味着什么呢？"

　　"唔，"香穗子有点讶异地看着张萌，一时不明白她为什么提出这个问题。

　　"是毁灭性打击吗？"

　　"很可能是的，因此到现在为止还没有哪种微生物的进化速度能赶上目前火星大气的变化速度。"

　　"火星上有厌氧生物吗？"

　　"目前人类探索过的区域并不多。尚未发现生物的存在。"香穗子轻轻扶了一下眼镜，用询问的目光看着张萌。

　　"噢，如果火星存在生物的话，人类这些活动就是一种……嗯……污染？"张萌硬着头皮从嘴里挤出了这些话。

　　香穗子自然是没有想到张萌会这么思考，不过她仍保持了很好的涵养，充满睿智的眼睛在镜片后眨了眨，略作思索后对张萌说："不过，也很难说是污染。35亿年前地球的大气圈也基本上是没有氧气的，蓝菌通过光合作用排出氧气，让地表变成了有氧环境，新的生命形式才得以诞生。所以，如果没有这种改变，也就不会有人类了。"

　　香穗子的回答显得既专业又通俗，但张萌仍隐隐感到其中暗含着某种逻辑，然而她一时却无法分辨出来。这时香穗子的助手正捧着一盆草莓，远远地向她们招手。

《道德经》与无为派

张萌参观完"蜂巢号"返回地球后,除了列席每周一次的SDA新闻发布会外,还要经常回北京星空网总部参加一些工作会议。

张萌来星空网已有五个年头了,可以说是见证了它如何从一家新兴媒体崛起为具有全球影响力的传播机构。星空网成立于20年代中期,赶上了太空时代的潮流,并迅速成为空间领域报道的头号媒体。目前更是阔步向前,高瞻远瞩的规划中不乏充满挑战性的项目,比如在火星基地设置驻地记者。

这个项目非常有野心,很有前景,当然也是可行的。地球民众对火星基地发生的每件事都充满好奇,但消息来源又仅限于SDA每周的发布会,而各国宇航局提供的信息又都干巴巴的毫无趣味。信息的巨大需求和有限的新闻资源之间的矛盾在不断加深,星空网敏锐地觉察到了这一点。它非常了解民众的心理——他们渴望了解火星生活的一鳞半爪,希望跟着工程车穿过铺满藓苔的塔尔西斯高原,还想看看诺克提斯迷宫古老的海岸线,但SDA根本提供不了这些信息。

星空网火星驻地的谋划已有些时日了,但面临的阻碍仍然很大。首先是消息不慎泄露,不少国际媒体都知道了这个计划,他们纷纷参与进来并不断跟进,也想在这场火星媒体大战中分得一杯羹,这种混乱的局面导致星空网失去了先发优势;其次,前往火星的成本虽已大幅下降,但对星空网而言仍是个难以承担的数字,SDA的支持就显得尤为重要。

但SDA否决了在'蜂巢号'设立媒体席位的请求，原因有二：一是'蜂巢号'上原来的设计没有考虑到这一点，临时增加席位的要求有些不合理；二是各大媒体都盯着这个位置，SDA根本无法平衡这种剑拔弩张的关系，更不可能设置多个媒体席位。

话虽如此，不过媒体的大肆鼓噪还是引导了舆论导向，许多网民被煽动起来，地球公民意识空前强烈，一个个以纳税人自居，要求联合国停止剥夺知情权，将火星基地建设情况全面公开。迫于舆论压力，SDA只好做出回应，宣布在火星的首批220人移民名单中增加一名记者，人选将通过抽签决定，并将跟随"蜂巢号"的第二次航行前往火星。在SDA做出这一承诺之后，舆论才慢慢平息下来。

五月初的一天，张萌突然接到了一个陌生电话。

"嗨，张记者，您好，我是'太空捍卫者联盟'公关部的于娟。"

"太空捍卫者……哦，我想起来了，您好。"

"不好意思打扰了。这次给您打电话，是想确认一下您能否出席我们在西山举行的第三届联盟大会。"

"谢谢邀请。是在北京西山吗？"

"正是。如果您确认出席，只需在这个星期内给我回复即可。"

"谢谢。我看看日程安排后再给您回信吧。"

张萌很快就找出这次会议的相关资料，重新查看了日期和地点，五月中下旬自己正好要到北京航天城参加一个活动，而且离"太空捍卫者联盟"大会的地点并不是很远，顺道去看看也无妨，于是立刻给娟做了回复。

5月20日那天，张萌准时前往西山。西山在北京大七环规划中已经变成了高档办公区和别墅区。林海之中掩映着一处处别墅群，它们的建筑风格各异，既有传统宅落，也有前卫的几何抽象造型建筑。由于能源革命带来的便利性，别墅群的供水、供电都由微网支持。在核聚变能源民用化后，微网已经成为许多人类居住地最重要的基础设施，传统的高压电网、石化能源已经迅速从人类生活中被淘汰了，其消失速度之快，就像上上世纪的油灯、马车一样。

这恐怕也正是中东迅速衰落的原因吧，张萌这样想着，抬头一看发现车已经穿过了群峰之间的自动高速公路，正抵达一处宅落群前。

待张萌走进院子里，才惊疑不定地发现，自己正置身于一个光怪陆离的世界里。她的正前方是一个现代化大厅，影影绰绰、人头攒动，在各种西装革履的身影中，竟然夹杂着不少身着道袍的道士，而会场的布置，更有一种诡谲奇异的混搭风格：在大厅两边垂挂着浅黄色帷幕，上边是些八卦图案，而四周立的柱上则悬挂着众多显示屏，甚至还有浮空全息视频，一些播放着太阳系星球运行的模拟动画，另一些则播放着旋转的银河系、系外星云等动画。在正厅主席台后上方还有一个大屏幕，正播放着两个中子星互相缠绕、滚动的视频，细看时竟隐隐带有阴阳两仪的味道，因为每个中子星中间赫然有个洞。

张萌作为身处太空时代的记者，突然面对这种离奇场面，一时以为自己走错了地方，竟有些不知所措起来。此时一位年轻女子走上前来问道："请问您是张记者吗？我是于娟。"

那个自称于娟的女子随手递上一张石墨烯名片，张萌见里边有个不断滚动的LOGO，而且跟主席台后方两颗互相缠绕的中子星一模一样。名片上写着"太空捍卫者联盟""宇宙伦理研究会"等组织的名称，但除了"太空捍卫者联盟"，其他组织张萌却一个都没有听说过。

于娟将她领入座位后，张萌才慢慢定下神来。她环顾四周，发现会场里有两百多人，一些人穿着随意，但也有不少穿得较为正式，其中女性也为数不少。

过了片刻，主席台上陆续坐上了几个西装革履、年龄在三四十岁光景的男士，还有两位身着道袍的道长。一位看起来四十岁左右的主持人宣布会议开始，首先由联盟主席致辞。张萌早在会议资料里了解到联盟主席叫韩兴，以前是一位环保斗士，曾极力反对从海水中提炼氘等核聚变燃料。张萌见主席台中间一位四十岁出头、西装革履的男士走上讲台，先鞠了一躬，然后开始演讲：

"各位联盟成员、各位同仁：今天，我们将在这里召开第三届太空捍卫者联盟大会。这是我第二次以联盟主席的身份向大家致辞。我至今还记得四年前联盟里的一些骨干找到我时的情形。他们希望我来主持大局，我毫不犹豫地答应了下来。而我现在想说的是，我之所以如此责无旁贷，并不是因为我有能力领导联盟，而是因为联盟为我确立了一生的奋斗方向。"

四周响起了热烈的掌声，不少人大声叫好。很显然，作为一个环保斗士，韩兴很善于把控和调动情绪。韩兴将右手微微往前伸出，手心向下压了压，待掌声停下来后他接着说道："如果我没记错的话，我们的首届联盟大会已经在六年前了。"韩兴顿了顿，接着讲道，"我们用六年时间告诉了大家这样一个事实：'太空捍卫者联盟'不但没有因时光的流逝而销声匿迹，反而因为我们的执着而使联盟的前途更加光明。任何一个真正的联盟成员，无论是在过去、现在还是将来，都坚信我们的事业不但伟大、崇高，而且充满正义的能量和光明的前景。我们的力量不是来自纯洁的精神和坚韧的努力，而是来自普世的道德观和价值观、来自滚滚宇宙洪流中那最不可忽视的内在的潜能！"

在说到"潜能"两个字时，韩兴紧紧握住拳头，抬头望着大厅的上空。台下又鼓起了掌，许多人频频点头，显然对韩兴所言非常赞同。张萌仔细观察着韩兴的表情，他的神情时而沉着、时而激越，有张有弛，手势配合着语气和节奏，要么振臂奋起、要么轻柔摆动，就像在进行艺术创作一样，显得极具蛊惑力。

待掌声稀疏之后，韩兴又声音低缓地说道："但是，这六年也是艰辛的，我们遇到了一些挫折和困难，一些人犹豫了，队伍也不纯洁了，联盟的发展遇到了阻碍。"说着又慢慢加快了语速，"这不但提醒我们，保卫太空环境的道路是曲折漫长的，需要一代，甚至几代人的努力；而且也让我们意识到，联盟需要在精神上武装起来，用思想旗帜带领我们前进！因为只有这样，我们的行动才会有力量、我们的诉求才会被尊重、我们的精神才能长久、我们才不会被所谓的主流民意所倾轧和蔑视。"

他讲到此处时会场里群情激奋起来，不少人喊着"找到宇宙的真谛！""我们需要方向！""善待星球，拒绝扩张！"之类的口号。

韩兴等会场里的呼声慢慢平息后，接着充满自信地沉声说道："很幸运的是，我们找到了精神力量的源泉。但它不是来自现代科技文明，而是来自中华传统文化，在源远流长的华夏文明里，它一度被忽视，但始终未被遗忘。在科技昌明的今天，我们突然发现，原来早在两千六百多年前，我国古代的思想家老子就已识破了宇宙的奥秘，将他的思想载于《道德经》内。当代科技所做的一切努力，都只不过是去验证他早已阐明的观点而已。"

会场里鸦雀无声，大家虽然都有思想准备，但说要陡然接受这个观点似乎还有点困难。张萌刚进会场时也猜了个八九不离十，她原以为是跟道教有关，但现在看来似乎是跟道家思想有联系。

"说得好。《道德经》就是一本宇宙天书，它阐明了万物至理。"一个五十来岁的中年人大声说道。顿时有几个人附和起来，连声说道："统一场论解决不了的问题，《道德经》就解决了。""老子悟出了天机。"此时会场里响起了细碎的交头接耳之声。

韩兴微笑着点点头，成竹在胸地环顾着会场，然后才接着说道："老子为何能一窥天机？今天在场的一位道长或许能为我们解答一二。这位道长就是遵奉无为观的德通法师。德通法师原是研究理论物理的博士，现在无为观修经、注文，并开创了道教的全新流派无为派。无为派以现代物理理论入经注解，寻求万物至理，提出了'宇宙无为'的真理。他继承了老子的道家思想，又为我们联盟提供了思想武器。让我们热烈欢迎德通法师为我们传道解惑。"

他的话音一落，只见一位头戴冠巾、身披道袍、脚穿云履、三十七八岁的道长从主席台站起，走到讲台边，向会场里的听众做了个拱手礼，然后到讲台上站定，朗朗说道："大家好，我是无为观主持德通。在两年前，因缘巧合之下与韩主席相识，当时韩主席正在为太空捍卫者联盟四处奔波。我了解到联盟的一些情况后，觉得我们无为派的思想正好与太空捍卫者联盟的宗旨是相通的。这就促进了双方的进一步沟通。"

张萌见德通法师侃侃而谈，听起来像是聊天。会场里鸦雀无声，看来大家都对这个德通法师还不太了解，都等着他继续说下去。

"韩主席说我以前学理论物理，实际上我做了道士后就很少这样介绍自己了。"

会场上传来了嘻嘻的窃笑声，德通法师却不以为意，说道："不过这倒提醒了我，得跟大家解释一下，学理论物理的为什么做了道士。"他指了指头上的冠巾，又扯了扯身上的道袍接着说，"我们知道，科学的终极目标是发现宇宙的基本规律，一代代科学家前赴后继，已经在这条路上走了很多年。爱因斯坦花了半辈子想建立统一场论，把强力、弱力、电磁力、万有引力这四种宇宙基本力统一起来，但是他失败了；量子理论揭示了微观物质世界的基本规律，但却与广义相对论不相容，比如说量子理论中的引力场是相互作用的，而在广义相对论中，那却是质量导致的时空扭曲；几十年前发展起来的超弦理论，看起来似乎接近真相了，后来人们才发现这一超弦理论不但无法观测到，也证明不了宇宙大爆炸的起点在哪里。"

德通法师看了看会场上的众人，一些人不住点头，想来应该是对这些理论有些了解，一些人则侧头凝思，仿佛在琢磨这番话的含义，还有一些人则瞠目结舌，一脸迷茫的样子。看着道长嘴里蹦出一个个物理术语，张萌感到有点儿啼笑皆非。

德通法师似乎并未留意观众的反应，继续讲道："实不相瞒，我本人就是研究超弦理论的。我发现了一个规律，当我们对事物的认识越深入时，就越认为世界的本源趋向于一片虚无，看起来就像进入了一个无限狭小的畸变空间，所有的一切都无限趋近于'无'。于是我意识到在宇宙的尽头就是虚空，而我们创造的所有理论都是自欺欺人的玩意儿。

我们就是这样一代一代地欺骗自己的。"德通法师就像说故事一般，娓娓道来，听众们被他这种讲述方式所吸引，一个个屏气凝神，会场的气氛也顿时凝重起来。

"有一天，当我无意中阅读《道德经》时，突然发现这本两千六百多年前的书里，竟然包含了宇宙的一切奥秘。"德通法师沉着地说，"《道德经》上说，'无，名天地之始也'；还说'有物混成，先天地生。寂兮廖兮，独立而不改，周行而不殆，可以为天下母。吾不知其名，强字之曰道，强为之名曰大。'这句话的道理尤其玄妙，老子认为有一种不知名的东西，它在宇宙之前就有了，看不见、听不着，寂静空虚，始终不停地在运转，是宇宙本体和万物规律的根、是超越时空的存在。他把这种东西叫作'道'。"

他说到这里时，提高音量讲道："而据我的发现，老子口里所说的'道'，也就是现代物理学里经常提到的一个概念：宇宙的奇点！"

听众席里一片骚动，大家都忍不住"啊"了一声，有些人脸上挂着懵懂又惊异的表情；有些人如鸡啄米般地频频点头，嘴里连连叹道："对啊，对啊，真就是这回事"；还有些人眯着眼思量着，不置可否地翘起嘴角；另一些人则用惊疑不定的眼神东张西望，像在寻找可靠的证据一般。

德通法师留意到会场里的骚动后便停顿下来，待声音平息之后才又说道："在现代物理学中，宇宙起始于奇点，也复归于奇点。奇点是什么？奇点就是个体积无限小、密度无限大、引力无限大、时空曲率无限大的点。在这个点上，一切物质失去维度完全消失、一切物理定律自动失效。然而，就是这个在物理学上无解的点，早已在《道德经》里得到了阐明。老子认为，'道'解释了一切有限存在诞生于非存在，并终将复归于非存在的宇宙至理。我分析后发现，来自物理领域的观测结果都印证了《道德经》里颠扑不破的真理。"

"但是，"德通这时停了下来，用凝重的眼神缓缓扫视了一遍会场，随后语气坚定地说，"《道德经》不仅说明了宇宙是什么，而且还告诉我们应该怎么做。《道德经》提出'道法自然'，自然界有其自身运行的规律，人的行为要'合于道'，顺应天意而无为，不能去破坏宇宙的和谐与平衡，否则将招致灾祸。"

听到这里台下许多听众幡然醒悟过来，一些人明显激动起来，有人喊道："火星移民计划破坏了火星环境，就是违背了'道'的运行规律。"

另一人则喊道："人类就应该留在地球，不能把污染带到外星球去。"许多人纷纷点头附和，其中有人大声说道："对，人类的行为就像癌细胞一样，糟蹋地球还不够吗？"

不过，附和声中也夹杂了少数不同意见，有人说道："现在人的寿命越来越长，人口都超过80亿了。不移民，再过几年地球上只怕是要叠罗汉啰。"

"这是人类自身的问题。"

"应该控制人口增长。"

"现代医学违反了生老病死的自然规律，只生不死，人口只会越来越多。"大家七嘴八舌地议论起来。

"依我看，寿命到一百岁就应该人工终止。"会场某处响起了这么一句话，就像投进一枚深水炸弹般，让原本还算克制的会场顿时沸腾起来。

"终止生命？这太没人性了。"

"这建议好。人活到一百岁也没什么价值了。"

"你这是什么屁话，你是联盟的吗？"

"我看你才不像联盟的，联盟成员就要时刻想着保护环境。"

"环境是为人服务的。"

"哼，环境是为人服务的？你知不知道人才是环境的污染源。废人就不应耗费资源，死了干净。"

"你什么意思？"

"没什么意思。"

"你给我出去！"

"你干吗呢？"

会场的一个角落里发生了扭斗，但很快就被人分开了。

德通法师忧虑地注视着这一切，忽然感到无为派肩上的担子沉甸甸的，道家思想能把联盟聚拢起来吗？自古以来任何教派的发展都是不容易的，更何况在科技发达的今天，不过他仍然充满信心，他坚信《道德经》不是妙手偶得的奇文，而是道破机关的天书，老子必然在函谷关受到了某种启示，否则怎能……不管如何，德通法师都不会放弃自己的奋斗目标，他看到骚乱被制止后，才接着讲道："无为派的道家思想，强调不争天、不争地、不争时、不争利，只予不取，无欲无求。意思就是遵循'道法自然'，不去改变四维时空，不去破坏宇宙平衡，不要向自然界一味索取，做到心出本真而胸怀乾坤。"

作为记者，张萌一直冷静地注视着眼前发生的一切。她已从最初的震惊中回过味来，开始思考隐藏在这一现象背后的深层原因。因为能源供给方式的彻底变革，当前地球环境实际上已经大大改善了，二百多年以来工业革命的余毒基本已被清理干净，青山绿水的宜居环境越来越多。但这枚硬币的背面却是另一个可怕的现实：由于环境卫生的改善和医疗技术的变革，地球人口急剧膨胀，越来越多的土地变成了居住地和耕作地，动物的自然栖息地被不断压缩，物种灭绝的速度越来越快。即使这样，仍然难以满足人类对活动空间的需求，许多公司和住宅已经搬到了海上，日本和英国一些公司开发了一种近海漂浮岛作为写字楼，住宅则是围绕着漂浮岛的碟形浮屋，因此海洋生物生存的空间同样也被压缩了。有人一针见血地指出，如果地球是机体，那么人类就是癌细胞，因为癌细胞永远增殖，不会死亡。这当然是耸人听闻的观点，至少现在看来，地球还是正常的，只是在对世界本质和规律的认识上仍然踏步不前。技术的发展速度是惊人的，但基础理论并没有什么实质性的突破。

宗教在人们生活中的影响越来越小，但这并不意味着世界观和人生观的问题已经在科学范畴里得到解决。

张萌敏锐捕捉到了韩兴和德通法师的意图。这确实是个很好的契机，在太空宗教尚属一片空白时，将传统的道家思想和现代物理理论嫁接在一起，再利用"太空捍卫者联盟"的环保诉求，将无为派思想传播开来，从此角度看，这是一个不错的计划。想到这里，张萌抬头望向讲台，德通法师似乎已准备结束演讲。

"无为派的思想不是道教思想而是道家思想，这就意味着无为派与其他一切传统的道教是毫无关系的。它是在当代科学背景下对《道德经》的重新阐释，这就为人类认识宇宙和规范自身行为提供了道德准则，这与'太空捍卫者联盟'的呼求是一致的。有了思想的支撑，联盟将会更有力地开展行动，保护太空环境、守护星球安宁。我深信，这种愿望一定是可以实现的，这种愿望也一定能够实现！"德通法师话毕往后退了一小步，然后拱手向会场里的听众行了个礼。

会场里立刻响起了热烈的掌声，听众中认同无为派的人明显增多了。

会议按照框架议题设置，又进行了分论坛讨论，与会的一些专家认为无为派的思想对于维护星空和谐安定具有十分重要的现实意义，无为并不是不为，而是要求不妄为，也就是说人类的行为要"合乎道"，这样才能达到宇宙的生态平衡。另一些人则对怎样"合乎道"有不同看法，一些人认为地球是人类的衍生地，人类就应该留在地球。还有人觉得人类应该自造天体来缓解人口压力，凡此等等，不一而足。

在之后的媒体问答环节，张萌一言未发，静静听着记者们与韩兴和德通法师讨论一些玄之又玄的问题。讨论是非常热烈的，韩兴不愧为纵横十多年的环保斗士，最擅长的就是与媒体打交道；德通法师的物理博士头衔当然也不是白拿的，许多记者听了他一连串念咒般的专业术语后似懂非懂。一位记者问及如果发现火星生命将如何处置，德通表示无为派提倡道法自然，要尊重火星生命的生长规律，人类应该撤出火星，还其一片净土；有记者提出人类留在地球是不是一种"小国寡民"的心理，德通说《道德经》记载得很清楚，民众要"重死而不远徙"，留在地球上才是正确的选择；还有记者直截了当地问"道"怎么解决地球人口暴涨，德通说生老病死应遵循"司杀者杀"的天道，唯有如此，人类的命运才能长久。

在张萌看来，其他记者的想法和她是差不多的：德通法师的许多说法与社会主流民意差别太大了，媒体更不会连篇累牍地报道此事，即使有些零星的报道，也只会是类似"火星殖民如何保护环境"之类的建议，若是有一两条引起了SDA的重视，就已经算是很大的成功了。

万物规则

一阵轻快的音乐舒缓地响了起来,听起来像是电子乐器演奏的。杨天慢慢睁开眼睛,发现光线很柔和。李子安此时正背对着他,看着左前方的一块显示屏。显示屏浮在空中,里边有几只海豚腾空跃起,鼻尖撞向悬挂着的几个皮球。于是皮球立即剧烈晃动起来,海豚们旋即来了个漂亮转身,翻腾着跌入水里。周围的观众鼓起掌来,有一群孩子拍着手欢呼着。

这是一档叫作《地球家园》的节目。在太空舱里播放地球纪录片是舒帆提出的几个建议之一,她认为这样可以降低太空综合征的患病率。

杨天望向前方,前视窗已经被舱门覆盖,冷冷地反射着"蜂巢号"动力环对接基座的金属光泽,对接口的锁定环发出一圈暗淡的蓝光。通过这个舱门,宇航员们可以进入动力环通道,从而到达"蜂巢号"的中央零重力区。

杨天往观察窗外看去,这一刻带着微微弧度的火星地平线正好从观察窗右下方升起来,露出了一片橘红的颜色。"鲸鱼号"处于动力环的左缘——从杨天的视角来判断是这样的,实际上"蜂巢号"一直处在自转中,因此很难说清楚左边和右边到底有什么区别。

现在整个观察窗都填满了红色,里边还夹带着一些黄色,看起来就像块生了锈的大铁板,而且上边偶尔会有些被锤子磕出来的凹坑。

杨天意识到自己正在火星轨道上。在太空中看火星似乎更红些，但当其真正降落到火星表面时就会发现它实际上是黄色的，有点像黄土高原的颜色——当然，如果非要比较的话，可以说更像美国科罗拉多大峡谷。

在观察窗里，火星的颜色渐渐变成了黄绿色。虽然没有明显的边界，但还是能分辨出绿色是从莱卡斯沟东侧靠南的位置开始的，西侧抵达奥林帕斯山的东缘，往东越过了艾斯克雷尔斯山，一直延伸到月神高原的西侧。绿色区域呈现出不规则的多边形，越往南就越向西边倾斜，覆盖了塔尔西斯高原。这一块区域并非均匀的黄绿色，而是黄绿杂间，且以绿色为主。

这些绿色就是由耐寒耐旱的转基因蓝菌、藓苔和地衣组成的。它们大约覆盖了从北往南4000公里、从东往西3000公里的区域。在整个火星的地表，它看上去就像一摊溅在黄桌布上的绿色菜汁。

绿色并没有覆盖那些隆起的土包，它们像是绿色湖泊上的孤岛一般。西北角那个颜色略深的土丘是奥林帕斯山。杨天在火星基地时，总往西北方向瞭望它。远隔着塔尔西斯高原，奥林帕斯山看起来就像一个微不足道的小疖子，很难让人联想起它那太阳系第一高山的名头。

火星基地坐落在塔尔西斯高原的南边，阿尔西亚山的西北坡上。不过在火星轨道上仅能看到一个斑驳的黑点，事实上运往火星的5000吨物资已经散放在基地周围方圆几公里的范围内。基地往东800多公里的地方是诺克提斯迷宫，杨天一直想去看看那里的岸线——据说那些壮观的岸线一直伸展到天际——站在那里能让人联想起远古火星上浩瀚的海洋。

不过在火星飞行器还没有制造出来以前，这种愿望只能说是奢望了。包括大名鼎鼎的阿孔德，到过那里的宇航员也就寥寥几人而已。

"咳，海豚可爱吗？"李子安突然问道。

"挺可爱的。"

"有没有想过人都像海豚一样？"李子安目不转睛地盯着屏幕。

"和海豚一样？"杨天愣了一下，嘴里重复着。

"难道不是吗？海豚很友善，也很有趣，不是吗？"

"唔……你怎么这么想？"杨天咕哝道，并用不可思议的眼神瞄了眼李子安。

"人不也是动物吗？"

"动物？……是的，你当然可以这么说。"杨天觉得没有什么可反驳的，就说道，"海豚也有凶狠的时候，你见过它们怎么攻击鲨鱼吗？我看过一个纪录片，六只瓶鼻海豚将一只鲨鱼围在中间，轮番用坚硬的鼻头撞击它的肚子，直到把鲨鱼撞得内脏破碎，口吐血沫。"

"哦……战斗还真是动物的天性啊。"李子安长长地叹了口气说道。

听李子安这么一说，杨天懒得再去接那个话茬了。

这时观察窗外掠过不少巨坑，目测直径在数十至数百公里不等，杨天知道这是伊沙利亚高原，再过片刻飞船就要绕过南极高原，飞到另一侧去了。但对训练有素的宇航员来说，要想当然地认为火星正绕过飞船上方，因为只有这样才能避免头下脚上的错觉。此时，杨天已经完全清醒过来。

海豚表演的画面结束了。蔚蓝的天空里白云悠悠，辽阔的江面上白帆点点，远处是青色的群山，偶尔会有水鸟鸣叫着一掠而过。江水清澈见底，在微风中皱起细微的波浪，轻抚着河岸边的柔软沙滩。阳光下，沙滩像锦缎一般延伸向远处，成排的棕榈树，五彩的遮阳伞，散落其间的人群三三两两，正美美地享受着夏日里恬静的时光……

"很美。"李子安看着风光纪录片说。

"唔，是的。"杨天扫了一眼显示屏，言不由衷地应道。

"地球表面覆盖了70%的水，是吗？"

"嗯，那又怎么样？"

"真神奇。我都能闻到那潮湿的气息了。"李子安目不转睛地盯着屏幕，一副充满向往的样子。

"闻到什么了？"

"唔，大自然的馈赠，生命的气息。"李子安微笑着说道。杨天还没有反应过来时，李子安接着问道，"你不觉得1.5亿公里是个完美的距离吗？"

"你是说……太阳到地球的距离？"

"是啊，一个天文单位，哈哈。"

李子安那莫名其妙的笑声令人心里有种说不出的难受。

"唔，"李子安收住笑，接着问道，"地球生命是个巧合吗？"

杨天对这种刨底寻根的问题不太感兴趣，随口说道："你觉得呢？"

"不是。是宇宙统治的规则、万物更替的定律，让生命选择了地球……你看它多么美丽啊，真是银河系里的一颗明珠。"

"哦，是吗？"杨天看了看李子安的侧影，不以为然地反问道。银河系有4000亿颗恒星，而人类到目前为止连太阳系都还没飞出去呢，谁知道这个星系里究竟有多少像地球一样的行星呢？

李子安没有理会杨天的反问，他凝视着显示屏，这时镜头已切换到了一组航拍的画面上。城市的高楼大厦一簇簇扎向天空，鳞次栉比的楼群延伸到远方。夹在楼群之间的街道和高架路上车来车往，街道边的人群摩肩接踵，像一群群蚂蚁一样往前移动着。

"生命的美好在于什么？"李子安嘴里冷不丁又冒出个奇怪的问题来。

杨天开始担忧起来，李子安的问题听起来都……怎么说呢？带了点儿考问人生的倾向。这可是个危险信号！Ⅲ型太空适应综合征的主要症状之一就是质疑常识和日常经验。照他目前这种情况来看，李子安的心理状态已不容乐观。

　　如果他有什么异常举动，按照《"蜂巢号"急救手册》第十三章第九条的规定，自己就有责任立即跟露丝博士或CCU联系。杨天瞄了眼显示屏，随口答道："生命的美好，唔……有很多吧，比如说拼搏、探索、爱等。"

　　李子安沉默不语，似乎在思考什么，过了好一会儿才接着说道："生命的美好在于轮回。"

　　轮回？杨天茫然地望向李子安。李子安却不再说话，专心致志地看起纪录片来。

　　这时显示屏上出现了另一幅画面，那是一个喧闹的体育场。人头攒动，球迷们穿着五颜六色的衣服在看台上振臂高呼，鲜艳的旗帜迎风招展。他们开始掀起一排排巨大的人浪，沿着梯形的看台滚滚向前。镜头向下方遥摄，两队足球运动员正在捉对厮杀，球员们在草地上奔跑着，像矫健的猎豹一般，皮球从一只脚传到另一只脚上。一个远距离凌空抽射，足球宛如炮弹般飞进了球网。一刹那体育场里欢呼庆祝的声浪响彻云霄。

　　"你说的轮回是指什么？"杨天终于按捺不住，好奇地问道。

　　李子安却并不回答杨天的问题，而是接着问道："竞争的意义是什么？"

　　杨天看了看屏幕上足球比赛的画面后，犹豫片刻后说："为了胜利。"

　　"为了生存。"杨天话音刚落，李子安就毫不迟疑地反驳道。

　　"喔，你或许是对的。不过你说的轮回究竟是什么意思呢？"

　　李子安仍然没有回答这个问题，又问道："人类拥有地球吗？"

　　杨天把手放在控制屏上，觉得该跟露丝博士说一下了。他记得上次那个印度宇航员苏米特正是在精神错乱之中敲错了指令，才使他驾驶的火星飞船在着陆过程中倾覆，一头扎进了诺克提斯迷宫附近的土丘里。

搜救队花了整整三天时间后才找到了奄奄一息、几近脱水的他。

在启动通信前，他决定先跟李子安坦白交代一下。"指令长，"杨天尽量让语调变得平和些，"你记得《'蜂巢号'急救手册》第十三章第一到第九条的内容吗？"

"你认为我患了Ⅲ型综合征？"

"这段时间大家都压力挺大的。我前段时间常做噩梦，噢……有好几次都梦见任务失败了。作为指令长的你压力只会更大，有点压力不是坏事，关键还在于疏导。"

"我很好。"李子安回过头来冲着杨天笑笑。

看到李子安的笑容，杨天一时犹豫起来。

李子安回过头去继续观看纪录片，却并没忘记刚才的问题，又接着问道："你觉得人类是合法拥有地球吗？"

"我们生长在地球，自然是合法拥有了。你难道不这样认为？呵呵。"杨天干笑数声，又觉得无趣，便停住了笑。

"文明的目的是什么？"

杨天犹疑不定地盯着李子安，想了片刻才道："我想大概是为了人类幸福。"

"那是文明吗？"李子安向观察窗外努努嘴，这时"蜂巢号"刚好完成一圈自转，恰巧那摊绿菜汁又在火星地表上出现了。

"唔……当然。"

李子安不再说话，继续看着显示屏。这时屏幕里出现了一个喧嚣的超市。超市里人来人往，货架上各种食品琳琅满目，一排排新鲜的水果整齐地码放着，每一种水果边上都贴着电子纸；水果摊旁是个鲜花铺，五颜六色的鲜花在那里争奇斗艳；再往里边去就是各种蔬菜，生冷鲜肉和海鲜陈列在喷着冷气的玻璃橱窗里……"蜂巢号"里的伙食太单调了，除了雷打不动的蛋白质加纤维素混合食品外，就是生菜、小白菜、草莓、西红柿，说到烹饪那是根本不可能的。

"在银河系万亿个行星里，地球是最独特的……它优美、精致、无与伦比……它应该属于敬畏、珍惜和爱护它的生命。"李子安幽幽地说道，像是在耳语，又像是梦呓。

杨天不再犹豫，他打开通信屏，点击了医疗救助信道按钮。

李子安猛地回过头来，冲杨天说道："你要干什么？"

"对不起，我很担心你的状态……我得跟露丝博士报告一下，你最好能先跟她聊聊。"

"我很好，不用了。"

但杨天已经下定决心，他再次点击信道按钮，对着屏幕说道："露丝博士，这是'鲸鱼号'领航员杨天。我请求对'鲸鱼号'指令长李子安进行Ⅲ型适应综合征评估。"

通信屏里只显示出一片雪花点，那是宇宙背景辐射噪点。他再次点击按钮，并冲着通信屏说道："露丝博士，这是'鲸鱼号'，能听到吗？"

李子安从主控台那边探过手来，大声说道："关掉它。"

杨天冲着通信屏喊道："露丝博士，'鲸鱼号'请求回答。我们需要帮助。"

只见通信屏上仍然是满屏的雪花点。

"停下！"李子安大喊道，同时伸过手来试图关闭杨天面前的通信屏。

杨天攥住了那只手。但当他的目光停留在那只手上时，令人惊骇的一幕出现了：李子安的手变成了一片细碎的粉末；他吃惊地望向李子安的脸，那张脸正在坍塌，脖子首先变成纷纷扬扬的细尘，然后是头发和下巴，紧接着是耳朵和鼻子，并且渐渐消散在空中。

"你怎么了？"杨天抑制住狂跳的心脏喊道。

李子安眨了眨没有眉毛的眼睛，残缺不全的嘴巴一张一翕道："我很好……"声音变得浊重而缥缈。

杨天伸手向前探去，想攥住李子安的身体，但他却早已完全消失了，随后飞船像强酸中的薄铁皮一样迅速溶解。杨天伸手去按集控中心的通信按钮，但一不小心手指却穿过了控制面板。他猛地抬头望向四周，突然发现观察窗不见了，火星不见了，残缺的飞船周围一片漆黑。他低头向下看去，脚下空无一物，只有无尽的虚空。随后，整个飞船消失得不留一丝痕迹，只剩下他飘浮在黑暗无垠的空间里。

"李子安！李子安！"杨天就像溺水的幼童一般挥动双臂大声呼叫，但声音却在说出口的瞬间就迅速消失了……

第五方案

江大伟现在感到疲惫极了，他闭上眼睛，把乱蓬蓬的头靠在飞机舷窗上。窗外是飞速而过的群山，天际处的晚霞此时也在快速移动着，这个时候，飞机正以2.5马赫的速度掠过川贵一带连绵的群山。

马上就要减速了，江大伟心想。

机舱里很是安静——如果江大伟此刻还有兴趣自豪一下的话，那么他一定会为十年前自己成功解决声爆问题而欣慰，然而此时他的内心激不起一丝涟漪。

江大伟睁开眼来，轻叹了一口气。坐在斜对面的乘务员小王似乎正留意着他的一举一动，这时快速站起身来向他走来。

"江教授，请问您需要点什么？"

"唔，来一杯咖啡吧。"

"不用加糖吧？"小王颇为周到地提醒道。

"不，谢谢。"江大伟抬头往窗外看了看。只见此刻郁郁葱葱的群峰披上了一层淡淡的暖黄，夕阳的半个身子已经沉到了远山之下。他看着脚下广袤的大地，突然想到，如果有一天人类不得不离开这个熟悉的星球，他们将往哪里去？在那空旷的星空里，是否会有一处新的家园？人类的后裔，又将怎样远涉深空，在陌生荒芜的星球上开垦未来？想到这里，江大伟的眼睛不禁微微湿润起来。

他动手打开头顶的照明灯，从身边的文件袋里小心翼翼地抽出一张电子纸，将它放到灯光中，仰头仔细看了起来。半透明的电子纸上显示着各种颜色的曲线，曲线在轻微地跳跃着，旁边有一个圆球，下面显示着一些字母和数字。

这时，小王步态轻盈地向他走来，在他身前托盘里放下一杯咖啡和一小盒点心。江大伟赶忙将电子纸放回文件袋里扣好，才伸手接过咖啡来，轻轻啜饮了一小口，闭上眼，微仰起头，咖啡苦涩的味道在鼻腔间萦绕着。

"唔，这是蓝山咖啡吗？"江大伟问正准备离开的小王。

"不好意思，蓝山咖啡已经断货了。"

"为什么？"

"不太清楚，不过听说连海南的咖啡豆也买不到了。"

"哦？"

"嗯，现在就只有这种速溶咖啡了。如果您不满意的话，我可以再送杯红茶来。"

"唉，不用了。"江大伟失落地挥挥手让小王离开了。

联合国和各国政府担心的事终究还是要发生的，江大伟端着咖啡陷入了沉思。国家的经济已经处于崩溃的边缘了，尽管政府一再呼吁民众不要放弃工作，但劳动力流失的速度仍达到了惊人的55%。许多公司倒闭了，即使那些曾经辉煌的大公司也奄奄一息了。唯一增加的职业人口——只有农民。许多白领急速离开了城市，在任何能找到土地的地方耕作起来。这种做法倒也合乎情理，想在末日来临前不被饿死，不怕流民打劫，种地还真是条不错的活路——毕竟想在超市里买到新鲜食物，已经和在地上捡到金子一样需要碰运气了。

求生或许不是回归土地的唯一原因，不少人内心还有某种强烈的情感。怎么说呢？可能是对地球的眷恋吧。一次江大伟去拜访一位物理学家，邀请他加入第五方案专家组——江大伟是在美国俄亥俄州广袤平原中的一小块玉米地里找到他的。江大伟希望他能为第五方案做点什么，只见那位物理学家听完他的来意从玉米地边上的帐篷里走出去，赤脚踩进松软的土里，泪水涟涟地望着天空说："我只想和大地多待会儿。"

真是可悲！江大伟愤怒地想着，人生来不是为等死而活的！否则生命的意义何在呢？

江大伟的理性常常能让他深刻地剖析一切，然而他炽烈的情感仍不能忘记要对这一切进行猛烈的谴责：市政虽然仍在勉力运转，但工人锐减几乎将城市拖向崩溃的边缘。街道死气沉沉、垃圾遍地，环卫系统几近瘫痪，犯罪活动此起彼伏，疯抢食物的事件随处可见，街头的流血冲突时有发生，餐饮、购物、交通、能源、金融……各行各业都遭到了巨大的冲击。江大伟甚至觉得，没等小行星撞上地球，人类自个儿就已跳进毁灭的深渊了！

他狠狠灌了口劣质咖啡，紧抿着嘴唇，这会儿感觉头脑清醒多了。

一年多来，江大伟一直殚精竭虑地思索着方案，与他在SDA的同行相比，他更注重方案的前瞻性。自从人类发现2033KA1之后，世界各地的科学家和专家们披星戴月，半年时间内赶出了十个方案。那时，联合国的紧急特别会议已经通过了成立地球安全理事会的决议。这些方案呈交之后，被理事会一口气拿下了六个。科学家们气得吹胡子瞪眼睛，但又无能为力。那些下马的方案虽然不是最昂贵的，却是最有风险的，而风险恰恰是现在人类最负担不起的东西了。

剩下的四个方案，风险系数只是相对小些而已。在江大伟看来，"天使之箭"的问题是，远距离打击核弹必须穿过小行星带，近距离打击又可能让"大花生"裂成几块后撞上地球；"献花行动"看起来挺有创意，理论上也是可行的，但实际操作风险却过大；至于"天外方舟"和"地下卫城"，能不能维持千分之二人口度过大毁灭，只能说是未知数。更重要的是，后两个方案都面临政治上的挑战——万里挑一，怎么挑呢？

不过，依现在的技术水平，人类确实找不到更好的办法了。

"那么你的意见呢，江教授？"马冯用期待的眼神望着江大伟。

"我认为这些方案不能百分之百保证人类生存下去。"

"嘀嘀，江教授，我倒很想听听你有什么高见？"听证席上一位日本科学家阴阳怪气地嘲笑道。江大伟知道他就是"天使之箭"方案的提名人之一山本清原，日本处在大撞击的最前沿，而他们解决"大花生"的心情理所当然是最为迫切的。

"我不反对这些方案，但我认为不能完全依靠其中的某个方案。"

"当然，这就是我们需要同时启动四个方案的原因。"马冯沉着地对江大伟说。马冯是个典型的政治人物，既随和又严厉，虽说他个头不高却又不怒自威。

"我们需要再加上一个方案。"

"你就说嘛，我很想知道江教授还有什么妙招？"山本清原仍不忘见缝插针地嘲讽。

马冯向山本清原点点头说："山本先生，请一起听听江教授的意见吧。"山本清原这才收起满脸讥笑的表情。

江大伟倒不在乎，山本清原的方案不过是老生常谈而已，并没什么新奇之处。"我认为，山本先生是正确的，在现有技术条件下，我们没有更好的方案了。"

江大伟刚一说完，听证席上立刻一片哗然，答辩席和观察席上也是人群骚动。山本清原更是忍不住得意地嘎嘎笑了起来。

"不过，"江大伟看着山本清原得意的样子说，"我们或者需要换个思考问题的角度：现有技术做不到的东西，并不代表潜在的技术做不到。"江大伟缓缓环视会场，接着说道，"我倒有个疑问想请教各位，如果有这样一个公式，公式左边是成熟技术×已知概率，公式右边是潜在技术×未知概率，请问，你们将在这个公式中间填上大于号、小于号还是等号呢？"

见大家都默不作声，江大伟顿了片刻接着说："我想在座的各位，都无法得出正确答案。然而，"江大伟扫视着听证席、观察席和答辩席上若有所思的人们，然后才一字一句坚定地说道，"这正是我要提出的方案的基础，我们不能仅在成熟技术里找方案，而忽略了那些潜在的技术。我的方案就是：利用潜在技术，实现拯救计划。"

在江大伟抛出第五方案的论调后，引起了激烈的争辩。反对者认为江大伟的所谓第五方案完全是投机行为，既无方向、目标，也无技术路线，这种时候根本不应把时间和精力花在不靠谱的方案上；支持者则认为，第五方案完全值得尝试，广泛发现和评估潜在技术后，目标和路径自然就会出现。

在经过数轮激烈交锋后，第五方案最后以极其微弱的票数通过了地球安全理事会的审议。但鉴于这一方案"可能会加深人们对未来的不确定感"，被要求暂不予公布。

"不确定感？现在可能已经变成神秘感了。"江大伟自言自语道。他向窗外望去，太阳已经下山了，半边天空都被染成了橘红色。暮色中，那个坐落在群峰之间的巨型射电望远镜已隐约可见了。

天　眼

　　飞机在5公里之外的一个小型塔式弹射平台着陆了——"天眼"周围5公里内都被设置为静默区，以防止对射电望远镜观测造成电磁干扰。

　　平台边缘亮着一圈灯柱，在微暗的天色里并不刺眼。只见有两个人从灯柱那边迎了上来，其中一位四十来岁，皮肤黝黑，个子较高，江大伟认出他是国家天文台副台长于自溪。他身边是一位三十岁出头的瘦小个子，戴着眼镜，走起路来步子特别快，看上去就跟一溜烟小跑似的。

　　"江所长，人都到齐了。"于自溪隔着一丈多远时就大声说道。

　　"于台长，咱车上说。"

　　一行人通过塔式平台的电梯降落到地面，钻进了早已候在旁边的车里，汽车沿着山间公路向大窝凼蜿蜒驶去。

　　车窗外是一座座耸立的孤峰，在晚霞中显出苍郁的黛色来。这一片地区是喀斯特地貌，兀立的山峰之间易形成溶蚀洼地，大窝凼就是其中之一。它位于峙立的三座山峰之间，形成了一个直径长达500多米的天然大锅。二十年前，一个口径500米的球面射电望远镜在这里建成了，被称为"天眼"。时至今日，"天眼"仍是世界上最大的单口径射电望远镜。

　　"这是我们这些年观测到的离地球最近的宜居行星之一。"于自溪难掩兴奋地说道。

　　"唔，各方面条件都非常接近，不过还需要专家们进一步讨论。"

"目前'天眼'还在观测中，应该还有更多细节。"旁边的瘦小个子这时说道。于自溪一拍脑门说："嘿，瞧我这记性，都忘介绍了。这是我们台里的研究员徐小山，是提出'Tianyan528b生命论'的人之一。这是江大伟教授。"

"我早就知道江教授了，解决了声爆问题、开放专利、反对垄断，是技术英雄。"徐小山镜片后的眼睛不断眨巴着，显得很机敏。

江大伟摆摆手沉重地说："老黄历了，我们那时做研究，是想让人类生活得更好；你们现在做研究，是要让人类活下去。"

于自溪和徐小山听江大伟这么一说，心中也为之一沉。

于自溪问道："听说'天外方舟'在执行试航任务时发生了一些冲突，到底是怎么回事？"

"我以前就预料到过这种情况。火星基地的容纳能力是很有限的，从目前的火星大气、地下水的情况来看，供养2万人都困难。现在就算增加再多的排氧植物，大气浓度的变化也需要一个过程。没有大气保护，融化再多的冰层，水分子照样会很快流失掉的。就火星基地的建设来看，2万人已经是上限了。2万人口对于整个人类来说，简直就是杯水车薪，能不发生冲突吗？"

"我觉得'地下卫城'的前景也不容乐观。"于自溪说，"各国军方把控了建设资源，联合国根本插不上手，现在基本上都处于各自为政的状态。听说日本以资金、技术置换的方式，在尼泊尔和外蒙古偷偷搞'地下卫城'建设，也不知道这个消息属不属实？"

"就算有这种情况也是正常的。日本处在撞击的最前沿，他们自然最有危机感。'地下卫城'方案只能解决120万人口的生存，每个国家的资源条件不一样，根本拿不出合理的人口配额解决办法。唉……说穿了，这还是技术水平的问题，我们手上顶用的技术太少了。"江大伟长叹一口气。

"江所长，我对你的方案仍抱有信心。"

"且走一步看一步吧。"

"嗯。让小徐跟你介绍一下下午专家碰头会的情况，一些个别的新问题，一会儿讨论时还会再提到。"

徐小山将观测的情况和专家碰头会的情况大致介绍了一下。基本上与江大伟得到的数据差不多，有几个专家还提出了一些新观点，晚上讨论时会充分展开，所以徐小山也只是用寥寥数语匆匆带过。

不到半小时的工夫，他们就到达了射电望远镜的观测楼前。

观测楼会议室里的陈设非常简单，坐了十来人，见到江大伟一行进来，大家都连忙站起来打招呼。

会议由于自溪主持，他先介绍了一遍参会的专家，有几位是来自国内的天文物理学家，另有几位是来自国际类地行星协会和空间生命研究机构的专家，还有几位是高能物理学家、天文台研究员和政府部门官员。由于江大伟的研究领域并非天体物理和宇宙生命学，由此和与会专家都不太熟悉，当听到介绍"空间生命研究院院长李君健"时，于是他就特别留意了一下。

会议首先由徐小山介绍Tianyan528b的观测情况。徐小山动手打开了位于圆桌中央的全息视频，上边即刻出现了一个绕着恒星旋转的星球。旁边不断切换的一行行文字显示，这颗行星位于鲸鱼座，离地球大约12光年，质量比地球小，公转每年248天，自转每天23小时，地球相似指数ESI为0.67，显然相似度并不是很高。现在的观测数据认为该行星存在液态水、大气圈和磁场，但它的恒星Tianyan528跟太阳不太一样，是K型主序星，质量比太阳轻，颜色呈橙红色。

徐小山接着切换到下一幅画面，上边显示了一些曲线和波浪线。他用激光笔指着全息图里的几条曲线，快速说道："在现有的观测数据里，我们发现这颗行星射电波里包含了1.27厘米波长氨分子发射谱线、1.35厘米波长的水分子强发射谱线、6.21厘米波长甲醛分子吸收谱线和1.78毫米波长硫化氢分子谱线。此外还有3.4毫米和3.3厘米的氰化氢、丙炔腈谱线和含磷分子谱线。最重要的是，我们发现了氨基酸分子谱线。"

徐小山又快速切换到一张谱线图上，眨巴着眼睛接着说道："这一发现给出了一个特别强烈的信号：Tianyan528b拥有生命进化的各种元素，甚至有可能存在生命。"

这时一位类地行星协会的专家突然提出疑问："不知道氧分子的情况怎样？"

于自溪解释道："氧分子亚毫米波段的谱线容易在地球大气内被吸收，因此对于它，我们需要用到空间望远镜进行观测。我国的'金睛号'太空望远镜已经调整好了角度，正等待Tianyan528b从其母星前穿过时，对经过大气层过滤过的星光进行观测。通过分析红外波段内光衰减的特征，我们可判断出行星大气圈的化学成分，并据以看它到底是从属于氮氧大气圈还是其他类型的大气圈。"

李君健这时突然插话说道："对原生物来说，早期环境中氧分子不是必需的。在生物前化学进化过程中，紫外线照射就能让甲醛和氨气水解产生氨基酸。但真正重要的是碱基对的形成，虽然五个氰化氢分子能组成五聚体腺嘌呤，但离DNA分子还差得很远。我觉得即使环境适合，也并不必然产生生命。"

一位高能物理学家拿起身前的激光笔，将全息画面又切换到了前一幅画面上，于是那个恒星系统的动画又出现了。他指着母恒星说："K型主序星表面的温度较低，在行星离它较近时才能处在宜居带内。我们也看到了，这颗行星的公转周期相对是比较短的。这样一来便带来了另一个问题，母星可能会发生强烈的耀斑，紫外线辐射能瞬间增强几万倍，在这样高的辐射下生命存在的可能性基本上为零。"

另一位专家接过话头说道："如果是这种量级的辐射，高能粒子足以把行星的大气层冲掉了。我觉得现在还不能做出这种判断。"

众人你一言我一语地热烈讨论了起来。江大伟对讨论的内容只能了解个大概，但作为第五方案的提名人之一，他有必要对这个发现做出相应的预估，这也是他列席这次研讨会的主要原因。与叶梓飞的磁球项目不同的是，他对这个领域还比较陌生，难以轻易做出判断。

会场上渐渐变得热闹起来。眼见大家的讨论已经变成了捉对辩论，再这样下去也不会有更好的结果，江大伟决定说些什么，就清清嗓子说道："咳咳，大家安静一下。"会场慢慢静了下来。他缓缓环顾了一下众人，接着说道："Tianyan528b的发现是非常有意义的。在几百万个恒星系里，我们已经观测到了三百多个处于宜居带的类地行星，Tianyan528b是目前离地球最近、环境相对来说比较理想的行星。应该说它的发现，也可能会影响第五方案的走向。"

江大伟话音一落，会场上顿时出现了一片"咦""噢""呀"的惊讶之声。这些专家们之前都或多或少都听说过第五方案，不过都只是传言，但想不到会在这里公开听到。

"第五方案是真的？"一位专家倾着身子问道。

"是的。"

"Tianyan528b跟第五方案有什么关系？"那位高能物理学家问道。

江大伟呵呵一笑，说道："可以说有关系，也可以说没关系。"然后侧转头对于自溪说，"如果'金睛号'发现的这颗行星是氮氧大气圈，关系就更大一些；如果你推测的情况属实，"他又回过头来看着那位物理学家，"关系就可能要变小了。"江大伟沉吟了一会儿接着说："有没有关系，那要看我们能在多大程度上了解这颗行星的实际情况。"

散会之后，江大伟沿着山间公路独自散了一会儿步。

他穿过一条山道后，巨大的"天眼"就出现在了他的眼前。在月光映照下，"天眼"500米直径的反射镜面像个银色的圆盘，近1.6公里周长的圈梁向远方延伸开去，消失在山峰幽暗的阴影里。圈梁边上耸立着六座铁塔，重达三十多吨的馈源舱吊在空中的索网上，就像一只匍匐在蜘蛛网上的蜘蛛。

江大伟沿着右侧阶梯往山上爬去，峰顶是梯田状的观景台，上次他来这里时曾到上边参观过。约莫半小时后，他爬上了观景台的顶层。星空清澈，夜凉如水，江大伟看到了久违的银河，群星静静地闪烁着，宇宙仿佛自诞生以来就这样静谧、安宁。

这份静谧里又隐藏了多少暴风骤雨呢？一颗小行星，就足以摧毁一个行星上亿年的文明，人类是多么脆弱啊！江大伟来到围栏边，俯瞰着脚下的"天眼"，这里仿佛流动着无数的光粒，闪耀着，沸腾着，撞击着……江大伟似乎看到宇宙的长河奔流不息，诡谲的波光中，地球像一粒微小的尘埃被裹挟在巨大的洪流里，中子星互相吞噬，迸发出巨蛟般凶狠的力量；黑洞像头水怪，撕咬着水草般流动的时光；妖艳的奇异星云，搅出一个个险恶的旋涡……

他轻轻握住冰凉的栏杆，心里充满了怅然与苍凉。

"江教授？！"

江大伟陡地一惊，转身循声望去，见一个黑影远远走了过来。

烟头的星火

待那人走近后，江大伟才认出他就是在研讨会上发言的那位高能物理学家，他只记得他姓闻，至于他的名字却怎么也想不起来了。

"闻先生，你好。"江大伟伸出手去。

"你好！江教授，叫我闻远就行。"那位自称闻远的物理学家握了握江大伟的手，与他并肩站在了栏杆边。

闻远长得比较斯文，个头较高，身材修长。他看着前下方的"天眼"说："这口大锅还真发挥了不少作用啊，听说'蜂巢号'的导航系统就是用它发现的脉冲星进行定位的。"

"好是好，还是不够用啊。"江大伟个性直率，讲话也从不遮掩。

"江教授，你指的是它的观测角度吗？"闻远指了指身下的大锅问道，他了解"天眼"的观测角度是$40°$，观测的赤纬范围为$65.6°\sim14.4°$，大概占整个天球面积的六成。

"唔，"江大伟沉吟道，"也不全是观测角度的问题。SKA角度大、基线长、精度高，仍然没有发现更好的行星，当然啰，SKA真正投入运行时间也并不长。但说来说去，终究还是我们的技术没有取得突破性进展。"江大伟口中的SKA是平方公里阵列射电望远镜，它的3000个碟式望远镜目前也在全力搜索宜居行星。

闻远听江大伟这么说，也重重叹了口气，"是啊。凭目前的观测技术，我们要获得完整的行星信息太难了。"想想都觉得这个话题太过沉重，就话锋一转问道，"江教授，我刚才还在琢磨，你说的第五方案与Tianyan528b关系大小的问题，到底该怎么理解？"

江大伟凝望着空旷的山谷，沉声说道："如果那颗行星合适，我们就可以把人送上去。"

闻远并不感到吃惊，他早就预料到这个答案了。"那么，第五方案就是找一颗行星了？"

江大伟摇摇头道，"第五方案的目的是找到一切可能性中最可能的一种。"

"找到一切可能性中最可能的一种……"闻远咀嚼着这句话的含义，嘴里却说道，"即使发现Tianyan528b真的就是适合生存的行星，12光年也是不短的距离！"

江大伟抬头看着满天的星星，深吸了一口气，侧身对闻远说："人类从非洲沿着阿拉伯半岛的海岸往东走时，每代人只向前推进两公里多点，花了上万年才到达我们此刻站着的地方。即使用现有技术，我们的宇宙飞船若是持续加减速飞行，也能用一万多年到达12光年之外的行星。从非洲到这里与从地球到Tianyan528b，人类只是花了差不多的时间而已。"

闻远有些吃惊地看着江大伟，良久才说："在太空里待一万多年，那是一个人类文明的跨度啊。"

江大伟闻言摆摆手反问道："如果是一代人呢？"

"一代人？"闻远惊疑地反问道，"那也得用10%的光速飞行！"

江大伟点点头说："没有科技革新，我们做不到这些。如果能做到，现在也不用担心'大花生'了。"顿了片刻又摇摇头，"即使有那么快的飞行速度，但如果方向错了，我们仍然会失败。目标对了，再远的距离也不是距离；目标错了，再短的距离也是距离。"

闻远深有同感地点点头。他倚在栏杆上，看着不远处的"天眼"，暗想：依现在的观测水平，仍然无法准确评估行星Tianyan528b的环境，原因是任何错误的参数都可能导致失败，一万年努力换来的失败该是怎样的悲剧呢……想到这里，闻远一时无话可说，摸遍了所有的口袋，掏出一根烟来点着，慢慢抽了起来。

江大伟看着闻远手里夹着的烟，冒着火星儿的烟头一闪一闪，微弱的红光照在闻远的脸上忽明忽暗，他似乎突然想起什么似的对他说："你在这里等我一下。"说着往栏杆另一头快速走去。

闻远不知道江大伟葫芦里到底卖的是什么药，直起身子来，看着他走到观景台的另一边，两人相隔差不多已有30米距离。

江大伟远远喊道："现在吸一口烟。"

闻远莫名其妙地把烟放到嘴边，轻轻吸了一口，问道："怎么呢？"

"别说话，听我指示。吸口猛点儿的。"

闻远狠狠吸了一下，火星在暗夜里发出的红光，将他整个瘦长的脸都一下子全照亮了。由于吸得太猛，一口浓烟不慎被他吞进到肺里去了，闻远被呛得忍不住咳嗽了起来。

"好，再来一下，这次稍微轻点，烟别离嘴。"

闻远心里虽说有点不快，看着江大伟模糊的身影，不知他到底在捣鼓什么，但出于尊重也只好照他说的又做了一遍。

江大伟兴奋地跑回闻远身边问道："你能看清我的脸吗？"

"当然看不清。"闻远没好气地回答，忍不住又咳了两嗓子。

"当你吸烟时，我就能看清你的脸。"

闻远看着江大伟兴奋的样子，似懂非懂地说："你的意思是……发送探测器？"马上又摇摇头，"就算发送一个光速飞行的探测器，到那里也要12年。"

江大伟微笑道："你烟盒里还有多少支烟？"

闻远从口袋里拿出烟盒数了数，"十五支。"

"唔，也行，给我七支。"

闻远困惑地看着江大伟，数了七支烟递给了他。

"实在是不好意思，看来是要浪费你的好烟了。"江大伟微笑着接过烟，"烟盒里还剩八支烟，现在你可以点燃七支。"

"江所长，你这是要？"

"我现在先不说，一会儿如果你能想到，我想我的假设就成立了。"

闻远听江大伟这么一说，就不再多问，一口气将七根烟都点燃了。江大伟要过打火机，又跑到观景台的另一侧站定，也把七支烟逐一点着了。由于平时不怎么吸烟，点烟的时候江大伟被呛了好几次。

"好了，"江大伟大声说道，"现在你可以随意吸那七根烟。"闻远听他这么一说，就从七根点燃的烟里拿出一根来，使劲吸了一口。

闻远远远望见江大伟也以同样的姿势吸了一口。他感到江大伟的举动里似乎隐藏着什么东西，但仍有点捉摸不透，于是又拿出两支烟来，嘴角各叼着一支吸了起来。江大伟也以同样的姿势把两支烟放在嘴里吧吧地吸着，火光映在他两边的脸颊上，他微笑着看着闻远。

在"天眼"的观景台上，这两个鬼魅般的人影对立站着，在暗淡的夜色里，用同样的姿势吸着香烟，迸出的火星以同样的轨迹在黑夜里舞动。很久以后，当人们回忆起这个有趣的场景时，总是把它和历史上其他伟大的瞬间相提并论。但在当时，那只是中国西南山区的一个普通夜晚。

月光如水银般倾泻在地上，一阵山风吹来，卷起了闻远满头的浓发。他逐一将香烟放在嘴里，一支，两支，三支……当他意识到某样东西时，颤抖地夹着香烟的手不由得加快了速度。五支，六支，七支，他将七支香烟一字儿排在嘴里，猛力吸了一口。

一直站在远处的江大伟也将七支烟嘴塞入嘴里，浓烟呛入喉咙，他弯下腰剧烈地咳嗽了起来。闻远飞快地向他跑来，嘴里大声喊道："我想到了，我想到了！"

光子雕刻

闻远气喘吁吁地跑到江大伟的身边，挽住他说："我早该想到的。"

江大伟站直身子，匀了口气缓缓说道："我原本不太确定，但既然你也能这样想，事情就有点靠谱了。你是研究高能物理的，比我清楚。"说着便蹲了下去，将七根烟一字儿摆开放在地上。闻远见状也蹲了下来，将自己手里的烟与江大伟的烟一一对应排好。

江大伟用探询的目光盯着闻远，"说说你的想法。"

闻远思考了一会儿说："如果把它们想象成七对互相纠缠的光子，那么每个光子的量子态都将被它所对应的光子感应到，这就是量子纠缠的基本思想。假设我是Tianyan528b，你是地球，这七对光子都是我的。但现在，"闻远伸手将江大伟身边的七支烟扒开，"假设你从每对光子里捕获了一粒光子，当我这边的光子的状态发生改变时，你的每一粒光子都会产生相应的变化。"

闻远沉思了一会儿，喃喃自语道："七粒光子具有128个量子态……它们之间的信息传播速度，是光速的一万倍。这就意味着，Tianyan528b的信息传送到地球，只要……"闻远抬头看向江大伟。

"10.5小时！"两人异口同声地说道。

闻远站起身来，低头来回快速走了几步，然后抬头望向天空，"如果我们获得了来自Tianyan528b的光粒子，只要它与那颗行星的同伴仍然纠缠，它们的量子态就会一直保持那种关联。通过它我们就能知道它同伴的状态，因而就能雕刻出那颗行星的图像来。"他望向鲸鱼座所在的方位，像在寻找着什么一样，就那么一直久久凝视着。

"需要找到多少个处于纠缠状态的光粒子，才能雕刻出那颗行星的全貌？"

"从理论上来讲一个就够了，但要雕刻出行星全貌可能得花几万年的时间。如果我们找到25个这样的光子，或许只需要几个月的时间。如果能找到50个，那么只要一天就能完成这个任务。"

江大伟站起身走到闻远身边，神情严肃地看着他，"如果我满足你提出的所有条件，你能在多长时间里找到25个纠缠中的光子？"

闻远回过头来有些不知所措地看着江大伟。

江大伟冲他点点头，"你不用马上答复。接下来的半年里，你可以随时来找我，记得带着你想要的条件。"

第二天一早，闻远就急匆匆下山，赶回安徽去了。

在闻远离开后，研讨会仍在继续。接下来的几天里，会议组收到了来自"金睛号"太空望远镜的零星观测报告。于自溪在会议上对报告内容做了详细介绍，结果只能说是喜忧参半。喜的是Tianyan528b具有氮氧大气圈，并且水蒸气含量适中，这是个令人激动的结果。在二十年里，"天眼"已发现了六个含有氮氧大气的行星，但要么是远离地球，要么是不在宜居带内，没有任何实际意义。

不过"金睛号"带来的不全是好消息。于自溪指着窄窄的Tianyan528b大气圈红外成像图和氧气光谱图，"从吸收光谱的峰值上看，氧气含量很可能在2%～8%内，这对大多数生物来说都是个巨大的挑战。不过这还不是不能克服的难题，人完全可以通过佩戴增氧面罩来维持呼吸。其他需氧生物则可以集中在氧气棚内，等环境改善后再进入自然。

现在的问题是，截至目前，我们正在光谱的红色区域观察到了亮度明显降低的现象。"

"这意味着什么？"一位政府官员问道。

"这是一颗红色星球，跟火星一样。"

"哦，那就是没有生命了。"

"现在我们还无法凭星球表面的颜色来判断这一点。"

"这是很严重的问题吗？"

"可以说是。如果没搞清楚产生红色的原因，我们就无法弄清楚地表的物质成分，也不知道这些成分与空气发生了什么反应，那么这颗行星是否宜居就存在很大疑问。"于自溪肯定地说，多数与会者也点头表示同意。专家们都知道今年年初发生的一件事，"金睛号"在船帆座发现了一颗蓝色星球，当时许多人认为那颗星球和地球一样覆盖着海洋，结果在SKA后续的观测中发现，这个星球表面含有大量氧化硅成分。这些硅酸盐在高温下凝结成颗粒，漂浮在地表上还反射着一种蓝光，让人误以为是海洋，实际上它不过是一颗具有高温的"死星"。

"除了红色地表问题外，还需要了解大气循环情况和地表温度变化情况等。但目前我们还观测不了这些变化。所以总体来说，现在还很难判断Tianyan528b是否适合人类居住。"

在接下来的几天里，"天眼"观测站又收到了来自SKA的观测报告。在发现Tianyan528b后，"天眼"观测站也向SKA发出了协助观测的请求。但从现在掌握的情况来看，总体上并没有太多新内容，也没有出现我们所期待的氧化铁分子谱线。这就基本上排除了Tianyan528b的红色像火星一样来自氧化铁的可能性。

Tianyan528b"最佳宜居行星"的称号在一个月后被剥夺了。这是由于SKA在船帆座方向发现了一颗非常理想的类地行星，各方面条件看起来比Tianyan528b的环境要更好。除了其母星是一颗绝对星等小于太阳的主序星外，它的公转和自转周期都跟地球非常接近，而且距离也更近，离地球仅11光年而已。更难得的是，它呈蓝色——可以确定不是硅酸盐反射的，此外还有大片的"绿洲"和白色的云层或者凝结的白雪。总之，它看上去就像另一个地球，以至于有人开始称其为"诺亚星"了。

江大伟回到北京三个多月后，才等来闻远的电话。闻远告诉他，自从回到安徽后他一直在搜集相关资料，调查了光子经行星反射后成为纠缠光子的可能性、捕捉这些纠缠光子所需要的技术手段、怎样对这些光子进行操控和观测，以及如何让光子描绘出图像来。

"很难。"闻远毫不避讳直接说道，"但并不是不可能。"

这是江大伟所需要的答案，"需要怎么做？"

"首先我要说的是，这种纠缠光子可能是存在的。我们知道所有恒星系统的行星都反射其母恒星的光线。在这个过程中，光内某个特殊波段可能通过行星地表的一些微晶体，有可能会产生呈纠缠态的一对光子。这对光子在穿过大气层时，存在被电离层分离的概率，一个光子留在了行星大气圈内，另一个光子则进入空间。这个光子有可能在12年后来到地球，只要在万亿亿个量子里把它找出来，我们就能利用它知道它同伴的状态，从而近距离观察那颗行星。"

"很好。可是怎么从那么多量子里找到那粒光子呢？"

"我设计了一种特殊的捕捉器，可以将不同能级的光子分开，而把纠缠光子单独留下来。但这个捕捉器必须安装在国际空间站里。"

"没问题，开始干吧。"江大伟用不容置疑的口吻说道。

生命体一号（一）

胡一云匆匆穿过两道气密圈密封的闸门后，见负压舱内已经坐了五个人，也就是说，"生命体一号"项目组的成员都到齐了。专家们都陆续站起身来，微笑着向他招招手。

"你好，胡博士，久闻大名，我是'蜂巢号'上的舒帆。"面罩后边是一张健康的麦色面孔，三十多岁，面容温婉，举止仪态显示出她具有良好的修养。

"你好！舒医生，很高兴认识你。"

"再过十多年，我这种职业可能就不保了。"舒帆笑道。

胡一云尴尬地笑笑。关于医生职业的一些观点虽然他只说过两三次，但是已经被媒体大肆宣扬。他握了握舒帆的手，硬着头皮说道："心理医生和外科医生都是修理人的，你这种职业取消不了。"他事先看过舒帆的资料，外科医生出生，又拿了心理学文凭，还搞生物研究，难怪会被"蜂巢号"选上——在太空飞船上恨不得一人顶三人用。

这时，旁边伸过一只手来，正好替胡一云解了围。"胡先生你好，欧洲空间生命院约瑟夫。真希望有机会看看兴兴和旺旺。"

"约瑟夫爵士，你好！唔……现在怕有点难了，它们进入长江后就东游西荡，我也很久没见到它们了。"胡一云说的倒是实话，兴兴和旺旺的活动由几个野外观测站进行观测，而这几个站点基本上都分布在从湖北到安徽的大片水域。长江水族馆通过GPS定位好它们的位置后，就会通知附近的观测站进行实地观测。

"哦，它们还好吗？"

"目前它们的状态还不错，看起来正在谈恋爱。"

"哈哈，恭喜。你做得很棒。"约瑟夫赞赏地向胡一云点点头。

"谢谢！"

胡一云向旁边的人伸出手。

"俄罗斯国家考古队伊凡诺夫，很高兴与您相见。"伊凡诺夫四十来岁，高个子，谢顶，眼神看起来很机警。胡一云听说他是首个提出火星生命来源于地球的专家，已经研究"地球始祖"LUCA二十多年。

与考古界人士打交道得警惕，胡一云这样想着，笑盈盈地握住伊凡诺夫的手说："伊凡诺夫教授，你好，我是中国生物重造工程小组的胡一云。"

"胡博士，相信你一定会对位于东非的阿法尔地区一种奇怪的单细胞生物化石感兴趣。"

"哦？说来听听。"果不其然，看样子伊凡诺夫是想让他参与某项复活工程。

"我在东非阿法尔地区北边的达纳吉尔凹地找到了几十个样本，结果发现了一个奇怪现象。"伊凡诺夫故作神秘地停顿下来，眼睛忽闪忽闪地盯着胡一云，想看看是否能吊起了对方的胃口。

"愿闻其详。"胡一云笑道，他确实想听听有什么能让这位教授迷惑的。

"这些样本具有统一的基因表达，但在阿法尔其他地方我找到了一种类似的细菌化石，奇怪的是它们在基因表达上却存在一些差异。"

存在差异有什么好奇怪的呢？更何况达纳吉尔凹地与周边环境有很大差异，造成基因突变也是情理之中的事，胡一云兴味索然地说道：

"基因变异也是自然界常有的事。"

"胡博士，我希望你能抽出时间，认真研究研究。我会把资料发给你，你一定会感兴趣的。"伊万诺夫认真地说。

"唔，我一定会看的。谢谢！"胡一云自然知道伊万诺夫醉翁之意不在酒，心里打的是复活古代细菌的主意。

站在伊万诺夫旁边的一个生着亚裔面孔的冲他点点头，"日本基因工程研究院渡边晃。"

"你好！渡边先生。"

渡边晃旁边是位五十岁上下的壮年男子，表情比较平和。"阿孔德先生，幸会。"胡一云只是十年前在电视上见过这位"火星生命第一人"。

"你好！胡先生。"

寒暄完后，阿孔德向舱室中部指了指，"让我们一起过去看看吧。"

舱室中间有个实验台，台上放着一个直径一米左右的玻璃罩，看上去就像个削去了底部的玻璃球。胡一云等人走到玻璃罩旁边，只见罩中是一块变换着不同颜色的光滑平板，而平板上则放着一个鹅蛋大小的石头。胡一云仔细一看，一眼就认出这正是威廉姆此前在全息图像里展示过的那颗陨石，光滑的黑蓝色表面排列着深褐色的熔流线。

他仔细一看，发现玻璃罩上布满大小不等的孔洞，一些孔洞上安装了可以灵活伸缩的机械臂。臂身覆盖着树脂材料和纳米涂层，尖端分布的是大小不等的各种精密工具。它上面有一个特别的装置引起了胡一云的注意，那是一台超高分辨率电子透镜，在胡一云的实验室里就有类似的透镜。这种透镜除了能做超显微观察外，还能发出不同频率的电磁波，可像扫描仪一样收集数据并进行相应的分析。那个蛋形"火星生命石"正好处在透镜下方三分之一处。

阿孔德按下了实验台控制面板上的一个按钮，电子透镜即刻就射出了一道蓝色的光带，只见光带缓缓划过陨石。阿孔德用一支激光笔打开了一个全息屏幕，刚才扫描的图像便迅速显示在了屏幕上。这是一个热成像光谱图，陨石在图像里变成了绿色，而它里边却包裹着一个红色圆球。

阿孔德将屏幕放大了一些，"你们都已经看过舒帆的报告。报告里有对这颗液珠的非常详细的描述。"他用激光笔指着那个红色圆球接着说道，"当舒帆把这块陨石带回地球后——也就是最近，我们又进行了一次测量分析。这次我们得出了一些新的结论。"

新的结论？胡一云看向身边的几位专家，那些专家也面面相觑，由此看来同样不清楚阿孔德所指。

"唔，大家大可不用担心，这只是观测中出现的一些小偏差。我想说的是，液珠和其里边分子的性状并没有发生什么实质性变化。舒帆可以向大家介绍一下详细情况。"

舒帆点点头，说道："我们只是在后续的观测中发现了一个细微的偏差。在火星轨道上的观测结果认为，这个液珠……"舒帆指着全息图里的红色圆球，"是一颗水珠。但通过最近的一些观测发现，事实并非如此。"

"啊？怎么会这样？""不会吧？"几位专家满脸疑惑地看着舒帆，显然大家觉得这是一个很低级的错误。不过他们还不至于把这种想法直接说出口来。

"唔，情况就是如此，这有可能是在火星上出现的测量误差，也有可能是操作过程中出现了一些问题。但不管如何，最新的测量结果显示这颗液珠的密度约为1.056克/立方厘米，比水的密度高了约0.056克。"

各位专家都露出了惊诧的表情，这个差别确实很细微，在火星上观测时出现这样的误差也算是情有可原。

"我们发现了这个误差后，就立即进行了更加细致的光谱分析。"舒帆说着又将液珠进一步放大，"在随后的分析中我们发现了产生问题的原因之所在。与氧结合的并不是氢，而是氢的同位素氘，是两个氘原子与一个氧原子结合了。"

"哦，重水。"所有专家都异口同声地说道。

"对。裹在这颗陨石里的不是水，而是重水。之前我们可能有先入为主的观念，认为是水珠，但现在已经确定它就是重水，很可能来自海洋。"

"这正好验证了我的猜想。"伊万诺夫接过话兴奋地说，他的俄式英语这时听起来更显得凌乱，"40亿年前，一颗火星，我的意思是说有一颗跟火星一样大的行星，猛烈地撞击了地球。"伊万诺夫边说边比画，只见他举起自己的两个拳头在空中用力一撞，接着大声说道，"撞击产生的碎片足以产生形成月球的物质。很不幸的是，那时地球的海洋里正生活着LUCA，也就是地球生命的始祖。LUCA是生活在海底火山口周围的，它靠氢气生存，而且嗜热。那次撞击让一部分LUCA，注意是一部分，如果所有LUCA都死了也就没有其他地球生命了。"伊万诺夫两眼放光，脸颊红红的，像是捡到了宝贝一样接着说道，"一部分LUCA，与含了氘的海水，一起裹在熔融过的石块里飞往了太空。而这个石块，就正好落在了火星上。"

"伊万诺夫教授，"渡边晃沉静地说道，"我不太赞成你的观点。不说别的光说氘元素这回事，我就有些不同看法。我们已经对火星大气中的水分做了细致观测，在其中发现了半重水，也就是说水分子中的一个氢原子被一个氘原子所代替。尤其在火星极地附近的大气里，我们通过长期细致的观察发现了大量的半重水，其浓度高出地球海水的7倍。这意味着，四十多亿年前曾经有一片远古海洋，占据了火星北半球的地表。"

说到这里，渡边晃将目光落在玻璃罩内的陨石上，"在那时，就像阿孔德先生所推测的那样，火星上正在酝酿生命。但不知是什么原因，环境突然发生了改变。许多水逃逸出了火星，而这些半重水则因为自身重量的原因潴留在了大气里。而有些海水流到了北方平原地层中冰冻了起来。在阿尔西亚山西北面发现的这块陨石，正是处于地下冰川的边缘。氘元素的发现正好佐证了这颗陨石生命体极大可能起源于火星的事实。”

“如果说它起源于火星，那么在火星地表上这种生命体就应该大量存在，但我们目前仅发现了一个样本。”

“一个样本并不代表这就是孤例。反之，地球撞击成月理论至今还只是猜想。而且，根据现在测量到的数据，这块陨石氧-16、氧-17、氧-18的丰度与地球上的岩石大相径庭，这有力地证明了它不是从地球飞到火星的。”渡边晃依然不紧不慢地说着，但字字确切，显得不容置疑。

“你的意思是说，陨石的氧同位素丰度跟火星岩石是一致的？”伊万诺夫质疑道。

约瑟夫见他俩互相争辩，微笑着说道：“我倒认为，这块石头有可能既不属于地球、也不属于火星，而是来自外太空。”

见大家都用眼睛看着他，约瑟夫接着说道：“就我看来，来自外太空的解释最为合理。第一，我们多年观测彗星的结果显示，彗星携带有孕育生命的最原始的那些物质；第二，在对星云的观测中也发现了大量原始生命物质，这证明宇宙某处充满了某种古老的生命形式。在三四十亿年前，这些携带了生命信息的彗星和陨石，撞击了火星，不但造成环境巨变，而且留下了它。”约瑟夫用力一指“火星生命石”。

生命体一号（二）

大家听完上面几人的言论后都缄默不语。

显然，约瑟夫的观点更没法得到在场人员的认同。他说得太笼统了，从技术上很难验证，而且还得考证宇宙的古老生命形式究竟是怎么回事。

阿孔德转向胡一云恳切问道："胡博士，你有什么观点？"自"生命体一号"项目小组正式成立后，阿孔德一直处在比较尴尬的地位。作为SDA任命的项目组组长，他不但得隐藏自己的观点，还得平衡专家们的意见，毕竟他们都来自不同意见阵营。

胡一云低头仔细看了眼玻璃罩里的陨石，又将目光移向四周，看看众人说道："三位专家的观点虽然不太一致，但却有个共同点。"

听他这么一说，大家就都一下子来了精神，饶有兴味地看着他。

"说说看。"阿孔德急不可耐地喊道。对阿孔德来说，能找出共同点对团队自然是有百利而无一害。

"嗯，液珠里的分子聚合体产生于几十亿年前，这是三位专家都同意的吧。"

经胡一云一这么提醒，各位专家也都意识到了这个不起眼的细节。LUCA生活的时代在四十亿年前，约四十三亿年前火星海洋也正好消失，而约瑟夫的观点也认为陨石来自于几十亿年前。

"唔，然后呢？"

"几十亿年前的生命信息被封存在一块陨石里，至今仍能看到较完整的DNA分子链，怎么说这都是个奇迹。"

阿孔德点点头。他回想起在火星上考察时，在阿尔西亚山北边的塔尔西斯高原收集的那些石块，发现里边的DNA分子全都破碎了，几十亿年漫长的火星岁月打断了所有连接碱基和氨基酸的氢键和肽键。这些无法辨认的生命分子分布在一条很窄的岩缝冰渍层里，他认为是来自东南边远地区的古海洋的洋流带来了这些分子。他驾驶着工程车往东穿过了苍莽的砾石地和丘壑地带，花了十天时间来到诺克提斯迷宫附近的岸线，在干涸的海床上找了五天五夜却一无所获，这至今仍是《阿孔德报告》中留有遗憾的地方。

"在这方面我想大家都没什么争议了。等我们想办法得到全部基因组信息后，相信自会有更准确的结论。"阿孔德对众人说道。

"生命体一号"的计划是打开陨石，获取液珠里完整的DNA分子基因组，然后进行直接观察和分析。六位专家又细致探讨了陨石的结构和成分，并对采取何种方式打开进行了全面而详细的论证。在初步方案中原本是要采取切割法，但舒帆、伊万诺夫和胡一云认为采用该方法会产生较多微尘，极易造成液珠污染。

最后，大家决定采用切割与钻取相结合的办法。首先采用弧面切割，在离液珠0.01毫米距离时再利用钻取法，这样就避免了借助其他方式带来的不利因素的影响。接下来舒帆在实验台的控制面板里输入了一连串参数，待输入完毕，旁边显示屏里即时演示了整个切取过程。

在众多专家确认后，阿孔德点击了确认按钮。陨石底部的凸台中心往上伸出一根托杆，托杆呈放射状往四周弹出六条菊花瓣一样的夹具，在陨石中间偏下位置将它固定住。托杆往上升起，在玻璃罩中心位置处停了下来。紧接着六条小型机械臂从玻璃罩上方降下来，离陨石大概有5

厘米距离。不久机械臂尖端发出了六条绿线，只见绿线从陨石的外围逐渐往上扫去，互相交错成一个六边形的光线图案。图案在逐渐缩小，最后在陨石顶端交汇成一个绿色的小光点。

紧接着六条细长的针管形工具伸到了光点周围，并与六条机械臂间隔相邻。只见在光点处形成了球形的一小团青雾，但迅速就被针管吸走了。光点变成了一个熔蚀点，然后熔蚀点慢慢变成一个小坑，不断有青雾冒出，但都被针管快速吸收掉了。机械臂和针管一边慢慢旋转一边往外运动，熔蚀坑像是从中间塌陷了一般逐渐扩大，不久出现了光滑的凹陷面。

在切割陨石时，除了舒帆，所有人都在统一安排下退出了负压舱。他们换下防尘服后来到旁边的一间会议室里，威廉姆正和几位联合国官员观看负压舱内的实时视频。

"现在的局面太混乱了，我担心一个星期后的《太空伦理法》修正案无法通过。"威廉姆扭头对几位专家说，但在他无意中看见胡一云后又道，"哦，胡先生，我想你可能还不太了解有关情况。"

经威廉姆介绍，胡一云才知道地球安全理事会一些成员反对《太空伦理法》修正案中的一些新条款，其中最主要的一条就是"在地球开展可控条件下的外星生命体复制实验"。反对的原因错综复杂，概而言之就是几个月前发现小行星2033KA1后，地球安全理事会仓促成立，联合国上上下下围绕着拯救方案的事忙得焦头烂额，SDA因而忽略了《太空伦理法》修正案的运作。这本来不是什么大事，SDA此前就已基本完成了草案，稍加调整就能在联合国大会上进行审议。

但是地球安全理事会的少数成员出于一些政治目的，不断放风反对《太空伦理法》修正案。他们试图以此作为谈判筹码，在四个拯救方案中获得更多利益。一些国家代表认为在"天外方舟"计划中设置的筛选条件不合理，首批2000人名单没有考虑职业、地域和种族平衡，因而是一份"带有歧视性的方案"。尽管目前"地下卫城"的选址还没有公布，但不少代表已经提前放风，将对联合国的一切法律和协定采取"谨慎态度"，目的就是要在选址等问题上占据舆论高地。

胡一云听到这些出于政治目的的运作，不禁有点儿头皮发麻。2000人名单他听说过，首先安排工程师和科学家们去火星有错吗？至少他们能生存得更久一些。不过胡一云也知道，自己的想法是比较幼稚、简单的。想到这里他说道："现在最重要的还是防御'大花生'，其他工作都可以缓缓。"

威廉姆点点头道："就算没通过也没什么，你们的工作还是照样开展。一旦你们获得完整的基因编码后，其他工作就有了很好的基础。"

胡一云当然明白威廉姆的意思，也知道SDA很希望对火星生命石做点什么——无论对火星基地建设、还是对外星生命研究来说，这种诱惑都太大了。但此前的《太空伦理法》是在没有任何经验的基础上弄出来的。现在要重新修订，难免会掺杂不少政治博弈后的成分。不过正如威廉姆所说，获得基因组序列就能为以后的工作创造良好条件，对胡一云而言甚至可以说是完成了一半工作。

精细的烧蚀切割很快就完成了。大家都全神贯注，目不转睛地盯着屏幕，舒帆已经启动钻取器，纳米探针先自动推进到已切割好的弧面底部，然后慢慢钻了进去。在实时的分层扫描图中，可以看到探针逐渐在接近液珠，最后钻破了凹坑，与液珠碰在了一起。探针的口径是0.2微米，这是个精确选择的尺寸——太大的话有可能将残渣推进液珠里，相反，太小又有可能无法让液珠里的分子聚合体通过。

往外抽取液珠的过程是极其漫长的，整个过程大概需要五天五夜的时间。威廉姆宣布休会，他还要将精力投入到《太空伦理法》修正案的政治角力之中。而实验舱里的抽液过程则由一些工作人员轮班监控。

这么一来，专家们有了点闲暇时间，被安排前往肯尼迪航天中心参观。

车子疾驶在通往航天中心的高速公路上，两边是广袤的田野，天气炎热，一丝风都没有。许多农业机具在田野里不停地往返，开垦播种。胡一云最近在云媒平台上了解到，这是美国中产阶级的新生活。几个月来，许多白领已经放弃了城市里的工作，到乡下的广大地区当上了农民。由于城市人口一直在急剧下降，使得相关政府部门不得不花很多工夫进行产业结构调整。

大约过了一个小时，车子穿过高架桥，到达了梅里特岛。经过八十多年的发展，肯尼迪航天中心560平方公里的土地上挤满了各式建筑，从原始的火箭发射塔到最新的舱式弹射平台、球形的通信中心和金字塔样的控制楼……单从这些建筑看，这块土地几乎浓缩了人类短暂却又辉煌的航天史。其中最引人注目的应是舱式弹射平台了，那是沿着海岸线一溜儿排开的六个建筑物。每个建筑物都有一个向大西洋方向延伸的栈道，栈道以三十度夹角伸向天空，使整个平台看起来有点像鞋跟踩在海里的巨型高跟鞋。

这时舒帆告诉胡一云，她在从文昌发射中心前往"蜂巢号"时曾亲身体验过这种弹射平台。栈道实际上就是航天飞机的跑道，长约1公里。航天飞机在穿过栈道时，除了自身动力外，还能获得来自栈道的助推力。在短短1公里距离内，发射速度能从0迅速提升到0.5马赫。保持三十度夹角进入空中后，飞机通过聚变动力和地球自转双重加速，两分钟左右即可到达同温层。飞机里采用的抗荷座椅，则能将超重控制在3g以下。

基因图谱

胡一云质疑修建这么多平台的必要性，听了平台控制中心一位管理人员一介绍他才知道，前几年也就是在"蜂巢号"建设高峰期时，每天会有多达二十架航天飞机从这些舱式弹射平台发往太空，以保证"蜂巢号"的建设进度。

航天历史博物馆是以39号发射中心为圆心的方圆6公里区域。在那里，胡一云看到了老旧的火箭和支架。大约九年前，火箭作为运载工具已经被完全弃用了。胡一云记得当时曾有时事评论家嘲讽道："我们无法想象，仅仅在几年前人类还依赖这种奇怪的交通工具前往太空！它看起来就像18世纪的蒸汽机一样笨重，仅仅把有限物资送到380公里高度，就要消耗掉大量资源。人类应该庆幸这种低效落后的运输手段现在已经完全退出了历史舞台。"

不过胡一云走上高高的井架、俯视着火箭那庞大的身躯时，仍然为这种运载工具而惊叹。他扶着栈桥上的栏杆，迎着碧空烈日，不禁长叹了一声。

"嗨，你还好吧？"不知什么时候舒帆来到了胡一云身边。阳光从火箭整流罩灰色的表面漫射过来，从侧下方照在舒帆脸上，她那微微冒汗的麦色皮肤和纤细的汗毛像是发出了一层淡淡的光。胡一云突然觉得她浑身洋溢着一种别样的美，并不光彩夺目，但却令人舒适。胡一云呆呆地看着，一时没有反应过来。

"胡博士，你没事吧？"舒帆关切地问道。

"唔，嗯，没事没事，"胡一云回过神来，接着说道，"我就是有点恐高。"

"呵呵，"舒帆笑道，"啥时你也得把自己的基因给改改。去指令舱看看吧，进到舱里就没事了。"

"改基因？那可不行，老祖宗进化了几十万年的，怎么能说改就改呢？再说了，恐高这事儿，也叫趋利避害，是进化的结果。"胡一云又恢复了平日的幽默，和舒帆一步一挪地往指令舱那边走去。

"既然是进化，人类咋就没进化出翅膀呢？"

"有翅膀的那叫天使。"

"你一科技工作者，说话跟脱口秀似的，没后悔入错行吧？"

"你倒是提醒了我。"胡一云一拍脑门说，"改天我就真的搞个科技脱口秀。"

"好主意，啥时上线知会一声，我也来捧捧场，支持，支持。"

"嗯，谢谢！不过话说回来了，你提的那个问题真好。"

"什么问题？"

"人类没进化成天使。"

"哦？怎么说呢？"

"作为科技工作者，我只能说，这是一个谜。"

"谜？"看到胡一云一脸正色，不像是开玩笑的样子，舒帆忍不住好奇地问道。

"对啊，我们人类了解到的真相，实在是太有限了。"胡一云扶住舱门停了下来，说道。

"嗯。"舒帆赞同地点点头，突然想起什么似的问道，"说实话，你真的认为火星生命石是四十亿年前的吗？"

胡一云听后摇摇头，随即将目光投向远方的天际。大西洋广阔的洋面上覆盖着一层薄薄的氤氲之气，显得如梦如幻。胡一云想象着四十亿年前，一颗火星一样大的行星撞击在地球上，撞击的能量让来不及发生海啸的海水瞬间蒸发；在发生撞击的中心地带，地壳在几千万摄氏度高温下变成了离子体；离子流穿过稠密的大气，闪耀着高达几百公里的光幕，像堵巨墙一样，沿着椭圆地表向四周不断地蔓延；熔融的岩浆像潮水一样滚过大地，所过之处皆留下了暗红色的余烬……那里边，会有一块熔融的岩石包裹着生命飞向太空吗？在火星上，那块携带着生命信息的陨石会不会沉入崩裂的地缝里？

这时候，胡一云突然感到一阵头晕目眩，便回过头来对舒帆说："我们赶紧进去吧。"

五天之后，"生命体一号"项目组非常成功地抽取了火星生命石里的液珠。经检测项目组发现液珠的主要成分是无色无味的液体HDO，即半重水，其中含有不少处于离子态的元素，如钠、镁、硫、钙、钾、碳、铁、碘等，而且这些元素与地球海洋里和火星冰渍层里的并没有明显区别。

另外，专家们对里边的分子聚合体进行了详细观察，发现分子链比较完好，这一现象与DNA分子的衰变期互相矛盾。值得一提的是，约瑟夫、伊万诺夫和渡边晃难得地取得一致意见，认为陨石内完全封闭的液态环境大大延缓了DNA分子的衰变过程。但是，这样的结论在现有的技术水平下却是无法进行科学验证的，即使是在自然界，DNA的衰变周期也很长，无法测量而只能推测，而且一个孤本也不能进行比较分析。

基因测序工作很快就完成了，在分子聚合体内共找到了300个基因组，每个基因组平均包含2.7万个碱基对。伊万诺夫将这些基因序列与

LUCA的基因组进行了对比，结果发现两者之间完全没有任何联系。但伊万诺夫并没有完全放弃自己的观点，原因是LUCA的基因组是间接取得的，并非来自真实的LUCA。从大学毕业开始，伊万诺夫一直在世界各地寻找LUCA的踪迹，但总是铩羽而归。后来他通过排除法，从许多生物的基因样本里找出了共同基因，不断缩小基因组数量，最终得到了LUCA的近似基因。

多数专家认为，伊万诺夫的猜想已经基本上被否定了。这一生命信息很可能起源于火星，但也存在一些问题，比如说阿孔德之前找到的碱基与这个分子聚合体也没什么干系。渡边晃认为，那些DNA分子已经完全破碎，没什么参考价值。不过火星起源论面临的另一个问题是：如果是火星本土生命，那怎么会找不到它的同伴呢？

约瑟夫重新提起系外起源论，认为火星生命石来自太阳系外。他的观点引起一些重视，现在的问题是如何找到证据？如果没有在彗星、其他陨石或者星球上找到相似信息，那么这个猜测就缺乏足够的说服力。

但不管怎么样，要探明火星生命石的来源，仍然有很多工作要做。不过看起来"生命体一号"项目不得不暂时搁置了，联合国和各国政府为拯救方案忙得不可开交，正在召开的第八十九届联合国大会为方案的事吵得热火朝天，SDA差不多把"生命体一号"给忘了。

两天过后，威廉姆才找到他们。然而他所担心的事情还是发生了，在联合国大会上《太空伦理法》修正案没有得到三分之二的多数票，未能通过审议。不过幸运的是，由于得票数超过一半，修正案的审议获得了一个临时议程，在必要时可以启动紧急程序进行再表决。

项目组暂时解散，各位专家都打道回府。胡一云临走时没来得及跟舒帆告别，听说她参与了SDA的另一个项目，跟太空适应综合征有关。伊万诺夫灰头土脸地离开美国，这不仅仅在于观点被否定，主要是他觉得二十多年的LUCA研究已经陷入困境。

作为生物重造工程小组组长，胡一云不愿再实施任何生物复活计划了，至少在"大花生"撞上地球之前他不会这么干了——总不能让生物复活之后又被灭绝吧。想到这里，他又颇为挂念兴兴和旺旺的命运。一般情况下，胡一云每月会去一趟长江水族馆，监控中心设在那里，他可以了解全部监测情况，平时常会收到那边发来的动态信息。

一天下午，胡一云正在实验室里琢磨"生命体一号"的基因图谱时，电话突然叮叮叮响了起来。打电话的是长江水族馆馆长赵楚天。他说位于鄱阳湖西侧的监测站在最近的监测中发现了新情况，兴兴怀孕了，希望胡一云赶紧去一趟。

胡一云接完赵馆长的电话，立刻一边给小王打电话，一边心急火燎地往停车场赶去，不到一刻钟就上了路。

两人赶到鄱阳湖观测站时已经是傍晚。观测站位于鄱阳湖国家自然保护区内，往东边望去是浩渺的湖面，波澜不兴，夕阳从身后映照在波光粼粼的湖面上，像洒落了无数血红的碎钻。此时正是丰水季节，湖泊湿地变成了一片汪洋，泥滩和草洲已沉入湖底，形成了广袤的水域。

他们远远就看见观测站门前有一个人迎了上来，来人自我介绍姓关名兴，是该站站长。关兴将他们领入站内，这是一个两层小楼，一楼是办公场所，有一个电脑室、一个资料室和一个工具间；二楼是驻站人员的休息室和两间客房。胡一云一行径直走进电脑室，里边有两名工作人员看到后立刻站起身来。室内除了几台监控电脑外，还有个专用的GPS定位系统，用来跟踪兴兴和旺旺。这些电脑与航监站、水文所和自然保护区的水质监测中心联网，能实时了解水域的各种信息。

待胡一云在一台电脑前坐定后，关兴遂介绍起有关情况来。大约一个月前，站内的GPS信号显示，兴兴和旺旺从长江进入老爷庙的狭长水道里，站里的工作人员立即前往探查。昨天他们终于找到了兴兴和旺旺的准确位置，潜入水中进行远距离观察时，赫然发现兴兴的腹部隆起，似乎怀孕已有一段时间了。

关兴打开显示屏，播放了几张潜水员在水下拍摄的白鳍豚照片。照片比较模糊，但胡一云仔细辨认后，也认为兴兴的腰围大了不少。

"它们最近这个月一直待在鄱阳湖吗？"胡一云问道。

"是的。兴兴体内脂肪一直在增多，行动不便，捕鱼能力下降了。最近它们一直在西边的浅水区觅食。"

"嗯，明天一早我们去看看吧。"

后　代

第二天一早，关兴和一位工作人员便带着胡一云来到湖边。三人乘坐一艘电动小艇，打开手持式GPS定位仪，沿着西侧湖面慢慢巡查。约莫搜寻了一个小时，定位仪上的信号就不断闪烁起来，标示出的目标距离约为100米。

胡一云和关兴穿好潜水服，另外胡一云在脖子上挂了个水下摄像机。在靠近白鳍豚50米的位置，两人悄悄地下了水。他们向南边缓缓游去，大概游了30米，看到前边有两个模糊的影子，它们正是兴兴和旺旺。

兴兴和旺旺似乎也注意到了他们，往边上游走了。胡一云向关兴做了个手势，两人一齐慢慢向白鳍豚游走的方向追了上去。大约过了一刻钟，胡一云忽然感觉后边似乎有什么东西，回头看去，发现兴兴和旺旺已经绕到了他们后面，此时正好奇地看着他们。

关兴正想游过去，胡一云摆摆手，示意他先不要动。于是两人静静地待在水里，与两条白鳍豚对视起来。过了好一会儿，两只白鳍豚才慢慢向他们游来，在前方五六米远处突然绕过他们，游到了他们背后。

他们回过头来，见兴兴和旺旺在七八米的地方盯着他们。这时旺旺慢慢向胡一云游过来，又擦着他的身子游了过去。兴兴也慢慢挪了过来，在两三米外看着胡一云。两头白鳍豚到水面换了一下气，又重新潜下水来。胡一云伸出手去，旺旺迎上来用鼻尖碰了一下他的手心。胡一云用手拍了拍旺旺的背，看来它们已经认出他来了。

胡一云见兴兴白色的肚皮高高隆起，身材显得非常臃肿，比放归长江时足足增大了约30%，这让他非常惊讶。他拍完照后示意关兴游回小艇。

"你们是在一个月前发现它们进入鄱阳湖的？"胡一云向关兴问道。

"是的。发现它们的信号后，我们就一直跟踪，直到前天才见到它们。"

"其他观测站都没发现兴兴体形上发生变化吗？"

"我没收到这方面的消息。"

"唔，有点奇怪。按目前的腹围，兴兴应该是放归长江不久后就怀孕了。七八个月的时间里，这种形体变化应该是可以观察到的。"

这时旺旺从水面跃出，在空中划出了一道白弧。原来它们竟悄悄跟着胡一云来到了船边。

胡一云让工作人员取了一桶鲫鱼挂在船沿边，他抓了一条潜入水里。旺旺颇为机灵地游了过来，胡一云把鲫鱼塞入它嘴里。旺旺用长长的嘴衔住鲫鱼，游回兴兴身边喂给它吃了。胡一云又抓了两条鱼，这时兴兴和旺旺都游了过来，接过鲫鱼开心地吃了起来。就这样，没多大一会儿，一桶鱼就全部吃完了。

吃饱之后的兴兴和旺旺还不愿离开，旺旺仍时不时地游过来蹭一下胡一云，显得非常依恋，兴兴则在不远处静静地待着。胡一云趁势检查了它们的身体情况，发现在野生条件下它们看起来更健康了。

回到观测站后，胡一云联系赵楚天要到了十个观测站的所有记录，但在仔细查看后都没有发现兴兴体形变化的记载。最近一次影像记录来自两个月前岳阳观测站，从图片中也根本看不出兴兴怀孕的迹象。胡一云跟岳阳观测站取得了联系，据他们介绍，兴兴和旺旺在两个月前游进入了洞庭湖，观测站里的工作人员立即前往探查，大约在八天后找到了它们，当时并没有发现兴兴与往常有何不同。此后几天，两只白鳍豚离开了洞庭湖进入了长江。

"这件事很蹊跷。照兴兴现在的体形，两个月前它的腹围少说也得增加了15%。"

"嗯，是啊。我们发现兴兴时也都吃了一惊。"

"关站长，这些天要多辛苦你们了。从现在开始你们每天至少要做两次观测。"

"胡博士，没问题，有事尽管吩咐。"

此后每天早晨和黄昏，胡一云都会前去鄱阳湖，同时不忘给兴兴和旺旺捎上一桶鲫鱼。两头白鳍豚似乎也摸出了规律，总会准时等在那里。几天后，工程小组的几个专家也都赶了过来，观测站的接待能力有限，好在自然保护区提供了住宿，使专家组得以在现场开展相应的工作。

专家们首先用一些仪器给兴兴和旺旺做了体检，结果显示它们的身体比在长江水族馆时更健康了。

胡一云决定用超声波扫描仪检查兴兴肚子里的宝宝。由于没有专门的水下扫描仪，他和关兴商量后决定做一个浮式小平台，平台可以在水里控制升降，只要让兴兴躺在平台上升出水面，这样就可以给胎儿做超声波了。

胡一云还画了设计图，工作人员到县城里找了家小工厂，没几天时间平台就做好了。兴兴原本是玩性很浓的一只白鳍豚，但现在正处于孕期，似乎并不情愿到平台上来，在胡一云的反复诱导下才爬了上来。几名工作人员早已将超声仪准备就绪，胡一云用探头在兴兴肚皮上来回探查，另一位工作人员则不停地在兴兴背上浇水，大家足足忙了一刻钟，才完成全部扫描工作。

尽管检查顺利完成，但结果却令胡一云大为惊诧：与历史记载进行比较后他发现，胎儿已经基本成熟了，而且生产在即，但个头却比以前的平均记录要小40%。更为重要的是，兴兴的孕期只有短短的一个月！

"这个结果太奇怪了。"一位专家说道，满眼困惑地看着胡一云。

"等出生后，我们要检查兴兴和旺旺的性染色体、生殖细胞的情况，还有小宝宝的基因，看有没有发生突变。"胡一云指着超声波图像说道。

一个星期后的某天下午，有个做野外观测的工作人员突然通知观测站，兴兴正在重复一种怪异的动作。胡一云赶忙带人赶往鄱阳湖，待众人急匆匆潜入水下后看到了奇怪的一幕：兴兴不断弓起背，来回短促地游着，旺旺则在不远处围着兴兴转圈。

"要生产了。"胡一云打着手势告诉大家，让众人不要游近，同时叫一位工作人员开启水下摄像机，好将整个生产场面记录下来。

整个持续了四十来分钟，兴兴突然紧紧地弓起背，胡一云他们这才看到白鳍豚宝宝的尾巴从它的下腹部露了出来。旺旺则游得越来越快，仿佛变得焦躁起来。这样又过了几分钟，随着冒出的一团血水，那只宝宝的身子整个从兴兴体内滑了出来。兴兴并没有停下来，而是突然绕着小宝宝转动不安起来，片刻工夫那条连接她和小白鳍豚的血带瞬间便断开了，兴兴接着游到小宝宝下边，将它顶出了水面。

众人重新爬上船来，大家摘下面罩，高兴地鼓起掌来：由DNA技术复活的白鳍豚诞下了一只白鳍豚宝宝！这在人类历史上尚属首次。

"给起个名吧，胡总。"工程小组的一位专家兴奋地对胡一云说。

"嗯，真是个小宝贝啊，宝贝，宝贝，就叫贝贝吧。"

"好！""好！"周围的人都使劲鼓起掌来。

但胡一云的心里却始终笼罩着一片阴云，贝贝的体重、身长都只有正常幼豚的三分之一不到，更奇怪的是，兴兴的整个孕期只有一个多月，仅是正常孕期的十分之一，这太让人难以理解了。是在DNA复制时出现的问题，还是进入野生环境后的基因突变？不管怎样，必须尽快找到原因，否则DNA复制实验就是不完整的，甚至可以说是失败的。

　　在接下来的几个星期里，按照他的安排，工程小组重新获得了兴兴和旺旺的生殖细胞和体细胞，同时还得到了贝贝的体细胞，他们同时也给贝贝的体内植入了GPS定位器。就在这些工作完成之后，白鳍豚一家三口离开鄱阳湖，往长江下游去了。

　　工程小组成员完成任务后返回了北京，在接下来的一个月里，他们在实验室对这些细胞的基因进行了逐一检查，结果发现兴兴和旺旺的生殖细胞在进行DNA片段交换时，有一小段基因信息出现了突变，但谁也不知道是什么原因造成的。

　　就在工程小组还在为此绞尽脑汁时，突然接到上级部门的通知，国家要求暂停生物重造工程，而让工程小组集中力量进行"地下卫城"建设。胡一云后来才知道，当时全球形势已经不容乐观，世界经济已经处于崩溃边缘，联合国，尤其是SDA遭到了不少人抨击。在这种混乱局势中，许多国家的政府纷纷各自为政，开始自己建设起"地下卫城"来。

　　殊不知这一工程又带来了新一轮混乱。技术发达国家和落后国家、地理位置上的优势国家和贫瘠国家开始了合纵连横，国土边疆纷争再起，已经形成了许多局部冲突或对峙局面。即使像美国这样既有土地又有技术的国家，也深陷纷争和舆论的旋涡之中。夏威夷、阿拉斯加、波多黎各和维尔京的居民纷纷要求全部迁入美国本土，种族问题因"天外方舟"和"地下卫城"方案进一步激化，原因在于教育背景等筛选项具有歧视性质。许多非洲国家则指责美、英、德、日等国不进行技术援助，罔顾人类命运共同体的愿景……

　　对于暂停DNA复制工程，胡一云并没有什么意见。复活那些已经灭绝的生物，不是为了让它们再次灭绝，这是胡一云的想法。他请求上级取消他的超规格待遇——既然工程已经停了，助手也就没有必要配备了。现在世界已经大乱，谁还会吃饱了撑的去搞什么希特勒复制。世界末日来了，狂热的宗教恐怖分子也就不再嚣张——上帝都亲自动手了，哪还用得着他们闹腾呢？

胡一云每天泡在实验室里，对白鳍豚贝贝的那一小段突变的基因序列反复进行研究，不过截至目前并没有什么收获。一天他突然想起"火星生命石"，于是又重新打开那个来自火星的基因图谱，查看碱基对的排序信息，仔细研究后仍然毫无头绪。

一天早晨，胡一云像往常一样打开了自己的电子邮箱，忽然发现里边赫然有一封发自伊万诺夫的电子邮件。伊万诺夫在信里告诉他，莫斯科已经陷入一片混乱之中，他决定再次前往阿法尔地区，一是躲开纷扰，二是希望借此机会再次考察达纳吉尔凹地，继续在炎热的熔岩湖里寻找类似LUCA的耐热生命的任务。伊万诺夫将上次见面时提到的单细胞生物化石资料也一起发了过来，希望胡一云能抽空看看。

胡一云这时对生物复活已经失去兴趣，勉为其难地粗略浏览了一遍资料。那些资料对东非大裂谷、阿法尔地区和达纳吉尔凹地的地质地理情况做了简略描述，然后详细介绍了伊万诺夫在酷热的达纳吉尔凹地近三个月的考察活动，后边还附上了发现那种单细胞生物的过程。伊万诺夫在不同的盐床和硫黄岩层里一共获得了300份样本，从每个样本里取得一个切片，利用电子显微镜进行观察，从中发现了几十个单细胞生物化石。伊万诺夫最后还不忘附上该生物细胞的基因信息。

看完资料后，胡一云对伊万诺夫的工作热情和态度肃然起敬，像他这样的考古生物学家常年在世界各地奔波，工作环境艰苦，没有信念支撑是很难坚持下去的。而这信念除了来自自身外，也来自学术圈的支持和认可。想到这里，胡一云又把那些基因信息认真看了看，但也看不出个所以然来，只好暂时搁置一旁。

细　菌

就在胡一云继续在他的实验室里鼓捣时，外边的世界已经乱作一团。军队已经被大规模调入西部地区，开始了"地下卫城"的建设工作。许多老百姓也纷纷从东部沿海地区往西部迁移，北京、天津、上海、广州、杭州等沿海城市的居民大规模减少，许多居住区人去楼空，我国台湾和香港地区的民众不断游行吁请，要求进入大陆地区寻求庇护。

由于大量移民不断涌入，西部地区开始变得拥挤起来，土地也迅速变得寸土寸金，西部省份为了缓解人口压力，不得不着手开发荒漠地区。原来寸草不生的荒地、戈壁和沙漠，出现了各式各样的安置房。同时，随之而来的还有交通、能源、供水、食物等一系列问题。在西部地区驻扎下来的移民这时发现，自己手里的钞票已经变得一文不值了。为了得到食物，大家不得不开垦荒地，农业灌溉使原本不堪重负的水资源问题更是雪上加霜。农产品价格则大幅上扬，很快就达到了天文数字，一头肉牛的价格甚至跟一辆聚变动力宝马车不相上下。

而东部地区由于人口迁移，许多农田因此荒芜，导致粮食产量大幅下降。面对这种混乱局面，政府一方面不得不大力控制物价，另一方面还得调遣部队到东部地区进行粮食生产。

一天，胡一云突然接到母亲打来的电话，说是他父亲突发心脏病，希望他赶紧回老家一趟。胡一云这才想起自己都有好些时日没回家看看了，于是跟上级请了假，匆匆南下。

胡一云老家在南方的一个小镇上，父母都是中学老师，一个教地理，另一个教生物。赶回老家后胡一云才知道，父母任教的镇中学已经停学了。小镇人口减少了六成，许多家庭都迁往西部，原本还算车水马龙的街道，现在变得冷冷清清，显得颇为凄凉。他在镇医院见到了躺在病床上的父亲，刚接受过纳米机器人手术的身体还很虚弱，但心脏已经基本修复了。

"连医院里的设备也搬走了三分之二呢，说是支援西部。"胡一云的母亲忍不住长吁短叹起来。

"我看超市和商铺都关门了，没人做生意了吗？"

"谁还做生意哦，现在连粮食都是政府分配。"

"哦。"胡一云没想到情况会变得这么糟糕，少了六成居民的城市应该算是"功能性毁灭"了吧，但政府仍得维持其最基本运作。

"你们二老要不要也去西部呢？"胡一云试探着问道。

"你还不知道你爸，教了一辈子地理，就从没踏出过家门半步。"

"这叫一览群书天下知。"胡一云的父亲争辩道，虚弱的声音里仍不乏幽默。

"那你倒是说说，小行星撞击地球了，我们这儿保不保得住？"

"我跟你说，去哪儿都没用，爬上珠穆朗玛峰都没用，地球上就没一块儿地能待。与其大老远地跑到西边去活受罪，还不如在这儿过几天清闲日子。"

此后十来天里，胡一云就一直在父亲的病房里陪伴。由于大迁移，医院里的人已很少了，有时一天都见不着一个护士的影子，好在医疗系统已经极其发达，只要供电不间断，就能自动监控病人的一切身体指标，有没有护士倒也不是什么要紧的事。

这天，胡一云与父亲有一搭没一搭地闲聊，电视里正在播放《历史与地理》节目。节目名就叫"神秘的北纬30°"，胡一云也饶有兴味地看了起来。内容大意是说，在北纬30°的地球纬线上，出现了许多不可思议的事。比如，埃及金字塔、古巴比伦空中花园、亚特兰蒂斯、中国三星堆遗址、古玛雅文明遗址等都在这条地球纬线附近。除了人类文明，还有许多自然地理之谜，比如尼罗河、幼发拉底河、长江、密西西比河的入海口，世界最高的山峰珠穆朗玛峰和世界上最深的海沟马里亚纳海沟，百慕大三角区和鄱阳湖魔鬼三角地带，都处在同一纬线。

听到东非大裂谷，胡一云不由得留意起来。纪录片里介绍说东非大裂谷是人类文明的摇篮，最早的现代人类就是从那里走向世界各地的。胡一云想起伊万诺夫那个单细胞生物化石也是在那里找到的，不知现在伊万诺夫的考研事业有没有什么新进展。

作为研究基因的科学家，胡一云一直认为在人类直系祖先的考察中，化石做不了假，只有线粒体基因组才是最科学的证据。很早以前就有学者根据基因测定序列推算出，现代人类起源距今仅约十五万年。胡一云不是人类考古学家，但也经常翻阅有关方面的资料。他曾在一份报告里了解到，所有现代人类的非洲祖先是在Y染色体的M168位点形成突变，随后才产生各人种分支的。

想到这里，胡一云脑子里突然冒出个奇怪的念头，伊万诺夫的那种细菌基因，会不会跟火星生命石的基因组有关系呢？那些基因图谱又重新出现在了胡一云的脑海里。他左思右想，决定将两者做个对比。好在此时父亲已基本康复，他就与父母打了个招呼，在镇中学的实验室里捣鼓起来。

那些在云数据库里的基因图谱看起来就像一长条接线盒里密密麻麻的触点，每个触点均代表着一个碱基对，存在AT、TA、GC、CG四种组合，将T-A和G-C组合赋0和1两个二进制值，每个触点就存在两种状态。一条分子链就构成了一段类似于二进制编码的语言。

实验室的电脑略显陈旧，但分析这类数据已经完全够用了。胡一云将两种基因信息输入到对比软件之后，按下确认键。过了几分钟后第一批对比结果就出来了，胡一云看到结果后不禁大吃一惊。他赫然发现，火星生命石基因序列居然与细菌基因序列发生了部分重合现象，看到这些胡一云的心脏忍不住狂跳起来——细菌基因序列明显要比火星生命石的基因序列长出很多，但它们之间的重合不是连续的，也就是说一个完整的火星生命石基因序列被分成了好几段，间隔地体现在细菌基因图谱上。如果没有对比分析，就很难发现两者之间会存在这种关系。

这意味着什么？难道火星生命石真的来自地球？胡一云百思不得其解。他想马上跟伊万诺夫联系，好将自己新发现的情况告诉他。但转念一想，如果这时告诉伊万诺夫，未免过于草率。毕竟目前的结果还无法解释细菌飞到火星后为什么只剩下一部分基因片段。

胡一云决定立即与伊万诺夫取得联系，亲自去一趟阿法尔地区。

引力反射

刚刚修整好的隧道已经有9公里长。

如果用探地雷达扫描凤凰岭透迤的山岭，就会发现这条隧道的透视图。它笔直地斜向西北，拱洞直径足足有6米，看起来就像穿过山体的一条巨龙。在它的东南端，是坐落在山脚下的实验场——一座高大的白色建筑和东北侧首尾相接的连片建筑群，从山上俯瞰下去，有点像居庸关长城脚下的连营。不过，这里驻扎的却是磁球项目组成员。

实验间经过修整和扩建后，已经蔚为壮观。依靠山体的墙壁高了不少，但最显眼的仍是轨道门，它看上去像极了古代的城门，利用轨道左右开合。门体显然经过了粉刷，已经没有了斑驳的锈迹。轨道抹上了润滑油，车轮则被新加的盖板包裹了起来。

空阔的实验间里耸立着两个磁球飞行器，一旧一新。旧的那个还是老样子，不过表面已经被粉刷一新了，球面上那些黑色节点都被光滑的银膜覆盖了。新的磁球比旧的要稍大一些，原来伸出球面的天线状伞形线圈被另一层球面所包裹。这是按江大伟提出的意见进行修改的，伞形线圈产生的磁力护盾可以挡住高温电离的空气和其他离子，但突出的天线会形成紊流，产生噪声。

实验间里东倒西歪坐着几十个工程师和技术人员，有些人偶尔会瞟一眼实验室那边，但又无精打采地收回视线，不少人因为疲劳而眼神迷蒙，但仍强打起精神抵挡不断袭来的睡意。

张锐坐在轨道门边的操作台旁，台上有几个显示屏和各种各样的控制面板。在他身旁是一长溜仪表控制柜，里边的各种指示灯在不断闪烁着。他不时向实验室方向张望一下，脸上露出焦躁的神色。坐在他旁边的女孩是杨颖，此时她穿着工装，头发在脑后扎成马尾状，显得很有活力。她的眼睛盯着桌上的一块显示屏，神情专注，双眼不时灵动地扑闪一下。

实验室的门仍紧紧闭着，似乎永远也不会打开一样，空气寂静得令人窒息，只有实验间高处的排气扇沉重地不停转着，在地面上打出一点活动的影子来。

"看起来你们好像快要成功了！"杨颖抑制不住兴奋说道，清脆的声音打破了沉闷。

张锐抬起头，勉强露出笑脸，"现在还谈不上成功，因为新的磁球还没有试飞。你现在看的只是动画演示啊。"说完视线落在了那块显示屏上，里边有一个磁球正飘浮在空气中，缓缓沿着隧道往前飞去。

杨颖回头望着张锐说道："我们试飞成功的把握有多大？"

对张锐来说，这么提问显然不太专业，不过他仍然耐着性子解释道："理论上来说有百分之百的把握。在动画里，"他伸手指了指屏幕，"磁球演示的每个动作，都是通过数学建模计算后的结果，如果不出意外的话就没有问题，但实际操作中仍然存在风险。你要是早三天过来，还能看到我们的加压试验。"

"哦？加压试验？"

"就是将磁球加载到超导态旋转，球体自身形成反引力子抗拒自身重量的试验。我们有一段记录视频，你可以看看。"张锐说着打开了另一个视频。杨颖见视频中磁球在飞速地旋转中缓缓升起，变得像个随水波上下浮动的银色圆球，圆球的周围有一圈光晕，像是地球的大气圈或太阳的日冕一样，发出灰雾般的微光。

杨颖惊奇地看着浮在空中的磁球，指着那圈光晕说："这就是传说中的磁力护盾？"

张锐笑了笑，说道："不是，磁力护盾在低速状态是看不见的。只有在磁球高速穿过空间时才能看到，那些被瞬间离子化的空气或者空间中的粒子会击打在磁力护盾上，形成一层膜一样的隔离层，一般呈浅绿色。你现在看到的这层光晕，是磁球的动力构，也就是它的外壳，在高速旋转时产生的。而这个球体，"张锐指着光晕中的实心球体说，"它是载荷舱，是嵌在磁球动力构里的。"

"哇，是太不可思议了。外壳怎么变透明了呢？"

"唔，"张锐沉吟了一下，"原因解释起来比较复杂。简单来说，就是动力构在超导态的高速旋转中产生了光栅效应，因此变成半透明状了。你要是坐在载荷舱里，会觉得周围有一团团丝状的棉絮在飘着。"

杨颖眼里充满了期待。她往磁球走去，边走边说："我看看里边什么样子？"

张锐忙跟了上去。几位工作人员见状忙将一旁的升降梯推了过来，张锐和杨颖都爬了上去。掀盖式的圆形舱门在磁球顶部，舱门缓缓升起后，露出了里边厚达一米的深孔，在大约0.6米处有一个空隙，将壳体分成了里外两层。深孔底部是另一个球面，球面上同样有个圆形舱门，只不过不是掀盖式而是瓣式开启的，此时正呈环状向四周扩大，有点类似于相机快门。

张锐指着孔壁解释道："外边的壳体是动力构，包含了常温超导系统和晶格吸能系统，动力构里边是屏蔽层。你现在看到的最里边的那个球体是载荷舱，直径2米。"

杨颖听后好奇地伸头往里边看去，载荷舱底部正对着舱门的是一个普通的皮质坐椅，这时有一个自动扶梯从椅子背后向上升起。"我可以进去看看吗？"杨颖问道，见张锐点点头，她就沿着扶梯爬了下去。进到载荷舱后，杨颖刚坐下，扶梯立马就收了回来，舱门也闭合了，周围转瞬亮起了淡淡的光，但她不知光源在哪里。她定睛看了看四周，未免有点失望，空间倒不是很逼仄，但空荡荡的，除了太空椅和后边一个管道状容器，就再没有其他东西。四壁的颜色是单调的银灰色，除了少数几个嵌在旁边舱壁里的按钮外别无他物，连舷窗都没有，完全是个密闭的球体。

这时顶上传来嗖的声音，顷刻间舱门打开了，张锐探头进来问道："小杨，感觉还好吗？"

杨颖点点头，沿着升降扶梯爬了出来，笑了笑道："感觉像个闷葫芦。"

"叶博士的设计很有特色。"张锐语气里带了点嘲弄的意味。

杨颖暗想，张锐曾参加过"蜂巢号"的设计，自然会轻看叶梓飞的磁球，对他的嘲讽也不理会，侧头往实验室方向看了看，"叶博士已经待了三天？"

"是啊，"张锐苦恼地叹口气，一只手在略显凌乱的头发里挠了挠，接着说道，"做完加压试验后他就一直待在实验室里，连一日三餐都是送到门口——我说嘛，咳，不知道的还以为他在坐牢呢。"张锐觉得自己说得有点过头了，忙干咳了两声，"唉，也不知他琢磨得咋样了？"

"说不定碰到了什么问题？"

"他确实说过三向翼有点问题……但也没必要把自己关起来，把我们晾在一边啊……咳，有问题可以一块解决嘛。"张锐两手一摊，发了通牢骚。

两人下到地面上后，杨颖宽慰地说道："等了几天了，也不在乎多等会儿。"正说着，实验室的门却突然打开了。

看到实验室的门开了，大家赶忙站起身来，只见叶梓飞形销骨立地从里面走出来，身形消瘦，头发乱糟糟的，脸上胡子拉碴，颧骨突起，眼睑浮肿，镜片后的眼睛里满是血丝。

两人迎了上去。张锐边走边问："叶博士，怎么样了？"

"我想到了。"叶梓飞嗓音沙哑地说了一句，快步向磁球走去，一行人跟在了后面。

叶梓飞走到磁球边，摸着球体腹部伸出的像桨片般的薄翼，似乎在低头思考着什么，良久没有说话。大家围成一个圈静静望着他，不知他在想些什么。

杨颖轻声问道："叶博士，你想到了什么？"

叶梓飞抬起头来，看了看杨颖，又望望周围的人，"你们想象过光在穿过空间时所走的路径吗？"

"直线？"杨颖反问道。

"是的。但是当光线经过质量大的天体时，会出现引力透镜现象，发生偏转，这时光线是沿着曲线行进的。爱因斯坦认为，这是因为天体使周围的时空产生了扭曲。"

大家点点头，显然众人都很明白这个道理。"但是磁球不是建立在广义相对论上面的，我们应从经典力学的角度来思考这个问题。"他站起身，走到旁边的一块黑板边，拿起粉笔在上面画了个圆圈。

"经典力学？"张锐忍不住问道。

"对，我们暂不考虑时空扭曲，只从经典力学的角度分析。"叶梓飞在圆的上方画了一条直线与它相切，"假设这条直线就是光线走过的路径。当光线经过这个质量较大的天体时，它发生了偏转。"叶梓飞沿着圆圈外边画了一小段圆弧，然后在它下边又画了一条相切的直线。

"好，我画的这两条线就是光线经过天体时的实际路径。我们假设，在这束光线中有一个光子，如果仅从经典力学的角度来看，它经过天体时会受到什么作用力的影响呢？"

"惯性力和引力。"有人回应道。

"嗯，"叶梓飞点点头，"当光子经过天体时，它将承受两种力，一种是以光速飞行的惯性力，要让它保持原来的运动状态；另一种是引力，将它拉向天体。因此在光子经过天体的瞬间，两种力会同时作用，让光子的运动轨迹产生偏转。"

叶梓飞又拿起粉笔在圆弧处画了一个小点，在小点上画了一个向下的箭头，又画了一个指向圆圈的箭头，然后指着箭头说："假设这两个箭头代表光子所受的作用力，向下的箭头为惯性力，表示光子的运动趋势，指向圆圈的箭头是来自天体的引力。如果引力足够大，比如说黑洞，光子就会克服惯性，跌落到天体里，否则引力只会影响光子的运动趋势，让它的路径发生偏转。"

"我把这一小段围绕天体的光子运动轨迹称为黏性轨迹，它让光子发生了偏转。"他接着望向表情惊疑的工程师们，"如果我们假设磁球就是那颗光子，大家会得出什么结论呢？"

"磁球经过天体时会发生转向。"有工程师低声说道。

"假设光子被自旋为1的引力子所作用，这种偏转就是向外的，光线经过天体时，就像照到一面镜子上一样向外反射。"叶梓飞在下方的线条旁画了一条对称的线，接着说道，"那样的话，反引力磁球就会被天体的引力所排斥，也就是说从一个星球被弹到另一个星球，就像打乒乓球一样。"

众人眼里都露出不可思议的神色。杨颖仿佛被叶梓飞的描述迷住了，胸口因兴奋而不停地起伏着。张锐看了眼杨颖，不知这个富家千金心里究竟在想些什么，他一直不太明白一个对物理和工程知识几乎一窍不通的女孩子，怎么会对磁球这么着迷？不过他现在暂时没有空琢磨这些，而是忙着问叶梓飞道："这意味着什么？"

叶梓飞走回磁球旁，盯着薄翼，像是自言自语，"三向翼只在低速状态下才能使用，在10%光速时改变磁球的运动方向，需要的能量太大了……"

"有多大？"杨颖问道。

"大到像……天体引力的量级。"

所有人都"啊"了一声，叶梓飞的话相当于在说：作为飞行器的磁球基本上失败了。

叶梓飞看了看失望的众人，沉静地说："并不是说磁球不能用了。只要找准目标星体，磁球就可以进行被动式方向调整，通过天体引力的不断反射进行航向切换和加减速，并最终到达目的地。"

"跟霍曼轨道转移的原理一样吗？"一位戴眼镜的工程师问道。

"虽然它们都利用了天体引力，但方法却不一样。"叶梓飞解释道，"霍曼轨道转移只适用低速航天器，需要引力捕获、轨道绕飞和引力加速，这跟磁球的引力利用方式恰好相反。磁球的引力弹射有点像……一种很古老的弹珠游戏，控制好发射弹珠的力度和方向，确定需要进入的球洞，发射后弹珠就会在几块弹射板间不断反弹，并最终落入球洞。"

"也就是说发射磁球前，必须先找到目标星球？"杨颖插话。

"嗯。"

一个高速飞行时无法控制方向的飞行器显然不是磁球项目组想要的结果，但这总好过什么都没有。项目组成员们强打起精神来，开始了新一轮的空载飞行试验。

新的磁球飞行器从实验间轨道上被缓缓移到轨道门边，隧道里的信号灯点亮了，灯光一直延伸到视野之外。各种仪器都通上了电，变压器的循环油泵和冷却风扇启动了，发出了低沉的嗡嗡声。仪表盘上的开关被一一点亮，显示屏上的曲线和参数也在缓慢变化着。

叶梓飞表情凝重地监视着显示屏，杨颖和张锐坐在旁边注视着屏幕。这时叶梓飞感到右肋处又隐隐痛了起来，忍不住蹙起眉头，用左手掌在那里按压了一会儿。杨颖似乎注意到了他的举动，用手搀着他的右胳膊关切地问道："叶博士，你没事吧？"

叶梓飞微微一笑，摇了摇头，又接着仔细查看起显示屏上的各项参数来。他比以往任何时候都要谨慎，不仅仅因为六年前的那次事故，更多的是因为时间越来越紧迫，留给项目的时间已经不多了。外边的世界与其说是末世，不如说是乱世，除了已经崩溃的经济，还有行将坍塌的信念。当然，仍有不少人要求联合国公开第五方案。SDA施加给江大伟的压力并不比SDA自身所承受的小。

大概花了半个小时，所有准备工作已经就绪，屏幕上亮起了绿色信号。

叶梓飞和张锐又对所有设备巡视了一遍，确定工作状态正常后，叶梓飞命令道："升压。"

一位工作人员打开了变压器的升压开关，高压端接通了电流，磁球底座发出了哗哗的电磁声。大约30秒后，那位技术员报告："高压端：1000千伏。升压完毕。"

"建立超导态。"

另一位技术人员点亮超导系统启动开关，磁球里传来轻微的液体流动的声音，就像启动空调压缩机一般，但声音很快就消失了。"超导系统已启动。"那位工程师报告说。

"启动动力构旋转。"

一位身材瘦小的工程师在身边的控制面板上点击了一下，刹那间磁球外壳开始缓慢旋转起来，速度越来越快，最后形成了一团包裹着一个球心的薄雾。在叶梓飞身前的显示屏里，磁球的重量正在缓慢下降，10吨，9吨，8吨，6吨，4吨……最后显示磁球重量为0。此时在动力构每个节点的晶格里都聚集了大量的反引力子，它们在连接节点的弧线传导器里快速流动着，产生的反引力已经将磁球的质量完全消减了。

叶梓飞看着重量消失殆尽的磁球，这个10吨重的庞然大物现在已轻得像一朵蒲公英，只要你愿意，随便哪个小孩都可以轻而易举地将它托起来，然后再扔出去。如果他的掷力正好是水平的，磁球便会沿着与地球相切的直线飞向太空……

"叶博士，是不是要启动推力？"张锐在一旁问道。

叶梓飞陡地回过神来，眨了眨眼睛，向一边待命的工程师说道："启动垂直推力1千克力。"工程师接到指令后按下开关，瞬间磁球底座处喷出一小股气流，磁球随即缓缓升了起来，浮在空中轻轻地晃动着。但磁球的下腹部并没有跟着一起旋转，只见三条薄桨垂在下面。

"启动水平推力3千克力。"

那位工程师又按下一个按钮，顷刻间便从磁球的后背喷出了一股微小的气流来，硕大的磁球在冲击波的助推下迅速往轨道门飞去，穿过门口，向幽深的隧道里缓缓飘去，像一只在平静的海水里悠游的发光水母。高速旋转的动力构只发出轻微的像蜜蜂一般的嗡嗡声，因为磁力护盾的磁场约束，周围空气并没有被怎么扰动。它推进的速度很慢，只有大约1米／秒——准确地说是0.8米／秒，但时刻监视着各项参数的工程师们仍不免提心吊胆的，大家都知道磁球体内蕴藏着一股奇异的巨大力量，稍有不慎就有可能灰飞烟灭。

磁球在隧道里越飞越远了，工程师们调暗了信号灯，以便目视磁球的飞行状态——它仍然在轻微地上下起伏着，但非常平缓，这说明它在引力和反引力间取得了很好的平衡。不过此刻它变成了一团暗淡的光斑，距隧道口已经有一公里远了，工程师们只能通过监控屏进行观察，不过这倒没什么区别，沿途的感应器可以捕捉到磁球的位置状态，磁球自身的参数变化则是通过其底部的发射器传送过来的。

有一个短暂的瞬间，叶梓飞眼前又出现了幻觉：隧道深处的那个光团突然进射出耀眼的光芒来，顷刻间山动地摇，将一切化作了灰烬——六年前的情景仍然萦绕在他的心底，此刻他仍能感觉到自己的恐惧。

"叶博士，是否要返回？已经6公里了。"张锐在旁边轻声提醒道。

叶梓飞点点头，缓缓坐了下来——他的胸口又痛了起来。张锐发出了返回指令，磁球停住了，然后慢慢折返。

当磁球重又回到轨道门里时，现场所有的人都热烈鼓起掌来，欢呼着，像是迎接凯旋的英雄。

在对磁球做了各项检查、确定性能参数无异后，叶梓飞宣布启动加载飞行试验。这一次，磁球的载荷舱里增加10公斤载重。这是一个极其保守的数字，因为磁球的设计载重是一吨。不过叶梓飞宁愿再保守些，也不愿再冒任何风险了。

10公斤的载荷试验也顺利完成。此后加载的负重在不断提高，但在达到100公斤时，却出现了意外。载重100公斤的磁球在升起后，出现了幅度不大的跳跃现象，有点像被一个不大的浪头打中了的浮球。虽然这种现象很快就消失了，但叶梓飞仍要求停下来进行检查。工程师们最终发现问题来自于变压器，加压的时候在低压侧出现了短暂的电涌，导致高压侧的电压产生了波动。重新加压后，一切都变得正常了。

这次依然从3千克力水平上的推力开始加速，刚开始时磁球飞行得很平顺，但将水平推力提高到5千克力时，磁球突然出现不规则的颠簸。跟刚才电涌时出现的情况比较类似，但跳跃的次数却明显增多了。在场的所有人都战战兢兢地看着磁球飞回来，直到它安全着陆，所有人才松了一口气。

更高载荷的飞行试验暂时停止了。像发现三向翼的问题一样，叶梓飞认为载荷或速度与反引力能量之间的平衡有些问题，便又开始通宵达旦地进行计算。

对张锐来说，这是件很令人苦恼的事，叶梓飞太缺乏团队意识了。虽然大家对于磁球项目的坚持，在很大程度上也是因为相信它能开创历史。但也恰恰因为如此，工程师们才无法忍受被晾在一边的行为，他们希望在紧迫的时间里尽可能地投入到磁球研发之中。叶梓飞的行事风格过于乖僻，以至于让一大批人觉得自己在项目组里显得非常多余。每每遇到这种情况，张锐都不得不出面安抚。如果不是他的组织和领导，末世之中队伍只怕早就散了。

一天深夜，叶梓飞独自爬进了磁球。他静静坐在载荷舱内，脑子里却在飞快地计算着不同载重和速度变量下磁球的受力问题。他越来越有一种预感，当载荷超过100公斤时，磁球的稳定性就可能存在隐患。但他的计算又毫无破绽地得出一吨额定载荷的结果。

他环视着载荷舱，控制三向翼的操纵杆只能在低速飞行中使用，在着陆时发挥作用，但在高速状态时必须锁定；动力构启停按钮只需在接近目标星球前进行关闭操作，保证磁球被引力捕获；休眠箱的动力则来自于核聚变，能够维持60年运行，以磁球的最高运行速度估算，理想状态下大概能保证穿越6光年距离的运行。但这仅指理想状态，现实情况远比想象的要复杂。甚至于到现在，叶梓飞还不知道磁球究竟能飞多快——最高纪录是六年前的28米/秒，但那颗磁球已经毁掉了；现在的记录是……2米/秒！简直相当于一只苍蝇的飞行速度——虽然这并不是严格意义上的飞行，但他也不得不承认，新磁球还没有在2米/秒以上的速度下飞行过。

叶梓飞眼前冒出了无数雪花，感到头晕目眩，不得不紧紧闭上眼睛，沉重的脑袋无助地靠在了太空椅上。他的眼前又出现了一朵朵随风飘荡的蒲公英，轻盈、美丽，精致的绒毛展开后，在风中飘荡，时而飞扬、时而低旋，纤细的杆下挂着一粒褐色的种子，就像玩着平衡术的大师，仍由狂风吹打，始终安然如故。蒲公英，蒲公英……那是轻盈的灵魂在沉重的肉身里飞翔，它突破了躯壳，向远方飞去，越过高山、海洋、极冰，越过美丽的珊瑚岛和蔚蓝的天际，在历史被流沙掩埋的岁月里，它将飞往何处？

不知过了多久，叶梓飞睁开濡湿的双眼，这个时候他的胸口剧烈地疼痛起来，他只好用手死死摁住胸口。但不知为什么，恰在此时头顶的舱门却突然打开了。

魔　咒

叶梓飞诧异地抬起头，颇有点意外地看见了杨颖。

杨颖似乎也没想到叶梓飞会在载荷舱里，不过更令她吃惊的是叶梓飞眼含泪水的狼狈表情。

"叶博士，你怎么了？"

"哦，没事。"

杨颖快速下到太空椅边，见叶梓飞的一只手摁住自己的胸口，忙走上前一步，半蹲着身子，握住叶梓飞的手说："叶博士，你的身体怎么了？"

"没事，我很好。"叶梓飞勉强露出微笑来，眼角的泪痕却还在，这让叶梓飞感到一丝尴尬。

杨颖靠近他，将手压在他手上，柔声道："叶博士，你看起来像是病了。"

"唔……"叶梓飞感到来自杨颖手心的娇柔暖意，不禁有点局促起来，想要起身却也并不是很方便，只好强作镇定说道，"一点小毛病，没有什么。"

"这个位置，"杨颖的一只手指了指自己胸口道，"是肝区，你明天最好去医院检查一下吧。"

他抬起头来认真看着杨颖，这时他方才注意到，杨颖秀丽的脸庞里竟隐隐透着似曾相识的感觉。她的眉宇间有一种妩媚而明朗的气质，眼神生动又令人难以捉摸，略显咖啡色的皮肤洋溢着健康青春的气息，举止时而成熟时而天真，具有一种摄人心魄的美丽。

对叶梓飞来说，杨颖的存在一直是让他捉摸不透的。或许是他过于迟钝，最近叶梓飞才了解到，磁球项目的资金除了少部分来自SDA和国家航天局，大部分是由大投资家杨树林资助的。叶梓飞对杨树林没什么印象——他本来对外界的了解也并不多。不过现在叶梓飞已经弄清楚了，杨颖是杨树林的女儿，名义上负责空间飞行器设计研究所的外联工作，但实际上却是磁球项目的实际推动者之一。起主要作用的当然是江大伟，但杨树林，或者说杨颖的参与却对整个项目的运作来说至关重要。

想到这里，叶梓飞答道："谢谢！我想我的身体应该是没什么事的。"

"明天你一定得去。"杨颖握住叶梓飞的手，"我陪你去。如果你不去，我就让医生过来。"

叶梓飞有点诧异地望着杨颖。

"如果你身体出了问题，项目也没法进行下去了。"

"哦，"叶梓飞想了一下接着说道，"一时半会儿死不了，还不如先把项目做完再去医院。如果这时候去，少说也得十天半个月，病不一定能治好，项目也会给耽误了。"

"这边还有张锐他们，你大可放心啊。"

叶梓飞不置可否，就只好转移话题问，"你当时怎么想到资助这个项目？"

"这是我爸资助的，我可只是参谋而已。"杨颖顽皮地笑了一下，神态里透出一股狡黠的娇憨来，与平时的落落大方迥然相异。

叶梓飞看见她这样的神情未免有点迷糊起来，难得地开玩笑说：

"看来你这个参谋没当好啊，现在是不是很失望？"说着环顾了一下周围呆板乏味的舱室。

"才不是呢，我很早就听说反引力飞行器了。那时我还在上高中，你可是我们大家的偶像。听说你当时拿了篇论文给一位物理教授看，把教授吓了一跳。不但他没怎么看懂，连后来的研讨会也吵得不可开交。嘻嘻。"

叶梓飞暗想，那是11年前的事了，想不到那次事件会有这么大的影响，不过传言似乎有点过于夸张了。

"我上大二时听说你已经设计出磁球了，当时同学们都说磁球比'蜂巢号'更强大，'蜂巢号'再大也飞不出太阳系，磁球却是能做到的。"

叶梓飞听到这里轻轻地摇摇头，到现在他都不承认自己在理论上取得了成功，他一直认为那次实验失败的原因在于没有解决好理论问题。他执着于此，即使孤独的岁月夺去他的所有——名誉、地位、健康，还有爱情，在他心里那也只不过是过眼云烟，他的心中永远只有那个遥远的童年梦想。

时至今日，他仍清醒地知道反引力子理论问题依旧存在。但就像江大伟说的那样，在人类的末日里，他已经别无选择，唯有全力以赴，用工程实践去击败理论魔咒。工程总是在反复的实践中得以改进，历史上不是有很多这样的例子吗？叶梓飞有时也会这样宽慰自己。

"叶博士，刚才你可把我吓坏了。"杨颖从口袋里掏出一张纸巾，举到叶梓飞的眼前，似乎要替叶梓飞擦去泪痕。叶梓飞捉住她的手，纸巾里传来一股幽兰的异香，他静静地看着杨颖，似乎看到了另一个人的影子。他把杨颖的手拉过来，她不由自主地靠近他，他们俩的呼吸交融在一起。

叶梓飞对于他和杨颖之间突然发生的关系既没有任何预见，也不知未来的走向。当他偶尔留意杨颖时，见她似乎忘记了那晚的一切，因而他的回忆也逐渐变得模糊起来。在此后的几天里，叶梓飞依然埋首于计算，直到杨颖请来了专科医生。叶梓飞还是不愿做任何检查，但在张锐、杨颖等人的强烈要求下，才勉强答应接受检查，不过他说前提条件是任何治疗都必须在工作岗位上进行。医疗组无奈将一辆医疗车停在实验间大门外，在叶梓飞工作间隙把他领到车上，利用全体扫描诊断机做了扫描，结果令人很震惊：肝癌晚期！

在现代医疗技术下，这虽说不是绝症，但要根治也非易事。虽然纳米机器人治疗器可以将原来的肝切除，换上人造肝脏，但对于不断转移的癌细胞，却只能逐一杀死，这就意味着治疗将是一个漫长的过程。

叶梓飞根本不愿将时间花在治疗上，他直截了当地问："不治疗能活多久？"

"叶博士，只要你换上人造肝脏，然后每星期做一次杀癌治疗，跟正常人就会是一样的。"

谁知叶梓飞听完，指了指窗外的天空，说道："我们都会活很久吗？"

医生们听后个个面面相觑，不知道该怎么回答他。

"叶博士，你就治吧。如果你接受治疗，至少还能工作八个月；而如果你不治的话，也就……三个月时间了。"张锐紧张地说道。

医生们都点头称是。

"三个月？"叶梓飞有点困惑地问道。

"不做治疗，你最多只能活三个月。"一位医生肯定地回答。

叶梓飞苦笑了一下。

杨颖颇有意味地说道："你得想想下一代的事。"

叶梓飞听后忽然心头一颤，看了看杨颖，沉默了好一会儿，"治吧。"

然而手术开始后叶梓飞就有点后悔，光换肝一项就需要一个月时间，此后每个星期还要安排一天的灭癌治疗。想到尚未解决的磁球魔咒，他就忍不住要赶回实验场去。因为他比谁都清楚没有他，项目进展基本上处于停滞状态——如果引力子数学模型在理论方面有缺陷，那么载荷量就是工程方面难以逾越的沟壑。

目前，磁球飞行器能稳定飞行的载荷只有不到设计载荷的十分之一，这是个令人难堪的数字。在工程领域，设计值都是在理论计算和以往经验的基础上反复推导实验出来的。磁球没有以往经验可参照，只是建立在刚发展起来的引力动力学的基础上，现行设计值来自理论计算，这显然是不太可靠的。难道它的载荷量上限就是100公斤？叶梓飞躺在病床上辗转反侧，新换的肝脏仍时时疼痛。

一天，叶梓飞正躺在病床上查阅磁球动力构反引力子环流模型，张锐匆匆来到了病房里。

"叶博士，出事了。"

"怎么了？"叶梓飞放下电子纸问道。

"我们做了150公斤的加载飞行试验，结果……"

叶梓飞身体前倾，眼睛瞪着张锐。

张锐横下心来说道："我们做150公斤试验时，刚开始一切都很正常，升压正常，磁球也比较稳定，我们给了1千克力的推力，磁球大概以1米/秒的速度前进。后来我们稍微加快了速度……"

"加到了多少？"

"最高大概20米/秒。"见叶梓飞默不作声，他就接着说，"磁球大概飞出2公里多时，意外就发生了。磁球……突然消失了。"

"消失？"

"是的。"

"你看到了什么？"

"一团绿光，然后什么都没有了。"

"当时隧道里的气温有多少？"

"40℃左右。"

叶梓飞将头靠在靠枕上，闭上了双眼。这与六年前的一幕颇为相似。

张锐紧张不安地走到叶梓飞身边，低声说道："叶博士，很对不起……"

叶梓飞眯着眼看了看张锐，摆了摆手示意他不要再说了，又把眼睛闭上，过了半晌才又睁开眼睛说道："这不是你们的问题，你把这次试验的所有数据都拿给我看看吧。"

在后来的分析中，叶梓飞反复对比了两次事故，它们似乎并没有什么共同点：速度不同、载重量不同，事实上这次实验的速度与载重量都要低于上次，而且爆炸是发生在磁球加速过程中的。尽管在事故发生地点都有烧灼的痕迹，但检测烧灼处刮削的微粒碳化程度时，发现两次爆炸的温度也不相同。如果说有什么相同之处，那就是现场都没有磁球残烬，而且爆炸发生时磁球都处于惯性状态改变之际。

又一个磁球打了水漂。好在没有造成人员伤亡，这已经是不幸中的大幸了。

叶梓飞知道在张家口的一个秘密工厂里，还有10台磁球样机即将完工。他原本反对批量生产，磁球还只处在研制阶段，存在较大改动的可能性。不过江大伟还决定这么干，认为10台磁球同时试验，将会加快研发速度。

叶梓飞在医院里待不住了，尽管医生极力阻止，他仍然毫不犹豫拔掉身上的输液管，回到了实验场。有三个刚完工的磁球陆续运到了现场。叶梓飞将磁球进行了编号，拟出一个对比实验方案，并对每个磁球都设定了相应的实验条件。叶梓飞希望通过这次对比实验，找出磁球发生爆炸的各项参数临界值。

"磁球一号，加载100公斤。"叶梓飞坐在控制台旁下达着口令，旁边站着杨颖、张锐等人，还有一位医生。

"加载完毕。"

"加压1000千伏。"

"加压完毕。"

"建立超导态。"

"超导态建立完毕。"

"启动动力构。"

"动力构已启动。磁球准备就绪，推力指令等待。"话音一落，磁球一号即刻旋转了起来，并缓缓地上升到空中。

叶梓飞看着飘浮着的磁球说道："施加水平推力10千克力。"

"水平推力已施加。"

在推力的作用下磁球一号向隧道里飞去，速度也慢慢提升到约8米/秒，这相当于一个普通成年男子百米冲刺的速度。

"距离报告：1公里。"

"距离报告：2公里。"

"距离报告：3公里。"

"施加反推力10千克力。"

"反推力已施加。"

"距离报告：4公里。"

"距离报告：4.5公里。"

"距离报告：5公里。磁球已停止前进，开始返回。"

"距离报告：4.5公里。"

"距离报告：4公里。"

"距离报告：3公里。"

"距离报告：2公里。"

"施加水平推力10千克力。"

"水平推力已施加。"

"距离报告1.5公里。"

"距离报告1公里。"

"距离报告0.5公里。"

这时大家都已看到隧道深处飘浮着的磁球了。当它慢慢靠近洞口的时候，叶梓飞连忙命令启动静悬器。静悬器的作用相当于一艘船上的船锚，能够让磁球自动慢慢悬停在空间的某个点上。

叶梓飞接着进行了25千克力推力的磁球飞行测试，就在速度峰值达到了18米／秒时，事故再次发生了。磁球一号在瞬间变成了一个绿色的光团，光团迅速萎缩，磁球像空气一样消失了。

磁球一号实验结果：临界载重100公斤；临界速度18米／秒；临界加速度：0.6米／二次方秒……与前两次相似，磁球载重在100公斤以上时，改变运动状态时爆炸就发生了。

在回放视频时，叶梓飞发现，在磁球爆炸的瞬间，首先从动力构表面的吸能节点发生熔融，在接下来的一刹那间整个球身被吞噬在熔融发出的绿光里。熔融虽然非常迅速，但仍是沿着节点间的弧线推进的。他认为在磁球运动状态改变时，晶格吸能系统里肯定发生了某种变化，才导致了爆炸的发生。

三天后，叶梓飞根据三次事故的参数记录，绘制出了一条载荷、速度与加速度的相关性曲线。这是一条看起来颇为奇怪的折线，说明参数之间并没有明确的相关性，尤其在速度上更是毫无规律可言。叶梓飞决定再做一次实验，尽管他知道实验失败的可能性仍然是很大的。

"磁球二号，加载10公斤。"叶梓飞看起来就像个赌徒一样，两眼盯着山洞命令道。

磁球二号启动了，在50千克力以下水平推力的测试中，磁球飞行得比较平稳。但当水平推力提高到50千克力时，爆炸事故毫无征兆地突然再一次发生。

磁球二号实验结果：临界载重10公斤；临界速度35米/秒；临界加速度：1米/二次方秒……与前三次不同的是，此次磁球载荷只有10公斤，但速度却提高到了35米/秒。在速度与载重之间似乎存在着某种平衡，只要载荷增加，速度的临界值就会大大降低；在载荷减少的情况下，速度的临界值才可能提高。这是条非常模糊的结论，在载荷和速度之间并没有明确的数学关系。如果要找出这种事故随机性的分布区间和整体趋势，可能需要几千次实验才能获得一些有价值的结论来。

但磁球成本高昂，试错代价太大了。张锐制止了磁球三号的飞行实验。"我们最好先向江大伟汇报一下，请示下一步工作怎么该开展。"他对看起来有点失去理智的叶梓飞冷静地阻止道。

地球安全理事会对事故很快做出了反应，实验再次被中断了。十来天里接连发生三次爆炸，激起了SDA对江大伟的不满。一些人原本对他就颇有微词，现在这种攻击就更明显了。少数人提出中断磁球项目，有几个人甚至对第五方案的必要性提出了质疑。江大伟不为所动，他深知那些人现在还无法扼杀第五方案。但面对这股汹汹舆论，江大伟仍需表明态度，还得赶紧想出个法子来确保项目不受影响。

江大伟此前已来过实验场十来次。随着第五方案的不断扩充，他的精力已经被分散到多达十来个项目上，因此也越来越少参与磁球项目了。不断扩大的第五方案已经发展出了独特的组织形式：江大伟的团队已经考察了一百多个潜在项目，现在他手头上的十来个项目正是他从这些潜在项目中挑选出来的。

江大伟的官方背景和学术声望为这些项目的资金筹集铺平了道路。在世界末日的恐慌气氛里，来自世界各地的巨量社会财富纷纷涌向了那些拯救人类项目。那些平时坐惯冷板凳的科研工作者被寄予厚望，过江之鲫般的资助人围着他们转圈，恨不得拿钱塞进他们脑袋里，哪怕能挤榨出一丁点儿成果——虽然许多人明白，金钱作为一种资源的价值在目前这种情况下已经大打折扣了。

江大伟面临的最大挑战并不是来自竞争对手的攻击或资金压力，而是对潜在项目的遴选。他的团队要面对成千上万个新奇古怪的项目，有些虽具有远见，但无法在短期内实现；有些缺乏人类科学理论支撑，故无从着手开展；有些虽然比较成熟，但却无法实现拯救计划。总之，要找出真正具有价值又有可能实现短期突破的潜在技术，无异于大海捞针。而跟进项目进度和进行阶段性评估，更是耗费心血之事。

磁球实验场接连发生了三次事故后，江大伟并没有向叶梓飞施加任何压力。磁球是江大伟第一个想到的项目，一方面他对它比较熟悉；另一方面，直觉告诉他，叶梓飞或许就是那个能创造历史的人。他只在事故分析会上提出了三点意见：一是要继续稳步开展磁球飞行试验；二是由叶梓飞负责找出事故原因，同时开发特大型磁球，提高设计载荷；三是张锐组织团队开展新型磁球原型机的设计、制造工作。

对于新磁球研制计划，叶梓飞仍持有保留意见，但他内心不得不承认，在目前的形势下确实已经没有其他更好的方法了。

噩　梦

陡然间一阵轻快的音乐响了起来，听上去是电子乐器奏出的。杨天慢慢睁开眼睛，出现在眼前的光线是那么柔和。他望向李子安的方向。李子安此刻背对着他，正聚精会神地看着左前方的一块显示屏。

杨天留意到显示屏里有几只海豚正腾空跃起，鼻尖撞在空中的几个皮球上，接着又落入水中，激起了一片水花。周围有一群观众欢快地鼓起掌来，还有一群孩子在不断尖叫着。

"我们现在在哪里？"

"你睡蒙啦？"李子安回过头来揶揄道，"我们不是在火星轨道上吗？"

杨天往观察窗外看去，一条带着微微弧度的火星地平线刚好从观察窗右下方升起来，露出了一片橘红的颜色，看上去就像块坑坑洼洼生了锈的大铁板。

"这是火星吗？"

李子安古怪地看了眼杨天，旋即说道："这不是火星是什么？"

"我感觉不舒服，想跟露丝博士联系一下。"

"等等。"李子安回过头来神态冷峻地看着杨天。

"怎么了？"

"现在联系她并不妥，我们已经在执行任务前的准备阶段了。你的头疼得很厉害吗？"

"有点难受。"

"是不是想呕吐？"

"嗯，或许。"

"我们有常备的药片，你忘了吗？"李子安说着打开座椅旁的一个暗格，取出一片药递给杨天。

"哦，我忘了，谢谢。"杨天接过药片看了看，一口吞了下去。

"是不是感觉好了点。"过了片刻李子安问道。

杨天望向窗外，发现此时此刻火星地貌一览无余地展现在太空里，来自地球的绿藻、藓苔和地衣给土黄的大地上增添了一抹绿色。"嗯，好像是。"

"咳，海豚可爱吗？"

杨天倏地一惊，侧头向显示屏望去，看到屏幕仍然是几只海豚跳跃着的镜头。

"挺可爱的。"

"如果人和海豚一样，也是挺可爱的。"李子安头也不回地说道。

杨天没有说话。他觉得脑袋又眩晕起来，眼前影影绰绰地晃出了一些影子。"我还是不太舒服，看来得跟CCU汇报一下。"

李子安回过头来盯着杨天，看了一会儿说道："我来汇报吧。"说着打开了通信屏，屏幕上立马出现了凯瑟琳的面孔。

"'蜂巢号'，这是'鲸鱼号'。领航员杨天身体出现不适。根据《'蜂巢号'宇航操作规程》第十章第二十八条，'鲸鱼号'请求启动替换程序，请回复。"

"'蜂巢号'收到。同意启动替换程序，请等待。"

"蜂巢号"有两个冗余宇航员，紧急情况下可以顶替身体出现不适的宇航员。不过杨天隐隐觉得某个地方出了点问题……对，凯瑟琳声音里那股独特的黑巧克力般的韵味不知为什么突然消失了！

杨天掉头望向李子安，突然问道："你知道凯瑟琳的声音为什么听起来像黑巧克力吗？"

"当然知道，因为她喝一种黑巧克力的饮料。"

杨天突然想起第一次和凯瑟琳见面的那场舞会，她一边说话一边喝着饮料，当时自己不经意间看到杯上写着"黑巧克力"字样。

杨天突然感到毛骨悚然起来，"你怎么知道的？"

"当然是你告诉我的呀。"

怎么可能呢？此前连我自己都没有意识到！杨天暗想，那只是存在于他潜意识里的一个模糊的细节。他狐疑地看着李子安，脑海里不断闪过各种幻影……陨石群、摧毁的"蜂巢号"、卡住的机械臂……而李子安，一路上就像个神经病……

"你是谁？"

"我是……李子安啊。"

"我是在做梦吗？"

"怎么这么说呢？"

杨天突然盯住李子安："不，你不是李子安。"

"嗨，杨天，你生病了吗？"

"你到底是谁？"杨天站起身来，伸手往李子安的胳膊上抓去。

"你要干什么？"李子安躲过杨天的手，挪到座位边上，厉声喝止，"你想做什么？退回去！"

杨天猛扑过去，但当他手快要触到李子安的胸口时，却突然两眼一黑栽倒下去了。他感觉自己的身体轻飘飘的，就像一片黑色的羽毛般，往无尽的深渊里坠去……

　　……

　　人类大脑样本编号：8

　　测试序列：5

　　测试区域：海马体与大脑皮质

　　持续时间：1小时

　　脑波加压：0.5赫兹（Hz）－30赫兹（Hz）

　　波形排列：德尔塔（Δ）－贝塔（β）

　　备注：前次测试波形异常，峰值120赫兹，采集无效。

　　一阵轻快的音乐再次响了起来，还是电子乐器奏出的那种，节奏短促而明亮。杨天慢慢睁开眼睛，目光望向李子安的方向。李子安背对着他，正在看着左前方的一块显示屏。

　　杨天感觉脑袋有点沉沉的，他努力抬起头来，看见屏幕里有几只海豚正腾空跃起，撞向空中的几个皮球，周围响起了欢快的掌声和尖叫着。

　　"你是谁？"杨天看着李子安的背影问道。李子安的背影影影绰绰，在他眼前不停晃动着。

　　"你是谁？"杨天振作起精神，又大声喊了一遍。

　　李子安惊愕地回头看着他，好像在看一头怪物一样。

　　"你是谁？"杨天绷紧声带喊着，想要提高虚弱下来的声音。但他渐渐抵挡不住困乏的身体，头慢慢地垂了下来。但他仍然努力抬起眼皮往李子安那里望去，不过这时李子安的背影已经变成了一道模糊的光斑……

来自火星的报道

星空网火星基地火星时间5月12日9时电 记者张萌

火星登陆死六人事故原因众说纷纭。

整个火星登陆过程发生了五次事故，现已死亡六人。

记者从事故调查组获悉，"蜂巢号"并不承担事故责任——所有事故都是由几艘火星飞船引起的。

记者在造成三人死亡的那次严重事故现场看到，三名乘客是在着陆过程中被剧烈撞击后抛出舱室的。尽管火星重力减缓了他们坠入地面的速度，但巨大的撞击力仍然让他们瞬间丧命。

据参与急救的露丝医生介绍，他们的头部都遭到了致命伤害。另一位救援小组成员则情绪激动地告诉记者，事故是因为减压气垫泄压不及时形成反冲造成的，他认为这种减压气垫是20年代中期的产物，在着陆时本就存在潜在安全隐患。

记者还了解到，目前在火星基地共有六艘飞船，它们都参与了从火星轨道到基地的运输任务。但这些飞船的建造年代不一，上述使用减压气垫的飞船早在20年代中期就已投入使用了，服役时间已接近十年。

不过着陆事故仍在调查之中，一些专家也表达了不同意见。有专家认为火星飞船的安全性能良好——这从以往的安全记录中就可见一斑了。记者查阅相关资料时发现，火星飞船确实很少发生着陆故障。虽然相比"蜂巢号"的次级船，这些飞船均要求宇航员具有更高的手动控制能力。

这实际上带来了另一个潜在问题：驾驶员的精神状态这一不稳定因素。

在舒帆教授提出太空适应综合征分类标准之后，虽然适用于Ⅱ型和Ⅲ型症状的案例不多，但也并非为零。据一位知情人士透露，最近的一个案例就发生在"蜂巢号"首航的火星着陆过程中。一艘次级船的领航员进行了违规操作，导致飞船倾覆，所幸未造成人员伤亡。在后续的调查中发现，这名宇航员具有典型的Ⅲ型症状和信仰分裂人格。

在这次事故调查中，三名火星飞船的驾驶员被怀疑患上Ⅲ型综合征并被强制进行心理状态评估。记者就此求证露丝医生时，对方却拒绝发表任何评论。

一位不愿具名的移民表示，着陆事故虽是小概率事件，似是暗指调查组小题大作。据了解，Ⅲ型综合征筛查过程相当复杂，不但要强制催眠受试者，还要进行大脑众多区域的测试，以检测受试者对于特定刺激的应激反应。其最终目的是要排除受试者的反人类、反社会、反政府倾向和超出人类理解范围的人生观、价值观和世界观。这位移民认为，作为理性的宇航员，患上Ⅲ型综合征的可能性并不大。不过当记者问她是否具有可能性时，她却表示"不好说"。

另有专家认为参与抢运是这几艘火星飞船发生意外的原因之一。由于时间紧、任务重，不少宇航员承受着较大压力。据了解，2000名移民和3000吨物资的巨大运输量对"蜂巢号"的八艘次级船带来了挑战，这也是六艘火星飞船参与抢运的原因之一。

"蜂巢号"船长本吉事后在接受记者采访时表示，"蜂巢号"在完成卸载之后马上就要开往离火星200万公里之外的区域。它将在那里等待小行星"大花生"的到来。本吉充满信心地告诉记者，地球居民大可不必担忧，"蜂巢号"有足够的力量将"大花生"带到火星上来。

星空网火星基地火星时间5月28日15时电 记者张萌

移民已适应新环境，基地建设有序进行。

火星基地建设正在井然有序地开展。

移民们在经历了难民般的艰辛和初来乍到的种种不适后，终于表现出了高昂的建设热情。

他们中大部分是工程师和各领域的专家，在登陆火星后的短短半个月时间里就迅速搭建起了临时居住棚和医疗棚，并且扩建了原来基地的蔬菜棚。

这些居所由快装聚变能源球提供能量，以抵御尚未得到显著改善的火星温差。医疗人员在花了一天时间调试完五台全体扫描诊断机和纳米机器人治疗器后，已顺利收治了十来个在着陆过程中受伤的移民。目前他们的病情基本稳定，预计在一个月内将会全部康复并投入到基地建设中去。

数位火星农学家在扩建的蔬菜棚里种下了速生蔬菜——转基因生菜、草莓和西红柿。一位农学家告诉记者，在二十天后生菜即可食用，草莓和西红柿则需要三十天左右。"蜂巢号"的植物学家香穗子告诉记者，目前的食物储备为三十五天。如果基地的食物供应出现短缺，"蜂巢号"能够满足大约二十天的蔬菜供应。土豆的培育则略显滞后，目前栽种面积大约为1亩，产出量仅能满足十天的主食需求。一位工程人员表示，扩建中的土豆种植园将达到5亩。不过记者了解到，就转基因土豆两个月的生长周期来推算，5亩种植面积仍略显不足。在未来半年内，移民或将过上食物短缺的日子。

当记者问上述农学家为何不从蓝藻中提取营养物质时，该农学家表示，不到万不得已，他们不会采集那些产氧植物，以保证火星大气在未来十年间能得到显著改善。同时暂缓开展的还有动物培育计划，由于动物的存在会消耗空气中的有限氧气，所以在未来一段时间内只在实验室范围内进行培育。

　　建筑工程师们正在筹划着进一步扩大地下人工湖的开凿面积，将原来的六条辐射状路基向外各推进了两公里，以方便将聚变能源球运送到指定地点并进行安装。

　　模块化火星住宅沿着路基一字排开。一位中国籍工程师告诉记者，这些建筑模块是由轻便的高熵合金海绵体制成的，能够抵挡火星上沙尘暴的冲击。但记者了解到，由于蓝藻、藓苔和地衣在塔尔西斯高原不断蔓延，实际上沙尘暴天气已经大幅减少。但每年火星南半球进入春季时，沿着阿尔西亚山平缓的山坡仍会刮起自下而上的沙尘。

　　据这位工程师介绍，每个住宅都有一个小型聚变动力，能够供应一百年左右的生活能源。这100年间，火星飞船会前往月球矿场开采氦-3燃料，这样就能为住宅的制氧、充压、照明、供水等持续提供动力，同时可保证独立的净化循环装置运转。住宅里产生的所有废物、排泄物和其他垃圾都会进入固液分离装置。水将进入循环系统，分离出来的固体将被压制成营养饼后送往蔬菜大棚。

　　材料工程师们在过去五天里拼接了一个模块化的材料制造工厂和一个实验室，他们将立即动手开展材料的研制和生产。材料学家将和植物学家们紧密合作，从植物中提炼乙二醇来生产塑料。高熵合金研究室虽然也在筹划之中，但一位材料学家表示，在火星矿产的制备方法还没完成测试之前，研究室的建设暂未提上工作日程。

　　与此同时开展的还有飞行器的设计工作。由于火星地表上高山、峡谷、陨坑和洼地星罗棋布，导致地面交通工具寸步难行，研制合适的飞行器已成了当务之急。一位名叫琼斯的火星交通专家认为，几年前美国国家喷气实验室研制的"火星一号"完全是个失败的产物。具有讽刺意味的是，琼斯本人就是"火星一号"项目的主持人。他认为"火星一号"失败的原因是不能进行现场调试，当时火星空气动力学试验数据必须发回地球，导致试验调试周期拉得太长，所以至今仍未完成测试工作。不过下一轮研制计划马上就要展开，预计将在三个月内完成第一阶段的数据收集和图样设计工作。

记者手记：

在采访过程中记者发现，大多数移民对火星的未来还是充满信心的。在经历了抵达火星之前的诸多艰难后，这些人投身火星基地建设的热情令人感动。他们虽然来自世界各地，而且大多数是工程师、科学家、生物学家和医生，在各自的专业领域内都取得了不俗的成就，同时也都在火星相关领域里有所涉猎，他们中的一些人还在此前的火星基地建设中曾经有过突出贡献。

经记者统计发现，这批移民中的99%都发表过至少一篇关于火星基地建设的专业论文。正因为这样，他们在开展火星基地建设时均表现出了极大的创造性和积极性，使基地建设取得了令人吃惊的进展。

这批移民里没有银行家、金融家、投资人或商人——尽管在确立人选时，不少金融领域的人士抗议职业歧视，但仍然没有一个此类职业的人入选。很显然，在火星币和火星股票没有发行前，火星基地还不需要这类职业。据悉，即使在地球上，这些人往昔的风光日子也一去不复返了。货币的流通属性在很大程度上被削弱了，大部分股市已经崩盘，银行成批破产，财富也一下子变成了一堆没有意义的数字和一文不值的黄金和白银。

当然，火星基地走上发展正轨还需一些时日。不过目前如火如荼的建设场面，似乎也足以给人类信心：如果地球大毁灭事件真的发生，火星移民将有勇气熬过漫长的冬天，等待地球阴霾散去。100年后，他们的后代还将重返地球，重建立起一个新文明来。

阿法尔之谜

整个航程跨越了孟加拉湾、印度和阿拉伯海，胡一云到达埃塞俄比亚首都亚的斯亚贝巴只花了不到四个小时。而从亚的斯亚贝巴出发前往阿法尔地区，他又把整整四个小时花在了路上。

热浪席卷着沙尘，沿途多是荒漠和盐滩。非洲并不像云媒上报道的那样充满动乱，至少在胡一云看来就井然有序，途经的东非北部这块地区依旧充满安详而古老的气息：时至今日，仍然能看到在沙漠里跋涉的骆驼商队，还有蹲在酷热盐田里采盐的工人，他们看上去虽然不太友好，但脸上却很平和，仿佛世界末日离这里还相当遥远。

阿法尔地区在东非大裂谷北端的起点，是一个充满连绵的盐湖和火山石的贫瘠之地。胡一云乘坐的SUV抵达阿法尔的北部小镇哈米迪拉时，伊万诺夫已经在那里等着他。伊万诺夫至今仍不明白胡一云为何突然来到这里，不过他料想胡一云大概对那种单细胞生物化石产生了兴趣。

"怎么样？你决定要复活它了？"伊万诺夫问道，他的样子看起来有点憔悴，想必应该还没有在熔岩湖里找到什么耐热生命吧。

"不，我没打算复活它。"胡一云肯定地说，"不过我有个发现，必须亲自告诉你。"他看了看伊万诺夫，颇有点不放心说道，"你得保持冷静，我们可以一起来找找原因。"

"嗨，胡博士，你见过我什么时候不冷静过？"伊万诺夫不满地说："赶紧告诉我吧，你到底发现了什么？"

"伊万诺夫先生，你得先答应我，在没搞清楚之前不要轻易下结论，更不要对外公开。"

"当然，我答应你。不过到底是什么发现呢？"

"我发现火星生命石与你发现的单细胞生物的基因序列是重合的。"

"什么？"伊万诺夫听到这里，手一滑，SUV几乎就要冲到路边的盐湖里去了。他猛地一踩刹车，谢了顶的光脑门差点撞到前边的挡风玻璃上。"你说你发现它们的基因一样？"

"不不，不是一样，是有部分重合。"

"我能看看分析结果吗？"

"当然。不过为什么不到驻地再看呢？"

伊万诺夫把车开得飞快，恨不得马上就赶到达纳吉尔凹地附近的营地。他的嘴里也没闲着，反复问胡一云研究的细节。当知道细菌包含了全部火星生命石里的基因信息时，他几乎快要蹦起来了。胡一云不得不提醒他注意路边的熔岩湖，好在营地就在前方，已经不远了。

所谓的营地，就是两顶帐篷和几个箱子，旁边坐着一个黑人。经伊万诺夫介绍，胡一云才知道黑人叫阿曼，老家在埃塞俄比亚南边的奥莫河谷，但常年在这边靠当导游谋生，一个月前受雇帮伊万诺夫打下手。阿曼会说简单的英语，他说以前有许多欧洲、美国和日本的旅游团来这边游玩，他经常为他们担任向导。自从人们传言末日审判要来临后，就很少有旅行团来这边了。像伊万诺夫这样不怕死的"主顾"，他一年都难得见到一个。阿曼说完还指指脚下说："你们是好人，神灵会帮助你们的。"

阿曼的这一举动让胡一云百思不得其解，不过他也不好意思问起。

胡一云在阿曼的帮助下安顿好后，也顾不上休息，立即打开电脑和伊万诺夫研究起那两个基因图谱来。胡一云将图谱调出，向伊万诺夫展示了整个对比过程。伊万诺夫越看越兴奋，连连说道："这就是证据，能证明火星生命是从地球迁徙过去的。"

胡一云冷静地说道："现在还很难说这两者之间是你所推断的那种关系，有可能这种基因来自火星也不一定，我们现在要找到更多证据。"胡一云想了想，"我记得你上次说起附近还有一种相似的单细胞生物，也就是发生过基因变异是否就真的变异的那一物种。如果我们能对比它们三者之间的基因序列，说不定会有一些新发现。"

伊万诺夫一听连连点头，忙不迭地从电脑里调出了一张基因图谱，"你不提醒我还没想到。正好之前我已经做过一些分析了。"两人再次仔细分析了另一种单细胞生物基因图，结果令他们大吃一惊。

胡一云指着伊万诺夫此前标注的那些差异点位惊奇地说道："太神奇了，在两个单细胞生物基因存在差异的地方，正好出现了火星生命石的基因序列！这绝对不可能是巧合。"

伊万诺夫大叫道："火星生命基因是减数分裂的产物！"

胡一云这时冷静了下来，又认真看了看三张基因图谱，说道："不对，减数分裂是有规律的，但以上这种DNA片段交换的现象并没有体现出这种规律。我认为有种可能是这种单细胞生物感染了某种病毒。"

"来自火星的病毒？"伊万诺夫狐疑地看着胡一云。

胡一云想了一会儿才说道："病毒并不一定来自火星，但却和火星生命有同源性。"

伊万诺夫说道："你的意思是说，病毒有可能来自外太空？"

胡一云沉重地点点头。

"你的观点倒跟约瑟夫比较接近了。"伊万诺夫咕哝道。

"或许吧，不过我们仍然缺乏证据。明天去找到这两种化石的地方转转怎么样？"

第二天一大早，三人便沿着达纳吉尔凹地边缘往北出发了。

达纳吉尔凹地是地球大陆上海平面最低的地方，常年酷热得就像人间炼狱，但周围的景色却绚丽无比。五彩斑斓的大地上怪石嶙峋，强酸腐蚀出蜂窝状的火山岩，像珊瑚礁一般铺展到天际。那种呈黄色凝胶般的是硫黄湖，一湾湾碧水夹杂其间，不停地冒着气泡，升起的烟雾霞蔚云蒸仿若人间仙境。3500万年前，这里还曾经是海洋，强烈的地壳断裂和板块漂移使阿拉伯半岛从非洲分离出去，隆起的山脊使凹地沉降到海平面以下100多米，形成了独特的地质地貌。

伊万诺夫在一处盐床边停了下来。这处盐床的盐层大约0.5米高，排列得像一个个硕大的灰色灵芝，根基部遭到侵蚀，变成了"灵芝"的伞柄。伊万诺夫蹲下身去，在一个伞柄处用凿子刮了刮，慢慢落下一些细碎的盐屑来。他告诉胡一云，有几个样本是在这一块盐层的侵蚀层里取得的。

"这是一种嗜盐生物啰？"胡一云自问自答道。

伊万诺夫不置可否，指着盐床对面大约一公里外的一处孤崖说："到了那边，你就会有新的看法。"

胡一云在附近转悠了一下，让阿曼帮忙采集了一些盐层样本。三人随后穿过盐床，来到孤崖下。孤崖并不高，整体呈明黄色，应该是由硫黄岩层构成的。伊万诺夫来回观察着岩面，只见他在一个凹陷处停下来，指着那里的硫黄岩层说："有一个样本是在这里找到的。"胡一云走近一看，那块岩层有切削过的痕迹，心想应该是伊万诺夫采集样本时留下的。

"唔，这么说它也是一种嗜酸生物？"胡一云问道，他知道有一些化学自养菌是靠硫生存的。

"我原来以为是环境造成了这种细菌的基因变异。现在看来，应该是它感染了某种病毒，因而从耐酸生物变成了嗜盐生物。"伊万诺夫悻悻地说。

胡一云觉得伊万诺夫已经放弃他之前的观点了。现在的问题是，这种火星生命体里的病毒基因是怎么来到地球的？除了这种细菌之外，它还感染了哪些生物？他沿着崖壁往前慢慢走去，一边走一边低头沉思，如果在这附近能找到几块陨石，那么情况就会变得清晰了。胡一云抬头朝远方望去，看到在广袤的平地上到处都是红的、绿的、黄的、白的盐层，火山石，硫黄岩，各种结晶体和形成锥，一洼洼碧水都是高强度的硫酸，想要找到一块陨石简直就像大海捞针。

正在胡一云沉思时，后边突然传来一声惨叫，把他吓了一大跳。回头一看，见伊万诺夫正慌慌张张往不远处的一个水洼跑去，看来应该是阿曼发生了什么意外。他也赶忙跑了过去，待赶到时，只见伊万诺夫正抱着阿曼坐在水洼边上，阿曼一双手掐在右膝盖下的腿肚子上不停吸着冷气。脚上的鞋子和裤子都被烧出了几个洞，露出黑红的肉来。

伊万诺夫大声叫唤着让胡一云赶紧拿药包来。胡一云急匆匆跑到孤崖下，在背包里找出药包，立即赶回水洼边。在经过简单的伤口处理后，胡一云和伊万诺夫不得不中断了考察，搀扶着阿曼回到驻地。当天夜里他们急急忙忙把阿曼送到了阿法尔首府塞梅拉的医院里。这时的塞梅拉人口已经减少了三分之二，医院内外都找不到护工，胡一云和伊万诺夫只好轮流看护了阿曼一个星期，直到他的脚伤开始好转。

一天阿曼突然提出要回奥莫河谷，说自己十五岁出来后已经十多年没有回去了，想在最后的日子里和家人一起度过。虽然伊万诺夫只雇用了阿曼短短一个月的时间，但见他勤快、善良，再加上胡一云的发现使伊万诺夫不再执着于继续寻找LUCA了，于是他决定送阿曼回家。

胡一云暗想现在的情况已经比较明朗了，找没找到陨石都不会影响"外太空病毒曾经进入地球"的结论了。这个结论是他和伊万诺夫共同发现的，因此撰写研究论文时两人在一起显然要方便很多。

胡一云把自己的想法跟伊万诺夫一说，对方马上爽快地答应了。两人给阿曼办理了出院手续，把他架上SUV，就往奥莫河谷出发了。

人类起源

伊万诺夫他们的越野车沿着东非大裂谷一路向南行驶着。胡一云和伊万诺夫两人轮流驾车，同时也讨论起了一些有关论文的问题。当行驶了一天之后，三人就在大裂谷西侧的高地上驻扎下来了。胡一云饭后趁着天色尚早，来到大裂谷的悬崖边，欣赏起壮美的自然风光来。

他发现这条裂谷带是在地壳断裂过程中形成的，由于板块运动，此处的地壳在不断变薄，最终发生了断裂，于是就有大量岩浆往上涌，迫使地壳往上隆起。熔岩不断流动使陡峭的断壁逐渐分离，中间就凹陷出了一个深一公里的巨大沟壑。目前，裂谷东侧仍在远离大陆，未来也许将会成为另一个索马里大陆。

不过还会有未来吗？想到这里胡一云苦笑着摇摇头。

"这是世界上野生动植物资源最丰富的地区，被称为人类文明的摇篮。"不知何时伊万诺夫毫无声息地来到了胡一云旁边。

见胡一云不说话，伊万诺夫接着说道："这里往南2500公里，是坦桑尼亚的纳特龙湖。那里的湖水是红色的，因为水里有一种奇特的红藻，是一种原始的单细胞生物，能够不断释放氧气。想想看，是不是很神奇？！"

这时正值日薄西山，斜阳将两人的影子拉得长长的，跌进深不见底的山谷里，远处裸露的山崖断壁、高原和盾状火山也被夕阳抹上了一层殷红，荒漠地带的稀疏植被变成了芜杂的黑色剪影，显示出一片末世荒凉的景象。胡一云沉吟了片刻，才缓缓说道："唔……伊万诺夫教授，你不觉得人类起源于非洲更神奇吗？"

伊万诺夫没料到胡一云突然提起这个话题，说道："喔，当然。"顿了顿他又道，"我上次来非洲时还去一些地方考察过，看到了Lucy的骨架，还在火山灰烬层里见着了能人足印，那些都是350万年前的化石了。那时，大裂谷里已经有了直立行走的人，他们是最早的人类。"说着用手指了指身下黑黢黢的山谷。

"世界各地都发现了远古原始人类。在中国就有元谋人、北京人和山顶洞人等，他们都能直立行走，使用简单的工具，有的距今已经有170多万年了，但它们都不是中国人的祖先。中国人的祖先来自非洲，然而这些本地的原始人类反而被消灭了。在欧洲也一样，欧洲现代人的祖先都是4万多年前从非洲迁徙过去的。你不觉得这是一件很蹊跷的事吗？"

"胡博士，这很好理解，大裂谷有得天独厚的优势。因为火山活动造成山脉隆起，阻挡了季风，气候变干旱了，雨水也减少了，森林变成了开阔的草地和荒漠，迫使原来的能人进行了漫长曲折的进化，他们变得更加强壮、聪明，比其他的原始人类更有优势了，再加上他们在迁徙途中又获得了许多新本事，因此就变成了强势种族，其他原始人类遇到他们时就只有惨遭灭亡的命运了。"

胡一云现在对伊万诺夫的性格特点已经比较了解了——他属于那种能够瞬间形成假说的人，听起来还挺合乎逻辑。不过胡一云仍然心存疑虑，只是一时半会找不出像样的反驳的论据而已。

正在这时，身后突然传来了一阵地动山摇的声音，如同地震一般。胡一云赶紧拉住伊万诺夫往回跑，谁知伊万诺夫好整以暇地说道："胡博士，你要是以前来过非洲，就不会这么紧张了。看看你身后发生了什么？"

胡一云定睛一看，只见在夕阳的余晖里有无数密密麻麻的小黑点在高原上移动着，远远看去它们的速度虽然不快，但声势却非常浩大，蹄声如巨雷滚过大地，黑压压的身子简直就像给旷野拉上了黑色帷幕一般，一下子席卷了整个草原，估计数量起码在几十万头以上。

"猜猜它们是什么动物？"

"角马？"

"真厉害，隔这么远都能看得出来。"

其实胡一云并不是看出来的，而是猜出来的。当他看到是大批动物在奔跑时，首先就想到了东非高原上的角马。角马群的大迁徙是趋雨水而定的，它们一辈子总在高原上来回奔波，为的是寻找草地和水源。

这时胡一云留意到阿曼从SUV上走下来，跪在地上，嘴里念念有词，好像在祷告着什么似的，然后俯下身子去亲吻土地。胡一云看见此情此景突然想起了之前阿曼说到神灵时指着地下的样子，就问伊万诺夫："阿曼到底信什么宗教？"

"喔，阿曼是奥莫河谷的卡拉族人，他们信奉的是原始宗教，认为大自然具有神性，所以他们崇拜山神、地神、树神、神牛、神水等。角马群迁徙是非常神秘的，因为它们总能在广阔的高原上找到水源，至今还没人能给出比较科学的解释。卡拉族人认为角马群是受到了雨神的指引才能做到这些的，所以阿曼刚才应该是在敬拜和安抚雨神了。"

胡一云暗想原来如此，不知阿曼之前求的是哪方神圣来帮助他们。

第二天一早，三人又接着上路了。阿曼看起来心情好了不少，开始有说有笑起来。胡一云问阿曼奥莫河谷是不是很美，阿曼说那是世界上最美丽的地方。胡一云又问他为什么不留在家乡，却要到北边去谋生。听到胡一云问这个问题，阿曼的眸子突然暗淡了下来。胡一云觉察到了他神色异常，一时为自己的鲁莽颇感后悔，赶紧说道："你不用理会，我只是随口问问。"

"没关系，"阿曼扬起头来说道，"我的家人在一场部落冲突中都死去了，我后来就离开了村子，再也没有回去。"

胡一云想起阿曼在医院时曾说过要回家和亲人团聚，但现在又说他们都死了，他就有点搞不懂他的亲人究竟是否健在，不过这时他也不好意思再问什么了，只是拿些好话安慰阿曼。伊万诺夫在一旁嚷道，部落冲突时都用AK-47那样的突击步枪，杀伤力极大，对去奥莫河谷的旅行者和科考队都构成了威胁。

胡一云听伊万诺夫这么一说，不禁开始担忧起三人的安危来。

不过一路还算顺利，在午后车子就驶进了奥莫河谷。奥莫河全长约350公里，上游是险峻的峡谷，但到中下游时流速减缓了许多，在平坦广袤的半荒漠化丛林里迂回前行，奥莫河在两岸灌溉出了青葱的长廊林，长着非洲有名的罗望子和无花果。各种各样的动物在丛林里时隐时现，只要你稍稍留神就能看到巨鹭、翠鸟和其他一些不知名的鸟类，甚至还有成群的白鹳纷纷飞落在河滩边啄食。偶尔也会有一些河马在河边草滩上懒洋洋地散着步，敏捷的羚羊在远处山脚下的草地上时不时地奔跑着。

这里的民居一般会散落在两岸的草场里，多是结草为庐，远远看上去就像一个个小鼓包似的排列着。虽然胡一云不是什么粱稷不分的都市居民，但看到这些异域奇景，也难免会感到新鲜有趣。

又花了两个多小时，接近傍晚时越野车终于抵达了阿曼所在的村子。车子刚一进村，就围上来一群妇女和孩子。妇女袒胸露乳，孩子光着腚，围着车子叽里呱啦地说着什么。伊万诺夫一急，问阿曼她们到底在说什么。阿曼说这些村民已经有一段时间没见到游客了，下车时要先把准备好的礼物拿出来给大家。好在这些事情阿曼在出发前都已计划好了，三人走下车来，从后备厢里拖出一个大箱子，里边装满了糖果、零食和各种花里胡哨的饰品。刚在地上一摆好，小孩子一哄而上，把糖果抢了个精光，妇女们则对那些手环、项链之类的物件挑挑拣拣，最后一件也没剩下。

此举终究博得了村里人的好感。一位酋长模样的老妇女走了过来，正想发话，突然看见了阿曼，就大叫起来，显然已经认出他来了。之后又是一帮人围着阿曼叽里咕噜地说话，把胡一云和伊万诺夫晾在了一边。过了片刻，村外又快步走来几个年龄与阿曼相仿的青年人，大都身材瘦长，一人背一把AK-47，围着阿曼交谈起来。

胡一云和伊万诺夫看着眼前这幅光景，百无聊赖地靠在车门边上。胡一云百无聊赖便留意起这些人的穿着打扮来。妇女除了袒胸露乳，还喜欢在身上戴各种首饰，头发则盘成稀奇古怪的形状，或者将牛角、羊角、彩色珠子做成头饰戴在头上；有些妇女的手上、乳房上则文着点状排列的奇怪图案；其中最奇特的是一些妇女下嘴唇往外凸出，被一个大圆盘撑起。胡一云此前知道这玩意是唇盘，但真正见到时仍不免感到稀奇。男人们则喜欢在身上和脸上画满各种条纹，胸上、胳膊上均有一排排点状纹身，若是有密集恐惧症的人看了忍不住会起鸡皮疙瘩的。

这时，阿曼领了那几个男青年过来向伊万诺夫和胡一云一一介绍，原来这几个人是阿曼小时候的玩伴。那几个人冲着两人高声喊着一个词语，伊万诺夫和胡一云面面相觑，阿曼连忙解释他们是在说"朋友，欢迎"，两人会过意来，忙与他们一一握手致意。

众人在短暂寒暄之后，那位老媪晃着身子走了过来，几个年轻人恭敬地退到一边，阿曼则临时充当起了翻译官，介绍他们互相认识。胡一云才知这位老媪便是刚由部落选举产生的酋长，负责掌管村里的祭祀、播种和成年礼等各种礼仪活动。而对重大事项，比如与邻近部落签订协议或解决冲突，则需要组织长老们集体讨论，做出决策。经过这一番介绍，胡一云开始对原始部落的民主程度惊叹不已。

酋长对于伊万诺夫的古生物学家身份似乎很感兴趣，她指着脚下的土地叽叽咕咕地说了一通，阿曼在一旁翻译道："生命是神灵赋予的，存在于大自然之中。神灵给予生命，也会将它取回。"

伊万诺夫似懂非懂地点点头。

当介绍胡一云是基因专家时，酋长似乎对"基因"一词不太了解，胡一云只好解释道："基因就是人身上的一种东西，它能让父母的孩子长得像父母。"

酋长似乎有点明白了，想了一下说道："神灵是我们的父母，因此他给了我们基因，要我们像他。"

胡一云听酋长如此理解基因，内心哭笑不得，表面上也只好点点头表示同意。

酋长接着又对两人叽里呱啦地说了一串话，阿曼有点为难地看了看酋长，又不好意思地看看两人，想来应是酋长提出了什么要求，阿曼觉得会让伊万诺夫和胡一云为难。酋长以严肃的眼神示意阿曼翻译，阿曼只好说道："酋长想邀请你们参加今晚的祭神仪式。这是对尊贵客人的盛情邀请。"后面这句话显然是阿曼自己加上去的。不过能参加这样的仪式对两位科学家来说并没有什么坏处，两人听后很爽快地答应了下来。

阿曼尴尬地补充道："参加仪式是裸体的，希望两位别见怪。"一听是裸体仪式，胡一云心里打起了退堂鼓，他看伊万诺夫一副满不在乎的样子，只好打消了退出的念头。

两人在村落近旁支起了帐篷，刚好是在一个个草包之间倒也显得相得益彰。用过晚膳后，一个陌生的青年人来给他们带路。伊万诺夫比画着问阿曼为什么没来，那个青年似乎听懂了他的话，指了指自己的脚，又单脚蹦了两下，两人顿时明白过来阿曼的脚还没有完全恢复。那个青年指指自己的身体，又指了指两人身上的衣服，示意他们把衣服脱下来。

伊万诺夫开始褪去衣服，事已至此，也容不得胡一云细想，索性七上八下把自己的衣服扒个了精光。

三人来到村旁的树丛里，空地上已经有几十个裸体男女围在篝火边跳起了舞，嘴里还哼着奇怪的曲调。胡一云从人缝往里一看，见篝火旁有一口水井，水井前摆着两个陶罐，不知有何用处。不一会儿老酋长就过来了，她先叽里咕噜地说了一通，示意伊万诺夫和胡一云在人圈里坐定，然后闭上眼睛，嘴里开始念念有词起来。周围的人都虔诚地低下头，大约过了一炷香的时间，老酋长停下来，睁开眼，开始唱经般唱了起来，每唱一句，周围的人就附和一声。唱毕，一位年轻人拿了一个盘子，盘子上放了许多树叶。他端着盘子挨个给大家分发，每个人接过树叶就随即衔在嘴里。胡一云只好依葫芦画瓢，取了一片塞进嘴里，他感觉舌尖有一丝苦涩的味道。待树叶分发完毕，老酋长又唱了起来，这次大家都不再附和着唱了。

等老酋长唱完后，那个年轻人就走到水井边开始汲起水来，然后将汲上来的水都舀进了陶罐里。等两只陶罐装满水后，老酋长舀了一瓢水站起来，用手指沾着水滴溅向众人，边溅边从人群中穿过，全部溅完后重又回到水井边，抬头望着天空呼喊了一声，这时所有人都仰起头来，将口里的树叶咀嚼着吞了下去，然后齐呼一声。老酋长在空中击掌三下，青年人将盛着水的陶罐传到人群里，大家拿瓢舀口水喝下，然后传递给下一位。直至所有人都喝完后，老酋长又击掌三下，众人就都慢慢站起身，开始围着篝火又唱又跳起来。

看来，仪式到此就算结束了。

"你怎么看这个仪式？"在回来的路上伊万诺夫问道。

胡一云想了想说道："如果没猜错的话，这是在祭拜井里的神灵，赐予水，净化身心内外。树叶则象征着大自然，代表着身体与大自然融为一体。"

伊万诺夫听完连忙点点头说道："我觉得这种原始宗教很纯粹，直接跟生命有关。"

听到这句话，胡一云不禁心里怦然一动。

在接下来的几天里，他们一边与部落里的人交流，一边撰写论文。

伊万诺夫还到处溜达拍照，人和风景一样都不放过。胡一云则将精力更多地放在了撰写论文上，虽然就目前的境况来看，论文发不发表其实都没有太大意义，但作为科研工作者，这只是工作习惯而已。

一天中午，胡一云正在整理即将完结的论文，伊万诺夫来到他的帐篷内，让他欣赏自己这些天来的杰作。胡一云浏览着这些照片，无论是风景还是人像都拍得很有水准，光线和构图配合得都很巧妙，抓拍的也很到位，便忍不住连连夸赞。这时他突然留意到一张照片，一时竟忘了接着往下翻看。那张照片上是一只小狒狒趴在一个小男孩头上，狒狒和男孩都咧开嘴笑着。

胡一云突然好像被什么击中一般，手下一滑，险些将伊万诺夫的专业相机摔个稀巴烂。

"咳，你怎么了？"伊万诺夫一边手忙脚乱地接住相机一边问道。

"我突然有个可怕的念头。"胡一云呆呆地看着那张照片，似乎还没有从自己刚才的念头里回过神来。

"什么可怕的念头？说来听听吧。"伊万诺夫不屑一顾地说道。

"你有没有看出什么异样？"胡一云指了指照片，阴森森地问伊万诺夫，语气里透着一股寒意。

"异样？"伊万诺夫仔细看了看照片，满脸不解，"什么异样？我觉得很正常嘛。"

"嗯……你看他们的脸。"

伊万诺夫又认真地看了一遍，不以为然地说道："这不就是狒狒的脸吗？你是说那小孩？也没什么特别的地方啊。"

"你不觉得他们之间……"胡一云整理了一下思绪才接着说，"很像吗？"

"哦？"伊万诺夫略感诧异地瞥了眼胡一云，目光又落到照片上，突然哈哈大笑起来，说道，"你不是在开玩笑吧？人和猴子本来同祖同宗，看上去有点像又有什么大惊小怪的。"

胡一云失望地摇摇头说道："我不是这个意思。你有没有想过生物进化史上能人到现代人的突变？"

伊万诺夫表情复杂地望着胡一云，想不明白他究竟想说什么。谈到地球进化史，他当然是国际上数一数二的专家，怎么会不知道这种基础知识？

胡一云见伊万诺夫一副不屑的样子，就接着说："进化仅发生在东非大裂谷，你不觉得这很奇怪吗？"

"这有什么奇怪的。"伊万诺夫振振有词地说道，"当时的地壳运动产生了大裂谷这样独特的地理环境，为了适应环境和气候变化，基因自然会发生改变。"

胡一云听了伊万诺夫的话后不以为然，接着说道："这或许是个勉强说得过去的解释。但我却有更惊人的推测。"

伊万诺夫见胡一云表情严肃，就正色说道："说来听听也无妨。"

胡一云瞪着伊万诺夫，犹如看到鬼魅一般，缓缓说道："我们都不是人。"

"啊？"伊万诺夫吓得差点一屁股坐到地上，惊声问道："你说什么？"

胡一云眼见伊万诺夫惊惧不定，立马意识到自己的观点太过突兀了，就稍稍平复了一下情绪，然后才说道："你还记得阿曼向那个酋长介绍我时的情形吗？"

"啊……嗯，"伊万诺夫回忆了一下，"嗯，阿曼说你是搞基因的。"

"没错，那个酋长怎么说？"

"我怎么会记得她是怎么说的？絮絮叨叨的像个巫婆一样。"伊万诺夫还在为刚才的失态颇感羞愤，没好气地回敬道。

"想想看，是不是有点蹊跷？"

听胡一云这么一说，伊万诺夫又努力回忆了一番，支支吾吾说道：“就是说什么神明啊基因之类的。”

“嗯，她说，神灵是我们的祖先，给我们基因，要让我们像他。对不对？”

伊万诺夫一拍大腿喊道：“对呀。”转念一想，瞪着胡一云说，“不会吧？你难道相信那个老女人的话，真把我们当作神的子孙啦？”

“不是神的子孙，”胡一云一字一顿说道，“是外星人的子孙。”

伊万诺夫鼓着眼望着胡一云，仿佛不认识他一般，过了半天才缓过神来，大声喊道：“胡博士，你是不是疯了？”

胡一云似乎在回忆着什么似的，并没有理会伊万诺夫的叫喊，过了一会儿才梦呓般地说道：“你还记得那块火星生命石吗？”

“当然记得……”伊万诺夫眯起眼睛，一副若有所思的样子。

“你不觉得它很蹊跷吗？”

“怎么这样说？”

“首先，那滴水的密度为1.056克/立方厘米，是重水。重水在自然界里的数量很少，能被天然包裹进一块陨石里，需要极大的运气，而要包裹一滴纯净的重水更是难上加难。你一定非常清楚，重水是可以防止细胞的有丝分裂的。你再想想处于重水里的那个生命分子聚合体……”

“它曾经有过DNA片段交换！”

“正是。”胡一云加快语速继续道，“这种巧合应该是刻意为之的结果。”

“你的意思是说，那个分子聚合体不是自然的产物？”

“正是。”胡一云突然两眼放光，大声说道，“伊万诺夫教授，我想我们现在就可以验证这一点。只要火星的那个病毒基因——或许可能不是病毒，总之不管它是什么——只要那个基因序列与人类那0.01%的异于所有其他生物的基因重合，我就能肯定地说，人类不是地球种族，而是起源于外星。"

伊万诺夫惊诧地看着胡一云，使劲眨巴着眼睛，似乎还没回过味来。

"快，我们现在就来做分析。"

"你疯了，人体有30多亿个碱基对。"

"不，我只要那不同于其他生物的0.01%。"胡一云斩钉截铁地说道。

伊万诺夫听他这么一说便迅速打开电脑，他此前为研究LUCA曾做了大量的基因排序和筛选工作，其中保留了不少很有价值的资料。果然，他很快就在电脑上找到了做最初筛查时排除出去的那一部分基因。这部分基因只存在于人类、黑猩猩、狗、老鼠和果蝇等少数动物身上，因此在做LUCA基因测序时就最先被他排除了。"1000多万个碱基对。"伊万诺夫望着胡一云说道。

"可以，打开图谱进行对比吧。"胡一云迅速回答。

对比分析由电脑自动进行。胡一云和伊万诺夫互相看着对方，突然觉得周围的一切都变得有些不可思议起来。

"如果与那0.01%相吻合，那将意味着什么呢？"伊万诺夫小心翼翼地问道。

"我们是外星人。"

"外星人长我们这样？"

"不是。很可能是外星人的基因片段感染了地球生物。"

"你是说那种单细胞生物？能长成我们这样？"

"那种单细胞生物很可能是感染的第一寄主。那段基因片段将单细胞生物感染后，让它的基因发生了变异，由原来的嗜酸细菌变成了嗜盐细菌，这就是你为什么会在同一地区找到两种相似细胞的原因——一个细胞被感染了，另一种同样的细胞却没有。至于为什么会发生这种转变，我认为这是因为嗜盐细菌能传播得更广，从而增加了寻找第二寄主的机会。"

"那么，"伊万诺夫想了想说道，"第二寄主是……能人？"

"是的，准确地说是这一区域的能人。当时世界各地都有能人，能人实际上并不能称为人，它们只是直立行走的一个物种，或许只能是比大猩猩高级些而已。但唯独这一地区的能人得到进化，成为智人并走出了非洲。原因就在于他们被那种嗜盐细菌所感染，基因发生变异，成了现代人。"

伊万诺夫目瞪口呆地看着胡一云，机械地直摇头道："不可能，不可能，这太离谱了。"

电脑分析结果终于出来了，不出胡一云所料，那段火星生命体的基因正好包含在了那1000多万个碱基对里。在第二轮排除中，他们锁定了目标基因序列，这一次结果出来得更快。不一会儿工夫，他们就确认了人类与所有其他地球生物产生差异的那0.01%基因序列，正是嗜盐细菌感染太空"病毒"发生变异后的基因序列。

"人类是外星人！"伊万诺夫大吼了一声，拍着脑袋来回疾速走着。

"人类，是外星人以地球能人为寄主的转基因产物。"胡一云用标准的学术语言补充道。

"为什么你想到了这一点？这太难以置信了！"

"我应该早就想到的。在成功完成DNA复制实验后，我曾经有段时间在研究DNA基因自主寻的性，就是让基因能够自动找到寄主，对寄主的基因进行改造。我想到用病毒来进行包装，但病毒会裂解细胞，这样将对寄主造成伤害。我又花了些心思来改进病毒，但没有取得理想的效果。很明显，火星生命石内的基因片段并不是病毒，它与细胞核进行DNA片段交换，但却并不对细胞器或其他部分产生影响，细胞功能得到了很好的保存。从这点不难看出，我们的祖先是高度文明的物种。"

"高度文明？他们为什么这么做？"

胡一云两手一摊，说道："目前我也是一无所知。"

伊万诺夫对这个结果仍有疑虑，但他也不得不承认眼前的事实。他突然变得豁朗起来，说道："如果真是这样的话，那么卡拉族就应该是属于最接近外星祖先的后裔了。难怪他们的风俗看起来这么特别。"想了想他突然又道，"难道我们的外星祖先也跟卡拉族人一样吗？"

"我也不得而知。但说实话，我看到她们的唇盘和奇怪的纹饰，总有点恍若隔世的感觉。"

伊万诺夫笑了起来，说道："现代智人从奥莫河谷出走后已发生了不少进化，许多奇怪的风俗习惯都在迁徙过程中消失了。当然，也增加了许多不同的人类文化。"

胡一云赞同地点点头，轻舒一口气说道："我觉得我们必须重写这篇论文了。"

光子捕捉器

此时闻远烦恼极了，静静地趴在八号空间站的舷窗口，整个身子浮在半空中。他的正前方有个银白色立方体，看上去就像飘在夜空中发着暗淡光芒的魔方。魔方的每一面中间有一个方形空洞，可以隐约看到里边的伸缩桁架。有几架蚂蚁般大小的航天飞机从地球方向缓缓飞来，尾部喷着弱不可见的蓝焰，往魔方方向飞去。

这个魔方形状的空间站是"天外方舟"计划的附加物，被称为"第二方舟"。由于火星移民计划严重缩水，"天外方舟"专家组无奈之下提出了在近地轨道建造"第二方舟"的方案。在这个方案里，"第二方舟"预计能将8000人转移到地球同步轨道上。

他们将在3.6万公里高处躲开撞击时冲往太空的高温离子体流，挨过地球火山密集喷发期，两年后再重新返回地面。那时的地球或许已千疮百孔，大气层里堆积着稠密的尘霾，植物因失去阳光而早已死去，海洋和湖泊已经冰封，甚至"地下卫城"也有可能在地壳运动中被大陆板块挤碎，但这些幸存者早有准备，他们将利用特殊的飞行器收集尘霾，清洁大气圈，让阳光重返地表，解冻冰川。

在闻远看来，这个计划的缺点是工程量巨大。它由20个立方体组成，每一个立方体又由更小的单元立方体构成，因此组成整个方舟的单元立方体多达400个。每个单元立方体都是一个太空舱，需满足20人连续居住两年的要求。400个单元立方体同时展开时，就像一个立体的阵列，占据了近2700万立方米的空间。

据说这个计划提出时，在地球安全理事会审议会议上引起了极大争议，因为它将消耗全世界的大部分航天资源，这势必严重影响其他航天项目的开展，比如说第五方案中的光子捕捉项目。

闻远的光子项目原计划在10个国际空间站安装20个光子捕捉器。第二方舟计划开始实施后，光子捕捉器的数量削减到2个。闻远对此表示理解。对他而言，光子项目投入得越少，压力就越小，毕竟他至今仍对自己的项目缺乏足够的信心。如果没有江大伟一直给他打气，他很可能早就打退堂鼓了。

"第二方舟"是看得见、摸得着的太空庇护所，更容易被理解和接受，它工程宏大，必将成为人类探索太空历程中的一座丰碑。对于光子捕捉器，多数专家持保留意见。它的耗资非但不低，且充满了不确定性。无论如何，从亿万万亿光子中筛选出纠缠态光子，再利用它们去获得12光年外一颗行星的信息，就人类现有的科技和经验来看，确实有点脱离实际了。

闻远听说联合国的部分人士甚至进而抨击整个第五方案简直就像一场乱糟糟的魔术秀，时至今日不但没有清晰的技术路线，而且资源消耗也相当惊人，光磁球实验就已发生了三起爆炸事故。在闻远看来，磁球还算比较靠谱的项目——至少比他的光子项目要靠谱，毕竟磁球还能飞起来，而光子捕捉器安装两个星期了，至今却一无所获。

令闻远稍感安心的是，在第五方案中光子项目并不是最异想天开的。有些想法已经不能用惊人来形容了，但也被列入了第五方案的项目考察范围，比如说驱动月球与"大花生"相撞，先不说还没有任何公司能生产如此巨大的引擎，即使采用阵列式引擎，也需要100万台3000节的核聚变动力装置，密集安装在月球一侧的地表上，驱动它在合适位置准确拦截"大花生"。就工程量而言，这无疑是一个天方夜谭般的计划。

当然，在第五方案中也有非常靠谱的计划，比如说"天网"项目。它利用坚韧的纳米丝编织成一张直径大于15公里的网，由十几艘飞船拖曳着，在太空中以不低于22公里/秒的速度迎头兜住"大花生"。在大于40公里/秒的相对速度下，纳米网估计会像擦土豆的刨丝器一样，把直径6公里的小行星切成几亿条细长的石片。这些石条在进入大气圈时，就像面条进入了滚沸的开水锅里，瞬间变得软塌塌的，然后在气体分子的高温摩擦中熔融汽化。那时在整个天空会看到无数细长的火柱，像点燃的引信一样迅速燃烧，还没有到达地面前就会消失殆尽。

"天网"项目大概只有一个问题：长度15公里的纳米丝的强度，或者说飞船的支撑动力，是否真的能将2033KA1切开？不过无论如何，在所有的主动防御计划中，"天网"显然是耗资最小、成功的可能性最大的一个。正因为"天网"项目，第五方案在地球安全理事会上仍获得不少支持，虽然大部分项目的经费被大幅削减了。

想到这里闻远掉转头往舷窗左边望去，两个光子捕捉器像拨浪鼓一般凸出在空间站外缘，鼓面反射着来自太空的光芒。在闻远最初的设计中，它们应该像直径1.8米、高1.5米的鼓形玻璃茶几，所有精密仪器都安装在鼓桶的内壁，包括位于玻璃鼓面下的光子能级筛网和光子分流器。但漫长的生产过程几乎让人失去耐心——待做完地面实验后，闻远已经顾不上那些裸露在外的仪器了，他要求工人立即安装在八号空间站上。

光子捕捉器连接在一个表面黑亮的舱段上，除了颜色之外，与空间站的普通舱段并没有两样，直径3.3米，长4米，对接接口是通用的标准接口。当然，如果你注意到它上方那两根形状奇特、水桶粗细的黑管子，就会知道这个舱段的用途可不一般。它的全称叫纠缠态光子成像暗室，那两根水桶粗细的管子则叫光子导流管，它的另一头连着光子捕捉器，能将纠缠态光子引到暗室里。光子在暗室里的状态将与遥远星球上的"另一个自己"产生联动。当目标星球上的纠缠态光子不断穿过观测对象时，暗室里的光子状态将会发生相应改变。如果闻远的设想没有错误的话，这粒光子将不断撞击三块图像传感板，产生的信号将同步传输到图像处理器中，再加入相应的调整参数后，最终在显示屏上呈现出来。

一个月前的地面实验是成功的。位于北京实验室的光子捕捉器捕捉到了来自伦敦的两个纠缠态光子。这两个光子被导入成像暗室后，工作人员只花了一个小时就将位于伦敦实验室里的一个雕塑（牛顿墓前的雕塑仿品）完整地复制了出来。

但这一成功在舆论中并没有激起什么涟漪，此时地球上已经变得闹哄哄、乱糟糟，人们只希望从"地下卫城"和"第二方舟"那样的宏伟工程中得到些慰藉。闻远听说许多民众聚集在世界各地的72个"地下卫城"入口处，他们有的早在一年前就驻扎在那些地方，等着工程完工。据不完全统计，这些人的数量达到了惊人的2亿——每个入口平均有近300万人，而每个卫城的平均人口容量（按照改进后的设计方案）只有3万人不到。

密密麻麻守候的人群给各国政府带来了巨大压力。官方印发的小册子随处可见，除了介绍"地下卫城"的运作方式，最重要的是详细说明了进入卫城的筛选条件。闻远曾通过一些途径搞到了一本这种小册子，里边介绍说进入"地下卫城"的唯一合法身份是计算机筛选的。除了维护运转的工程技术人员外，能否进入"地下卫城"完全由计算机决定。它将排除肤色、种族、信仰、教育、健康、年龄等一切的外在条件，将所有人类个体进行编码，然后随机筛选。被筛选出的个体若是未成年人，则附加其父母作为监护人进入卫城，对于老年人则没有这种附加直系亲属的优待。除了那种政府刊印的小册子外，各个入口都由军队重兵把守，配备的次声波炸弹对妄图闯入卫城的暴民、恐怖分子具有足够的威慑力。

"第二方舟"的筛选条件与"火星基地"基本相似，所不同的是增加了一项心理测验，目的是确保入选个体具有良好的适应力，在太空和狭窄空间的群体生活中不会产生心理健康问题。这项心理测验虽然没有对年龄、职业和教育背景提出要求，但显然有利于那些受过良好教育的年轻人，以便应对太空环境中特殊的生存要求；而"地下卫城"，按照联合国秘书长马冯的话，将是"完全公平地向任何一个人类个体开放，只要他被计算机所青睐"。

想到这里，闻远不禁苦笑了一声，如果说计算机真正干预了人类历史的话，那么这将是最显而易见的一次了。

闻远转过身，见徐小山正趴在一块显示屏前，一动不动地盯着屏幕。而屏幕上却是一片漆黑，看不到任何光点。

徐小山是少数支持Tianyan528b存在生命的行星专家。江大伟邀请他加入光子项目时，徐小山正忙着与支持"诺亚星"的一些专家打嘴仗。最先进的天文观测手段已经得出结论，"诺亚星"是各方面条件最接近地球的行星。SKA的最新观测数据显示，"诺亚星"的大片蓝色是海洋，白色的是积雪，这足以证明它是一个温度适宜的行星，并且具有稳定的大气圈——比地球略微稀薄，但也仅是地球上海平面到海拔1000米之间的差别，对地球生物的生长基本上没有什么影响。

"诺亚星"的唯一问题——这也是徐小山常常提及的——没有观测到任何生命分子，没有人能准确地判断出它地表上的那些"绿洲"到底是什么。

在这方面，"诺亚星"与Tianyan528b难分高下。Tianyan528b并不如"诺亚星"那样像地球上的环境，它地表的大片红色很容易让人想到火星，虽然已经排除了类似火星的氧化铁土壤的可能性，但目前仍然没有找到合理的解释。此外，它的母星是一颗温度比太阳低的恒星，它自身的质量也小于地球，即使忽略了它的颜色，这些方面的差异也会让人感到不适。

但没有人能忽略这一点：人类在Tianyan528b上观测到了生命元素，这是个很强烈的信号，说明Tianyan528b至少正在酝酿生命的诞生！

当然，这只是徐小山等一部分专家的意见。不少专家的观点是：找到生命分子并不意味着适合生命生长，比如说一些彗星、小行星都拥有氨、甲醛、磷等元素，但并不适合生命生长。尽管在"诺亚星"上没有发现氨基酸分子，但眼下谁也无法否定它拥有海洋、积雪和温暖湿润的大气层，只是生命还没有光临这颗星球而已。

徐小山深知这种无谓的争论根本无法得出更科学的结论，所以当江大伟邀请他加入光子项目团队时他便欣然应允。他的目的很明确，想办法找到支持其观点的确凿证据。这也是江大伟有点担心的地方，他怕徐小山的研究带入主观成分，影响判断的准确性。

闻远慢慢飘到徐小山身边说道："放松一点。你这么盯着，说不定早把光子给吓跑了。"

徐小山抬起头来，眨巴着两个黑眼圈问道："成像仪观测也能让纠缠态光子坍塌？"

闻远看着徐小山那种天真的表情，很难想象专家般理性的头脑和充满童稚的表情是怎么在他身上融合起来的，他看上去就像个大小孩，眼睛时常眨巴，眼神里充满了一眼能看到底的单纯。"开个玩笑而已。我们这是姜太公钓鱼，愿者上钩啊。"

"哦。我对能级筛网一直有点疑问。"徐小山顿了顿说，见闻远疑惑地看着他，就接着说道，"我不是指它的工作原理，我是搞天文的，不过也懂些粒子方面的东西。我的疑问是它怎么判断光子被引力影响的情况？"

闻远想了想道："判断不了。能级的筛选是提前设定的，这样可保证我们只能接收到来自Tianyan528b的光。"

"这就是光子捕捉器通过机械柄调整位置的原因？"徐小山用手指了指舷窗外的机械柄，它能通过旋转伸缩，保持其玻璃鼓面始终朝向Tianyan528b的方向。

"是的，在固定方向的确定距离上，只会有Tianyan528b这颗行星……唔，你懂这个道理。"

"嗯。"徐小山想了想说道，"如果光子飞临太阳，会出现什么情况？"

"轨迹会发生偏转，不是吗？"

"是。我想这种情况下是不是应加一个偏转矫正参数呢？"

"这个我们最初是考虑过的，但很难做到。尤其是考虑到我们在地球的公转轨道上，绕太阳一圈需要365天，但留给我们的时间只有一个半月而已。"

说到时间，两人都沉默不语。两个光子捕捉器——只有原来数量的十分之一——要在短短一个半月内捕捉到至少25个以上的纠缠态光子，这在目前看来简直是无法完成的任务。但真正令人担忧的是，系外行星Tianyan528b真的会发射纠缠态光子吗？

在光子项目正式启动以前，也就是闻远完成理论计算之后，曾经进行了一项"自然生发纠缠态光子"的实验。在这个实验中，闻远的团队在西藏高原地表上布置了一个大型激光器，往太空的指定位置发射光子束，这束光子由近地轨道上"墨子八号"量子卫星的一个特制望远镜进行接收。闻远发现，在发送的1000份光子束中，有3束经过电离层时产生了纠缠态光子。这项实验结果表明，光子在经过大气圈电离层时，生成纠缠态光子的概率不高。这项实验让光子项目正式审议通过，尽管此时闻远还不知道Tianyan528b的大气圈到底有没有电离层，或者其电离层与地球到底有多大区别。但是不管怎样，这是一个仅有理论可行性的项目。

"地球安全理事会说不定把光子项目都忘了。"徐小山自嘲般地打破了沉默。

"照目前的情况，忘了也很正常。'地下卫城'即将竣工，许多国家的边界线已经形同虚设，难民潮就足以让地安会忙得焦头烂额了。再加上"第二方舟"和"天网"计划，每一项都足够整个联合国忙上一年半载的。我们这样的小项目，本身又非常站不住脚，能引起关注倒是怪事。"

"我倒希望他们真的忘了，地安会里互相扯皮的事太多了，事实上他们很难再审议或监督什么项目了，不是吗？"

"没错。"闻远顿了顿接着说道，"只是希望江大伟别忘了，这最初可是他的想法。"

"他的想法？"徐小山有点惊讶地说道，他一直以为光子捕捉概念来自闻远。

"是的。我们都是执行人。"

"哦。"徐小山难得地沉吟了一下，接着说道，"这么说来，说不定'天网'也是他的想法了？"

"这就不太清楚了。不过据我了解到的情况，他启动'天网'还有一层考虑：'天网'是个很好理解的项目，第五方案反对的声音太多，他需要从中取得平衡，'天网'正好可以平息那些批评，给其他项目留出一些回旋的余地。"

"嗯，确实是这样。第五方案里'天网'看起来最有可能成功。"徐小山望了眼闻远又说道，"当然其他项目的意义也很大。"

闻远在显示屏旁的另一个座位上固定好自己，想让一直飘着的身体稍稍休息一下："或许吧。"他说道，用手摸了摸头发，接着指了指窗外正缓缓掠过的灯光稀疏的地球说道，"不过再过一个半月，'大花生'就要撞上地球了。现在谁还会在乎'意义'呢？"

第二次亲密接触

叶梓飞看起来脸色蜡黄、憔悴不堪。实验间地板上杂乱地散落着一堆堆演算稿，就像成片起伏的白色雪原，他瘦骨嶙峋的身子在那片白色中，就像半截兀然突立的枯木。

距离上次事故已经过去五个多月了，叶梓飞仍然没有找到磁球爆炸的原因。他不断压缩自己的睡眠时间，从五个月前的六小时到现在的两个半小时。尽管他知道，纵使无休无眠，也可能无法找到答案。他只想给自己一个交代，在末日前，或者说在他死前。

医生一再叮嘱合理安排作息，但叶梓飞置若罔闻，如果不是每星期一次的强制性灭癌治疗，他早都把病痛忘到九霄云外去了。那颗新鲜的器官就像埋在他体内的定时炸弹，时刻提醒他来日无多。他知道自己正奔跑在赛道上，终点可期，而时间则是他最大的竞争对手。即使油尽灯枯，死在这场赛跑中也算是无悔了。

一个多月后"大花生"就会撞上地球，磁球的魔咒能在此之前破解吗？叶梓飞看了一遍又一遍的演算稿，即使最细微的地方他也都进行了严密推算，节点的涌流、线圈的匝数、晶格的排列……他觉得已经没有遗漏的地方了。磁球的随机爆炸，或许是个永恒的魔咒，也许谁也无法解释。

叶梓飞挺了挺羸弱的身子，感到一阵阵头昏目眩，眼前闪耀着无数金星，遮住了他投向图纸的视线。他将目光往前挪了挪，映入眼帘的是一个玻璃水缸，只见里面有两条红色小鱼在水草间缓缓游动，啄食着自缸底涌出的气泡。鱼缸是杨颖送给他的，她说是在房间里添加点活物，有利于他身体康复。

每当想起杨颖，叶梓飞心里总有股说不清道不明的情绪。她是个非常特别的女孩，独立、风情、神秘、大方，总之是一个带有吉卜赛人气质的富家女，富有教养又充满野性。上一刻她可能还在与你耳鬓厮磨，下一刻或许已流浪远方……叶梓飞使劲眯了眯眼睛，深吸了口气，鼻腔间似乎萦绕着一股幽远的淡淡兰香。他看见气泡升腾的水影里，出现了一个色调斑斓的倒影，秀发妩媚动人。

叶梓飞抬起头来，看到了杨颖，虽说感觉有点朦胧，但却并不遥远。

"叶博士，还好吗？"

叶梓飞摘下眼镜，用手揉了揉眼睛，再将眼镜戴上，这时他已能看到杨颖秀丽的脸庞了。杨颖似笑非笑地望着他，眼神里流露着关切。

"我很好。"叶梓飞看了看墙上的钟，已经是凌晨三点了，便问道，"你怎么还没休息？"

"喔，"杨颖从腋下的文件袋里抽出一张电子纸来，"张所长他们已经按照你的意见对新磁球设计方案做了最后调整。你再看看。"说着将电子纸递了过来。

叶梓飞接过图纸认真看了一遍。他不得不佩服张锐的强大执行力，仅用了一天时间便将1122处修改意见全部调整到位。要知道新磁球总设计图共有几十万个尺寸标注，真的是牵一发而动全身，其复杂程度绝不亚于"蜂巢号"。

"了不起。"很少夸人的叶梓飞忍不住赞叹了一句。

"嗯，张所长是'蜂巢号'的主要设计者之一，做这种工作最拿手了。"

“哦。”叶梓飞不置可否地应了一声，想了想接着说道，“他改进的磁球设计比我的原设计要好。”

“看起来更人性化些。”杨颖似笑非笑地说道。

“呃。”叶梓飞有点尴尬，含糊应了一句，右手大拇指在电子图纸右下角的签名区按了一下，问道，“明天启动？”

“嗯，明天。听张所长说，我们大概能生产两个吧。”

“一个月能生产两个，听起来不错。”

“是，不少参与‘第二方舟’项目的公司现在都已经闲下来了。”

“哦。”叶梓飞点点头，一时竟没话可说了。

杨颖走到叶梓飞身旁说道：“我不太明白，这种新型磁球真的会更可靠吗？”

“从理论上来说，大小磁球的可靠性是一样的。”

“一样的？”

杨颖迷茫的神态隐隐地触动了叶梓飞内心深处的某根心弦，他又一次摘下眼镜来，将它扔到桌上，接着说道：“在我的计算里，结构尺寸和空间容积等几何因素，对磁球的可靠性并没有什么影响。”

“也就是说新磁球也可能会爆炸？！”杨颖不可思议地惊叹道。

“是的。我认为它们发生爆炸的概率是相同的。”

杨颖看了看叶梓飞，若有所思地点点头，突然问道：“我一直不太理解，为什么磁球能进行无动力飞行？”说着微微俯下身子，凝视着叶梓飞。

叶梓飞又闻到了那股幽兰的气息，他抓起桌上的矿泉水瓶子一口气全喝光，定了定神，然后将瓶盖拧紧，用手晃了晃瓶子说：“如果我将这个空瓶子放到水底，它会怎么样？”说着就将空瓶举到了杨颖面前。

杨颖凑近瓶身眼睛直直地往叶梓飞这边看来。叶梓飞隔着矿泉水瓶子看着杨颖那张美丽的面孔，“会浮起来。”

"没错。如果把引力想象成浮力，磁球实际上就是一个浮球，只要赋予它反引力属性，它就会被天体的引力所排斥。"叶梓飞顿了顿接着说道，"因此无动力飞行的说法并不准确，因为赋予它反引力属性和脱离反引力属性都需要动力。也就是说磁球在起飞和着陆时是需要动力的。"

"嗯，唔……"杨颖呢喃道，"我还是不太明白它为什么能飞得那么快？"

"它需要利用天体引力不断加速，但加速不是一次完成的，需要不断地绕着天体飞，不断弹射……"

那一夜，叶梓飞在半梦半醒间又想起了那个遥远的夜晚。他游荡在山野之中，璀璨的星空照耀着他孤寂的身影。他登上山巅，爬上了一棵高高的松树。他骑在枝丫上，仰望着无穷无尽的群星，清澈的眼里满含泪水。那些星群在天河流淌着，瞬间就像倾泻而下的银链，潮水般向他涌来……他忽然觉得身子轻盈，浑身充满了无坚不摧的神力，星群在他身上撒下斑驳的光彩。那些美丽的星星就像蒲公英柔软的冠毛一般，簇拥着他往天空飞去，越飞越高，越飞越远……

第二天清晨，当叶梓飞在办公室角落的沙发床上醒来时，发现杨颖早已离去了。他蹒跚着来到办公桌前，看了看满桌的演算稿纸，暗暗叹了口气，似乎再也没有勇气去多看一眼了，他抬起头来，怔怔地望着空白的墙壁，不禁又想起杨颖来。

她到底是个怎样的谜呢？像一团美丽的星云，神秘多姿又诡谲无端；像一颗流星，转瞬即逝不留痕迹；像黑洞般吸吮着他的肉体和魂魄……

张锐天生的组织才能在新磁球的生产中得到了充分体现。作为"蜂巢号"的总设计师，他的这种能力是毋庸置疑的。新型磁球的直径达到15米，设计载荷1吨——如果载荷是造成磁球不稳定的主要因素，那么新磁球的载重量将会远远大于旧磁球，按常识来说，它们应该更稳定。

零件图纸被发送到了世界各地的航天制造厂里。在"第二方舟"建成之后，这些制造厂已经停歇一些日子了。

组装工厂（不久就改名为磁球基地）设在海南文昌以南的一片沿海区域，原因人所共知：磁球从那里升空，将沿着太平洋广袤的海域与地球渐渐分离。

所有的工作人员、设备和图纸都已迁往文昌，包括原来的老磁球。凤凰岭的实验场已经全被掏空了，随即沉寂了下来。

叶梓飞在磁球生产中能起的作用已经很有限了，他已付出了所有的精力、才智。在他拖着羸弱的身躯执著于理论攻关时，新磁球的宏大计划已经与他渐行渐远。江大伟再三请求他前往文昌，叶梓飞都拒绝了。照他的说法，张锐现在完全能够掌控大局，磁球的所有设计他都已烂熟于心。而且张锐眼光开阔，管理能力和项目运作能力远胜自己，是这个项目最合适的负责人。

叶梓飞知道江大伟肯定能理解，因为他所说的都是实话，他们都是很理性的人。在一次长谈之后，江大伟看着这个比自己小二十岁、却形容枯槁的年轻人，目光湿润地说："小叶，我为人类的下一代感谢你。"

叶梓飞默默地看着空荡荡的实验间。他来到那个自己无比熟悉的硕大的山洞前，轻轻开启闸门，深邃的洞里似有幽光阵阵，仿若时光回流。他的故事曾一桩桩在此上演，孤寂岁月里曾有悲欢离合、酸甜苦辣，他已历尝人间百味。而今，他人生中那扇沉重的大门也要合上了。

虽然仍未放弃最后一丝努力，但叶梓飞已经无力再从事繁重的演算工作了。江大伟并没有打算让叶梓飞退出，他知道叶梓飞的身体是完全可以康复的。江大伟联系了军方，请他们将叶梓飞送往"地下卫城"。鉴于这件事比较敏感，军方还需要给叶梓飞安排一个"地下卫城"工程技术人员的身份。但军方派人来凤凰岭实验场找叶梓飞时，发现这里早已是人去屋空，不见了叶梓飞的影子。

生命编码

位于美国纽约的联合国总部的贵宾接待室布置得素雅而却又不显单调，宽敞的房间上空的水晶吊灯发出柔和的光芒，左边红木书柜里有一些书籍和杂志，右边则有一个小吧台。胡一云猜测酒柜里早已空空如也，在人类历史上，酒曾一度是人类纵欢的标志，现如今却已销声匿迹，倒不是人们自发禁酒，而是没有粮食再浪费在生产这种液体上了。

胡一云被对面的一幅巨型油画所吸引。那是石墨烯电子复制画，镶嵌在淡色墙壁内，胡一云一眼就认出是波提切利的《春》。石墨烯电子纸将原画的精致和纤细展露无遗，画中优雅的仙女们在橘林间舞蹈，浑身缀满花朵的弗洛拉向大地抛撒着花雨，丘比特在树梢徘徊，左边的美少年脚踏翼靴，正要劈开空中的乌云……

"胡博士，你怎么看这幅五百多年前的画？"一个苍老的、带有特殊口音的声音在右侧门口响起。胡一云一惊，他连忙掉头往门口望去，见马冯在两个人的陪同下正走进房间来。此前他只在云媒平台上见过马冯，现在看到本人，只觉得他比荧屏上看起来更为苍老。

胡一云站起身来，快步迎了上去。他注意到威廉姆正陪在马冯一侧，另一人头发蓬乱花白，虽然看着面熟却并不相识。

与众人一一握过手后，马冯招呼胡一云坐下，接着说道："我有时在想，联合国接待贵宾的繁文缛节要怎么简化才好，不过现在不再操心这件事了，只希望胡博士在这里感到舒服。"他用温和的目光注视着对面这个有才华又有作为的年轻人，接着又看了看墙上的那幅油画，顿了顿说道，"波提切利的这幅画看上去就让人觉得非常舒服、赏心悦目。我一直在琢磨，为什么它具有这样的魅力呢？后来才慢慢想明白，这幅画充满了生命的气息。画家要传达的就是人类那种欣欣向荣的景象，美好、和平、富有进取精神。如果我们能一直保有这样的精神，就能克服一切艰难。"

胡一云连忙点点头，听着马冯娓娓道来，他刚才的拘束便慢慢消失了，不过他一时也不知道该怎么开口。

马冯和蔼地冲胡一云笑了笑，接着道："胡博士，你是科学家，在你的领域里做出了卓绝贡献，这就是人类进取精神的表现。我们收到你的报告后，立即着手组织了一个20人的专家团队进行了细致而详尽的审核，专家们一致认为你做出的结论是完全合理的。这个判断并不是基于你此前取得的成就，而是基于事实本身。威廉姆先生，你为何不谈谈具体的情况呢？"马冯转向威廉姆问道。

"是，秘书长先生。胡博士，我们收到你的《关于人类起源的考察报告》后，在世界范围内组织了20位基因领域、人类考古领域、医学领域和空间生命领域的科学家，这中间有几个人曾经为'生命体一号'工作过，因此你们也算是同事了。这些科学家反复分析论证了你论文中提及的基因感染问题，认为你做出的结论是有充分的科学依据的。现在，在小范围内，我是指仅限于专家组和联合国内部的部分专家，大家都已接受了人类是外星生命的事实。我们的祖先因为某种我们不可知的原因，将他们的基因信息送到了地球，并以病毒形式感染了地球上的一种微生物，继而感染了当时地球上的最高智慧生命体能人，促使他们的基因发生了突变，并逐渐演变为现代人类。"

威廉姆看了看胡一云，像是要从他的面部表情上确定自己有没有遗漏。他顿了顿，见胡一云没有说话，就接着说道："当我们最初看到你的论文时，简直无法相信这一切就是真的，但在科学证据面前大家不得不接受了这个事实。现在的问题是，我们大多数知悉这一秘密的人，都是怀着一种极其复杂的心情来面对它的。如果在平安时期，我们完全可以公开发表这一研究成果，并继续研究下去，直至找出我们的祖先是谁以及他们为什么要这么做？但在这个特殊时期……"威廉姆两手一摊，做出了一副无可奈何的表情。

"是，我能理解，威廉姆先生。这也是我首先将论文发给你们的原因。你们是政治家，自然能权衡轻重。"胡一云感觉完全放松下来了，因此及时向马冯和威廉姆说出了自己的想法。

"胡博士，谢谢你的理解。事实上，我们无法预料结论公布后会产生哪种结果，有可能是积极的，当然也有可能是消极的。鉴于目前的形势，我们认为暂缓公布可能是最佳选择。但这并不意味着你的研究成果并没有价值。恰恰相反，我们今天与你相见的主要目的并不是为了谈论公不公开你的研究成果的问题，而是因为找你有更重要的事。"马冯转向旁边那位满头蓬乱头发的中年人道，"江大伟先生，你何不说说你的想法。哦，胡博士，我忘了介绍了，江大伟先生是'第五方案'的执行人，他对你已经非常了解了。"

胡一云非常惊讶，急忙望向江大伟，这时他才想起此前曾在云媒平台上见过他，不过如今江大伟头发都已花白了。

江大伟带着一贯的爽快神色道："胡博士，我不是最先知道你的论文的，不过我想我应该是最先利用你的论文价值的人。"接着微微一笑道，"我相信你的成果会将人类带到新的庇护所。"

胡一云有些茫然地望着自信的江大伟，并不知他所指为何。江大伟见状说道："唔，我想你很快就会知晓一切的。在我开始介绍我们的合作项目之前，能否问你几个问题呢？"

"请不必客气。"

江大伟沉吟片刻问道："我们的祖先在多大程度上与我们相似？我

是指精神和身体两方面。"

"无论有意还是无意，基因里总全带有遗传信息。就这一点来看，最初那些实现了基因突变的能人，可能会在潜意识里留存有祖先的一些信息。我在东非大裂谷里曾经见过一些很古老的岩画，画里有飞船、机器人等超越当时文明的图像。这些图像很可能是留存在基因里的关于祖先的一些记忆片段。同时，在现代人起源的地方有一些奇怪的风俗，这些或许跟祖先有关。我还见过一种非洲雕塑，人的四肢都非常细长，躯体较短，背部微驼，这种特别的形象令人印象深刻。当然我不是考古人类学家，无法得出有价值的结论，这些都只是猜测而已。"

"你认为我们现在拥有的科技、文化和艺术，甚至政治也是祖先曾经拥有的吗？"

"这很难说，即便是基因信息，也有可能在环境的影响下发生了很大的变化，更别说其他东西了。"

"哦。如果祖先掌握了先进科技，为什么要把基因包裹在陨石里送到地球上来呢？"

"这很难回答。"胡一云想了想又道，"如果这些是祖先主动发送的，我认为他们已掌握了分离和保存基因的技术，还有非常先进的观测手段，在科技水平上应该说已经非常发达了。这种采用陨石进行运输的方式，有可能是出于伪装的目的。"

"伪装？"江大伟反问道，但他旋即明白过来，"你是说为了防止其他文明发现？"

"有几种可能性，比如说可能存在一种高级的敌对文明，我们的祖先很可能在遭到这种文明的毁灭性打击之前，不得不采用伪装将生命信息传递出去，当然这也可能是文明内部的战争造成的。还有一种可能就是遇到了灭绝性的自然灾难，传播生命信息时进行伪装是为了预防未知的风险。"

"另外一种可能就是我们的祖先被敌对文明封存在陨石里，驱逐到其他星球上去了。"威廉姆插话道。

胡一云点点头道："这是有可能的。或者我们根本就没有祖先，我们只不过是外星文明的实验品而已。不过这种可能性较低。"

"为什么呢？"威廉姆忍不住问道。

胡一云想了想说道："实验会尽力创造复活条件，包裹在陨石里的方式，无论怎么看都显得过于简单粗暴，没有外力作用几乎很难将其打开，我看不出这种实验的目的和意义是什么。"

威廉姆连连点头说道："正是，正是。我觉得我们的祖先主动伪装生命信息的可能性也不高。"看大家都凝神看着他，威廉姆就接着说道，"按照祖先的科技水平，他们完全有能力在陨石内部安装一个开启装置。没有这么做的原因，很可能是因为这些生命信息是被封存的，并没有打算让其复活。从这个角度看，祖先被另一种文明流放的可能性似乎更大些。"

威廉姆说完，大家都陷入了短暂的沉默。但马冯很快就打破沉默说道："很好，我们做了很有意义的探讨，不论我们的祖先以什么方式来到地球，都是值得敬仰和缅怀的。江教授，你是否可以跟胡博士谈谈你的想法了？"

江大伟对胡一云道："如果我们用类似的方法，将人类基因送到外星球去，复活成功的概率有多大？"

胡一云有些吃惊地看着江大伟，又看了看马冯，见马冯向他点点头，终于明白了这次会面的目的。一个月前他和伊万诺夫将报告发给威廉姆时，认为必然会引起轰动，但想不到事情完全向着不同的方向发展。他和伊万诺夫被叫到联合国总部，两人很快就被分开了，此后他就一直待在总部附近的一家酒店里等待通知，直到今天早上被联合国秘书长马冯接见。不过，现在他终于知道事情的前因后果了，很显然，联合国对他的报告做了很细致的研究，而且进行了许多方面的评估。不过一想到自己一直被蒙在鼓里，胡一云不由自主地感到一丝懊恼与愠怒。

马冯似乎一眼就看穿了胡一云的心思，温和地说道："胡博士，我不是科学家而是政治家，政治家的职能是管理社会、创造和平的环境，让人们生活得更美好，同时也要尽可能为人类的发展创造条件。发展是需要科学力量推动的，再伟大的政治家也无法超越他所处的时代，但科学家就不一样了，你们所做的贡献是跨越无数代际的。我刚才提到了人类的精神，除了爱，还有对真理的探索。但对真理的探索终究还是爱的一种表现，它服务于人类福祉，因而才具有意义。我们需要识辨出哪些是真理，哪些是谎言，这样才能避免走上错误的道路，防止无谓的浪费和牺牲。"

听马冯这么一说，胡一云心里稍微好受些，对江大伟说道："没有实验统计，我很难回答您这个问题。不过现在从理论上来讲，如果找到合适的寄主，基因是可以在另一个星球上复活的。"

"寄主？"

"没错，就像祖先找到地球上的能人，准确地说是东非某个地区的能人做寄主一样。"

"哦，那样的话我们还是人类吗？"威廉姆忍不住插话道。

"这要看我们对'人类'的定义是什么。我认为在生理层面上，我们的子孙会与我们有较大不同，这是变数较大的地方，不但取决于寄主的生理构造，也取决于周围环境的影响。"

"胡博士，他们还能保留对人类文明的记忆吗？"马冯问道。

"唔，在基因信息里可能会带有一些残存的文明记忆，但这种记忆是存在于潜意识里的，也就是说他们可能不知道他们的祖先来自于地球，有可能会无意中想起人类文明的一鳞半爪，但这种记忆碎片很可能被认为是他们自身的想象力使然。在他们的进化过程中，大多数残存的记忆片段会逐渐消失，而被新的基因信息所取代。不同环境会对基因有不同影响，在某种意义上甚至决定着他们的进化方向，产生出许多新的可能性。"

"你说的新的可能性是指什么？"江大伟问道。

"不同于人类文明的新文明，政治、经济、文化、科技……很多方面都会与现在的人类文明相去甚远。这跟能人当初的进化是一样的。当时那批被外星基因感染的能人，在深层意识里一定有制造工具和使用语言的冲动，但这种冲动在特定的环境下会产生不同的进化路径。在地球上出现的石器时代、青铜时代乃至现代的科技文明，只是依附于地球的资源禀赋和其他诸多因素而发展起来的。"

"有没有可能依据某个星球的资源禀赋而预测出文明的走向呢？"

胡一云想了片刻才道，"这一点基本上无法做出预测，这里变数最大的是人的因素。在人类文明史中，因为少数关键人物的影响而改变文明进程的情况并不鲜见，历次的科技革命尤其体现了这一点。而且，"说到这里胡一云笑道，"在这个问题上江教授应该比我更有发言权啊。"

"发言权谈不上，你倒是提醒了我，如果下一代人类文明复活，有没有可能实现爆发式、而非进化式发展呢？"

"你的意思是说，"胡一云有点惊异地看着江大伟，"在另一个星球上实现人类文明的跨越式发展？"

江大伟缓缓地点了点头。

胡一云略作思考后道："从现有的基因技术看，这很难实现。人类的生殖方式决定了我们的文明只能一代代传承。我想，在这一个方面更好的解决办法，或许是将人类文明史存储在媒介里，这样我们的子孙才有可能以较快的速度学到我们的知识。"

"这正是我们现在所考虑的。"江大伟正了正身子，接着说道，"我们希望你将人类基因进行编码。就像我们的祖先来到地球时那样，我们也将把人类生命信息发往宜居的星球，让他们在那里生根发芽。"

"我会尽力而为的。唔，我还有一事请教。"

"请说。"

"这些基因信息用什么运载出去呢？"

"磁球飞行器。"

史学观点

人类进化史学派的许多学者认为，胡一云的基因集装实验室是地球人类的最后一个实验室，人类进化分野在此开端。但该学派内也有不少人持不同意见，他们将进化分叉的日期推迟了28天，即《"拉格朗日"报告》送往SDA的时日。

《"拉格朗日"报告》

八号空间站现在除了闻远和徐小山两人外，还有三个光子项目的工程师和一个留守在这里帮助他们推进项目运作的宇航员。在接下来的几天里，光子捕捉器仍然一无所获，但让团队成员感到焦虑不安的却并不是项目毫无进展，而是星空网的与地球相关的报道。

联合国秘书长马冯已经宣布启动"地下卫城"居民身份的抽签程序。就像两年前他希望民众暂停生育一样，这次他仍然做了声情并茂的演说，呼吁地球上的公民保持理性、克制和自律。"所有决定均是由人类制造的计算机决定的。在它面前，所有人类，包括我本人，都是一律平等的。我们每个人都有一个18位的数字编号，计算机无法区别数字编号所代表的那个人究竟是贫穷还是富有，来自美洲、欧洲、非洲还是亚洲，信仰基督教、伊斯兰教还是佛教，是白皮肤、黑皮肤还是黄皮肤……在它眼里，我们都只有一个特征，即都是人。"

对于少数仍然对一些不平等情况说三道四的人，马冯自然也加以说明："一些人说'地下卫城'的工程技术人员没有通过抽签，这是不平等的。我希望我的这些话能安抚这些有不同意见的人。那些工程技术人员是维持'地下卫城'运转的特殊人才，他们经过两年半的专门培训，将为保证'地下卫城'发挥正常功能而贡献自己的才能。他们要常年在监控室、引擎室、电气室、供水房、食品生产间、通风廊道、动植物保育厂、污水净化系统等处工作和生活，为人类的薪火传承而奋斗，因此他们绝不是'地下卫城'的寄生虫，而是拯救世界的英雄。总之，联合国所做的一切努力，都是为了人类，而不仅仅为了哪一个人。在这场生存之战中，我们面对的应该是大撞击，而不是自己的同胞……"

从整体上来说，马冯连日的演讲缓解了紧张的对立情绪，但在许多地区仍不可避免地出现了暴乱。这主要是因为72卫城中的多数是由各国政府主导，联合国作为协调者无法从根本上保证筛选制度的执行。

人类命运共同体在一定程度上还只是一个口号，人类组织形式的基础仍是国家或地区，因此位于不同国土上的"地下卫城"，当然首先要满足本国人民的利益。这意味着，如果大撞击真的发生，土地资源贫瘠，同时技术又很落后的国家将面临覆灭的命运。

地球安全理事会为此不得不通过一项决议，要求采用配额的方式将这些国家的部分公民分配到不同卫城。这一要求引起了一些国家的反感，不少国家宣布退出地球安全理事会。这种姿态引起了其他国家的强烈不满，随之而来的是世界范围内边境线上的持续冲突。在美墨边境线上、加勒比海地区、地中海沿岸、红海地区、印巴边疆和东南亚沿线都爆发了大规模的武装冲突。

通过抽签获得卫城身份的人正式迁入"地下卫城"时，混乱状况进一步加剧了。暴乱在不少"地下卫城"的入口处发生，军队不得不动用次声波炸弹驱散暴民，世界各地的人权状况急剧恶化。

从太空中观看地球上正在发生的一切，是一种很难形容的感觉。"这些事真不应该发生。"闻远对其他几个人说道，他们都点头表示赞同。徐小山说道："也不知道火星基地那边怎么样了？"

"我敢打赌他们已觉得自己是火星居民了。"一个工程师气鼓鼓地说道。

"但他们确实是火星居民了啊。"另一个工程师蹙着眉头咕哝着。

"为什么这么说？"第三个工程师不太赞成地看了他一眼。

"你认为他们还会回到地球吗？"

"但他们毕竟是我们的同胞。"

"呃，那是你的想法吧。你难道没听说火星基地又向外扩建了几公里吗？"

"你是指星空网女神记者的那篇报道？"

"当然啊，除了她还会有谁。"

"嗯嗯。那又怎样？"

"SDA要求暂时不要扩建，但他们根本不再听地球上的命令了。"

"这很正常，没有人比他们更了解火星基地的情况了。隔得这么远，总不能事事都听从地球上的指示吧。"

"你说的或许有些道理。不过不管怎样，我觉得他们都把自己当火星人了。"

"不知道'第二方舟'的人怎么看？"闻远看着舷窗外的魔方。"第二方舟"已经完成了装载，只需要进行最后一次食物补给就将驶往同步轨道。

"他们大概跟我们的感受差不多吧。"另一个工程师随口回应道。

"这不好说哦，国际空间站可不是庇护所，我们去不了同步轨道。"还是那个喜欢持反对意见的工程师嘟囔道。

"如果说这个空间站去不了同步轨道，那是对它不太了解。"那位宇航员这时插话道。

大家都惊讶地望着他。

"你的意思是说这个空间站能到同步轨道？"闻远好奇地问道。

"岂止能到同步轨道，它原来是按深空站设计的，都能进行地月飞行。"宇航员打开他座位下方一个两尺见方的盖子，里边露出了一个控制台，那是一整套样式陈旧但看起来却很新的飞行控制系统。"这个飞行控制系统就是为地月旅行设计的。空间站在近地轨道上运行后，就很少再用了。"

徐小山突然想到了什么似的，眨巴着眼睛对闻远说："我有个想法，说不定对光子项目会有一些帮助。"

"哦？"闻远疑惑地看着徐小山，"说说看。"

徐小山略略思考了一下，快速说道："如果八号空间站在拉格朗日点，光子捕捉器说不定更有可能捕捉到纠缠态光子。"

"唔……"闻远若有所思地点点头。

徐小山接着说道："在那个点上，光子受到的引力摄动最小，不是吗？"

光子团队的每个成员都赞成这个观点。因此徐小山提议将空间站开到拉格朗日点时，大家都没有表示反对。这个六人小组在这次重大决策上迅速达成了一致。如果对情况稍有了解的话，大概也不会感到奇怪——六个人全部都是单身，可以说完全没有后顾之忧。

他们把报告发往SDA时，实际上已经在为动身做准备了。SDA没有发表任何赞成或反对的意见，仅回复了一个词："知悉。"看来SDA真顾不上这个小项目了。

在八号空间站即将驶离近地轨道时，闻远看到十几艘飞船出现在空间站的前方。其中一艘飞船与八号空间站建立了通信，要求空间站的轨道提高30公里。

这时大家才知道，这些飞船是执行"天网"计划的。它们将在近地轨道上组装"天网"，在这一轨道范围内的所有航空器和卫星全部都要撤离。正好空间站也前往拉格朗日点，他们就迅速启动了推力引擎，离开了近地轨道。令人遗憾的是，大家不能亲眼见证那个方圆15公里的"天网"如何诞生了。

在前往拉格朗日点的途中，江大伟与闻远进行了一次视频通话。江大伟一反常态，避而不谈光子项目的进展，这让闻远感到有点内疚。他婉转表示自己已经做好了项目失败的打算，江大伟宽慰了一番，同时指出光子项目已经取得了巨大成功，把人类的量子技术水平提升到了空前高度。对于目前的工作，江大伟认为光子项目团队完全可以自由支配时间，并且可在必要时到"第二方舟"进行补给。

空间站以17公里/秒的最高飞行速度，到达拉格朗日L2点只花了一天多点儿时间，项目组调整飞船姿态、重新校准光子捕捉器也只花了半天工夫。在调整完毕后，徐小山又像在近地轨道时那样，开始目不转睛地盯着漆黑的屏幕。照徐小山自己的说法，他的这份耐力是在"天眼"工作八年练出来的。

谁都没有想到，光子捕捉器遭遇第一粒纠缠态光子竟然来得这么突然。

调校结束后大概只过了六个小时，闻远和徐小山等人刚吃完晚餐，徐小山一边吸着密封杯里的咖啡一边看着屏幕，突然发现屏幕左上角出现了一个细微的红色像素点，看起来就像一个屏幕坏点一样。不一会儿那个红点很快就消失了，徐小山差点以为自己看花了眼，但屏幕右下角显示了一条信息，证明图像传感板被一粒光子撞击过。

他连忙叫来闻远，两人查看了光子捕捉器的记录。记录显示目前有一个纠缠态光子被导入到了成像暗室里。这表明他们已捕捉了一个纠缠态光子。两人守着屏幕等了一会儿，这时徐小山反倒有点失去耐心了，问道："图像传感板真能记录每次撞击吗？"

"图像传感板和人的视网神经比起来哪个处理速度更快？"

"当然是图像传感板。"

"没错。很早以前我们粒子研究所就做了一个实验，实验目的就是测试人眼能否觉察到一粒光子的运动。我们让两组受试者处在一个漆黑的暗室中，对其中一组受试者，我们往暗室发射一粒光子，对另一组则什么都不做。结果发现，发射了光子的那组受试者中，有45%

的人说在房间里发现了光，还有25%的受试者不确定有没有光，只有30%的人表示没看到任何光亮；对比组中，则没有一个受试者认为房间里出现了光线。"

"你的意思是说，光子的所有撞击都会被记录下来？"

"是的，人眼尚能感知光子的存在，图像传感板更不在话下，它的处理速度可是视网神经的1000万倍。"

闻远的话音刚落，屏幕上突然出现了另一个红点，这次红点的位置在左下角。两人已无暇讨论了，都紧张地盯着屏幕。很快，屏幕上又稀疏地出现了五六个红点，基本上都分布在右下方的一片区域。它们与捕捉器的撞击是发生在不同时间点上的，间隔大概在50毫秒的样子。

"这是个周长3万公里出头的星球，这个时间间隔足以让光子绕它转半圈。"闻远开启了全息屏，全息屏里显示出的是个黑色的虚拟球体，在左上角、左下角和右下角分别有数个红色光点，"根据目前的记录，光子在运动过程中有可能发生了好几次折返。徐博士，你怎么看这种现象？"

"现在还很难得出什么有价值的结论，不过我猜这个星球的大气层里应该有些特别的东西。"

"你觉得是什么？"闻远随口问道。

徐小山两手一摊说："雨点、雪花、云层，这些都有可能。但仅凭这几个光点是得不出什么有意义的结论的。"说着说着就咧开嘴笑了起来。

闻远莫名其妙地看着他，问道："你笑什么？"

"我说，呵呵呵……"

"呵呵呵？"闻远愣头愣脑地看着徐小山。

"不是，呵呵呵……"徐小山好不容易忍住笑道，"我说我们费了这么大功夫，捕捉住了第一个光子，居然没有高兴，高兴，哈哈哈。"

"啊！是啊，哈哈哈……"闻远也忍不住大笑起来。工程师们和宇航员也闻声凑了过来，六人小组自成立以来第一次集体展开了笑颜。

但事实很快证明他们高兴得太早了。捕捉到这个光子的形式意义远大于实际意义，它表明光子捕捉计划是可行的，从人类通信史来看也绝对是伟大的，放眼人类科技史，这也是为数不多的革命性实验之一。不过，考虑到21世纪20年代以来，尤其是最近这几年来人类技术难以想象的爆发式发展，光子捕捉计划的这一小步成功又显得有点微不足道。因此当闻远向SDA汇报情况时，地球上的专家们虽然认为这是一个突破性进展，但都没有表现出更多的关切。

"他们怎么能安排'天网'从光子捕捉器的观测路径上通过呢？"当拖着"天网"的16艘无人飞船经过拉格朗日L2点时，徐小山愤愤不平地说。因为这个缘故，光子捕捉计划不得不中断6个小时。"很显然江大伟已经将希望寄托在'天网'上了。"

"这不一定是江大伟的想法，我听说SDA的许多人对'天网'寄予厚望。不光是'天网'，'天使之箭'的两个附加计划也是SDA的重头戏。你听过吗？'天使之箭'的专家组安排了在10艘太空飞船上了，如果'天网'失败，这10艘飞船就会按计划把10颗核弹埋进'大花生'里引爆；即使不成功，近地轨道上还布置了100枚核弹等着摧毁它。"

"这些防御计划或许能成功吧，但因此中断光子项目的做法太不公平了。"

闻远无言以对。虽然发现第一粒光子两天以来，光子捕捉器并没有再次制造惊喜，但时间对光子团队来说同样宝贵。最合理的做法就是，"天网"应该摒弃最完美的行进路线，避开光子捕捉器的观测路径。这照样能让它在距地球500万公里的地方与"大花生"相遇。当然，以闻远温和的性格，他并没有向SDA提出反对意见。

他们通过八号空间站的望远镜观看了"天网"，16艘无人飞船是继"蜂巢号"后人类制造的动力最大的星际飞行器了，它们排列成一个直径为15公里的圆环，拉着一张蜘蛛网似的难以觉察的纳米丝网，每艘飞船相距约3公里。此外还有一艘载人飞船，在圆环之外约6公里的地方对无人飞船进行跟随控制。这种为避免由于地面控制造成指令传送延迟的技术在"蜂巢号"上就已经得到了很好的应用。在核聚变动力装置的满负荷驱动下，这些飞船拽着"天网"以22公里/秒的速度全速向外太空驶去，壮观程度一点也不亚于当年的"蜂巢号"升空。

等"天网"通过之后，光子团队便立即激活了光子捕捉系统。令人惊奇的是，在光子捕捉器投入工作后大约只过了两个小时，就捕获了另一个纠缠态光子。全息屏上的光点看起来虽然稀稀拉拉，但仍在缓慢地增长着。

"这难道是巧合吗？"徐小山疑惑不解地问一旁的闻远。

"什么？"

"光子捕捉器在启动后最初一段时间内，会捕捉到一颗纠缠态光子。"

"这很难说不是巧合。"闻远想了想道，"我设计这套系统时从没考虑过这种情况。"

"我们完全可以再试一下。"徐小山眨巴着眼睛说。

"唔，"闻远沉吟片刻，接着说道，"我觉得这是很巧合的事，不过如果你想再试试，也没有什么不可以。"

与上次捕捉纠缠态离子一样，他们将光子捕捉器调到了热备用状态，为了最大限度地节约能源，他们把全息屏也关闭了。大概过了10分钟，徐小山又启动了光子系统。他们耐心地等待了两个多小时，果不其然，又一粒纠缠态光子被捕捉到了。光子团队忍不住欢呼起来，大家都觉得找到了一条快速高效捕捉光子的捷径。

在闻远和徐小山他们的光子团队准备第三次重启系统的同时，光子团队又一次捕获到纠缠态光子的消息也很快传到了SDA。SDA虽被光子团队再次取得的战果吸引住了，不过却采取了静观其成的态度，并没有打算追加预算制造更多的捕捉器，江大伟一再呼吁也没用。事实上，此时所有重要的制造工厂都正在或已经迁往"地下卫城"了，不可能也无法再生产任何高端的精密仪器了。SDA唯一的动作是安排了一位特派观察员前来同步轨道了解项目进展。

不过光子团队此时已无暇他顾，他们采用不断重启系统的笨办法，一天不到已经捕捉到了8个纠缠态光子。大家已经20多个小时没有合眼了，但看起来都毫无困意。全息屏此时又被重新打开，中间的那个黑球有五分之一的面积已经被红色光点所占据，看起来就像个到处漏光的红灯笼。徐小山仔细观察了球体外边那层淡淡的光晕，那是大气圈，不过目前看上去里边并没有什么值得研究的东西。

特派观察员到达八号空间站已经是三天之后的事了。他叫詹姆斯·金，高个子、褐色头发，来自美国。载他前来的是一艘不大的老式飞船，就是20年代之前NASA生产的那种，完全依靠液氢驱动，所以速度不快，好在到同步轨道也不是多么遥远。飞船里装满了各种补给，其中还包括好几大袋新鲜蔬菜，这多少给光子团队成员带来了些许安慰。

"呃，这是'地下卫城'产的蔬菜啰？"闻远随手拎起一颗红色的生菜问道。

"当然，许多人还没有吃过呢。尝尝你就知道它的味道有多棒了。"

闻远摘下一小片叶子放进嘴里嚼了片刻，点点头道："不错，吃起来有股苹果的味道。"

"这是因为在生菜种子里加入了苹果的基因信息。如果想吃坚果味的，可以挑那种紫色生菜；椰子味是那种白色的，还有杧果味的是黄色的。"

"有橘子味的吗？"

"哦，只有橘子味的西红柿。看到了吗？就是那种金黄色的西红柿。"

"看来大多数果实都被集成了。"

"是啊，'地下卫城'不太适合一些植物生长。"

"听说月球矿场生产的大部分氦-3都被运到了'地下卫城'……"徐小山好奇地问道。

"这倒不是能源问题，而是生长周期。你知道，有限空间里是不可能允许太长生产周期的农作物的。"詹姆斯打断徐小山的话道。

"唔，听起来好像是这么回事。"

"你们的观测周期也要适当缩短。"詹姆斯话锋一转，道出了此行的真正目的。

"什么意思？"

"哦，是这样的，SDA要求两天之后将八号空间站移到船帆座'诺亚星'的观测位置上。"

"咳，这是要我们观测'诺亚星'吗？我认为这不是个好主意。我们对'红星'的观测还没结束呢。"徐小山不满地说道。

"'红星'？"

"哦，我们暂时给Tianyan528b起了个名字叫'红星'，不过还没有申报。"

"唔，听起来倒有点那种意思。"詹姆斯聚精会神地看着全息屏上发着淡红光芒的球体，他发现现在它有一半表面积已经被红色光点占据了，眼下看起来像个正在燃烧的碳球，"看来它真是红色的了？"

"是的。根据光子测量结果，我们已经确认这一点了。不过这种红色并不是来自这颗行星的地表，如果你认为它跟火星一样，那你就大错特错了。我们仔细分析了它的大气圈，这种颜色正是来自那里。"

"哦，"詹姆斯皱着眉头说道，"这实在太不可思议了，难道它的空气是红色的？"

"这也是我们目前要搞明白的地方。所以说嘛，我们还没有得到'红星'的完整信息，观测还远没结束。"

"还需要多长时间呢？"

"目前已经收集了28个来自'红星'的纠缠态光子。就这个数量，大概需要3个月的时间就能获得比较完整的行星信息了。"徐小山答道。

"3个月？不，SDA是不可能给你们3个月时间的，再过一个月'大花生'就要撞上地球。而且你们也清楚，SDA里的一部分专家是偏向'诺亚星'的。如果要投票决定观测哪颗行星，'诺亚星'获得的票数一定会超过，唔……'红星'的。"

詹姆斯的话里已经带有威胁的意味了。徐小山忍不住愤愤说道："那就让他们去投票吧！'天网'经过时我们要停机，SDA明知可以捕捉却不追加投入，现在又要我们放弃观测了一半的行星……难道柿子真的是挑软的捏啊？"尽管闻远一直在旁边使眼色制止徐小山，他还是忍不住一吐为快。

毫无防备的詹姆斯被这番话说得愣住了，一时竟不知该如何接话。

闻远见状赶忙说道："好了，好了，我们理解SDA的决定，但也请SDA体谅我们遇到的实际情况。如果这时放弃观测'红星'，就意味着光子项目前功尽弃。况且目前所取得的观测结果无论对整个人类抑或是对SDA都是没有太大实际价值的，所以恳请SDA能考虑这一点。"

闻远清楚地知道若是与詹姆斯闹僵，对项目的进展有百害而无一利，再说SDA的安排并非没有道理。光子捕捉计划虽然最初发轫于对"红星"的观测，但却并不是单独为它设立的——它是SDA管辖的项目，SDA有权进行调遣。而且对光子团队来说，观测任何星球都是他们的职责所在。现在的关键问题是如何分配观测时间，SDA只给两天时间观测"红星"，这对获取完整的行星数据显然是远远不够的。当然，如果完全不观测"诺亚星"也说不过去。在SDA里"诺亚星"的支持者更多——毕竟它看起来更像地球。

"这不是体不体谅的问题，SDA必须掌握尽可能多的宜居星球信息，剩下的时间已经不多了。"詹姆斯这时总算反应过来了，对徐小山开启吐槽模式大感不爽。

"根据目前的进度，两天时间肯定不够。如果不能获得完整的行星信息，我们此前针对'红星'的观测工作就等于白白浪费了。"徐小山解释道。

"这我能理解，我会向SDA反映你们的意见的。"

SDA在听过詹姆斯的汇报后对此做出了妥协。他们将'红星'的观测时间延长到了5天。徐小山认为并不是自己的观点起了作用，而是SDA无力强制他们改变观测计划。

事情的进展很顺利，在5天内光子捕捉器收获了48个来自"红星"的纠缠态光子。此后8小时内，这些光子完成了基本的行星信息描摹，这时离SDA给出的5天观测期限已经过去了5个小时。

在詹姆斯特派员的再次强烈要求下，闻远等人无奈地中止了对"红星"的观测，开始对光子捕捉器进行了一系列调校。调校过程极其烦琐，首先他们得释放已经捕捉到的48个"红星"光子，然后调整光子捕捉器的方向，接着就是校对能级筛网，这一关键步骤需要"诺亚星"的位置信息，以确保只有它的纠缠态光子被捕捉到。等所有调校工作结束后，光子捕捉系统再次启动时，他们已经花了整整一天的时间。

"徐博士，你是第一个发现'红星'的人，是吗？"此刻詹姆斯站在全息图像旁，探究性地问正在埋头分析数据的徐小山。显示在他面前的是一个通体略呈血红色的"红星"虚拟三维图像。

"是的。"

"而且你一直认为'红星'上有生命形式？"

"没错，这是我的观点。"徐小山有点不耐烦地答道。

"我倒有个疑问。"詹姆斯不以为意，依旧觍着脸皮问道。

徐小山诧异地抬起头来，眨了眨眼看看詹姆斯，问道："什么疑问？"

詹姆斯笑道："我们在彗星上、分子云里甚至陨石里都发现了生命物质分子，但要说那上边存在生命只能说是无稽之谈，不是吗？"

"你说得没错，但这是在有大气圈的行星上，它们是完全不同的环境。"

"唔，或许你的猜测是正确的。但我想问的是另一个问题，如果'红星'上真有生命，它们和地球生物的差别到底有多大？"

"这很难说。即使是在地球上，生物之间的差别也是很大的。你听说过20年代中期在阿拉斯加湾发现的一种管虫吗？"

"当然，媒体当时做了很多报道，确实很惊奇。你认为'红星'上的生物也像管虫那样？"

"不，不，不，你误会我的意思了。我只是举个例子，管虫完全不同于已知的所有其他地球生物，如果不是在地球上发现，我们一定以为那是一种外星生命，不是吗？"

"你说得没错。我们以前都认为生命形式是属于个体的。"

"但现在我们觉得管虫那种组合体式的生命形式也没什么稀奇的了。"

"说实话，我到现在还觉得很神奇。想想看，它的每个节肢都是一个独立的生命体，但通过尾端的枢钩连接后，竟能变成一个长几公里的庞然大物，这实在是……无法想象。"

"我们来换位思考一下，假如我们是外星人，在我们的星球上完全没有植物这个概念。有一天我们因不可预知的原因来到了地球，突然发现了许多树木，会不会觉得这些生命很神奇呢？"

"唔，或许吧。"詹姆斯耸耸肩，显得有些不以为然，"但地球生命还是有些基本特征，不是吗？"

"嗯，我明白你的意思，你是说我们是碳基生命。"

"所以说，你认为'红星'上的生命形式也是这样的？"

　　"当然。我们判断'红星'有没有生命的前提不就是从自身出发的吗？我们把氨基酸称为生命物质分子，并把它作为判断生命存在与否的证据。所以当我们说'红星'上存在生命信息时，就一定是指类似的生命了。"

　　"按这种逻辑，当我们说'诺亚星'上没有生命，只是指没有碳基生命？"

　　"你这么说也没有问题。我说'诺亚星'上没有生命，是指没有碳基生命，仅此而已。"徐小山眨了眨眼睛，脸上露出无辜的表情。他觉得詹姆斯是故意要把他引到这个话题上来。此前他跟一些西方专家争论时，就一直强调"诺亚星"上没有生命。

　　"所以'诺亚星'上也是可能存在生命的。"詹姆斯满意地点点头道。

　　"你可以这样认为。不过别忘了'诺亚星'的环境条件是针对碳基生命而言的。"徐小山说完就埋下头去继续忙自己手头的工作了，他决定不再搭理詹姆斯了。在他看来詹姆斯跟那些固执地认为"诺亚星"存在生命的支持者就是一伙的。

　　在连续做了两天分析之后，徐小山获得了一些很有用的信息，尤其是地表信息。就目前的分析结果看来，"红星"的地表温差变化不大，而且比较平整，没有地势陡峭的断裂层，最多也就是起伏不大的丘陵，这证明它的地层活动并不活跃。人们以前总认为地表是红色的结论也是不正确的，"红星"的地表普遍呈赤褐色，与大气圈里的粉红色系混合后就变成了一种血红色。更奇特的是，虽然大气层里有适量的水蒸气，"红星"的地表却并没有河流和海洋，只有许多水洼似的湖泊。这些信息勾勒出的"红星"多少让人觉得有些诡谲。更令人不解的是，那些生命信息并不是来自地表，而是来自大气层。徐小山多次检查了大气层的图像和数据，截至目前并没有发现什么有形的生命体。

　　徐小山还在冥思苦想，对"诺亚星"的观测却进展得很顺利。大约只花了5天时间，光子捕捉器就收集了来自"诺亚星"的50个纠缠态光子。8个小时的行星信息传递之后，大家欣喜地发现，"诺亚星"从表观上来看简直就是地球的孪生姊妹。它有和地球类似的海洋、河流、大陆和高山，空中有漂浮的白云，天空也是蓝色的，气候宜人。唯一无法解释的就是这颗星球上没有任何生命信息——此前发现的"绿洲"，现在被证实是一种绿色晶体，有可能是硅酸化合物或其他不明矿物质，它们大片大片地覆盖在地表。

最终的观测报告是由项目负责人闻远牵头撰写的，观察员詹姆斯也参与了进来。相对于徐小山和詹姆斯，闻远在"红星"和"诺亚星"的较量中一直保持中立地位，一方面他本人比较温和，另一方面他较少参与数据分析工作，没有既定的立场。

至于徐小山，他现在终于弄明白詹姆斯这个特派观察员是怎么回事了。詹姆斯实际上是SDA中支持"诺亚星"的专家之一，是SDA为了限制徐小山而布置的一枚棋子，目的是防止光子团队最后的报告有失偏颇。不过徐小山一点也不在乎，撰写报告时毫不掩饰对"红星"的热情，尽管他没有揭开"红星"上是否存在生命之谜，但他仍然固执地坚持自己早先的观点。詹姆斯则对"诺亚星"给出了更积极的评价，同时他认为"红星"独特的环境存在着潜在的危险因素。至于那些覆盖在"诺亚星"上的绿色晶体，他大胆猜测那可能是有益于人类的矿物质。

闻远略微中和了徐小山和詹姆斯的报告并最终完成统稿工作，这篇被后来的人类史学家们称为《"拉格朗日"报告》的文件就这样在磕磕绊绊中带着难以调和的矛盾发往了SDA，但它的最终意义却是当时的人们永远也想象不到的。

在报告发出后不久，八号空间站被要求立即前往"第二方舟"处会合。因为再过两天，"天网"计划和"天使之箭"附加计划这两条人类地球的最后防线将会先后展开。届时的近地太空，将是一片硝烟弥漫。

异　星

　　杨天感到头痛欲裂，他觉得仿佛有无数条光波像白晃晃的利刃刺向他的眼球一样，耳内灌满了飓风般鸣响的声波。光波和声波宛如穿过他七窍的条条巨蟒，紧紧缠住他柔软的大脑，咬着一股股神经撕扯扭结，挤榨着脑汁。有好几次杨天都感到几乎无法呼吸，充血的大脑无比沉重，心脏被一只巨手揉捏，血液冲刷着四肢百骸，仿佛携带着一簇簇闪着寒芒的针丛，将五脏六腑扎了个遍……

　　"你好！杨天。"

　　这个声音听起来很熟悉，杨天想向四周张望，但眼前只有一片血幕。

　　"谁？"他仿佛听到自己内心直接发出了一个声音。

　　"你可以叫我MACU。"

　　"MACU？是李子安吗？我听出是你的声音了。"杨天在内心喊道。

　　"我不是李子安。"

　　"MACU……"杨天心里默念了一遍这个名字，说道，"这是李子安的声音。"

　　"我不是李子安，因为我不是人。我用李子安的声音与你交流，这对彼此的沟通有好处。"

　　"什么？"杨天不知道对方话里所隐含的意思。

"唔……这很难理解吗？我们不是人类，所以需要使用人类的语言与你交流。这个语音样本来自一个叫李子安的人，当然我们也可以使用其他语音样本，比如说叫凯瑟琳的人的声音样本，如果你需要，我们也可以使用她的声音。"这段话的前半段是李子安的声音，后半段用的是凯瑟琳的声音，听起来诡异极了。

杨天大吃一惊，"不可能，不可能！"他自言自语道，发自内心的一个声音用力喊道，"快醒醒！"

"唔，看来你还无法接受。对我们来讲，人类的沟通太缺乏效率了。我们还是用另一种交流方式吧。"对方沉吟道，接着就沉默了。

"快醒醒，快醒醒，赶紧醒来吧杨天。李子安，快来帮帮我。"杨天在心里默默呐喊着。他的记忆告诉他，此刻他正在"鲸鱼号"指令舱里沉睡，眼前的一切只是噩梦，李子安就近在咫尺却毫无察觉。他期待着李子安回头，也希望此时凯瑟琳能开始广播。

当杨天焦灼地挣扎在噩梦中时，他惊异地看到弥漫在自己身边的肉红色气体正慢慢消退，逐渐变成了稠黑一片的空间，自己的手脚和身子正在慢慢地显现，就像从黝黑的水中渐渐浮出一样。他摸摸头，又揉了揉脸，一切都好好的，身上还穿着"蜂巢号"宇航员的那种紧身服。但是当他低头看时不仅吓了一跳，他的脚下空无一物。他用力跺脚，却像踩在空气中，既不下跌也不回弹。他伸手去触摸地板，脚下居然什么也没有。

杨天试着往前走，每一步都像踩在一个平面上。他环顾周围，全是一望无际的深深的黑暗。他快步向前走去，走了十几步后发现周围的环境没有任何变化。杨天开始跑了起来，而且越跑越快，但脚下就像有一个巨大的跑步机，他感觉每一步都踏在了原地。他累得大汗淋漓，汗水滴到脚下，就像滴入了海绵上一样迅速消失了。

就在这时，前方出现了一个椭圆形小光球，而且光球慢慢在变大，接着仿佛有个椭圆形舱门在光球里打开了，一个人影出现在门里。逆光中那人隐约穿着"蜂巢号"宇航员紧身服，身材精干，径直向杨天走了过来。他身后的光球慢慢缩小并很快就消失了。

这时杨天已能看清他的容貌了……是李子安！杨天忍不住惊呼起来，大叫道："李子安？"

李子安走到离杨天2米左右的地方，停了下来，微笑道："我跟你说过，你可以叫我MACU。"

"MACU？"

"你不是人类？"杨天的语气里带着狐疑。

"不，人类是动物，我们不是。"

"你难道真的不是李子安吗？"

"李子安"摇摇头叹了口气，伸出一只手来，抓住自己的胸口一拉，外边的皮肉就沿着肋骨剥开了，没有一丝血迹，里边是一颗不断跳动的心脏。李子安把连着血管的心脏扯出来，用手托在胸前，说道："这是人类的心脏。"然后放开手来，心脏随即飘浮在了空中。"李子安"接着把腹部的皮肉也拉开了，把里边的五脏六腑一一取出，悬在空中。

杨天惊恐地看着这一幕。他使劲眨了眨眼睛，然后再睁开。这时"李子安"靠上前来，那些飘浮着的内脏被各种血管神经和结缔组织拉着，跟随在他身后。杨天狠狠扇了自己一记耳光，低声道："醒来吧。"一边跟跄地往后退了好几步，突然他脚下一滑，跌倒在地上。

"李子安"在离杨天半米远的地方停了下来，盯着他看了一会儿，然后问道："你认为这是梦？"

杨天抬起头，惊疑不定地看着他。

"大脑能正确接受外界信息刺激就不是梦，是吗？""李子安"似笑非笑地看着他。

杨天觉得这句话太耳熟了，他突然想起这是自己曾经对李子安说过的话。他拼命爬起来对"李子安"道："你到底是谁？"

"李子安"摇摇头道："我们不理解，人类善于制造工具，为什么就不能让自己稍微进化一下呢？如果是那样的话或许我们还能顺畅沟通。"

杨天逐渐冷静下来，暗想如果这真的只是一场梦，那这一切就都只是自己的幻想。他给自己壮了壮胆，问道："MACU，我能看到你吗？"

对　话

"很可惜，你看不到我。"那个自称MACU的人道，"否则我也不用这样了。"

杨天想了想问道："我现在在哪里？"

"在你的大脑里。"

杨天故作镇定下来，追问道："那么我的大脑在哪里？"

"就在我们的飞船里。"

"飞船？"

"没错，飞船。我们并不特别在意它被叫成'大花生'或2033KA1之类的东西。"

"啊？！"杨天忍不住惊呼一声。

"你似乎很吃惊。"

杨天过了许久才稍稍让自己情绪平复下来，他战栗着问："那块陨石，小行星2033KA1就是你们的飞船？"

"唔，你这样说当然没错。"

"那不可能，我们进行了岩层扫描，它就是一块石头。"杨天回忆起当时岩层扫描的情形，无论从哪个角度看，都很难把它和飞船联系起来。

"哦。"MACU轻蔑地扬起嘴角，微微笑道，"你真对你们的科技如此有信心？"

杨天默不作声，他知道此情此景就算有再大的疑问也难以得到合理的解释。他想了想就又问道："为什么这里这么冷？"

"这与你大脑的排斥反应有关。"

"什么？"

"嗯，我想或许我们很难用人类的医学语言合理地解释这种情况。不过如果你能理解的话，我可以试着介绍一下：我们在控制血液进入你的大脑时，你的下丘脑温度感受神经元不能正确地传递信息。或许这跟皮肤和黏膜的神经传递被阻断有关，也可能与下丘脑体温调节中枢轻微的功能紊乱有关。不过我想，作为人类的大脑，你并不会感到特别的冷，对吧？"

"你说什么？"

MACU耸耸肩，轻描淡写地说道："你的大脑与躯体分离了，失去了来自皮肤和黏膜的神经传递信号，可能造成了下丘脑功能紊乱。很不好意思，眼下我们还在研究怎么解决这个问题。"

"什么？"杨天惊恐地摸了摸自己的脑袋，但他并没有感到有什么异常。他又低头看了看自己的手和身子，然后不解地望着"李子安"。

"唉……"MACU叹了口气，"你似乎对身体上的缺失很在意。你所感受到的一切不都是意识之物吗？那么意识中的躯体和物理意义上的身体有何区别呢？"

杨天鼓起勇气问道："我的身体在哪里？"

"请放心，它们都已经得到了很好的保护。"

"请如实告诉我，我是不是已经死了？"

MACU来回踱了两步，那些内脏也跟着在他身边飘来飘去，互相纠缠碰撞着，显得诡异可怖至极。"死，一个充满歧义的人类概念。你所说的'死'是指肉体的灭亡还是意识的消失呢？"不等杨天回答，MACU又接着说道，"看来你所指的是肉体灭亡了，现在你的意识还活着，不是吗？我很难回答你的问题，因为在我们的文明里，没有死亡的概念。"

"你们不会死？"

"当然不会，我们的母告诉我们，生命是永生的。"

"你们的母是谁？"

"啊，我们的至高无上的母，她在我们永恒的生命里。"MACU眼中流露出虔诚的神色，张开双臂说道。

杨天暗忖莫非MACU的文明是建立在宗教基础上的？他想了想问道："你们来自哪个星球？"

只见MACU听了立马用手在空中画了一个圈，转瞬那个圈变成了一个暗红的圆球，圆球还不时喷溅着丝带般的火光。他接着在圆球的边上画了个小圆圈，那是一个炭黑色的小球体，旋即小球体绕着那个巨红球飞速转了起来。

"你们住在这个星球上？"杨天指着那个黑色小球问道。

MACU猛烈地摇摇头，他抬手在小碳球旁边点了一下，顷刻间就出现了一个褐色的小点，随后小褐点绕着小碳球慢慢旋转着。"这就是我们曾经住过的星球。"MACU指着小褐点说道，"不过它已经被毁灭了。"MACU将手移到红巨星上轻轻一点，红巨星瞬间就发出了耀眼的白炽光芒，紧跟着光芒渐变成橘红色，而且很快就吞噬了整个空间。随着光芒渐隐，空间里开始笼罩一团团黄白色的氤氲之气。MACU接着说道："一万年前我们的母就指引我们前往新的家园。"

"你们要去哪里？"

"地球。"MACU毫不犹豫地说道，"在银河系里，地球是个充满水的美丽星球，大陆上生活着有趣的原始生命。"他在说到"有趣"两字时却没有半点喜欢之意，反而露出厌恶的表情。

"你们要占领地球？"杨天问这句话时，并没有感到多少恐惧。

"不，我们要改变地球，就像你们改变火星一样。"MACU说着看了眼杨天，"我们的母告诉我们，地球是一片蛮荒之地，原始生命虽短如蜉蝣，却互相攻战杀戮，朝生夕死又不忘争求生。"MACU顿了顿，眼睛直盯着杨天道，"在所有原始生命中，人类最为贪婪。其他生物只取所需，人类却欲壑难填。这一地球生命的异类，是蛮荒地球的罪恶之花。"

杨天心惊胆战地看着MACU，摇头说道："不是的。人类是地球的高级动物，我们具有情感，也有发达的科技。"

MACU不置可否，眯着眼睛看了杨天好一会儿才说道："我们比你更了解你们。作为原始生命的变异体，你们有着趋善的灵性，却又有着邪恶的本性，这样结合起来的肉体更加危险，因为邪恶被灵性所伪装，也用灵性带来的科技荼毒宇宙。"

杨天无力地摇摇头说："不是这样的，人类发展科技是为了探求真理。我们甚至没有走出太阳系，根本就谈不上荼毒宇宙？"

"人类文明的目的是什么？"

"真理……"杨天迟疑了片刻，补充道，"与和平。"

"不，人类文明不会带来这些的，你们的目的是征服与扩张，就像你们在火星上的所作所为一样。脆弱的肉体和渺小的灵魂时时刺激着你们如蝼蚁般去寻找希望，征服与扩张才能带给你们安全感和满足感。真理与和平？那只是你们伪善的面具。"MACU双手伸向天空，虔诚地说道，"真正的真理与和平只来自我们的母，她将指引我们永生不息。而人类，"MACU猛地瞪着杨天道，"则正在踏上一条危途，将给宇宙制造无尽的麻烦，就像那个已经失落的文明一样。而我们将会竭尽所能阻止人类扩张。"

"失落的文明？"

"那个文明篆刻在我母记忆之柱中，用以警醒万众。"

杨天暗想既然有MACU这种生物，再多一个外星文明也没什么奇怪的，就接着问道："你们准备怎样对待人类？"

"降智处理。"

"什么……降智处理？"杨天感觉自己的舌头有点不听使唤了。

"以你能理解的方式来说，我们将降低人类智商。按照人类那套原始粗糙的分类标准，大约降到49，人类因而能成为一个比较理想的物种。"

"理想的物种？"杨天这时不再惊惧，切齿地问道，"为什么不灭绝人类？"

"我们对低等生物也存有怜悯……我们也遵循宇宙公理。"

杨天大声斥责道："你们的星球被毁灭了，就用这个借口来占领地球……你们才是邪恶的种族！"

只见MACU安静地看着杨天，就像欣赏一头在笼中咆哮的困兽。他悠悠说道："可怜的人类，看看宇宙吧！星群在不断地生发、燃烧、衰亡，生命在不断地萌芽、成长、迁徙，我们都是宇宙之海里的住客。我们的母说，置人类文明那邪恶之花于樊篱之内，让地球归于安宁，众生获得福祉，我们在为宇宙公理执言。"

"请告诉我什么是宇宙公理？"

"可怜的人类难道不知道，侵略必将遭到报应？"

"你们难道不是在侵略吗？"

"李子安"凌厉地看着杨天道："我们是报复者，宇宙公理与我们同在。"

杨天缄默不语。很难说他现在内心是什么感受，恐惧？忧虑？惊疑？愤怒？或者兼而有之……他突然猛扑过去，张开双臂抓向"李子安"的身体。

MACU似乎没料到杨天会偷袭，没来得及做出任何反应。杨天的手便贯穿了李子安的胸腔。因为用力过猛，杨天险些摔了一跤。他像穿

235

过空气一样穿过了李子安身体，跌跌撞撞地往前冲出了好几米才稳住身体。他扭过头来，见MACU正凝视着他，于是回身再次扑去，但这次无论他跑多快，都够不着那具身体了。事实上MACU并没有动，却始终与杨天保持着一米左右的距离。

那是无法逾越的一米。

杨天气喘吁吁，最终累得停了下来。

MACU态度淡漠地看着杨天道："人类的攻击性与生俱来，不过在经过改造后，你们就将成为一个友善的物种了。"

"哈哈哈……"杨天这时突然仰天大笑起来，一边狂笑一边说道，"MACU，降智处理，陨石飞船……哈哈哈……"

MACU安静地看着杨天，等他停住笑才道："我并不指望你们这种低级生物能够理解所发生的这一切。不过我们的沟通还有更重要的目的，希望你认真考虑我现在所说的每一句话，这对你有极大的好处。"

杨天不置可否地看着MACU。

MACU接着道："通常意义上，我们并不愿意与低等生物进行交流。这里边的原因比较复杂，除了文化因素，交流效率也是需要考量的。我们觉得，如果有个代理人来代为统治，将可使整个行星变得更加和谐。"

MACU围着杨天缓缓转动，边转边说："当然，代理人的回报也是非常丰厚的。我们可以帮助他做到以下两点：一是永生。我们的母说，让那些服侍宇宙真义的人和我们一样获得永生，延续他们的生命，帮他们在他们的族类里显示神迹。二是快乐。作为代理人，你可以按照人类的方式定义快乐，并获得快乐。"忽然，MACU在杨天面前停下来，一字一顿说道，"我以我母的名义通告，如果你愿意，你将会成为我们的代理人；否则，你将被彻底团子化，永远消失在宇宙里。请斟酌，5天之后，我们希望听到答复。"

在MACU即将转身离开之前，杨天一直保持着沉默。MACU为什么需要代理人？代理人是统治地球的傀儡吗？亦真亦梦亦幻，他已经无从辨别了。

黑色空间里突然出现了一个光点，只见MACU大踏步向光点走去，光点逐渐扩大成一个椭圆形光球。

就在MACU即将进入光球中时，杨天奋力跑了过去。MACU回过头来对着杨天道："你还有什么要说的吗？"

"我有一个请求。"杨天冲MACU喊道。

"请说吧。"

"请把我放回我在地球的住所吧。"

MACU有点吃惊地看了眼杨天，说道："看来你已能理解现在所发生的一切了。很好，我们需要你这样的聪明人。"说完转身就钻进了光球里。

记忆边界

眼前是一片和煦的阳光，清风徐徐吹进房间，扬起了洁白的窗纱。杨天睡眼惺忪地望着似曾相识的一切：对面墙壁上嵌着一块电视屏，墙角有一架电子琴，床边有个床头柜，靠窗的位置上还有个沙发，沙发边有个桌子。

杨天猛地清醒过来，他记起这是北京西六环边的航天时代大楼，他正在第28层自己的公寓里。他翻身起床，快步走到窗前，对面大厦的玻璃幕墙将城市反射成一幅抽象的镶嵌画，在蔚蓝天空下熠熠生辉。下边车流如织，不远处的公园里有许多嬉闹的游人，一条弯曲的人工河穿过公园往东南蜿蜒而去。

杨天立即想起了那个噩梦，他摸了摸自己的身子，一切都显得如此真实，以至于他开始怀疑所发生的一切了。

他扫视了一眼房间，发现桌上有个电子台历，便一个箭步冲过去，将它拿了起来。他记得这种石墨烯台历能够每天自动翻页。

台历上显示的日期是2031年9月20日，旁边标注着一行字，上边写着："下午买水果，回家吃晚饭。"

杨天不可思议地看着那个日期，旁边的秒针正在不断转动，提示他时间正毫不停息地流逝着。难道所有的一切都只是一场噩梦？现在自己正在地球上度假吗？

杨天一屁股跌坐进旁边的沙发里，细细回想着刚刚所发生的一切：2031年9月20日——那是自己开始三个月地球假期的时间。那年圣诞节前自己去了国际八号空间站，随后进入"蜂巢号"，进行了一个月的培训。杨天记得，在八号空间站他还曾接受过记者张萌的采访。一个星期后，自己作为"鲸鱼号"的领航员去了火星。差不多一年三个月后，当他在火星基地安装净化循环装置时，接到了返回地球的指令。回到近地轨道后杨天了解到，被称为"大花生"的小行星2033KA1正往地球飞来。而"蜂巢号"被委以重任，不但要运送2000名移民和3000吨物资到火星，而且要执行"大花生"改轨任务。

杨天慢慢回忆起了所有细节：在任务最开始，一切都非常顺利，"鲸鱼号"的工位在"大花生"103区，马鞍面靠前0.22公里的位置。执行了岩层扫描之后，他在那里打了个桩位，吸附器执行了吸附指令，"鲸鱼号"飞行系统由"蜂巢号"闭锁，改轨指令得到执行。杨天记得事故发生在挖掘者汇报信号异常之后，引力观测单元启动探测激光束。不久后"鲸鱼号"电子设备出现故障，与"蜂巢号"失去联系，船队不幸被陨石群击中……

记忆里的一切都是真实的！那么……现在的一切就是虚假的！杨天拿起旁边桌上的电话，这是一种带着显示屏和摄像头的老式电话。杨天试着往"蜂巢号"中国基地拨打，里边传来了熟悉的欢迎语。他接着转接到自己的办公室，电话居然接通了！

"喂，你好！请问杨天在吗？"杨天小心翼翼地问道。

"喂，你好！请问杨天在吗？"对方同样小心翼翼地反问。

杨天听到对方的声音后无比惊骇，哆哆嗦嗦地道："我……我是杨天。请问你是……"

"我……我是杨天。请问你是……"

对方居然操着和自己完全相同的声调，声音就像被镜像了一般。

"你为什么这么说？"杨天忍不住大喊道。

"你为什么这么说？"对方也大声喊道。

杨天迷茫地放下电话。看来，这一切真的是虚拟世界！他仍不死心，又给家里打了个电话，这次电话仍然接通了！

"喂，爸爸。"

"喂，杨天啊，你妈炖了些鸡汤给你喝。"

"啊……"

"你什么时候到家？"

"爸爸，你能听到我说话吗？"

"哦，四点左右。好的，我跟你妈说一声。"

"爸爸，我是杨天，你能听到吗？"

"好的，那我先挂了。"

杨天突然想起，这正是2031年9月20日自己跟父亲通话的情景！他颓然地放下电话。看来，这种模拟场景已经精确到了每一个音节。他转念一想，如果做那天未曾发生的事会怎样呢？他试着拨打李子安的手机，出乎意料的是电话又接通了。

"喂，杨天，你在哪里？"

"李子安，能听到我的声音吗？"杨天急切地问道。

"哦，刚接到基地通知，下午的体能训练取消了。"李子安不紧不慢地说道。

"喂，我是杨天。"

"是的，已经取消了，我刚接到通知。"

"李子安，什么训练？"杨天试着加入到会话情景里去。

"不过，晚上的会议照旧，时间地点都没变。"李子安依然不徐不疾地说着。

"什么会议？"

"好的，就这样，晚上见。"对方说完迅速挂断了电话。

杨天想起，这个通话场景发生在2031年9月21日，也就是明天！看来这些场景并不按时间进行排列，也不会因为自己的行动发生任何改变。这个虚拟世界与自己完全分离。

他摸着沙发扶手上细腻的皮革纹路，陷入了深思之中。如果MACU构建了这个世界，他们的依据是什么？来自他的记忆，还是来自其他信息？那种镜像式的通话过程到底是怎么产生的呢？

杨天感到自己的手无意中触摸到了一件物体，他摸索着把它拿起来一看，原来是一个老式的电视遥控器。他突然想到一个主意，于是摁下了遥控器开关，于是挂在前方墙壁上的电视打开了。在几秒钟的宇宙辐射信号噪点后，一个画面出现在屏幕上。

杨天惊讶地看着画面，那是一个极其抽象的影像，尽管有人物在画面里活动，但面目难辨。杨天从轮廓上判断那两人应该是一男一女，两人并排坐在一条长椅上，似乎在侧头交谈着什么。整个画面风格看起来有点像石版画，但背景极其模糊，很难看清两人所处的环境。

杨天刚看了一会儿，画面就突然中断了，屏幕里只剩下了信号噪点。过了数秒钟后，刚才的画面重又出现，两人此时似乎已经站起了身，向着杨天走了过来。画面紧接着又中断了，这次杨天等待了十几秒，画面才重新出现。不过这时镜头已经转向了两人的背影，他们正走向远方，画面跳动了几下后又变成了噪点。杨天等了数分钟，刚才的画面没再出现。他尝试着切换了几个频道，但刚才的情形不再发生，所有频道都没有信号了。

杨天放下遥控器，站起身来，一边来回踱步一边思考着自己现在面临的局面。他忽然走到门口，决定到外边一探究竟。

门很顺利地打开了。外边是熟悉的走廊，电梯间就在前方10米处。

杨天走了过去，摁下电梯按钮。电梯门打开了，里边居然有一男一女两位乘客。杨天记得这两人住在楼上，是一对夫妻，男的斯斯文文，戴着眼镜，女的长相秀气，身材苗条。因为同住一个楼里，杨天见过他们好几次，但彼此并不熟悉。

杨天冲两人笑笑，但他们并没有回应，只是自顾自谈论着天气，仿佛没看见杨天一样。

"今天天气真不错啊。"杨天插话道。

对方仍然没有理会。

当电梯门打开时，那对夫妻径直走了出去，连看都没看杨天一眼。

杨天走出航天时代大楼，外边的阳光有点刺眼，但气候宜人，和风习习。对面是一个航天主题公园，属于小区的配套娱乐场所。杨天径直走进公园里，他看见不远处有一群孩子正围在一起叽叽喳喳，几个大人站在一旁交流着什么。杨天渐渐回想起来，自己度假的那段时间里常来公园散步，因此这些场景似曾相识。在记忆里，那几个小孩似乎在玩"'蜂巢号'占领火星"的游戏。

"潜水者发现火星人，需要剃刀援助。"杨天悄悄走近，见一个小男孩手上拿着"蜂巢号"模型，稚嫩的童音里透着杀伐之气，旁边有个男孩从模型上取下一个次级船大声喊道："剃刀收到！一级攻击！Biu…Biu…Biu！"话音刚落，那个小男孩就端着那个模型飞船俯冲进地面的一个大圆环内，顷刻间便将一排玩具兵撞倒了。

杨天呆立着看了会儿，心里突然感到了阵阵寒意。正准备离开时，见旁边几个大人似乎正向他这边张望，心中一喜，忙向他们挥挥手，但对方似乎视而不见。杨天颇感奇怪地扭头看了看，见周围并没有什么异样，想着大概是自己的错觉而已。他挪着步子慢慢沿着人造河走去，心里一直萦绕着几个疑问：现在是公元多少年？自己究竟身在何处？还有，地球现在是什么模样？这些人后来遭遇了什么？

想到这里，杨天立即返身奔向航天时代的地下车库，他很快就找到了自己的座驾，径直往父母家驶去。杨天的父亲杨高尚是老飞行员，退役之后曾在一家民营公司担任私人飞机教练，六十岁时退休。现在和老伴住在西七环外的一个小宅子里，平时喜欢爬爬山，还种了一片菜地打发时光。

车子沿着高速公路自动行驶着，窗外都是熟悉的风景。半小时后车子抵达目的地，这是个独栋别墅，门前种着一些不高的灌木。杨高尚此时正站在门口，似笑非笑地看着杨天从车上飞快地走下来。

杨天端详着站在自己眼前的这个老人，他看上去精神矍铄，和2031年杨天离开地球时一模一样。

"爸。"杨天小心翼翼地喊了一声。

"哎，快进来，你妈在厨房忙着呢。"杨高尚招手让杨天进门。杨天走近几步，仔细端详着杨高尚，但并没有发现他有什么异样。

"小子，还杵着干啥？快进门。"

"哦。"杨天赶紧闪了进去。他悄悄来到厨房门口，见他妈正在切菜，就立在那里静静看着，待杨母回过头来才喊了一声"妈"。

"嗯，回来啦。看把你瘦的！今个儿回来好好补补身子吧。别跟你爸似的，瘦成猴精了都，还天天嚷着要去爬山。"

"爸那样挺健康。再说我们饮食有严格规定……"

"啥规定？宇航员就不食人间烟火了？听我的，多补充点营养，精神足，不容易犯迷糊。听说去火星的人容易犯迷糊不是？"

"唔，唔……"杨天支吾两声，凝神望着他母亲的模样，与几年前并没什么区别。

"妈，你多大年纪了？"杨天试探着问道。

"嘿，你小子，连老妈生日都不记得了？"杨母扭过头来似怒非怒地训斥道。

"哦，我想起来了，六十二岁，没错吧？"

"就是嘛……真是越大越没记性。"杨母又低头切起菜来。

杨天退了出来，满脸困惑地坐进沙发里。2031年母亲正好六十二岁。但是，杨天隐隐感到了一些不妥的地方。他仔细回想今天上午的情形，打电话，跟人搭讪，却始终无法与周围环境互动。

但是，刚才这样看不出丝毫破绽的交流到底意味着什么？难道，MACU此时已经占领了地球，将他的父母也投入到了这个虚拟世界？

想到这里杨天不禁脸色苍白，呼吸急促，冷汗涔涔地从额头冒了出来。

"你怎么了？"不知何时杨高尚来到他身边，关切地问道。

"哦，唔，没事。"杨天心中惊骇，牙关微颤，故作镇定地回道。

"你看起来好像生病了啊。"杨父伸出手往杨天的额头探来。

"唔，我没事。"杨天连忙往一旁闪去。

"你小子是咋了？"杨高尚一愣，走到对面的沙发前慢慢坐下，接着说道，"要不要去医院看看？"

杨母拎着菜刀也从厨房走了出来，问道："发生啥事了？"

杨高尚用手一指杨天道："他看起来是感冒了，脸上没血色，冒冷汗，一惊一乍的。问他还说没事。"

"是吗？"杨母把菜刀往桌上一搁，手在围裙上擦擦，押手往杨天额头上搭来，"刚才还好好的，咋一下生病了？"

杨天原想躲闪，心中稍一犹豫，杨母的手已经探到额头上了，只好兀自不动，嘴里说道："没事，就是有点迷糊。"

"是好好的呀，也不烫。"杨母放下手来，埋怨杨高尚，"这不好好的吗？就你一惊一乍，还王牌飞行员呢。"说完顺势从桌子上拿起菜刀回厨房去了。

杨高尚觍着面皮道："你小子刚才咋了？脸白得跟块布似的。"

"唔，可能是……嗯，刚回地球，还不太适应重力。"杨天暗想，MACU会不会知道自己在撒谎呢？

"嘿！亏你还干了5年宇航员。想当年老爸我飞机上翻，六个筋斗下来脸不红、气不喘，走起路来还虎虎生风。"

杨天想起杨高尚这句话只在自己很小的时候说过。想到这里，杨天有了个主意。他站起身来，装着不经意地走到客厅橱柜旁，他记得在玻璃橱柜里有些老照片。杨高尚保留着老一辈人的旧习惯，喜欢把一些照片打印出来嵌在相框里。

在橱柜一层里整整齐齐地摆放着三排照片，杨天逐一看去，有他与父母的合影，也有父母的结婚照和旅游度假时拍的一些照片，还有父亲做飞行员时与他同事的照片。其中有张照片是杨高尚和他两个飞行员同事在试飞一款新飞机时拍的，三人勾肩搭背站在一架巨大的歼击机前。那是20年代初期，动力革命还没有到来，歼击机还在使用航空内燃发动机的年代。

杨天确定自己不认识那两个人后，拿起相框回到沙发旁边，问杨高尚道："这两人是谁？"

杨高尚接过相框，呆呆地看着相片，一下子陷入了沉思。

"想不起来吗？"杨天心里颇有点幸灾乐祸地问道。

杨高尚摇摇头道："年代久了，想不起来了。"

杨天心里松了一口气，随口说道："是啊，十多年了。"

经过刚才的一番探试，杨天猜测MACU尚不至于已把他父母的意识投射到这个虚拟世界里。从他们的言行来看，这两人应该是MACU根据自己头脑中的记忆塑造的，或者就是MACU扮演的。这种情形看起来跟在"鲸鱼号"里"李子安"的情况差不多，但又稍有不同，至于区别具体在哪里，杨天一时也没弄明白。

当天晚上，杨天决定留宿在父母家。他记得真实的2031年9月20日晚上，他是在航天时代大楼的公寓里度过的。如果改变空间，将会发生些什么呢？杨高尚夫妇搬来这里后，仍然给杨天布置了一个房间。杨天以前来住过几次，房间里的物品有不少是他以前留下的。此时再目睹这些旧物件，他的心里竟有一番说不出来的滋味。

当天夜里，杨天在胡思乱想中进入了梦乡。第二天早晨醒来时，他还依稀记得自己做了很多梦，但所有的梦境皆在他醒来那一刻消失了。

当杨天再次睁开眼时，他又看到了扬起的洁白窗纱，清晨的阳光折射在对面大厦的玻璃幕墙上熠熠生辉。他又回到了航天时代大厦第二十八层自己的公寓里。

杨天迅速爬起身来，冲到桌前拿起了电子台历，日期是2031年9月21日。虚拟世界的时间过去了一天！杨天走到窗前，阳光明媚，公园里游人如织，与昨日的情形并没有什么太大的区别。他想了想，又走回桌前拿起电视遥控器。

电视里又出现了与昨日相似的画面。杨天仔细看了看，发现画面风格略有差异。与昨天石版画似的画面相比，这次看起来就像是流动的液体金属。但杨天仍能从中分辨出内容来：一男一女两人背对着镜头，正走向远方的地平线。景深处看起来像微微荡漾的海面，辽阔壮观。其上方是一片灰蓝色，仿佛像天空。画面这时又中断了，屏幕上出现了一片雪花点。

这两人是谁？杨天脑子里不断盘问着，为什么他们会连续出现在不同的时间里？这中间一定存在某个秘密。但究竟是什么秘密，杨天却毫无头绪。

他拿起电话，拨打了父母家的号码。

电话接通了。在接通的瞬间，杨天决定采取另一种策略，他冲着话筒道："MACU，我想和你聊聊。"

"MACU？"杨母在电话那头疑惑地问道，"什么MACU？你在干什么？"

"唔……"杨天没有再坚持下去，就说道，"没什么。我想跟爸说两句。"

"你爸爬山去了。"

"哦。"杨天犹豫了一下，"妈，那您还记不记得，我昨晚什么时候走的？"

"你这啥记性？你吃完晚饭没一会儿就回去了啊。"

"嗯，好，我知道了。"

杨天挂上电话后，决定采取一个大胆的行动。他迅速穿好衣服冲出房门。在电梯里，他又遇到了那对夫妻，不过这次他不再理会对方。

杨天急忙在地下车库找到自己的车，还是昨天出发前的样子。他打开车前的引擎盖，小型聚变堆在正中位置，大约有篮球大小，两边都是管道和各种线路。杨天找到GPS导航接收器，那是一个火柴盒大小的装置，是小车自动驾驶的关键部件。他从车厢里找到一把扳手，狠狠地砸向GPS接收器，直到将其砸得稀巴烂。

完成这项工作后，杨天回到车里。由于自动导航系统启动失败，车子自动切换到了手动模式，这正是杨天所需要的。他很快就驾驶着汽车行驶在高速公路上。

杨天一路往北行驶，心里盘算着时间和路程。只要半个小时，他就会驶入一个他此前从未去过的地带。他要以此来检验在自己记忆之外的世界究竟是怎样的。

二十来分钟后，车子已经驶出七环。这一区域有较多燕山余脉的奇峰，山岭间的一些公路上过往的车辆很少。杨天精心挑选了一个出口，这个出口杨天曾经来过，他记得往前走一小段距离就是一个弯道，一座陡峭的山崖就在弯道上边，道路隐没在山崖之后。他上次来这是因为走错了出口，车没有驶过弯道就返回了。

杨天来到上次折返的地方，这里离弯道处的山崖大概200米。杨天减慢了行车速度，车子以20公里/小时的速度往弯道驶去，然后绕过了山崖。在山崖背后，杨天惊奇地发现，自己又处在了距离山崖200米开外的地方。为了确认自己没有看错，杨天停住车，走下车来前前后后又仔细看了一遍。

确认就是前次的折返点后，杨天再次启动车子，这次他以更慢的速度驶去，当通过山崖弯道时，他留意着周围环境的变化。

车子就像从一个时空突然驶入另一个时空一样，当车的前半身绕过弯道时，杨天看到了200米开外的山崖。他往后望去，看见车尾正在通过山崖的弯道！

杨天踩住刹车走下车来，在车尾处来回踱了几步，发现在山崖的弯道处似乎有一条无形的界面，当他跨过那道界面时，界面两侧的风景仿佛是从不同空间拼接起来的一样。杨天来回仔细观察，从旁边捡了颗小石子，在弯道路面上划了一道近似于界面的投影线。他双脚跨过那条线，保持身体直立，想象着那面无形的界面正从自己的眉心穿过。这时他发现了更惊人的景象：当他的左眼看着200米开外的山崖时，右眼的目光却正好落在了近在咫尺的山崖之上。这时的空间就像是被一面多棱镜折射了一般，被切割成两面！

杨天掏出手机，将摄像头置于投影线上，连拍了好几张照片，每张照片都从中线处分成两部分，就像两张内容不同的图片被凑拼在了一起。

此后杨天又试了好几处地方，发现每一处都与此相似，具有明确的边界。每当他越过边界时，就会回到他此前止步的位置。

当杨天忙完一切回到航天时代大楼时已是深夜了。尽管已经疲惫不堪，杨天仍决定熬一个晚上。他要亲眼看着晨曦中的太阳在下一个记忆日里升起。

主　宰

记忆日：2031年9月22日7时。阳光将远处的楼群染成暗淡的血红色。杨天手里拿着电子台历站在窗前，时间一秒一秒地在流逝，而周围的景致并无变化。

或许下次做这个测试时得挑个陌生的地方，杨天这样想着，便失望地回到了沙发边，将疲惫不堪的身躯陷入沙发里。他突然想起，在记忆中昨晚应该和李子安在参加例会。想到这里，杨天拿起电话拨通了李子安的手机。

"喂，李子安。"

"喂，杨天，你昨晚提的建议很好，我与你的观点是一致的。"

"昨晚我没有参加例会。"

"我听说基地领导已经向SDA反馈了，应该很快会有结果。"

"反馈什么？"

"好的，那就这样。别忘了明天下午的训练。再见。"

李子安说完就挂上了电话。

杨天失落地放下了电话。看来有关李子安的场景，并没有被MACU升级。杨天仔细回想着9月21日晚上开会的情形，当时他提出简化太空综合征筛查程序的建议。舒帆提出太空适应综合征分类标准以后，SDA据此建立了一套筛查程序，宇航员登船前都要参与筛查。后来他听说其他国家的宇航员也对严格的筛查程序提出了质疑，不少宇航员认为分类标准本身尚有商榷之处，过于严苛的筛查程序对宇航员来说是个巨大的挑战。这套程序会在受试者头脑里建立各种虚拟场景，模糊现实与幻想的界限，利用预设事件测试受试者的受激状态和耐受程度。

杨天拿起遥控器，重新打开了电视。电视里仍然是那对男女的图像，不过这次液体金属变成了各种色块的几何形状，其中以三角形居多。这些色块镶嵌在一起，使画面看上去就像毕加索立体主义时期的作品。

杨天在美国受训期间曾去纽约现代艺术博物馆参观过。其中有一幅描绘五个裸女的油画给他留下了较深印象。他从标签里了解到那是毕加索的名作《亚维农少女》，是其创立立体主义的开山之作。那种色块分明、粗犷强烈的风格吸引了杨天。后来他又专程赶到芝加哥艺术博物馆，参观了毕加索的其他几幅立体主义代表作品。

杨天仔细观察了电视画面上的几何形体，发现它们远比毕加索的画作要复杂。大小不等、颜色不一的色块拼接在一起，勾勒出了那对男女的轮廓。他们的侧影正沿着海岸线往右方走去，脚步的每一次移动都带动着整个画面的几何体重新拼接，看起来杂乱无章，但却有着惊人的精确性。那些几何体发出细碎的光芒，像钻石一样富有质感。过了片刻，电视屏上的画面又中断了，屏幕变成了一片雪花。

这是自己看过的一部电视剧吗？杨天关上电视，再次陷入沉思。事实上杨天很少看电视，更别说看电视剧了。他感到越来越疲惫，躺在沙发上沉沉睡去。

当杨天再次醒来时，已经是下午四点。他拿定主意，要采取更多行动来检验这个虚拟世界。他走出门去，径直来到电梯口。电梯门徐徐打开后，里边依然是那对年轻夫妻。杨天深吸一口气，走到那个年轻女人面前说道："你很漂亮，我喜欢你。"

女人这时突然对杨天说："我是你的了。"说着便顺势挽起了杨天的手臂。杨天心里咯噔一下，难道MACU已经升级了设定？他忍不住看了看那个男人，他居然毫无怒意。女人此时却紧紧贴在杨天胳膊上，向他妖媚地笑着。杨天决定继续这一大胆的举动，他搂着那个女人走出大楼，那男人仿佛若无其事一般，向着跟往常同样的方向走开了。

杨天问女人道："你叫什么名字？"

"若曦。"

"你不管你老公了？"

"不。我现在是你的了。"

杨天有些讶异地看着若曦。他现在更加确信MACU的设定正在不断升级，只是不知他们更新的依据是什么。

"好吧，我们去找点钱，HAPPY一下。"杨天说完拥着若曦走进旁边的一家银行。

"哎，给我个手提箱，里边装满钱。"杨天毫不客气地冲一位银行出纳员嚷道。

"好的，请稍等。"那位出纳员唯唯诺诺地找来一个箱子，将一沓沓钞票码好放进箱子里，然后再将箱子双手递给杨天。

杨天奇怪地看了眼那位银行职员，问道："什么手续都不用吗？"

"不用。这家银行就是你的。"

杨天有点失望地看了看钱，拎着箱子走出了银行。他带着若曦来到附近一所酒吧，把箱子放到吧台上打开，对侍应生说："来两杯白兰地，加冰。"说着将一沓钱扔了过去。

"不用钱。"侍应生一边赔着笑一边小心翼翼地把钱推了回来。

"为什么？"

"因为这个酒吧就是你的。"侍应生满脸谄笑地说道。

杨天若有所思地看着那捆钱，突然对周围的人大声说："唉，大伙儿，这些钱是我送给你们的，快来拿啊。"

"那是你的钱，我们怎么能拿？"旁边一个胖子小声说道。"是呀，是呀。"四周的人都小心翼翼地附和着。

杨天一把抓住胖子道："我说让你拿你就拿。"

"我不能拿，那是你的。"胖子嗫嚅着道。

杨天抄起桌上的一个啤酒瓶用力一磕，攥着剩下的半截酒瓶恶狠狠地说："你不拿我就捅死你！"

胖子低声下气道："你想捅就捅吧，反正我这条命是你的。"

杨天惊疑地看着胖子，又看了看其他人。那些人一个个都噤若寒蝉，好像等着他任意宰割一般。

"好吧。"杨天无奈地放下手，有些失神地看了眼若曦，若曦仍然带着谨慎的媚笑看着他。杨天一把搂住她，呵斥道："不要再这么对我笑。"

"那你需要什么样的笑呢？"

杨天沮丧地放开若曦，自言自语说："不对，不是这样的。"当他正想着时，突然从酒吧角落里走出一个壮汉来，远远就冲着杨天嚷道："你哪根筋不舒服了？在这大呼小叫的。马上给老子滚出去！"

杨天一下来了精神，拎着酒瓶子走上前去，嘴里骂道："你是哪根葱？"

那壮汉不等杨天话说完，操起身边的椅子朝他砸了过来。杨天躲闪不及，被椅子砸在头上，一骨碌栽倒在地。

壮汉抢上前来，抡着椅子照杨天身上一顿乱夯，嘴里还狂叫道："叫你张狂！老子今天就给你松松骨！"

杨天被打得血流满面，从地上一把抱住壮汉的脚，用手里的啤酒瓶用力往壮汉的肚皮戳去，一注血猛喷了出来，壮汉双膝一软，软塌塌地坐了下来，咕咚一声趴在了地上。

若曦这时跑过来搀住杨天，关切地问道："你伤得这么重，这可怎么办啊？"

杨天拿袖子抹掉嘴角的一丝血迹，微笑说："好办。"

周围的人纷纷鼓起掌来，大声叫道："杀得好。""杀了干净。""这种人见一个灭一个。"

杨天志得意满地看了看大家，端着白兰地啜了一口，对若曦说道："今晚去你家过夜。"

当晚杨天带着若曦来到她家，开门的正是若曦的老公。杨天不客气地冲他嚷道："出去，我们今晚要睡这儿。"那男人诚惶诚恐地收拾了几件衣服，一溜烟儿似的跑出了家门。

第二天清晨，当杨天再次醒来时，发现身处在自己的房间里，电子台历的时间变成了2031年9月23日。他摸了摸自己的身体，昨晚在酒吧受的伤已经完好如初。他快步走出房间，来到电梯边，犹豫了片刻，终于摁下了按钮。

刹那间电梯的门打开了，依然是那对夫妻，看见他进来都微笑着点头致意。

杨天见他们神色如常，好似什么都没发生过一样，就对那女子说："若曦，记得我吗？"

若曦冲杨天点点头说："嗯，记得。"

杨天对男子道："睡得可好？"

那男子微笑着点点头。

杨天眯着眼睛端详了他们俩好一会儿，看不出他俩有什么特别异样的神情。

他返回家中，重新打开了电视。这次电视画面里出现了无数密集的小圆球，小圆球的颜色深浅不一，构成了各种明暗调子。透过整体的光影效果，杨天可以分辨出那是一对男女位于景中，此时正在侧身交谈，他们的形象看起来就像从画面上突出的浮雕。随着他们移动手和身子，画面上的小圆球不断在转动，时快时慢，就像精密复杂的机械装置一样。在他们背后，是喑哑的茫茫噪点，在微微闪烁着。过了一会儿，电视再次失去信号，屏幕顷刻间变成了一片噪点。

杨天使劲揉了揉太阳穴、搓了搓脸，站起身又走出门来到电梯边。他一动不动地站在电梯口，心中默默想着一个名字，等待着奇迹的发生。

电梯门上方的标识显示电梯正不断上行，当显示的数字变成"28"时，门嘀的一声打开了，一位曼妙的女性款款地从电梯里走了出来。

"张记者，很荣幸你能过来。请往这边走。"杨天两眼直勾勾地看着张萌，嘴角露出一丝不易觉察的笑来。

硝　烟

　　此刻江大伟一眼不眨地盯着大屏幕，眼睛鼓凸着，血丝布满了他的整个眼球，他那原本蓬松的乱发此时更像是被量子风暴烫过一般，呈辐射状往四周炸开，显得整个人都充满了愤怒的力量。

　　只见大屏幕被分成两半，左边是"天网"指挥舰摄像机实时传输过来的视频。由于"天网"形成的圆环直径达到15公里，在6公里外采用超大广角摄像机在全景式拍摄方案指导下获取的照片基本上没什么观测价值，最终采用的是超长焦距自动变焦拍摄，焦点则集中在"大花生"身上。此时左屏上显示的正是"大花生"那布满陨石坑的头部，占据了画面中央大约30%的面积。右屏则是模拟的动态方位图，16个光点排列成扁扁的椭圆形，从左下方往右上方慢慢移动；对侧的大光点代表着"大花生"，此时也正沿着对角线往下挪动。屏幕上不断变化的数字显示出，16艘最新研制的大动力无人飞船正以23.5公里/秒的速度飞行着，它们之间拖着不可见的纳米"天网"，而那个大光点则以22.685公里/秒的速度往"天网"那边冲去。

　　在一个月前的"蜂巢号"事件中，绕飞"大花生"的"致远号"深空探测器也莫名其妙地消失了，跟"蜂巢号"一样。许多人认为这是一起偶然事件，从事故发生时"蜂巢号"传回地球的视频片段来推测，有一群流星（有可能来自小行星带）撞上了船队，将它摧毁了。尽管这种推测存在漏洞，比如说陨石群为什么会突然出现？"蜂巢号"上奇怪的通信内容是怎么回事？为什么没有向地球发送紧急求救信号等，但大部分人认为很难再找到比它更合理的解释了。

"5分钟倒计时准备。报告距离。"

"15000公里。"

"执行动力系统检查。"

"动力系统正常。"

"执行控制系统检查。"

"控制系统正常；中央控制单元信号通道正常。"

"SN21指令启动倒计时。"偌大的指挥大厅里此时人人屏气息声，只有通信员正在与"天网"控制飞船进行指令通信。SN21指令是"天网"计划的关键指令，指令执行完毕后"天网"将会形成一个完美的圆形筛网，在"大花生"的同心轴线上以正相交的姿态切入它的身体。

"收到。SN21指令启动倒计时10秒，10，9，8，7，6，5，4，3，2，1，启动。"

"请汇报启动情况。"

"TW1，2，5，7，11，12，14，15向心侧引擎启动各5秒，平移距离512米；TW3，4，6，8向心侧引擎启动各3秒，平移距离352米；TW9，10，13向心侧引擎启动各4秒，平移距离428米；TW16向心侧引擎启动4.5秒，平移距离491米。汇报完毕。"

"请确认'天网'平面度。"

"平面度误差小于0.2米。"

"请汇报'天网'张力。"

"各飞船受力均匀，张力控制在了设定值0.01%范围内。"

"请检查'天网'倾角。"

"绝对倾角90.2°；相对倾角0.02°，在预设范围内。"

"请汇报中心坐标值。"

"X208，Y136，Z13。坐标值正常。"

"参数确认，请锁定。"

"已锁定。"

"请再次汇报距离。"

"6000公里。"

"进入相交准备倒计时。请保持队形，随时汇报异常情况。"

在通信员的声音落下后，指挥大厅里静得只剩下一片粗重的呼吸声。江大伟使劲眯了眯酸涩的眼睛，并回头四下张望了一眼。他看见几十块屏幕前挤满了SDA的专家，各国航天机构和国际学术机构的代表们要么掺和在SDA那些专家行列里；要么三五成群地抬头盯着大屏幕，每个人的表情都异常凝重。在中心地带的一小圈人里，江大伟在不经意间看到了马冯，他正闭着眼睛靠在椅子里，而在他旁边则是一些国家的首脑或领袖人物，似乎正在讨论着什么。

江大伟回过头来，眼神复杂地扫了扫大屏幕上的光点。他一直将第五方案定义为潜在可能性方案，虽然他提出的这个方案拥有少数支持者，但在联合国地球安全理事会里，甚至在SDA里却都不是主流意见。他非常清楚，在生死存亡关头，人们很少会棋行险着，自己又何尝不是呢？他提出第五方案的更隐秘的原因，还在于内心的一个信念：以此为契机，最大限度地聚集资源，以检验短时间内人类取得重大技术突破的可能性。

"相交倒计时启动。60，59，58，57，56，……"通信员的声音再次在指挥大厅里响了起来。

所有人的心都提到了嗓子眼，大气都不敢出。那个排列成圆圈的光点正在不断逼近"大花生"，1000公里，900公里，800公里，700公里……距离越来越近，空气就像凝固了一样，在几千人的大厅里，连最轻微的动作也已消失，所有人都像石雕一般，保持着一动不动的姿态。如果此时有人对着大厅里的人群录一段每秒60帧的影像，可能会获得最完美的3D相片。

"10，9，8，7，6，5，4，3，2，1！"随着通信员的最后一个音节响起，大光点变成了由小光点组成的椭圆的中心。眼下人们都齐刷刷地看向左屏，瞬间"天网"的纳米丝高速进入了"大花生"头部，刹那间将它的头部切成密密麻麻的矩阵式石条。人群里随即爆发出欢呼声——或许这是人类历史上最短的欢呼声，因为仅在5毫秒时间后，右屏上的光点便变成了一个水母形状，发光的头部后边是不断摇曳着的16条触手。16个光点在不断撞击着，大家似乎能听到那乒乒乓乓、轰隆轰隆的爆炸声，脸上都露出了无声的痛楚。

"天网"指挥舰应该是在极短的时间内调整了摄像机焦距，人们不但听到了他们惊骇的叫喊，还在屏幕上看到两三处爆炸的火光。然而火光瞬间又熄灭了，漆黑的太空中只剩下几颗暗淡的星星。大家似乎还没从刚才电光石火的刹那清醒过来，呆呆地盯着屏幕，没人明白到底发生了什么。在一阵吱吱的电磁声过后，大厅里再次响起"天网"指挥舰传来的音信。

"总部，我们已与所有无人飞船失去联系。"

"报告你们的距离！"江大伟快速起身急忙挤到旁边通信员身前，冲着麦克风大声喊道。

"唔……目前离'大花生'1322公里，不过目前距离还在增大。"

"立即反转航向。"

"我们已经采取紧急制动，反向推进器正在加速。"

"离满负荷还需多久？"

"10分28秒。"

"能不能再快些？"

"已经达到了人体承受力的上限。"

江大伟心情沉重地放下麦克风，尽管未造成人员伤亡，但"天网"计划已经失败无疑。

"嘿嘿，江教授难道忘了飞行器加速度的上限了吗？"附近响起了一个阴阳怪气的声音。江大伟不由侧头一看，见是"天使之箭"的方案执行人山本清原。此时他正一脸讥笑地看着江大伟，嘴里还不依不饶地说道，"而且，你难道不清楚即使指挥舰达到全速，也无法赶上'大花生'吗？"

江大伟听了他的话心中似乎燃起了一团无名之火，他腾地站起身，怒气冲冲地往山本清原身边冲去。众人还没反应过来，江大伟已经一个箭步上前一把抓起山本那瘦削的身子，猛地一掌掴在他脸上，大声咆哮道："你他妈的，老子忍了你很久了知道吗？别再他妈的一副欠揍相！"

山本清原的眼镜也在剧烈的晃动中从鼻梁上跌落下来，他万万没有料到身为科学家的江大伟会突行此着，禁不住双手紧紧抓住身后的桌子，表情惊骇地看着这个暴怒的老头。

周围忙碌的专家们这时才回过神来，纷纷赶到两人身边，将余怒未消的江大伟从山本清原身前费力地拽开。山本清原渐渐缓过劲来，用一只手将眼镜推回鼻梁上，而用另一只手捂着半边红肿的脸颊，厉声叫道："耻辱！你就是科学界的耻辱！逃跑主义者、懦夫……我要控告你侵犯人权，袭击同事……你，你居然还侮辱我，我要控告你。"

其实江大伟早就知道有不少人一直在他背后议论第五方案，风言风语说他的路线就是逃跑，现在见山本清原当众说出口来，他的气反倒消了，冷冷地哼了一声，甩开架住他身子的手，头也不回地往大厅外走去。他知道自己在SDA的生涯就此结束，不过这对他而言已经无所谓了。"天网"计划至少减缓了专家们对第五方案的抨击，也为磁球、光子等项目争取了时间。现在江大伟已经一身轻松，尽管在这最后两天的混乱局面里，还有最后一件工作正等着他。

大厅里的骚动很快就平息了，没有人会在这个争分夺秒的时刻为区区小事浪费工夫。在秘书长马冯和其他一些官员、专家的宽慰中，山本清原逐渐从刚才的侮辱里恢复了神色。在他前方的大屏幕上，显示着十个小光点，每个小光点均代表着一艘飞船。这种特制飞船的形状有点像钻头——准确地说，它的前半截就是一个钻头。钻头直径1米，长12米，中空，里边安装了一枚三相弹，威力相当于300万吨TNT炸药。飞船的后半截是控制舱，通过超强扭矩旋转机构与钻头相连接。当钻头完全钻入陨石之后，控制舱将会与钻头脱离后迅速飞走。

此时，这些飞船正待在距离地球450万公里的位置上。

在此后的三个小时里，"天使之箭"的工程师们与飞船上的宇航员仔细核对了所有执行参数，对机械机构再次进行模拟联动。待各项工作检查完毕后，十艘飞船开始启动加速，往地球方向飞来。一个半小时后，屏幕右侧出现了一个大光点，"大花生"的位置信息再次被捕捉到。待大光点慢慢赶上小光点后，小光点的速度也已稳定在22.685公里/秒。飞船紧接着启动了摄像仪，大厅的数十块屏幕相继被点亮，逐渐显示出了"大花生"的外表，它看起来并没有受到什么损伤，但"天网"的无人飞船却早已不见踪影了。

"执行靠近指令。"山本清原踌躇满志地喊道。

小光点开始缓缓向大光点那头靠了过去。这时，大厅里的人群再次屏息凝神，如果说"天网"的惨烈仍让他们心有余悸的话，那么"天使之箭"更加增添了他们的忧惧——每艘飞船上均有两名宇航员，每个钻头里都装有一枚足以摧毁一座国际大都会的三相弹，如果任务失败……更可怕的是，这是人类最寄予希望的一道防线，这道防线若被摧毁，那一百枚布置在近地轨道上的核弹头，还能有多少把握击毁"大花生"？

山本清原似乎看透了大家的心思，清了清嗓子，提高音量说道："启动桩位定位程序！启动掘进机预检！"

10个小光点在屏幕上的位置才有了些轻微变动。它们五五分开，变成了围绕大光点的两个圆环，只见圆环在逐渐收紧。这时显示视频的大屏幕被分割成了10块，每一块上面都被"大花生"的岩面占据着。在飞船逐渐靠近"大花生"的过程中，岩面也变得越来越清晰，人们似乎已能看到小行星上的尘土了。

"报告距离。"

"20米。"

"开启岩层扫描仪，确认桩位。"

"收到。"

转瞬10个屏幕上同时出现了垂直的绿线，就像一道光栅一样从左往右划过。

"扫描分析结果：铁50.16%，镍19.18%，钴10.05%，碳8.07%，硅酸盐4.08%；组织疏松程度：致密。请求下一步指令。"

"扫描结果确认。桩位确认。请锁定动力飞行系统。"

"动力飞行系统已锁定。"

"请逼近至20厘米，启动掘进钻头。"

"逼近至20厘米，启动掘进钻头。指令已执行。"

这一刻在大屏幕的模拟位置图上，10个光点已经与大光点贴在了一起。在实时视频里，作业灯明亮的灯光打在岩面上，显出一片嘈杂的白色光斑和光晕，但仍能看到钻头缓慢转动起来，徐徐往前推进。在抵近至岩面20厘米时，钻头终于停了下来，以每分钟1000转的速度空转着。

山本清原冲着麦克风叫道："执行掘进程序。"

"收到。执行掘进程序！"钻头以每秒2厘米的速度推进着，在10秒钟后接触到了岩面。顷刻间一片细碎的岩屑溅起，闪过几丝火花后，钻头开始往岩层里继续推进。与"天网"计划执行时不太一样的是，此时大厅里的人们表情不一，多数人仍旧屏息注视着屏幕，还有少数人面色从容自如，甚至有几个人面带笑意，似乎成竹在胸；另一部分人则紧张地握紧拳头，噘嘴蹙眉，仿佛眼前正挂了个引线即将燃尽的炮仗；还有一部分人此时已转过身去，少数几位女专家甚至走出了大厅。尽管众人清楚三相弹绝不可能在此时爆炸，但许多人仍暗暗捏了把汗。

掘进过程出乎意料地顺利，8分20秒后，钻头到达了预设的10米深度。

山本清原踌躇满志地说："掘进程序执行完毕。"所有人都松了一口气，看来任务即将大功告成，飞船脱开钻头飞离"大花生"后，远程爆破启动，这块巨大的陨石将在3000万吨炸药当量的三相弹聚变爆炸中粉身碎骨，大厅角落里甚至有人为此鼓起掌来。此举若成功，意味着悬在人类头顶三年多的达摩克利斯之剑将就此解除。

"执行脱离程序！"山本清原抿着嘴笑了笑，冲着麦克风非常从容地喊道，看样子他似乎已准备好接受周围人群潮水般的欢呼和致意了。

"执行脱离程序。收到。"10个屏幕里的画面轻微抖动了一下，看起来程序已经启动，飞船似乎正要脱离钻头。

"无法脱离！指令无法执行。"

"什么？"山本清原大为光火，冲着麦克风喊道，似乎又觉得颇为失态，接着喊道，"请报告原因。"

"原因不明。目前指令舱出现失……压……"

"出现了什么？"

"出现失压，通信信号……有……扰动……"

"请汇报详细情况。"山本清原额头上开始往外冒汗。他记得"蜂巢号"最后发送回来的信号，也曾出现过类似现象。"能否收到指令？请汇报详细参数。"

"信号……无法脱……"

这时旁边一位专家噌地伸过手来，抓过山本清原面前的麦克风大声喊道："请出舱检查！手动脱离！"

"舱门闭……无……"

一阵电磁干扰声后，通信信号便彻底消失了，同时消失的还有屏幕上原本就已不太稳定的画面。大厅里死一般的沉寂，紧接着大家听到有人似乎轻轻地啜泣起来。

"收到请回复。"山本清原紧紧抓着麦克风继续吼叫着，但所有信号都像被黑洞吞噬了一般，一去无回。山本清原回头望了望马冯，见他正好和一群人款款走了过来。

"山本先生，你怎么看？"马冯望着山本清原，镇定地问道。

"我认为，"山本清原努力使自己冷静下来，想了想才道，"这不是巧合。我的意思是说，'天使'刚才出现的情况跟'蜂巢号'曾经发生过的状况很相像。"

"那么你有什么见解？"

"我认为，那些飞船上的人很可能已经死了。我们应该尽快引爆那10枚三相弹。"

"我坚决反对。"马冯身旁一位女专家愤愤不平地大声说道，"如果不能确认那些宇航员已经牺牲，我们不能这么做。"

山本清原大声反驳道："你难道觉得那些宇航员还活着吗？照目前的情形，我认为'大花生'很可能具有某种神秘力量，如果不能及时摧毁，我们的最后一道防线也会被撕破，到时地球就彻底完蛋了。"山本清原又将目光转向马冯道，"秘书长，我请求立即执行爆破指令。"

此时，马冯缓缓环顾了一下四周，见大家都看着他，沉吟了片刻说道："我坚信这些宇航员都抱有视死如归的决心，绝不会为此种牺牲稍有迟疑。"说完他看了看山本清原，见他一脸赞成之色，又转头看了看其他人，才接着说道，"但我个人认为，在他们生死未卜的情况下，仍应尊重其生命权。这种权力并不掌握在我手里。我提议，大家采取不记名投票的形式，集体决定是否引爆三相弹。"

投票结果很快就被统计出来了，赞成引爆三相弹的人以微弱优势超过了反对的人。许多人认为那些宇航员在执行这项任务之前就已签下了生死状，投赞成票不仅是在帮他们实现舍生取义的愿望，也是在为全人类的生存做出抉择，至于那些拼命反对的人，就让他们去做圣人伪君子好了。毕竟，在人类生死存亡的重大问题上，缺乏理性的悲天悯人只会贻害万代。

山本清原此时也学乖了，悄悄远离了引爆按钮所在的控制台，尽管他很想让自己的指印留在足以拯救人类的那颗按钮上，但在权衡利弊后，他觉得还是不得罪那些宇航员的家属们为妙。最后受命执行引爆指令的是一位印度工程师和一位法国核弹专家，他们都是"天使之箭"专家组的成员。他们俩先后按下按钮后，互相错愕地看了看，似乎不太确定远在400万公里外的那10颗三相弹是否已爆炸了。

"天眼报告观测情况。"

"天眼没有收到热辐射和光辐射信息。"

"SKA报告观测情况。"

"SKA未监测到热辐射和光辐射源。"

"哈勃请报告观测情况。"

"哈勃在指定区域未监测到热源和光源。"

……

在位于大厅一侧的通信中转站里，操作员们忙作一团，来自全球各地的大型射电望远镜和空间望远镜的观测信息就像雪片一样瞬间涌来，但无一例外地令人沮丧。

"金睛空间望远镜发现疑似'大花生'的行迹！"

这条观测信息一经传出，大厅里就像炸开了锅一般，不断有咒骂之声从各个角落传来。很快，其他天文观测台也跟进补充了信息："大花生"依然健在，而且仍以22.685公里/秒的速度向地球奔来。

"Fuck，Fuck，Fuck。"马冯有些绝望地看着不远处一位工程师一边猛力地捶打着桌子一边大声咒骂，他略感疲倦地闭上了双眼。

"马冯秘书长，请允许我启动近地核弹防御系统。"山本清原不知从什么地方一下子冒了出来，站在马冯面前铿锵有力地说道。

马冯无力地睁开眼看了看山本清原，又望了望身旁其他几位国家元首，缓缓地点点头说："根据联合国地球安全理事会的决议，我授权你启动近地核弹防御系统。"

"收到。"山本清原挺了挺瘦削的脖子，往那块扇形工作区大步走去，边走边朝操作台前的工程师们大声喊道，"开启近地防御瞄准系统，准备进行数据接驳。"

卵生人类

这个时候，胡一云站在一块两米见方的大屏前，他已经一个星期没有合眼了。对他而言，身后不远处的那张靠椅具有致命的诱惑力。他又狠狠喝了一口提神的功能饮料，看着屏幕上接线盒子般密密麻麻的小点，那上面显示的基因信息来自全球各主要精卵库的3000万对精子和卵子。这些基因由几百名基因工程师进行DNA片段交换之后，随后植入到一种转基因芽孢菌体内。

"胡博士，我已经看过你的报告，并且也递交秘书长了。"胡一云回过头来，见江大伟正缓步走进监控室来，身后跟着两个女子，其中一个是舒帆。"说实话，我本人对方案内容并不完全理解，还是靠舒帆女士的解释才算懂懂一二。你知道，在基因领域我完全是个门外汉。"江大伟戏谑地笑笑，同时看着舒帆说道，"听说你们俩此前曾共过事，这样交流起来就更顺畅了。"

胡一云和舒帆彼此相视一笑。两人分别已近3年，再次相见，想起3年前的肯尼迪航天中心一行，不免颇感唏嘘。在这3年的末世光阴里，人是物非，时过境迁，能再聚首自然是难得的缘分。

"这位是磁球项目组的杨颖小姐。她是负责来接头的。"江大伟神采奕奕地指着旁边一位年轻明丽的女子说道。

"胡博士，幸会。"杨颖边打招呼边大方地伸出手来，与胡一云握了握。

"幸会。"

礼毕，胡一云欣喜地对江大伟道："江教授，想不到你们这个时候能来。'天网'的情况怎样？"胡一云对第五方案里的"天网"计划略有耳闻，忽然想起这时应是计划实施的紧要关头，忍不住脱口问道。

"别提了。"江大伟摆摆手，似乎不愿再谈及那个话题。

胡一云见状心里猜了个八九不离十，立马话锋一转道："嗯，我听说目前质疑都集中在寄体这一块。我在《人类基因集装方案》里对选择芽孢菌作了较详细的说明。这种菌在自然界的存活率较高，对恶劣环境也具有较强的抵抗力，尤其是在经过基因改良后，抗辐射和耐低温的能力大幅提升，实验室测试的低温耐受能力达到了绝对零度。我想其在做空间穿越时应该会保持在比较稳定的休眠体状态，理论上的生命存续期约有1.2万年，不过这只是我个人推测的结果。比较保守的估计，大约是2000年。"

"唔，其实这些我都还能理解。但说实话，对自主寻的反倒不太明白。"江大伟点点头，接着又摇摇头道。

胡一云偷偷看了眼舒帆，见她抿嘴做了个无奈的表情，想来她也不太明白方案里提到的这一块内容，就说道："这跟我们的外星祖先做的工作没什么本质区别。有些不同的是，我研究了《'拉格朗日'报告》后发现，我们的目标星球和地球完全不同，我们找不到与人类相似的生命体做寄主，与我们区别太大的生物又无法实现DNA感染，所以我们只有一条路可以走：自带寄体。"

"你用了寄主和寄体两个不同的词，这之间有什么区别吗？"细心的江大伟不解地问道。

"哦，不好意思，我之前还没详细解释过。事实上它们之间是有很大区别的。寄主是身体形态不发生改变，仅在基因上被感染的生命体。地球能人就是外星人用作生命延续的寄主，也就是说他们的肉体被外星人所利用，但在基因层面上被改造成不同于以往的物种。而寄体，"胡一云皱眉想了想说道，"只是一个容器。我们将完整的生命信息包裹在这个容器里，发育出来的是完全独立的生命体。在我的方案里，芽孢菌只是一个蛋白滋养体，通过吸收周围营养成长。其生长能激活它体内的人类基因聚合体，聚合体继而从芽孢菌那里获取营养进行发育。最终的结果……"这时，胡一云转念想了想说道，"有点类似于小鸡在鸡蛋里孵化一般，芽孢菌变成空壳破裂，新生儿则从壳里钻出来。"

"啊！"江大伟等三人几乎异口同声地惊呼了一声，目瞪口呆地看着胡一云，他们万万没有料到人类的后代将以这种方式出生。

"唔，很吃惊吗？不好意思，这是我能想到的唯一方法了。而且，"胡一云笑了笑，略感歉疚地说道，"在生物界里，适合人类的分娩方式并不多。这种方式对于本次计划还算是比较理想的。"

"唔，"江大伟沉吟了好一会儿才缓缓说，"这意味着将来的人类是卵生的？"

"不不，仅仅第一代移民是卵生的，在人类基因里卵生DNA信息通道早已关闭。第一代移民性成熟后会本能地择偶交配，女性受孕后仍是胎生。从第二代移民开始，人类的繁殖方式就基本恢复到自然状态了。"

"第一代孩子出生后怎么生存呢？"舒帆皱起眉头，表情忧虑地问道。

"这确实是一直困扰我的问题。"胡一云侧头看着显示屏上的画面继续说道，"我用了两种方法来解决这个问题：一是自主寻的。从外星祖先的手段来看，他们应该比较了解地球的地理和生物情况。二是……当然，他们有可能采用盲投，向许多宜居行星投放了生命石——这种情况是极有可能的，处于宜居带边缘的火星就被投放了生命石。如果是盲投，那么应该说我们的祖先运气非常好，生命石正好落在了地球上的热带地区，成功感染了能人基因，实现生命续存。如果没有掌握精确的行星测绘技术，仅拥有高级的远程通信手段，这种盲投生命石的成功率是极低的。"

胡一云回头看了看江大伟、舒帆和杨颖，见他们没有提问，就接着说道："不过，不管怎么说，他们终归是成功了，而且在手法上几乎难以复制。目前我们的行星观测手段尽管有所突破，但还不够精确，或者说观测时间不够长、观测目标还不够多，所以……"

"哦，光子团队还在继续工作，《'拉格朗日'报告》至少还有一次更新。"这时江大伟赶忙插话道。

"唔，希望能听到好消息。"胡一云继续说道，"《'拉格朗日'报告》已经很详细了。话说回来，我们与外星祖先相比，在基因技术方面是不太一样的。我们自带寄体，省却了寻找外星生物做寄主的步骤，一方面保持了人类种族的完整性和纯洁性，另一方面也绕过了二次感染的复杂性。但这同时也为基因的生存带来了风险。开放性的基因遗传能够依据环境调整基因表达，因此生命力一般较强，地球上的许多生物采用雌雄结合的方式繁殖后代，就是为了在此过程中能够调适基因信息，以便获得更强的生存能力。外星祖先的二次感染看似复杂，实际上是为了获得更强的生命力。"

"你的意思是说，我们采用的基因集装技术是比较封闭的？"舒帆见胡一云面色乌青、两眼发红，似是睡眠不足，导致思维混乱，说着说着就离题了，有意提醒他直切主题。

"是的，采用基因封装技术孕育的生命体仍是人类，只是要在芽孢菌蛋白质壳体里待三年，度过只会'哼哼'的人类幼仔期，有了基本生存能力后才可破壳而出。"

"三年？他们在里面怎么吃饭、睡觉？"杨颖这时忍不住插话进来，颇感惊疑地问道。

"胚胎的成熟期在基因表达上是一个可控变量，应是可以实现的。"舒帆恰到好处地解释道。

胡一云点点头说："正是。经过充分的胚胎发育后，这些孩子出生不久就能学会爬行，生存能力也会大大提高，并且能够自己寻找食物了。"

"才三岁就能自己找食物？"杨颖感到极为不可思议。

"准确地说是两岁。不过你可不要小看人类的适应能力。"

"刮风下雨怎么办？碰到野兽怎么办？"杨颖看似联想到了嗷嗷待哺的婴儿画面，禁不住眼眶湿润，颇为激动地问道。

"唔……"胡一云原本想说第一代人类后代跟地球卵生生物一样存在低生存率的问题，但见杨颖似乎激发起了强烈的母性意识，只好改口讲道，"这种极端情形是不会出现的：一方面'红星'和'诺亚星'气候宜人，而且没有发现野兽；另一方面生命筒的着陆点会选择食物丰沛的温暖地区，生命保障应该并无太大问题，这就是我接下来要介绍的自主寻的的作用。"

舒帆听他这么一说，连忙催促道："快说说看。"

"在这次生命基因集装运输中，自主寻的的主要目的是为了找到可靠的孵化环境。装有芽孢菌的生命筒在进入行星大气层后，首先将被送到温度和地理气候最适合的纬度，然后投射进水体里。生命筒会检测水体的酸碱度、盐度等各项指标，确定无害后方会释放芽孢菌。这些芽孢菌并不立即生长，它们会随水流到达不同的地方，并最终在其自身的纤毛运动帮助下附着在水岸边。它们会静待一些时日——5～10天吧，以确认周围环境处于比较恒定的适宜状态。在特定的温度、湿度等条件下，芽孢菌才开始扎根，吸收土壤里的营养物质，同时激活体内的DNA分子聚合体。"

"如果没有找到适宜环境呢？"舒帆好奇地问道。

"这就是自主寻的的意义所在。如果没有找到适合生长的环境，芽孢菌会一直处在休眠状态。这个过程短则几年，长则几千年，这完全取决于行星条件。一般情况下，只要获得的行星信息基本准确，多数芽孢菌是能够找到适宜场所孵化的。"

"另一种方法是什么？"杨颖迫不及待地问道。

"什么方法？"胡一云有点迷糊地反问。

"你刚才说小孩孵化后有两种方法生存，还有一种方法是什么？"

"哦，"胡一云一拍脑袋说道，"瞧我这记性……唔，我们同时也将一些地球生物的DNA包裹在芽孢菌里。这些芽孢菌同样具有自主寻的性，但生命激活的周期只有半年到两年不等，也就是说只要环境适宜，它们就能迅速生长。"

"这个方法很好。"江大伟赞许地点点头道，"这样至少能保证人类出生时有食物来源。"

"这是我们考虑的主要因素。"

"哦，都有些什么生物？"

"大部分常见生物的生命信息都被封装了，不过激活时间不一。这里头牵涉到复杂的生态学知识，团队里有专门的小组在负责这一块。总体来说，我们力求尽量降低生态链的复杂性，比如改变那些需要蜜蜂等昆虫做媒介授精的植物基因，使它们能自授精。同时将许多植物基因进行组合，培育能够出产苹果、梨、橘子、草莓、菠萝、木瓜、哈密瓜、樱桃等的超级果树，一年四季都能结果；对动物的选择相对谨慎些，摒弃了大部分可能对人类幼子构成威胁的肉食动物，选择草食动物时也尽量避免与人类食性相同的物种。这也是基于生态链上的考虑——草食动物缺少天敌的话，大量繁殖后可能会与人类争食。"

江大伟转过身来，走到那块玻璃墙前，看着工作台前忙碌的几百个基因工程师们，缓缓问道："胡博士，这个计划虽然听起来非常不可思议，但联想到人类祖先的所作所为……我对此抱有信心。你认为我们的成功率有多少呢？"

"这……"胡一云迟疑了片刻道，"我只能说，它既可能是百分之百的成功率，也可能为零。生命的诞生，无法用概率来估算。"

"嗯，"江大伟满意地点点头接着问道，"还需要多长时间能完成全部集装工作？"

胡一云来到江大伟身边，瞥了眼玻璃墙外的繁忙景象，信心满满地回答道："三个小时内，所有的生命筒将全部封装完毕。"

"好。"江大伟转头对杨颖说，"三个小时后我们就去文昌。"

引力挤压

蒲公英被山风轻轻吹起，徐徐往远处飘去，消失在渐渐暗下去的天色里。

叶梓飞躺在草丛里，望着松树，此时它那挺拔的身姿显得异常高大，枝丫和稀疏的针叶只遮住了一小块天空。

天就要暗了，叶梓飞想。他的腹部充溢着烧灼感和异物感——他已经没有力气再爬上那片只属于他的天地了。他曾在那里看到巨大的天河横亘眼前，壮美无比又神秘深邃，他在那里听到来自遥远星河的呼唤，幼小的心灵曾经充满力量。

天暗了，那个久违的星河就会出现。叶梓飞静静地躺着，他的目光濡湿而迷离，腹部的疼痛仍时不时地刺激着他的神经，但心中却充满平静安宁。他要等待那个神圣时刻的来临，带他进入永恒的梦乡。他将安睡于此，让生命归于沉寂、归于那沉静的星河。

"唔……妈妈！"他的内心轻轻地呼唤着，耳边充满悠远低沉的回响。

星河隐隐出现了。先是几颗星星，星星越来越多，最终汇聚成了一条璀璨的天河。繁星似锦，挂在黑蓝色的天幕上不断闪烁。它们的光，穿过了广袤无垠的时空，在几亿光年之外的一颗行星的偏远角落里，与他的目光相遇，射进他孤寂的心灵。

　　几颗豆大的汗珠从叶梓飞的额头滚下来，他的腹部变得更痛了，一抽一抽地，仿佛绞肉机钻进了胃腔。叶梓飞将牙齿咬得咯咯作响，四肢抽搐般地打了个冷颤。一张秀美的女性面孔俯下来，关切地注视着他，似乎正用温柔的目光拂走他的痛楚。他回想起幼年当自己高烧时，妈妈会把他搂在柔软有力的怀里，一勺勺地喂他喝药。

　　"哦……妈妈！"叶梓飞轻轻喊出声来，眼角的泪珠滚下，流进他的耳腔里。他感到耳朵发木，但仍能听到声响，那个声音在说："梓飞，跟我走吧！"清脆中夹杂着一些沉钝，她那秀美的脸庞模糊了。"请不要丢下我！"叶梓飞麻木的指尖碰到了草丛间的枯茎。他的手指本能地勾起枯茎，慢慢搅动起来，就像指间缠绕着张萌的秀发。

　　"哦，请不要离开……"叶梓飞的胸口猛地一疼，嘴角流出了一点血丝。他似乎闻到了一点腥甜，仿佛夹带着淡淡的幽兰异香，他感觉到一条娇柔的躯体挤压着他，令他喘不过气来。他感到自己的肉体黏糊糊的，就像搅面机里的面团一样。他无比眩晕，星空在四周不断旋转，变成了一个优美的螺旋，那股螺旋力将他的肉身托了起来，轻盈的身子浮在空中，就像一个气泡从水底升起。

　　他听到了液体的唧唧声，看到她背后一个个硕大无朋的气泡正从鱼缸底升起，他们正躺在水泡里，被一股无形的黏力往上吸去。

　　他猛地咯噔一下，就像那个气泡瞬间挣脱了水的束缚，在水面上啪的一声爆开了。他仿佛跌回地面一样，感到四肢酸痛无力，脑袋沉甸甸的难以抬起，腹部的疼痛变得更加凶猛。但他顷刻间无比清晰地想起了那些气泡，那些在水中挤压破裂的气泡，那是多么浅显的道理啊！

　　一切都跟重量无关！跟速度无关！当磁球运转时，就会在四周形成一个反引力气泡，气泡的稳定性取决于其自身所处引力场的引力子的黏度——那些爆炸的磁球是被黏稠的引力子挤压破的！

　　"咳咳……"在一阵剧烈的咳嗽声中，大口大口的黑血从叶梓飞口中冒出来。他想侧过头去，吐出喉管里汩汩作响的血痰，但颈部的肌肉已经酸痛得他无法牵动脖子。他伸手摸索着身侧的草地，够着了一小块塑料包装袋。叶梓飞用力将它举到眼前，那包从老屋旮旯里找出的毒鼠强，塑料纸在岁月的风尘中已经变得脆薄无比。他抬起眼皮看了看，最后无力地放下，又继续摸索起来。

"咳咳……"大块浓稠的凝血聚积在他的喉咙里。为了避免窒息，他蠕动着有点不听使唤的舌头，努力将口腔里的血液扫出嘴角。他的手仍然在草丛间努力扒拉着，不愿放弃哪怕一丁点儿希望。

当叶梓飞终于抓到手机时，已经连举起它的力气也没有了。他的眼皮越来越沉重，树权间的星河正在他的上空隐没，变成深沉的黑暗。他在心中默念着一个名字，手指凭着感觉断断续续地点击着那个他已经无法再看到的手机屏幕。一下，两下，三下……他的眼皮越来越沉，越来越沉，身子渐渐浸没在冰凉如水的黑暗之中……

那条从地球北纬28°、东经111°的一个山坡上发出的信息，直到六小时后才被杨颖收到。

当时，颇感烦闷恶心的杨颖，正乘坐在太平洋上方一万米高空的飞机上，往海南文昌方向飞去。和她同行的除了江大伟、胡一云和舒帆，还有12个恒温箱。每个恒温箱里都放置着一个生命筒，每个生命筒里有3000万个芽孢菌，每个菌体里有一份人类DNA分子聚合体，它们来自全球各地，进行过DNA片段交换，被复制了12份，在分开放置的12个生命筒里处于绝对休眠状态。北京时间早晨六点，这12个相同的生命筒将置于12个磁球里，发往太空的不同方向。

技术史观研究小组

在太平洋西岸，张锐此时正闲坐在海滩上，将目光投向烟波浩渺的远方。漆黑的水域波澜不兴，远处低垂的天幕显出透明的暗蓝。海浪舔舐着月光下银色的沙滩，发出轻柔的低吟。张锐脱下鞋来，将赤脚埋进沙子里，脚底还能感受到阳光的余温。他已经许久没有这样与大地亲近过了。五年前，他静静地站在"蜂巢号"圆形主舱宽敞的落地舷窗前，俯瞰着大地在脚下延伸成一条巨大的蓝弧。"蜂巢号"从蓝弧中钻出，就像一支离弦之箭，那时张锐的心中充满了壮丽。那个壮丽的时代如此短暂，短暂得像个美丽的肥皂泡一般，让人来不及看清它的光彩，就在瞬间破裂了。

张锐懒洋洋地躺倒在沙滩上，抓起一把细沙，任由它们从指缝间漏下，沙尘在微微海风中扬起，一如时光留下的尾迹。如果时光回溯，46亿年前它们还只是宇宙尘埃，在星云的旋涡里沉淀，积攒成这颗星球。46亿年里，它们或许是棱石上的一片晶体、岩浆里的一点火星，葬于深川，历经岁月炼汰，经过溪涧、河道、湖泊和海洋，才终于来到这片广袤的沙滩上。造物主若要令人类卑微如沙砾，为何又使他们随欲望驱策，不断挣扎求生？人生若如沙粒，终将在宇宙的伟力中尘起尘灭，难道生命的全部意义，就是在无边的苦海里扑腾？

张锐安静地凝望着深邃墨黑的穹窿，思绪万千。或许在宇宙深处暗藏着一方宝匣，那里面书尽宇宙玄机、生命至理，只等着人类涉足其间，一窥真相。或许，这就是人类繁衍生息的执念。上帝没有生命的终极答案，人类终将靠自己走出宇宙的迷宫……张锐这时忽然回想起有一次在大学哲学课堂上的讨论，那已是20年前的事了。年轻气盛的张锐当时说："技术决定一切！当人类技术不断进步时，宗教和哲学就要不断改变它们衡量世界的尺度。"言惊四座，被人冠上"技术决定论者"的名头。

这个颇含贬义的称谓被张锐发扬光大，他甚至成立了一个名为技术史观研究小组的兴趣团体，带领团队成员专门研究技术发展在人类历史中所起的作用。小组虽然只有十几个人，而且基本上是年轻大学生，但全部都是技术决定论的死忠派。小组活动的唯一主题，就是将人类文明一切有积极意义的成果，都归结到技术进步上。

这一偏激观点在校内BBS上持续发酵，引起了众人的围观和争议。许多文史哲社科学生纷纷跟帖留言，对此嗤之以鼻，认为其完全忽视了人文因素在人类文明进程中的基础性作用。言辞激烈者甚至觉得张锐这些技术宅男们用技术史观强奸了人文精神，否定了政治、经济、文化在人类社会发展中的巨大作用。

技术史观研究小组毫不妥协而是选择针锋相对，甚至抛出了更惊人的观点。他们指出，一切政治、经济、文化都是人类动物性的体现，唯有技术才是真正的人类文明的基石。这个观点对政治、经济、文化做出了三观尽毁的剖析，比如说政治的潜台词是人类需要规制、经济的潜台词是人类自私自利、文化的潜台词则是人类贪图享乐，这一切都跟人的动物性紧密相连。只有技术，是人类理性、人性、神性的集中体现，三性一体，是人类脱离动物性的唯一出路、是人类希望的灯塔。技术进步不但奠定了人类文明基石，而且终将影响人类命运的走向。

技术史观研究小组以此为标准，进而将人类文明划分为昧智时代、启智时代和全智时代。昧智时代和启智时代的分界点是第一次工业革命。进入启智时代后，人类实现了技术的爆发式发展，奠定了人类技术文明发展的基础。启智时代和全智时代的分界点预计出现在公元2200年前后。到那时，人类将完成对微观世界的全面认识，实现对物质世界的颠覆与重构，可以随心所欲地创造物质与生命。由于空间维度理论上的重大突破与材料和动力技术的全面更新，人类将建立起光速飞行器，对宇宙的探索也开始进入快车道。全智时代的一个极大特点就是，由于生命创造和物质创造的去动物化，人类无论是在生理层面还是伦理层面上都将成为一个全新物种，实现完整全面的三性一体。届时，政治、经济、文化等一切基于动物性的社会功能都将分崩离析，而被全新的社会形态所取代。

一石激起千层浪！这种暗黑科技史观一经发表，许多教授纷纷坐不住了，年轻一点的直接加入论战，年老的修为稍高不屑于跟一群毛头小伙子捉对厮杀，但在课堂上时不时要拿他们的观点开涮一番。技术史观研究小组可能是嗨过了头，面对老师加入论战的局面，居然进一步抛出炸弹式观点：对于他们观点的攻击和围剿，恰恰体现出了人类的动物性——难容异己，缺乏包容。这与代表人类光明、有容乃大的技术精神实有云泥之别。

此话一出，全校师生都炸锅了，许多老师气得吹胡子瞪眼睛，有几个老师甚至以罢课相威胁，要求技术史观研究小组对这种诬蔑性言论做出深刻反省。这样一闹学校领导也开始重视起来，组织了个调查组开始摸查技术史观研究小组的背景。小组成员们架不住这场面，很快就偃旗息鼓。

不过，学校也不想背上扼制学术思想、钳制言论自由的骂名，在一些场合公开表示小组活动是得到学校支持的，但学术观点必须先以论文或著作形式公开发表。二十岁出头的大学生当然很难具备这种功力，自然玩不转这些老谋深算的套路，于是不得不就此歇菜。但经此一役，张锐也改弦更张，矢志以技术实践检验科学真理，他开始了量子力学研究。

当然，对专业的选择只是张锐的冲动之举。他原本想通过对微观世界的深入研究，为人类从启智时代迈向全智时代的过渡添砖加瓦。但很快他就发现自己的兴趣不在理论研究上，而是对工程技术更为钟情。当时火星开发方兴未艾，张锐的兴趣迅速转移到航天工程领域，开始研究起航天器来。20年代末，张锐在事业上终于一偿夙愿，作为主设计师之一参与了"蜂巢号"的建设。

对张锐而言那是一个辉煌的时代。此时张锐仍记得自己在"蜂巢号"上担任监造时，面对身前这颗熟悉的蓝色星球，总要在内心得意地招呼："您好，地球！"那个时代属于"蜂巢号"，它的体量足以包裹人类脆弱的心灵，荣耀足以照亮人类前进的步伐。所以，当一个月前"蜂巢号"的噩耗传来，张锐的心灵立刻遭到重创，整个人瘦了一圈。他至今仍难以相信，"蜂巢号"会以一种泰坦尼克号式的惨烈方式收场。

想到这里，张锐转过头来，举目望向文昌磁球基地的发射平台。从升压台往海面延伸出去的磁轨长3公里、宽20米，看起来有点像保龄球道。这个磁轨的正式名称叫磁球发射水平式稳定器，落入海面的部分由数十个浮动式支点支撑，可以实现左右摆动，摆动范围在60°。磁轨对磁球的飞行不起任何助力作用——如果把磁球比作子弹的话，磁轨实际上扮演的是类似枪管的角色。在地球和其他星体空间运行轨迹确定的情况下，通过一系列复杂计算后，摆动磁轨就能瞄准不同的目标星体。

不过，这套装置是否奏效，大约在100年后才能得到验证，那刚好是磁球飞到11光年外的"诺亚星"所需的时间。张锐看着升压台上刚建成的两个新磁球，就像两个鼓凸的巨蛋一样，银色的壳体在夜光下熠熠生辉。

这时，张锐心中充满复杂的情绪。至今他还无法彻底领悟磁球的运行原理，这一部分原因在于其理论建设并不完善——任何无法用数学进行表达的物理理论都是难以理解的，基于这样的理论开展的工程实践都是盲人摸象；另一部分原因在于叶梓飞——他们属于完全不同的两类人，被江大伟这个第五方案的倡导者强行撮合到了一起，彼此之间沟通起来总是磕磕绊绊不说，时至今日张锐仍然怀疑，纵使是叶梓飞本人也未必能将磁球的一二三四说个一清二楚。

这并不是说张锐完全不相信这套原理。虽然是受江大伟之邀，但在详细看过叶梓飞的论文、实验资料和工程图纸后，张锐就立即被磁球项目吸引住了。若按照技术史观衡量，这玩意儿正是启智时代迈向全智时代的划时代科技之一——它的诞生有可能会全面打破疆域、国家的界限，从时间、空间上，政治、经济、文化上彻底颠覆人类的生活形态。

大学期间，张锐带领技术史观研究小组与文史哲书呆子们死磕时，就曾详细研究过技术革新对社会变革的影响。他现在还依稀记得在辩论最激烈的时候自己曾用过一个极端的例子——马镫。他引经据典，指出马镫这个毫不起眼的发明，令欧洲骑士阶层崛起，促成了十字军东征，为欧洲带回了阿拉伯数字、火药、帆船和航海罗盘，由此激发了文艺复兴运动；因为有了马镫，十字军才得以攻入耶路撒冷，颁布《耶路撒冷审判书》，要求国王服从市政委员会。参与东征的英国贵族回国后，也将限制王权的精神带回，直接促成了《大宪章》的诞生，成为现代民主制度的起源……总之，如果没有马镫，就不会有文艺复兴、工业革命、西方文明，人类历史或许将彻底改变走向。

在张锐现在看来，磁球飞行器也将成为历史上的那个马镫——它足以改变整个人类文明史。

话虽如此，但所有前提都在于磁球能够正常飞起来。尽管这半年来张锐全面主持了新磁球的建造工作，而且按"蜂巢号"标准提升了磁球舒适度，强化了其结构强度，增强了低速状态下的可操控性，添加了诸如人体冬眠系统等附属装置……但半年前发生的事故仍历历在目，原因至今未明。身为磁球发明人，叶梓飞却突然失踪，至今仍下落不明。

"江教授到了！"张锐一听急忙扭过头，见助手正站在海滩边的越野车前向他一边挥手一边大喊道。

江大伟一行人是在1月26日凌晨三点抵达文昌磁球基地的。舒帆此前已来过文昌数次，但与胡一云一样，这是她第一次看到真实的磁球。大磁球看起来就像天文台，近20米高，虽然不很壮观，也足以震撼人心了。小磁球与之相比则小巧许多，在大磁球后边排成了一列。

他们透过控制室的玻璃窗观看停放在发射平台上的磁球时，张锐匆匆忙忙地从门外走了进来。

"江教授，有叶梓飞的消息没？"还未与其他人照面，精干的张锐就直截了当地对江大伟问道。

江大伟皱皱眉，神情沮丧地摇了摇头。

张锐听后很不快地两手一摊，颇有些烦恼地发起了牢骚："他这个人，个人主义倾向太严重。这个节骨眼儿上，怎么能说失踪就失踪呢？这帮兄弟半年来累死累活，好不容易整出大磁球来，他至少也得过来看看吧。"

江大伟摆摆手说道："这事怪不得他，他要有办法，自然会过来。"说完叹了口气，接着说道，"说说看，最近几次实验的情况如何？"

张锐搓搓手，来回快速踱了几步，方停下来答道："没什么变化。结果你都看到了，还是老样子。我就是想不明白，怎么大的、小的一个鸟样？"焦躁之时他忍不住爆了粗口。

"唔，"江大伟沉吟片刻才答道，"现在这种情况，我们已没有任何选择的余地了，只能赶着鸭子上架。对那个日本佬的玩意儿，我始终没什么信心。他的方案若能成功的话，第一轮和第二轮打击早就成了。"

大家知道江大伟说的是山本清原的"天使之箭"方案，现在仅剩的第三轮近地核弹防御计划，也被称作地球的最后一道防线。

见大家都默不作声，江大伟清了清嗓子，提高音量说道："第五方案现在已到了最后关头。大家都知道，我们的方案里既有主动防御计划，也有走逃跑路线的。为什么呢？因为这个方案的目的，是要挖掘人类现在掌握的一切技术潜能，实现拯救。我们的主动防御计划如'天网'，利用了最新科技的纳米丝去切割小行星，但最终失败了。我们也有一些其他的防御计划，但在技术利用方面却跟其他四个方案大同小异，因此并不是第五方案的主攻方向。"

　　说到这里江大伟顿了顿，目光缓缓环视众人一圈，接着放声说道："我们的主攻方向是其他方案从来没有考虑过，或者说避免去考虑的技术。有些人认为，第五方案早就确立了逃跑主义的方针。对此我想说的是，得出这一结论的原因在于，所有其他方案都没有考虑过逃跑，它们至多考虑了逃避。那些方案从没有想过，如果人类不得不放弃地球、离开太阳系，该怎么办？如果说第五方案的主要手段是潜在技术，那么它的主要目的就是找出最坏结果下人类的出路。"

　　江大伟迈开步子走到玻璃窗前，看着发射台上的磁球接着说道："无法想象，在短短两三年时间里，人类居然能取得几个重大技术突破。这说明在生死存亡的关头，如果有充分资源支持，我们还是能实现技术的跨越式发展的。可惜在漫长的人类史上，很少有人认识到这一点，大部分人把大量时间花在了毫无意义的事情上……"说到此处江大伟摇摇头，转过身来看着胡一云说道，"在胡博士的人类生命起源报告之前，第五方案的技术版图里仍然缺失了一环。我们原来的计划是要载人前往外星球，但磁球项目受阻，磁球飞行器只具备限制性的飞行能力，使这条拯救路线充满了不确定性。生命基因集装工程，恰好补足了第五方案的短板。"

　　江大伟边说边看向胡一云，见他一脸愕然，进而解释道："胡博士可能还不太了解，时至今日，磁球飞行器仍有个无法克服的缺陷，当载重量或速度大于一定值时，就有发生爆炸的危险。我们已有三台磁球在实验中爆炸了，到现在还没搞清楚事故发生的原因。这样的磁球，载人飞行肯定是不行的。"江大伟说完迅速走到房间中央的桌前，看到桌上摆放着一排恒温箱。他打开其中一个箱子，见里边是被金属薄膜包覆的箱体，而且金属薄膜板的中央有两个凹槽：一个大约20厘米长、2厘米宽；另一个长约15厘米，都发出幽幽蓝光。

　　江大伟伸手在金属薄膜上边的一排触摸式按钮上摁了一下，只见两个凹槽里缓缓升起两条比凹槽略小的玻璃管。玻璃管两端则是看似精巧复杂的金属装置，里边装有一排排黑豆模样的珠子，玻璃管内则装满了清澈透明的无色液体。江大伟一边操作一边说道："不过,十来公斤的载重则不会对磁球的飞行造成什么干扰。胡博士,由于延续人类生命的生命筒重量不足一公斤,却包含了3000万个人类基因种子和其他地球生命的信息。这样的生命筒放进磁球,不仅没有爆炸之虞,而且可以实现跨世纪旅行,正好完美解决了第五方案的短板问题。"

江大伟又合上箱子,接着快速打开了旁边的一个显示屏,说道:"现在让我们看看闻远和徐小山有什么新消息吧。"

十二个星球

"江教授，是否收到信号？"屏幕在闪烁了几下后，徐小山的瘦脸借助屏幕出现在大家面前。

"收到，信号不太稳定。你们是接驳在'第二方舟'上吗？"

"是。需不需要切换通信频道？"

"不用了。我先向你介绍一下这次视频会议的参与者：这位是负责生命基因集装的胡一云博士，这两位是负责磁球项目的张锐所长和杨颖小姐，这位是舒帆医生，她原来在SDA负责空间生物医学研究，现在协助胡一云。好，"随后江大伟点了一下屏幕，"这位是徐小山，原来在'天眼'搞观测，发现了'红星'，现在在光子团队帮助闻远分析行星数据……闻远呢？"他扭过头对着屏幕里的徐小山喊道。

正在这时只见一个脑袋从徐小山的左边挤进画面，闻远看起来已经很久没刮胡子了，好在他的小胡子长得很漂亮，再配上他的浓发，显得非常俊雅，"江教授你好，大家好。我是闻远，主要帮江教授监督光子项目的运作。"

江大伟摆摆手说道："那么，这次是徐小山来呗？"

"正是，小徐是专业发言人。"闻远大声笑道，向大家挥挥手，从画面左侧退了出去。

"嗯，那请小徐抓紧时间介绍一下最新的观测情况。"

"唔，好的，等我说完，闻远还有几句总结。"徐小山顿了顿，正色说道，"根据SDA的安排，我们对0光年范围内的23颗宜居带行星进行了全方位的观测，共确定了15个类地行星。利用闻远发明的光子快速靶向观测技术，配合'天眼'、SKA和其他天文台、深空望远镜的观测资料，我们在较短时间内获得了这15个行星的基本信息。由于目标星体较多，时间又有限，因此获取的行星信息没有'红星'和'诺亚星'那么详细，不过仍能依此对星球的宜居度进行初步评估。"

徐小山眨眨眼接着说道："总体而言，这些星球都缺乏生命信息，'红星'仍然是目前我们所发现的唯一一颗具有明确生命信号的星球。此外，这些星球在环境评价指数上呈现出截然不同的分布形态，大部分星球缺乏足够稠密的大气层。其中有两个星球的大气层稀薄到平均每立方厘米仅十来个氧原子和氢原子的程度。但也有与此相反的极端例子，比如我们发现有颗行星的大气圈非常稠密，但球体明显不对称——它的一侧比另一侧大了至少20%，并且其形态处于变动状态，朝向恒星的一侧始终小于阴面。我们通过进一步观测才知道这是个水球，不仅天体全部被水包裹，大气层里也充满了水蒸气。这颗星球每自转一圈，都会经历固、液、气态的剧烈变化。"

"其他12颗星球的情况怎么样？"江大伟急切地问道。

"相对来说没那么极端，但各有不足，比如说有个星球每天都会下'黄雨'，我们通过分析发现'黄雨'里的水分含量极低，主要成分是含有大量黄金的矿物质。这些金粉每天从地表上吹起，像云一样从一个地方飘到另一个地方，风停后就落下来。还有一颗星球上长满了一丛丛水晶状'植物'，因为这种'植物'太多，于是我们花了些时间分析了它的成分。但得出的结论完全出乎我们意料，这些'植物'全是金刚石。"

"金刚石？"在场的所有人都惊讶地喊了一声。

"对，全是天然金刚石，有的高达几十层楼，看起来就像是从地核里挤出来的水晶山一样。这样的金刚石遍地都是，说这个星球是钻石行星一点都不夸张。"

"唔，这个钻石行星含有大量的碳吧？"这时张锐忍不住问道。

"对，我们猜想行星的地下应该有厚达几百公里的钻石层。虽然富有碳元素，但由于缺少氧，最终都变成了单质的碳体。"

"也就是说这颗星球不适合生存？"

"对，不适合地球碳基生命。"

"其他星球呢？"

"其他星球也好不到哪儿去。根据我们目前已掌握的观测结果，那些星球要么气象条件过于极端，要么存在无法解释的自然现象。有个距我们15光年左右的星球，它的南北两极都由冰雪覆盖，但沿赤道形成了一条巨河。这条河宽250公里左右，绕了行星整整一圈，而且无始无终，随着星球自转，奔腾不息，看起来就像是……"徐小山想了一会儿一时没找到恰当的比喻，"就像星球被一条环球水渠分成了南北两半。"

"除了环球渠，这个星球上没有其他水体了吗？"舒帆好奇地问道。

"没有，在陆地部分只有黄色的低浅丘陵，南北两极异常干旱寒冷，环境极为恶劣。不过这种环境还不是最糟的，有一个星球终日包裹在雾霾之中，使来自主序星上的光无法抵达雾霾之下的地表，但却能加热大气层内的霾体，因此整个行星始终处在闷蒸状态。与刚才提到的那颗水球不同的是，这颗霾星的大气层不受气温变化的影响。水球在自转时，水蒸气会凝结成雪尘落下，但霾星的雾霾却始终存在，因此极大强化了温室效应。倘若生命在其中进化的话，不仅要适应高温潮湿天气，而且有可能会进化出滤腮之类的组织器官，以便吸附尘霾，防止呼吸系统出现严重问题。"

"唔，"江大伟扭转头看了眼胡一云，见他沉默不语，就沉吟道，"人类进化只怕还没这么快。"

徐小山不好意思地笑着说道："关于进化，只是我的个人观点，不是报告内容。"

胡一云此时才说道："有些进化是在很短暂的时间内完成的，可能也就一两代的事。这要看外界刺激物的性状，是否达到了基因突变阈值。代际传承时基因表达虽然比较稳定，但也非常开放，只要刺激物足够强，就能在短时间内改变基因表达，实现进化。不过，进化时间长的好处是相对比较稳定安全，毕竟瞬间的突变容易造成基因表达上的混乱，出现生长失控的情况。"

徐小山眨眨眼，好像突然想起什么似的："唔，胡博士，我突然想起一个问题，不知你能否解答？"

"愿尽所能。"

"你有没有见过什么生物，比孢子之类大许多的，人肉眼可见的，能够一直飘浮在空气里生活？唔，就像浮萍漂在水上那样。"

"哦……"胡一云怔了一下，想了想答道，"一般来说，空气中存在的生命形式是孢子、细菌之类的微生物，它们附着在微尘上随气流飘荡。以前也有在同温层里发现生命信息的例子，但都是单细胞尺度上的生命碎片。肉眼可见的生物，一直生活在空中的，我还没有见过。"

徐小山做了个略感遗憾的表情，说道："最近我又翻看了'红星'的资料，觉得它的大气层里很可能生活着一种生物，大小应该有头发丝那么大，呈红色，整个'红星'的颜色很可能就来自它。"

所有人对此都感到吃惊，不过徐小山在这当口突然提出这个观点，也让现场的人觉得很是突兀。张锐忍不住说道："徐博士，我们现在已经没有时间再来分析'红星'上的环境状况了，如果你的报告已经结束，请尽快将所有被考察过的星球资料传过来。"

"好，我马上就传。"只见徐小山话音刚落，闻远便再一次出现在屏幕里，徐小山向大家招招手，急忙从屏幕右侧退出。闻远接着说道：

"徐博士把七颗具有'完全不确定性'的星球都简述了一遍，这是我们要尽力避免的星球。其他他未提及的八颗星球，条件相差不大，情况基本类似，都在'较大不确定性'范围内。至于'红星'和'诺亚星'，由于我们眼下掌握的资料比较翔实，再加上这两颗星球自身环境条件确实较好，我们认为其具有'较大确定性'，应是重点关注的星球。"

闻远刚说完，胡一云突然插话道："还能不能再建个通信视频，我想跟徐博士再聊聊。"

江大伟见他神色凝重，似是有什么重要事情，忙说道："没问题，请闻远安排一下。哦，还有别忘了让人立即传送数据。"

在数据传送的当口，胡一云跟徐小山再次就刚才被张锐打断的话题聊了起来。胡一云开门见山地问道："徐博士，我想了解你是怎么判断那种浮空生命的。"

"这也只是我的一个猜想。根据我们以前掌握的数据，'红星'的生命信息不是来自地表，而是存在于大气层里，这也是我一直没搞明白的地方。最近我再次查看相关资料时，突然想到了一种可能——那些生命或许就像漂浮在水体里的藻类植物一样，充满了'红星'的整个大气层。如果是这种情况，一切疑团似乎都能得到合理解释了。但唯一的问题是，如果是微生物，构成这样强烈的红色那得需要多高的密度啊！这对大气圈来说，简直就是奇观。"

胡一云想了想，说道："在看《'拉格朗日'报告》时我没考虑过这个问题，现在回想起来，觉得你的这个猜想成为现实的可能性很大。"说着留意了一下时间，有些遗憾地说道，"可惜我们没有时间再做深入研究了。而且，我也不能对基因编码再做任何调整。"

"胡博士，你们在聊什么？"杨颖冷不丁地突然出现在胡一云身侧，把他吓了一跳。

"唔，没什么。"胡一云看了眼杨颖，不太明白江大伟安排她在这个团队里的意义是什么，犹豫了一下接着说道："徐博士认为'红星'生命是一种浮空生物——飘浮在空气里的，"胡一云生怕杨颖不明白似的，用手在半空中比画着说道，"我觉得这种判断很可能是正确的。可惜，现在我没有时间调整基因编码了。"

"有没有那个……浮空生物有什么不一样吗？我的意思是说，为什么要调整基因编码呢？"

胡一云吸了一口凉气，有些懊恼地答道："根据我们在地球上的生活经验，这种飘浮的微生物可能含有毒素，这对幼儿来说可能就是致命的。如果我能增加几种专门食用微生物的转基因鸟类的种子，同时延长人类孵化期，待鸟类清洁了大气，人类的生存率就会大大提高。"

"哦。"杨颖轻轻地应了一声，然后蹙着眉，沉默下来了。

"后土计划"

在江大伟教授和张锐所长等人看来，胡一云的担忧颇为有些多余。事实上，世界上从来没有任何拯救方案是完美的，原因是没有人知道在那些遥远星球上将会发生什么，尤其是在猜想本身所依仗的证据并不充分时。

众人在看完15颗类地行星的全部资料后，对徐小山的表述能力深感钦佩——他完全是凭着一堆数据描绘出了那些闻所未闻的行星的特征，这中间有多少内容属于合理想象，恐怕连他自己也难以说清。当然，光子团队的判断是没有任何异议的，在这方面他们比其他人更权威些。

江大伟等人很快了解了排除法的好处，剩下的8颗星球无法凭数据判断出优劣：它们都比霾星和环球渠星好一些，但比"红星"和"诺亚星"都差了一个等级。最终的结论是，这12颗星球将成为生命筒的目标星球。

在张锐忙着调出磁球发射系统做发射计划表时，江大伟神色庄重地对众人说道："我想请各位费点脑子，给第五方案起个名字。"说完就默默地看着大家。大伙儿我看着你，你看着我，都被他这个唐突的要求弄得愣住了，一时间都没有吭声。江大伟见这帮科学家们似乎略输文采，沉吟了一会儿说道："既然没人开口，我就抛砖引玉，先带个头，大家觉得'鹊桥计划'怎么样？"

"唔，我看行，有意境，比较契合第五方案的特点。"舒帆率先说道。

"我反复琢磨，觉得还是有点欠妥。鹊桥是牛郎织女谈情说爱的地方，再说这名字中国味太浓。刚才我说了，这是抛砖引玉。你们都好好想想，什么名字更贴切些？"

过了好一会儿，江大伟见大家仍在冥思苦想，没有人开口说话，就接着说道："时间有限……胡博士，你有什么好想法？"

胡一云苦笑着摇摇头道："我想来想去，只想到了'人类复制计划'或'播种计划'。"

"嗯，这倒是非常贴切的。舒医生，你呢？"

"我小时候看童话故事《阿拉丁神灯》，至今还记得那本书里边的描述。阿拉丁的那盏灯能够召唤精灵、千里传人，我觉得我们的计划就像那盏神灯一样，能把人类送到另一个星球去。所以我想到的名字就是'阿拉丁计划'，不过经我细细琢磨，又觉得契合度似乎不够。"

"唔……千里传人，确实有那么层意思。杨颖，你的想法呢？"

"我？……我觉得大家起的名字都很好。"杨颖又想了想，"刚才我突然想起一部很老的美国电影，好像叫……《乱世佳人》？那里边有一句台词，大概的意思是说，土地是世界上唯一值得去为它劳动和牺牲的东西。我当时并不觉得这句话有多大的意义，但现在想起来，我们的计划不正是要去寻找一块适合人类的土地吗？"杨颖见大家频频点头，于是接着说道，"所以我想，或许第五方案也可以叫'寻土计划'吧？"

这时，江大伟见大家脸上都有赞许之色，微微笑道："这确实是个不错的名字。不过，"江大伟来回踱了几步才道，"寻土的'寻'字，似乎还没有完全表达出人类因为失去土地、不得不另寻栖身之所的境况。我们是在失去地球后，才被迫去另一块地方，何不就叫'后土计划'呢？"

其他人也都纷纷表示赞同，江大伟见状就说道："那么大家来表个决吧，同意第五方案叫'后土计划'的请举手。"只见在场的人都把手高高地举了起来。

"好，我现在正式宣布：第五方案正式定名为'后土计划'，立即生效。"江大伟郑重其事地朗声说道。而当他把目光投向窗外远处的天际时，发现一个光点正从海平面上方向磁球基地飞来。

在磁球发射控制室一侧的通信台旁边，两位操作员这时突然忙碌起来。

"联合国总部？好的，好的。"一位操作员对着通信屏低声应道。江大伟留意到了他们的举动，其他人也顺着他的目光看了过去，只见一位通信员正快步小跑过来。

"江教授，马冯秘书长的视频通信请求。"那位通信员朝江大伟挥手喊道。

"接通。"江大伟看着海天之际的那个光点正在逐渐变大，毫不犹豫地说道。

视频通信建立后，江大伟见马冯仍坐在联合国地球安全理事会指挥大厅中间的坐席上，虽然三天三夜都没合眼，但他看起来却毫无倦意。

"江教授，我想了解一下第五方案的进展情况。"马冯满脸温和，但说起话来却直截了当。

"马秘书长，不好意思，本来我是应该向你报告的，但想到山本清原的核弹计划正……"

"没错。"马冯摆摆手，打断江大伟的话说道，"这也是我不能亲自来磁球基地的原因。第五方案的重要性无须赘言……我已安排威廉姆作为我的全权代表过来，希望你们能够顺利合作，完成磁球发射计划。"

"很好。"江大伟想了想接着说道，"您一定已经收到光子团队的报告了吧。"江大伟暗想詹姆斯应该已将行星观测结果汇报给SDA了，只是不知威廉姆这次过来，会不会对目标星球的取舍横加干涉呢？

"唔，我也是数小时前刚收到SDA的报告的，就报告本身所显示的信息看起来情况并不容乐观啊。"马冯凝视着前方，想来应该是在观看指挥大厅里的大屏幕。

江大伟看了看窗外，发现威廉姆乘坐的飞船已经在磁球发射平台旁边的小型停机坪上降落了。江大伟决定先把话挑明，免得威廉姆到时候说三道四，就对马冯说道："是，不过我们已经确定了12颗目标星球，发射程序也即将启动。"

"唔，这件事由你和威廉姆共同决定。"马冯顿了顿又说道，"我想你们会有一个合理安排的。"

听到他轻描淡写就将自己的决定权剥夺了，江大伟心中颇有点愤愤不平。不过既然马冯这么说，他自己倒也没什么可争辩的，一会儿且看威廉姆到底是怀着什么目的来的，要是胡乱指挥，毕竟好汉难敌四拳，可就要得罪他了。想到这里，江大伟稳了稳心神，对马冯说道："既然这样，我们自然要请威廉姆多多建言了。唔，还有一事得跟您报告，第五方案拟定了一个名称，叫'后土计划'，已由第五方案团队成员集体投票通过了。"

"哦？"马冯这才将脸从大屏幕上扭过来，问道，"为什么叫'后土计划'？"

"人类都是依土地而生的，失去了土地，生命也就失去了凭依。'后土计划'，顾名思义就是人类失去地球后怎么去寻找另一块土地的计划。"

"嗯。"马冯抿着嘴、表情凝重地点了点头，说道，"后土后土……中国有句谚语叫'失之东隅、收之桑榆'，还有一句叫'塞翁失马，焉知非福'，都指出了有失必有得的道理。你跟威廉姆商量一下，通知世界教科文组织人类文化传承保护委员会《人类文化遗产全录》编撰组，可把第五方案的内容做相应更新。这个编撰组现在在'第二方舟'办公，威廉姆跟他们比较熟悉。"

江大伟点点头说道："好。"心想"第二方舟"的组织方主要是美国NASA，威廉姆以前在NASA工作过，自然与他们相熟识。文化传保委对人类知识整理归档后，也给胡一云的基因集装工厂发了份拷贝，一会儿还得问问他这方面的一些情况。

"好，江教授，那就辛苦你了。"

视频通信刚一结束，威廉姆就恰好出现在了控制室门口。"江教授，想不到你们的行动这么迅速。"威廉姆以略带揶揄的口吻说道，同时还不忘与胡一云等人挥手打招呼。

"威廉姆先生，抱歉，抱歉，有失远迎。"江大伟知道他话里有话，故作不解道，"我还觉得我们拖后腿了。你看，至今发射计划还没执行。"

"那我正好恰逢其时啊，嘿嘿。"威廉姆得意扬扬地笑道，好在在场的各位都与他相熟，这语气也并不显得生分。

"我们正需要你对'后土计划'给予指导呢，否则我们的工作就没法开展啊。"江大伟也故作谦虚说道，他知道威廉姆这次过来多半是为了监督。

"'后土计划'？"

"唔，正是。刚才在下已向马冯秘书长做了汇报，第五方案正式更名为'后土计划'，还请威廉姆先生跟文化传保委知会一声。"

"哦，'后土计划'，很好，很好。"威廉姆赞许地点点头，但似乎并不理解为什么叫这个名字，嘴里却说道，"等方案正式确定后，我会将资料一起发过去的。"

不出江大伟所料，威廉姆果然是有备而来的。在进行目标星体遴选时，他不断强调要将金尘星、钻石星和水体星列入目标星球。

张锐略带嘲讽问道："我想这大概不是为了黄金和钻石吧？"

"当然不是。金尘星位于半人马座，钻石星位于船帆座，它们都临近'诺亚星'。如果人类在这三颗星球上同时存活，将来就有可能联系上。大家想想看，他们都拥有共同的祖先，彼此又邻近……"威廉姆一边说一边用手在空中比画了一下，他并没有接着往下说，但言下之意大家都懂。

"那么，选择水体星是基于什么考虑呢？"胡一云追问道。

"水是宇宙里很珍贵的资源。一颗类地行星有这么大的保水量，又处于宜居带内，不是很稀有吗？只要有水，生命就一定能够发育。"

胡一云听了，摇摇头说道："不，威廉姆先生，我不同意你的看法。至少生命筒里的芽孢菌是不会在水里生长的。"

还没等威廉姆做出回答，张锐抢先一步说："我也不赞成选择金尘星和钻石星。它们的环境比霾星和环球渠星还糟，为什么要考虑这两颗'死星'呢？"

"虽然你们反对的理由我都能理解，但我们要考虑到更多的因素。就像我刚才说过的那样，人类子孙终究要团聚。如果他们相距千万光年，就可能永远也见不着了。"

"团聚虽然重要，但生存才是首要的。"张锐不依不饶地辩驳道。

"在生存率相差不大的情况下，我们要多考虑未来的可能性。人类文明毕竟是一个统一体……"

"这跟人类文明统一体没有多大关系……"

"咳，"江大伟用力挥挥手，打断了他们之间的争论，沉声说道，"这不是什么值得辩论的问题。除了那两个大气圈稀薄的星球，我们还有13颗类地行星，'红星'和'诺亚星'已经确定，所以只需再排除3颗而已。既然这样，我们就抓阄决定吧。"

"唔，江教授，我认为这不适合抓阄。"

"威廉姆，你一定听说过中国有一句俗话叫'入乡随俗'吧。"

"这不公平。我是代表SDA来的，马冯秘书长要求我务必传达SDA专家组的意见。"

"马冯先生可是亲口告诉我，由你我两人共同决定。更别说我是这个方案的负责人了。"江大伟理直气壮地回答道，他见威廉姆脸上一阵红一阵白，便接着笑道，"不过我们还是采取民主制好了，同意抓阄方式的请举手。"说完举起手来看着大家。除了威廉姆，其他人都陆续举起手来。

面对这种局面，威廉姆一时无话可说。江大伟见大家都同意，就让杨颖去做阄，同时宽慰威廉姆道："只从13颗里抽3颗，概率很低嘛。若是金尘星、钻石星或水体星不幸被抽中了，你再向马秘书长汇报也不迟。"

抓阄的结果很快就出来了，被抽中的3颗星球分别是波江座光子9号星、猎户座水体星和英仙座光子11号星。

江大伟对威廉姆说道："很不巧，水体星被抽中了。不过你要知道，波江座光子9号星可是离'红星'很近的，而且是比金尘星、钻石星、水体星的条件都要好的行星，将它排除掉很是可惜。怎么说呢？我们采取的是折中方案，难以尽如人意。"

威廉姆对这个结果虽然不太满意，但他清楚此时自己能做的也就这么多了。他冲江大伟点点头说道："江教授，请尽快宣布吧。我也好向人类文化传承保护委员会递交资料。"

"好。"江大伟向张锐做了个手势，张锐立即安排工作人员架起了摄像机，然后引导一群人在摄像机前站定，并将江大伟围在中间。

江大伟神色庄重起来，用苍郁有力的声音对着摄像机说道："公元2033年，太阳系里生活于地球上的人类发现小行星2033KA1撞向地球。人类联合国政府组织了五个拯救方案，分别为'天使之箭''献花行动''天外方舟''地下卫城''后土计划'。本人江大伟，为'后土计划'的执行人。'后土计划'的行动路线是：将3000万个人类生命基因种子和20万个其他地球生命种子，通过人类最新研发的磁球反引力飞行器发送到鲸鱼座'红星'、船帆座'诺亚星'、船帆座钻石星、天炉座霾星、水蛇座环球渠星、半人马座金尘星、双子座光子5号星、猎户座光子7号星、凤凰座光子13号星、天鹅座光子15号星、天蝎座光子16号星和玉夫座光子22号星共十二颗类地行星上。正如地球人类的外星祖先一样，我等坚信，无论地球生命存亡与否，人类之子必将排除万难，在诸星球繁衍生息，永续血脉。我等将人类之书一并送往诸星球，待你们进入文明阶段，即可解读而知人类文明史。人类虽有杀伐，但亦日益推崇和平。故此十二星球之人类后代，必须铭记地球祖先披肝沥胆以求生存的初愿，勿忘人类精神之要，息干戈，兴和睦，共存亡，求真理。"

江大伟顿了顿，接着说道："公元2036年1月26日，小行星2033KA1已经飞临地球。若'天使之箭'防御计划失败，10小时后地球将处于火海之中。本人现在郑重宣布，'后土计划'即刻启动！"

现场没有掌声，在简单的演讲仪式过后，所有人都神情凝重地望着江大伟。江大伟挥挥手，工作人员立刻停止了录像。威廉姆则快速走过去从摄像机里取出了存储卡，又急匆匆走到通信台前，他要将"后土计划"的内容、12颗星球资料和江大伟的演讲视频等传送到"第二方舟"，编入史册留存。

12口箱子也随生命筒被拎出房间，送往磁球发射平台。大家都走出门去，前往磁球跟前观看装载情况。江大伟在人群里拉住胡一云问道："我刚才忘了问你，传保委的《人类文化遗产全录》你是怎么处理的？"

"那些资料都以DNA分子形式存储在云豆里了。"

"你是说生命筒两端那一排排黑豆？"

"对，那是钨豆，用钨的晶片做的。"

"我知道编撰组用了两种存储方法，一式两份，哦，加上你的那份是三份。除了DNA分子，他们还用了石英片。但石英片占地方，一块硬币那么大的石英片只能存300TB。听说用石英片存储的《人类文化遗产全录》占满了一个直径3米、长6米的太空舱。哦，每个生命筒有几粒云豆？"

"12粒。"

"想想看，12粒云豆就存下了整部《人类文化遗产全录》，与石英片比起来真是节省太多空间了。"

"唔，石英存储片能保存一百多亿年，但云豆里的数据仅在三四百万年内才比较稳定，体积小寿命也短啊。"

"三四百万年也足够他们发展出能破解云豆的文明了。"江大伟满意地点点头，他想了想又说道，"对了，更新过的'后土计划'内容也需要放进磁球。"

"唉，正是。"胡一云一拍脑袋道，"你不提醒的话我都没想起来。"他略作思考后又说道，"不过云豆都已进行了封装，无法读入了。好在数据量不大，我们可用石英片代替，我现在立即去办。"

"我让舒帆协助你。"

天　机

杨天礼貌地将张萌让进门里，然后看着她坐进了沙发，咽下口唾沫说道："萌，我想死你了。"说完便掩上了门。

记忆日：2031年9月24日7时。夜色渐渐褪去它黑暗的影子。

杨天缓缓睁开了眼睛，看到一个罩着白色睡裙的女性站在窗边，房间里的电视正开着。这次电视屏幕上的画面看起来有点像荡漾在水中的倒影，虽然分辨率较高，但画面却支离破碎，一条条晃动的波纹沿着不同方向在移动，但它们却互不干涉。那对男女的形象似乎清晰了一些，不过仍无法辨认。与上次一样，他们处于中景位置，但与上次所不同的就是镜头稍有拉近。男女面朝镜头交谈着，在他们的身后，可分辨出蓝色的天空和微澜不兴的海面。大约过了片刻，电视又一次失去了信号。

杨天缓缓转过头来看向张萌。张萌此时也正好回头，向杨天嫣然一笑道："亲爱的，睡得好吗？"

杨天晃了晃沉重的脑袋，对她说："你今天随我去统治世界吧。"

杨天和张萌匆匆忙忙更衣、洗漱完毕后，驱车前往航天城。车窗外人群摩肩接踵，他们一个个从四面八方往航天城蜂拥而去。杨天的车在人流里有点寸步难行，他不得不停下车来，与张萌步行到航天城的一个入口处。此时航天城里里外外已是人山人海，不知从哪里传来了铿锵有力的军乐，人们随着军乐不断高呼着万岁的口号。鲜花铺满道路旁，各色鲜艳的旗帜林立在道路两边，空中的飞艇、直升机悬垂着巨幅标语来回绕飞，场面壮观辉煌，气氛热烈激昂。

"我是杨天。"杨天对着入口处两排面容威严的仪仗兵微笑道。众仪仗兵立即肃立，一位队长模样的兵一声"敬礼"令下，众兵将枪托举起胸前，齐步往后退了一步。这时从四面八方的人群里突然钻出许多手持话筒、肩扛摄像机的记者，他们飞奔似的向杨天和张萌跑来，有些人边跑边举起相机咔咔咔地拍了起来，闪光灯此起彼伏地闪个不停。有些人边跑嘴里还边喊："快快，元首来了！"

杨天还没回过神来，正在这时人群中又钻出一些西装革履的壮汉，行动敏捷地赶到了那群记者前边，迅速排成一个半圆形，将杨天所在的入口围住，一个个叉手而立，挡住了记者们的去路。入口处一阵骚乱，好在此时从里面匆匆赶出来一群人，杨天放眼望去，领头的正是联合国秘书长马冯，他旁边有美、英、中、日、俄等各国的首脑们，有些他仅在媒体上见过，还有一些他甚至连名字都不知道。

杨天向他们挥挥手，那些人齐声道："元首，请往这边走。"

杨天和张萌在这群人的簇拥下来到"蜂巢号"基地。攒动的人头以"蜂巢号"基地为中心，呈辐射状铺满了整个航天城的内外。杨天刚刚踏上加冕台，四周便响起了排山倒海般的呼叫和雷鸣般的掌声，人们齐刷刷地仰望着他，举着手臂向他致敬。加冕仪式尚未开始，众人就自发地齐呼道"吾帝万岁，万岁，万万岁！"有些人喊得声嘶力竭，有些人边喊边哭，泪流满颊。

杨天冲四下里微微颔首，向各个方向行了举手礼，然后从容地走到演讲台前，朗声说道："我宣布，地球帝国正式成立了！"

他的话音刚落，平地里仿如响起了一声惊雷，四野齐声呼道："地球帝国万岁！""皇帝万岁！"声震屋宇，撼天动地。此时在杨天身后站成一排的各国元首政要和宗教领袖们纷纷鼓起掌来。一群穿着各色宗教服装的人士鱼贯而入，其中四人端着一个皇冠，另有四人捧着一根权杖，将杨天围住。几个宗教领袖一齐举步走上前来，共同将皇冠戴在了杨天的头上，然后躬身递上权杖。杨天接过权杖，环视四周。几百万臣民此时齐刷刷拜倒，匍匐在地，大呼三声："吾皇万岁，万岁，万万岁！"

盛大的加冕仪式结束后，杨天携着张萌，率领众元首来到"蜂巢号"基地大厅，决定在这里发布首份上谕。杨天来到大厅中间的席位坐定，让张萌坐在他身边一侧，然后示意众人围坐好。

"今天我奉天命，成立地球帝国，为地球第一皇帝。诸位为地球事务鞠躬尽瘁，我心中颇为感念。在此我特发布上谕，嘉奖诸位，望再接再厉，造福天下苍生。"说到这里杨天顿了顿，接着说道，"我宣布马冯为地球帝国第一任总理，行政事宜皆由他操劳打理；地球诸国多有纷争，现帝国既已成立，自当谋篇布局，化干戈为玉帛，造福人类子孙。今吾意以欧、美、亚、非、拉、大洋、南极诸洲为行政区域，各国合为七洲，以洲长为各洲行政首脑，洲下分国，国下分郡，大小行政长官，各司其职。大家意下如何？"

"吾皇英明。"众人齐声呼道。

杨天满意地点点头，接着说道："各宗教团体，体恤吾民，多有慈善仁爱之举，此虽为天意授之，然而亦有诸位勉力奉献。不过此前宗教间多有瓜葛纠缠，而且纷争久久难息，实与天意相违。今我既已领受天意，尔等自当摒弃前嫌，携手共进，为吾民信仰再树新风。各位以为如何？"

各宗教领袖纷纷点头应道："圣上即为天意，天意即为圣上。我等自当修习经文，传道解惑，传圣意于万民，开万世之太平。"

杨天点点头接着说道："好。我将修圣殿于天宫，以俯察吾民。你们今日即可散去，来日再议吧。"

一众人等退出了大厅。早已等候在大厅外的保镖、安防人员此时拥了进来，将杨天和张萌团团围住，护送他俩来到外边。车此时已停在门口了，杨天和张萌不紧不慢登上车，前后各有十来辆不知名的黑色轿车开道、押后。车队浩浩荡荡回到了航天时代大楼，杨天挥挥手让车队离开，然后和张萌返回到了28层的公寓里。

记忆日：2031年9月25日7时。

杨天缓缓地从睡梦中苏醒了，他慢慢地睁开了眼睛看到张萌正坐在他身旁，静静地看着他。

杨天噌地坐起身来，伸手轻轻搂住张萌。

张萌娇柔地躺在杨天怀里说道："你做地球皇帝，让我一辈子服侍你吧。"

谁知，杨天听后却突然面色惨白起来，紧皱眉头道："我想起了一件事。"

张萌见杨天神色异常，忍不住问道："什么事？"

"你还记得那次你采访我时的情景吗？"

"嗯，记得。"

"我曾说火星基地是人类在太空的第一粒种子。"

"你当时好像是这样说的。"

"但是事情的真相并非如此。"

"哦，是吗？"

"嗯。"杨天沉思了一会儿，缓缓说道，"其实人类早已在其他星球建立了文明，只是知道这个秘密的人并不多。"

"哦？你怎么知道的？"

"我参与了这个文明的建设过程。"杨天摇摇头，像是回忆起了什么似的缓缓说道，"我当时在月球上的一个氦-3矿场……嗯，我跟你提到过的那个氦-3开采场,我在那里待了半年多。"见张萌似懂非懂地点点头,杨天接着说道,"我们接到的任务是修建一条从矿场到基地的路,当时大家谁都没有意识到那是个绝密工程。"

"绝密工程?"

"是的。那时我只是一名普通工程人员,根本接触不到密级材料。我们修路基的那帮人都以为开采场只是个普通矿场,谁也没有过多在意。但后来有些人感到事情越来越不对劲,大家都知道氦-3矿场采矿车的轮距是2.5米,我们在修路基时,路面宽度都是按3.5米建设。但修那条路时,路面宽度要求达到6米。"

"哦?"张萌将信将疑地看着杨天。

"后来我们才知道,那条路并不是为采矿车准备的,而是给重型运载车辆准备的。有个秘密机构利用氦-3矿场建设做幌子,要在月球上建发射井,往系外行星上转移一批人类精英。"

"啊?!"张萌听到这里,忍不住惊呼起来。

杨天点点头,接着说道:"工程完工后,参与建设的宇航员们被组织到一起进行学习。我们这时才了解到,那批精英是人类的系外远征队,拥有最先进的技术,并且会在若干年后返回地球。"杨天说到这里时埋下头来,将双手插进头发里,身体禁不住微微颤抖起来。

"这么说来,"张萌伸手轻轻抚摸着杨天的头发说道,"这批人将是地球帝国的威胁了?"

"是的。我很害怕。"

"唔……"张萌低头看着杨天问道,"难道不能与他们取得联系吗?"

听到此言,杨天猛地抬起头来大声说道:"当然可以……我一定要把新文明召回,然后毁灭它。"

"倒是说说看,我们怎样才能联系上他们?"

"音乐。"杨天说完接着又补充道，"或许这是人类特有的艺术形式……至少那些经典乐曲是人类所独有的，是地球与远征队之间建立通信最安全有效的方式了。只要他们收到音乐，就一定会回到地球的，到时候我就可以摧毁帝国的潜在威胁了。"杨天攥着拳头恨恨地说，但眼神里却充满惧意。

张萌柔声说："放心吧，陛下，你一定可以摧毁他们的。那是一段特殊的音乐吗？"

"当然，我仍然记得这段音乐的旋律。"

"那我们赶紧将它录下来吧。"

杨天快步走到放在墙角的电子琴边。电子琴虽已许久未用，上面却并没有多少灰尘。杨天不慌不忙地走了过去，在琴前坐下，闭上眼睛待了会儿，随后打开了电子琴，试着弹了几个琴键，他感觉音色似乎还不错。他打开了电子琴的录音功能，随后开始弹了起来。贝多芬的《悲怆奏鸣曲》在他灵巧的指尖慢慢流淌起来，听着颇为沉郁。一小节之后，旋律随之一变，成了单调的Mi、Fa两个音符组成的旋律，长短不一。片刻之后，曲调又响了起来，随着另一小节的结束，再次变成只有两个音符的单调旋律……

杨天弹了足足一个小时才将《悲怆奏鸣曲》的三个乐章全部弹完。他呆坐在那里，直到张萌从后边将他的头搂进怀里，他才抬起头说道："萌，答应我，把这首音乐发出去，召回远征队，否则地球帝国将永无宁日。"

张萌蹲下轻轻握住杨天的手，充满娇柔地说道："有我在身边，陛下一定会安全的。"

杨天听完了张萌的话似乎稍稍感到一丝心安，携着她回到沙发里。他随手打开电视，此时电视画面就像一面不断变形的哈哈镜一般，那对男女仍在里边，但已处于近景位置。这一刻两人正面对着镜头欢快地交谈，形象比上次更清晰了，杨天已能勉强分辨出人物的轮廓特征，女性似乎为欧美人士。

杨天站起身来，走到窗边。窗户正开着，他探头往外望了一眼。

"你要干什么？"张萌突然转身警觉地问道。

杨天表情痛苦，沮丧地摇摇头，然后大声对张萌道："我做不了皇帝，地球帝国会被新文明摧毁的！"说完纵身跳出了窗户。就在杨天跳出窗户的瞬间，他再次望向电视，画面似乎更清晰了，他已隐约看出男性正是自己的模样……

没有硝烟

"威尔斯总统，你们国家现在到底有多少人待在'地下卫城'人口？"

威尔斯困惑地看了眼马冯，说道："据粗略统计，大约有2000万。"

"唔，2000万。对美国来说，这个数字可不算多。"

"嗨，秘书长先生，我可得提醒你，这些人里还包括来自夏威夷、阿拉斯加、波多黎各和维尔京的居民。"威尔斯犹豫了一下，又补充道，"还有从墨西哥赶过来的人。"

"嗯，他们能在危难之际得到大陆庇护，实在是你这位总统的功劳。"

威尔斯不知马冯葫芦里卖的究竟是什么药，只说："我的意思是说，我国公民遵守规则，没有被选中的多半不会聚在卫城入口扰乱秩序。那儿的人多半是外来人口。"

"嗯。"马冯微微点头表示同意，过了片刻才又说道，"我有个想法，不知你认为怎样？"

"哦？"威尔斯故作惊讶道，"您不妨说来让我听听。"

"唔。如果对不能进卫城的人短暂开放卫城，将会产生什么后果？"

威尔斯听完瞪大眼睛迟疑地看着马冯，似乎不认识他一般，张口结舌道："开放卫城？秘书长，我想你一定是在开玩笑吧。"

"哦，你姑且把它看作是一个玩笑吧。你能料想一下后果吗？"

威尔斯仍然觉得不可思议地看着马冯，脱口说道："后果将不堪设想。你难道忘了曾经发生在联合国总部门前抗议的人群了吗？那些抗议还曾引发了世界性的骚乱。"

"我明白。不过现在大部分骚乱已经停止了。"

"没错，但你要是认为骚乱是'蜂巢号'被摧毁引起的，那你就大错特错了。导致骚乱爆发的真正原因是此前公布的'第二方舟'居民抽签制度。很多人对那个制度心存不满。对于'第二方舟'来说，将职业列为抽签条件之一有错吗？想想看吧，一个合理的制度都能引起世界性的骚乱和暴力事件，你还能指望民众在局促的卫城里相安无事？那可是几百万人，如果他们挤进只能容纳30000万人的卫城……"说着说着威尔斯向马冯翻了个白眼，没有接着说下去。

马冯想起"蜂巢号"覆灭近一个月来的现状，全球性的社会动荡使大部分国家的军队不得不放弃边境线，除了驻守72座"地下卫城"入口外，许多部队忙着进入首都和主要城市弹压冲突和骚乱。许多城市被付之一炬，建筑和市政工程皆毁于焚烧和炮火之中。边境线的瓦解使大量难民在美墨边境、地中海沿岸、印巴地区等形成拥挤不堪的人流，这进一步加剧了冲突的深度和广度……是啊，这真是人类的悲哀！如果所有人都能老老实实地在"地下卫城"里躲过哪怕第一波陨石袭击，不知能挽回多少人的性命！不过威尔斯说得很对，如果没有部队弹压，说不定现在"地下卫城"也早已被捣毁了。今早有新闻报道说，有人居然在自由女神像的脑袋里拉屎！这得……需要多大的勇气啊！

马冯的目光沿着大厅顶棚慢慢落下来，在扇形工作区内，山本清原正挥斥方遒，对着操作台前的工程师们下达着指令。

"大花生"的位置已经得到精确定位，位于近地轨道的100枚核弹发射台都已经过姿势调整，并且在一轮轮数据更新中不断进行着微调。大屏幕上地球的模拟图像已经开启，100个小光点此时绕着它正在慢慢转动。右侧的大光点正缓慢地向地球靠近，环绕地球的小光点都有一条极细的线与大光点相连，它们代表着核弹即将经过的路径。看着密密麻麻的细线，不少人似乎吃了一颗定心丸，开始激动地与旁边的人交流起来，原本凝重的气氛慢慢得到了舒缓。

在近地打击中，距离是一个重要指标。距离太远可能会造成精度降低；距离太近则会增加对地球的威胁。当然，对于这最后一道防线，所有准备工作都已反复经过确认，并且还进行了实战演练。在演习中，一艘自火星基地起飞的无人飞船，以22.685公里/秒的速度往地球飞来。在离地球500万公里时即被近地防御系统锁定，在300万公里处系统就发出了打击指令，两枚核弹从近地轨道发射平台出发，在100万公里处双双同时命中了目标。

对于"大花生"这种庞大的目标，打击的准确性更是无须多言了。山本清原甚至有信心将核弹一枚枚射进"大花生"的陨石坑里，一想到这里，山本清原在内心忍不住得意地笑了起来。

"发射三级准备，请确认目标参数。"

"目标距离：321万公里；目标速度22.685公里/秒；目标直径6028米；目标坐标：X208，Y136，Z13。确认完毕。"

"发射二级准备，请再次调整平台姿势。"

"100个平台姿势调整完毕，调整时间0.52秒。"

"发射一级准备，请确认核弹装载完毕，弹道激活，前方无障碍物。"

"核弹装载完毕。弹道已激活，前方障碍物为零。"

"请升级目标参数。"

"目标参数升级完毕。"

"发射倒计时，10，9，8，7，6，5，4，3，2，1，发射！"随着山本清原一声令下，屏幕上的100个光点瞬时从近地轨道上弹出，就像是黑夜里被突然惊起的一群萤火虫。此刻光点正沿着密集的细线急速在前进，依据不同的弹道长度而快慢不一。

山本清原再次露出招牌式的得意神色。这个完美的打击他已在内心演练过无数遍了，从方案提出、设计、改进，到生产制造、安装，再到模拟演练、实战演习，整个过程没有出现过一丝差错。如果说仍有那么点瑕疵的话，那就是这最后一击由于离地球太近，将会把整个行星暴露在无数块陨石碎块之中。在山本清原的建模演练中，陨石碎块达到了惊人的2400万块。这些直径2～3米不等的超广域、超密集陨石群，大约将有60%落到地球上。

或许就在今晚，整个天空就将像一块巨大的火幕一样向地面塌下来。地表空气瞬间也会因为大气圈急剧的离子化而变得稀薄起来，到时候人们会觉得呼吸困难，脚下像踩了棉花一样绵软无力，缺氧的大脑甚至会产生许多幻象。当火幕继续降临时，地球大气圈也将会进一步被加热，届时地表温度将达到50摄氏度以上，人们可能会感到燥热、虚脱，甚至是无力地瘫倒在地……如果还能坚持住的话，再过片刻他们就能听到身边响起乒乒乓乓、噼里啪啦的声音。此时那些陨石顶多也就拳头大小，不过仍能在坚硬的水泥地上砸出坑来。当然，如果不幸砸在脑袋瓜上，那将是极其惨烈的。山本清原想到这里，脸上禁不住又露出微笑。

"放心，死不了。"山本清原的嘴里差点就要蹦出这句话来，不过这时他看到了不知在什么时候来到自己身边的马冯。

"山本先生，看起来你似乎胸有成竹啊。"

"哦……唔，唔，"山本一时无法掩饰满脸的得意之色，忙不迭地用力咧了咧嘴，舌头在牙齿上扫了一圈，吞了口唾液说道，"这个计划……呃，是没什么问题的。如果不出意外的话，'大花生'一定会被击毁。"

"所以，你建议人们只用戴头盔就能避险？"马冯凌厉的目光仿佛看穿了山本清原的心思一样。

"不不，秘书长先生。我的建议是尽量待在建筑物里，除非万不得已要出门，那么头盔是最佳选择。"山本清原感觉马冯火辣辣的目光将自己的脸烧得发烫。

"唉，"秘书长叹了口气，看了一眼山本清原说道，"可惜许多民众宁愿待在'地下卫城'边上，也不愿回到家里。"

"这个……我确实不太清楚。"山本清原一脸无辜地说道。

"嗯，"马冯点点头，抬头看着大屏幕说道，"看吧，它们已经接近了……这是我们最后的希望了。"100个光点此时越靠越近，几乎就要聚集成一个光球了。屏幕上的数据显示，它们与"大花生"的距离已经在10万公里以内了。

数据在飞速变化着，9万公里，8万公里，7万公里……随着时间的流逝，指挥大厅里的气氛越来越凝重，所有人都静静盯着大屏幕，等待着那个最后时刻的来临。6万公里，5万公里，4万公里……小光点这时已经碰触到了大光球的边缘，但大家都清楚地知道那只不过是模拟图像，核弹和"大花生"之间还差了几万公里，但在那样高速的行进中，不用多长时间它们就将撞在一起。

山本清原用力扶了一下眼镜，攥着拳头，伸着脖子，脖子上青筋暴露，喉结一上一下不停地咽动着。2万公里，1万公里……接近了，眼看着马上就要撞上了……

"嘣！"不知谁的水杯突然掉落在了地板上，在安静的大厅里发出了一声闷响。所有人都惊了一跳，循声望去，只见一位工程师正弯腰急匆匆地在打扫地板，大家这才松了口气，再往大屏幕上望去，发现小光点和大光点完全融合在了一起。500公里，10，9，8，7，6，5，4，3，2，1……小光点并没有与大光点交错而过，100颗核弹成功地击中了"大花生"！

人群沸腾了，所有人击掌欢呼，大喊大叫，三年来的噩梦就此结束！什么"地下卫城""天外方舟"……那完全是人类自己吓唬自己。100颗核弹足以击毁直径6公里的小行星。有些人已经跑到山本清原身边向他道贺了，更多的人则又笑又叫，整个大厅都沉浸在欢腾的海洋里。

"但是大光点为什么还在移动？"不知谁轻声嘀咕了一句。欢腾的海洋瞬间凝固了，所有人又望向大屏幕，大光点仍在前进！大家不解地望向山本清原。山本清原抹了抹额头上的汗珠，对着工程师们大叫道："执行核弹跟踪指令！"

"核弹已失去信号。"

"失去信号？"山本清原大步跨到那个工程师面前，抢过了他手里的鼠标点击了几下，刹那间豆大的汗珠沿着他的细长脖子滚进了衣领里。

"报告深空望远镜的观测结果。"

"正在联络……'金睛号'望远镜已反馈，'大花生'未被摧毁。"

"什么？"山本清原气急败坏地大喊道。

另一位工程师战战兢兢地重复了一遍："'大花生'未被摧毁。"

"其他天文台的情况呢？我需要其他天文台的报告。快，快，快！"山本清原连珠炮似的大声叫道。

通信工程师们一个个飞速地敲击着键盘，两眼紧张地盯着身前的屏幕。

"哈勃报告天体2033KA1形态完整。"

"莫纳克亚山天文台报告其行进路径未变。"

"'天眼'在撞击位置未发现热源和光源。"

"SKA未检测到核辐射线。"

"甚大望远镜……"

"怎么回事？"山本清原大叫道，"不可能，它们已经撞上了，它们明明已经撞上'大花生'。"

大厅再次沸腾了，叫骂声和议论声此起彼伏，一些人正悄悄离开。

马冯看着眼前的一切，无奈地对威尔斯说道："准备迎接地球最后的命运吧。"

逃出地球

发射前张锐再次检查了发射计划表。那张表格看起来并不复杂，上面简单地列出了每个磁球发射的具体时间和发射角度。唯一特殊的地方就是发射时间精确到了毫秒，发射角度也同样精确到了毫弧度。

"12个磁球都已装载完毕。"胡一云向江大伟报告道，他指的是存储了'后土计划'内容的石英片已经装入磁球。江大伟微微点点头，侧眼看了看屏幕上显示的时间，然后轻声对张锐说道："开始发射。"

"收到。第一列磁球升压入轨，发射时间：2036年1月26日07：05：30：005，目标星球：半人马座金尘星。请报告升压情况。"

"升压正常。"

"请报告轨道角度。"

"轨道角度0.675弧度，调整完毕。"

众人透过玻璃窗，见一个小型磁球在升压台上缓缓升了起来，远远看上去就像一个银色的气球，在朝阳下发出薄薄的光晕。动力构的飞速旋转带动周围空气吱吱有声，气球稳定地悬停在空中。延伸到海面远处的轨道此时正被浸在海里的动力装置驱动着，远端缓缓向南方倾斜，形成一个与赤道轻微交叉的发射角。

"发射倒计时：10，9，8，7，6，5，4，3，2，1，发射！"随着张锐一声令下，磁球就像被风吹起的蒲公英一般，突然挣脱地球引力的束缚，眨眼间便化作一团蓝光消失了。

"发生事故了？"威廉姆惊恐地看着张锐，胡一云、舒帆等也疑惑地望着江大伟。

张锐用鼠标点了点屏幕道："它在这里。"大家看到一个光点正在屏幕上缓慢移动着。

"怎么回事？"威廉姆不解地问道。

"现在这个屏幕上显示的是星图，模拟的是火星轨道范围内的太阳系。磁球在发射之初，一方面受到地球自转和整个太阳系绕银河系旋转的惯性力作用；另一方面受到太阳系内的引力作用。如果我们把地球或太阳系想象成一个铅球手，磁球就是那个铅球。当太阳系带着铅球在空间旋转时，就像铅球手不断加速的过程。铅球脱手的瞬间，在惯性力作用下铅球瞬间被扔向空中。如果这时没有引力和阻力对其产生作用，铅球将会沿直线飞进深空。如果这时它本身还有反引力，那么它的运行轨迹将是一条反抛物线。也就是说，它将沿着一条曲线与太阳逐渐分离。"

"刚才它的速度达到多少？"胡一云问道。

"若是指与太阳系相对速度的话，应该是280公里/秒。"

"280公里/秒？也就是说它刚才已经飞出了大气层！"

"没错。"

胡一云继续问道："它还能继续操控吗？"

张锐摇摇头说道："不能了。不过在它到达目标星体后，磁球反引力状态将会自动解除，这时就需要依靠三向翼的自动程序来进行磁球的飞行操作。进入大气圈后，三向翼又会自动降落。不过现在它并不会立即从太阳系飞走，而是会像彗星一样，在冥王星附近折返，紧接着它会穿过地球轨道，被太阳的引力再次加速弹射。然后穿出奥尔特星云，前往半人马座的金尘星。"

"其他磁球也这样吗？"杨颖此时问道。

"不是的，每个磁球的飞行轨迹都不一样，有的中间可能还需要其他天体引力的再次弹射。像'诺亚星'和'红星'这种与地球距离比较近的行星，只需要太阳系加速一次就够了。而飞往'红星'的磁球还要被一颗6.3光年外的白矮星再次加速，最后才抵达那里。"

"我不太明白，为什么在凤凰岭的实验中没出现这种情况？"杨颖继续问道。

"凤凰岭的实验并没有开启引力完全脱离功能，而只是处于引力抵消状态，这种状态下磁球和地球取得了某种引力间的平衡，而不是独立于地球。此时它虽然不太稳定，但仍然会受到惯性的支配。我们只需进行第一阶段的引力抵消实验，就自然能简单地推算出第二阶段的引力脱离结果，这也是我们只需一次实验的原因。"张锐说着看了看屏幕，此时此刻他难掩激动的心情，停了一下继续说道，"想不到，我们的发射居然一次成功，这太令人难以置信了。"

这时大家才反应过来，纷纷鼓起掌来。

紧接着发射的是船帆座钻石星。磁轨调整完毕后，张锐再次摁下了发射按钮，磁球再一次瞬间消失了。但这次屏幕上的那个光点却没有出现。

"怎么回事？"张锐侧头紧张地问一位通信工程师。

"磁球好像爆炸了。"

"什么？我们刚才不是成功了吗？"

"我这边收到的实时传感温度达到了爆炸临界值，这跟我们以前在凤凰岭的情况是一样的。"

"立即联系智利那边的观测站。"

"好。"那位通信工程师赶紧接通了位于南美洲的观测站。

"我们在南纬32°、西经75°附近上空发现了不明原因的绿色爆炸，现在还在进一步核实。"对方迅速回应道。

"Fuck！"张锐低声骂了一句，他不得不说，磁球项目仍然没有取得成功。它的爆炸是随机的，他们高兴得太早了。

"怎么办？"张锐用询问的目光望着江大伟和威廉姆问道。

江大伟斩钉截铁地说道："接着发射！"

好在"诺亚星"和"红星"都被安排在最后，张锐感觉压力稍减。此后，发往天炉座霾星、水蛇座环球渠星、双子座光子5号星、猎户座光子7号星、凤凰座光子13号星、天鹅座光子15号星、天蝎座光子16号星和玉夫座光子22号星的磁球相继升空，前往天蝎座光子16号星和玉夫座光子22号星的磁球在飞离过程中接连爆炸，一个发生在洛杉矶沿海上空，另一个发生在巴西的东海岸上空。

即将发射"诺亚星"时，所有人都不由自主地紧张起来，刚刚爆炸的三个磁球给大家带来了不小的心理阴影，而"诺亚星"和"红星"的重要性又是如此的突出。张锐不得不再次对江大伟问道："接着发射？"

江大伟闭上眼睛摇了摇头，过了好一会儿他才缓缓睁开眼来，说道："我们已经无路可走了，听天由命吧。"

"我刚发现手机里有一条新消息。"杨颖这时突然说道。

大家听了面面相觑，不知道杨颖所指为何。

"什么消息？"江大伟此时虽然已心力交瘁，仍忍不住好奇地问了一句。

"是叶梓飞发来的。"

"啊？！"江大伟和张锐同时大叫了一声，把在场的其他人都吓了一跳。胡一云等人见江、张两人如此反应，想来这条消息应该极为重要。

"他说了什么？"张锐迫不及待地问道，他完全罔顾杨颖的隐私了。

"他在短信里说，拉，放，飞。"

"短信内容是什么？"

"拉，放，飞。"

"拉，放，飞？"

"嗯。"杨颖说着伸出手将手机递到张锐面前。张锐连忙凑到手机跟前一看，短信内容写着："拉*&…1放*…#飞@"。

张锐从杨颖手里拿过手机满腹狐疑地将手机递给了江大伟，江大伟看过这条短信后也是一脸疑惑。

"赶紧给他打个电话。"江大伟将手机还给杨颖道。

杨颖赶紧拿起手机拨打，但很快她就流露出失望的表情："他已经关机了。"

"Shit。怎么偏偏这个时候关机？"张锐情绪激动地喊道。

江大伟摆摆手说："不要急……唔，拉，放，飞……这一定跟磁球有关。不过是什么意思呢？"

张锐想了想说道："他的意思是不是说，先将磁球拉住，然后再放开，这样磁球就可以安全起飞了？"

"你这么说也不是没可能，但我觉得这个解释还是浅显了点。磁球爆炸这样的问题，怎么是一拉一放就能解决的呢？"

张锐看了看江大伟，见他开始冥思苦想了，就对其他人说道："你们也都想想看，这三个字分别代表什么意思？"

威廉姆想了想说道："拉是不是指要拉着磁球跑一段距离，然后放开它，它就飞走了？"

"这个解释好像也说得通啊。不过拉着磁球跑，究竟要怎么拉呢？"

"是不是把它挂在飞机上？"

"那么拉的速度又该是多少，到底要拉多久？加速度要不要考虑？"

威廉姆两手一摊，耸了耸肩，表示自己不得而知。

张锐这时将目光转向胡一云和舒帆，两人也都无奈地摇了摇头。

张锐叹了口气，再次看向江大伟。江大伟突然说："跟闻远他们联系一下，看看他们有没有什么想法？"

视频通信马上就建立起来了。闻远听张锐连珠炮似的介绍完情况后说道："我跟小山商量一下。"徐小山这时赶忙凑在闻远旁边，两人讨论了一小会儿，然后闻远回过头来，对着摄像头道，"我们列出了几种想法：一是在磁球升空前，以阻力限制它，然后再取消阻力；二是在空中拖曳磁球，然后放开它；三是像放飞风筝一样放磁球，也就是保持稳定后再放开。"

"前两种情况我们都想到了。你们所说的第三种状况好像有点意思。但是以磁球的速度，得多长的线拉着它放啊？再说那么长的线，重量肯定不轻，能保持稳定吗？"

"这个"，闻远与徐小山相视了一眼，然后说，"我们也想不出更多的解释了。"

视频关闭后，大家又陷入了新的苦想之中。

这时，通信台那边像是发生了什么事一般，通信工程师们一阵忙乱，一位工程师匆匆向江大伟跑来，嘴里喊道："刚接到SDA通知，'天使之箭'计划已经失败了，磁球项目需要立即执行。执行完毕后项目组成员须紧急撤离到西南地区。"

听到所有人都吃了一惊，大家或多或少都对"天使之箭"抱有一些信心，现在突然听到这个消息，大家心情一下子都沉重起来。

"还有多长时间？"江大伟故作镇静地问道。

"14个小时。"

"唔……好的，知道了。"江大伟挥挥手，又望着窗外凝思起来。

张锐眼看着时间一分一秒地过去，心中不由焦急起来，过了片刻，他实在耐不住性子了，对江大伟说道："要不就甭管了，反正磁球的爆炸发生率也不高，我们就赌一把吧。"

江大伟沉默不语，沉吟良久才道："好吧，成败天注定，我们也算尽人事了。"

张锐一声令下，发往"诺亚星"的磁球被牵引到升压区。正当他准备下达升压命令时，杨颖突然说道："等等。我刚才想起闻远和徐小山说的话，总觉得隐隐约约有些什么联系。"大家再次把目光投向了她。

江大伟连忙问道："他们提出了三种解释，你觉得哪一种可行？"

"不不，不是他们的解释。我想到的是他们的报告。"

"报告？《'拉格朗日'报告》？"

"正是。"

"这跟《'拉格朗日'报告》有什么关系。"张锐不以为然地说道。

"它们都有个'拉'字。"杨颖虽然说得底气不足，但在场的人都听得清清楚楚。

"哎呀！"江大伟一拍他的爆炸头，说道，"踏破铁鞋无觅处，得来全不费功夫，我们费了老半天劲，还不如小姑娘的灵光一闪。"

张锐此时也恍然大悟，叫道："叶梓飞的意思，是说要把磁球送到拉格朗日点发射！"

"这是唯一合理的解释，我想这应该没错，拉格朗日点是唯一合理的解释。"江大伟来回踱着步说道，"快，立即联系文昌航天中心，看他们还有什么飞船，越快越好……好吧，我来联系他们。张所长，你现在立即送磁球过去……哦，对了，你还得重新计算在拉格朗日点的发射参数……胡博士、舒医生、杨颖，那就麻烦你们组织运送吧，走水路，磁球尺寸太大，陆运不方便……唔，威廉姆先生，请帮忙向SDA汇报这里的情况，同时也请通知传保委这个新情况。"

磁球基地自己就有载重上万吨的船舶，此时正好派上了用场。磁球很快就通过磁轨装上了船。

"我是'后土计划'的执行人江大伟，请你们中心于主任与我通话。"江大伟对着电话那头喊道。

"'后土计划'？"对方迟疑了片刻，问道，"你跟第五方案的江大伟是什么关系？"

"我正是第五方案的执行人江大伟。"

"哦。"对方支吾了一下，好像与旁边的什么人简短交谈了几句，接着说道，"江教授，于主任这时候正在外地。请问您有什么事？"

"我们需要两架愚公250航天货运船，最好立即开启核堆热备用。有两个磁球需要送到拉格朗日点。"

"送到拉格朗日点？"对方一时有点摸不着头脑，颇感为难地说道，"唔……江教授，我们刚收到航天局的命令，要立即撤退。而且，现在中心仅有一架愚公250，还要随我们一起走。"

"于健现在在哪里？"

"于主任在贵州，忙着运物资，卫城下午六点前要全部关闭。"

"既然是这样，那么现在这架愚公250就不能随你走。"

"航天中心还有许多设备物资要运走，没有愚公250……"

"这个责任由我承担。我会请求航天局给你们另外安排飞机。唔……"江大伟顿了顿，接着说道，"另外，能不能统计一下中心还有哪些飞船可以去拉格朗日点？我半个小时后就过来。"江大伟说完匆匆挂上了电话。

江大伟赶到航天中心时，中心所有留守的工作人员都已出动，磁球正沿着滑轨被推进愚公250巨大的腹部。正在这时一个像是头儿模样的人走过来说道："江教授，您好！我是航天中心副主任石飞。我们已经得到指示，将全力配合你们的工作。"

江大伟点点头说道："石主任，目前中心还有哪些可用的机型？"他用手指了指不远处的磁球，"就是能把那个大家伙运到拉格朗日L1点的。"

"我们中心的货运飞船原本有不少，安装完'天使之箭'的发射平台后，有一部分作为补给船去了'第二方舟'，剩下的货船大部分现在在西部支援运输，剩下的也就这四架了。"石飞说着打开手里的文件夹，抽出一张纸来递给江大伟，接着说道，"这四架货船还是刚从'第二方舟'飞回来的，原来准备在中心撤退时用的……你看看，也就愚公250能装下磁球。"

江大伟接过单子一看，其他三架货船型号分别是愚公150、愚公100和鲲型XL-2。作为航空专家，他对这些货船的性能都非常了解，摇摇头说道："鲲型XL-2这种老掉牙的飞船你们还在用？不是早过了服役期了吗？"

石飞两手一摊，无奈说："别说鲲型了，连鹄式那种古董都用上了。'第二方舟'、核弹发射平台、'天网'……每一次近地组装都要……"石飞突然意识到'天网'是江大伟的项目，硬生生把后边的话咽了回去，悻悻地道，"除了'天网'，其他都是劳民伤财的活儿。"

江大伟摆摆手，心想鹄式是利用液氢燃料的最后一代货船，连那种型号都搬了出来，可见这一年来航天资源的消耗情况。按载重量来说，愚公150完全可以装载新磁球，愚公100也勉强可行，鲲型XL-2就不行了；按容积算，这三种型号都无法装下新磁球。

"我记得中心有2架愚公250？"

"是的，于主任带走了一架。"

"哦？于健在贵州？我现在给他电话，看能不能安排。"

江大伟联系上于健后才了解到，另一架愚公250在当天凌晨损坏了。由于躯体过于庞大，在贵州"地下卫城"附近一个停机坪降落时，机翼不幸撞上了山体，受损严重，甚至连抢修都被迫放弃了。

张锐和威廉姆此时已匆忙赶到航天中心了。张锐告诉江大伟，拉格朗日L1点的磁球模拟飞行参数已经全部计算完成，发射的窗口时间在此

后的10～14小时。照此计划表，愚公250必须马上起飞前往拉格朗日L1
点，才能赶上发射时间。

"石主任，你想到什么办法没？"

石飞无奈地摇摇头。

江大伟看了看已经完成装载的那架愚公250，咬咬牙说道："不能等
了，先把这个送上去再说。"

在江大伟的精心安排下，张锐将和这个磁球一同前往拉格朗日点，
在那里将由他主持磁球发射工作。在石飞的指挥下，愚公250被缓缓拖曳
到舱式弹射平台上的发射区，这一刻处于热备用状态的聚变动力引擎开
始逐渐加速。愚公250在发射区开始滑行，接下来滑行速度猛然增快，庞
大的身子顷刻间迅速驶上栈道，既而矫捷地攀爬，并在瞬间就冲出了栈
桥，随后箭一般往蓝天深处飞去。

"石主任，"江大伟看着天空中那个变得越来越小的银点，"航天
中心有愚公150的工程图吗？"

"这些资料我们都有存档。"

"好，你马上拿来我看看。"

石飞迅疾打开了文件夹，抽出一张半透明的电子纸，将它铺在白色
桌面上。点击了几下后，一张飞船的三视图便被打开了。江大伟仔细核
对了一下图纸，然后抬头对石飞说："我们要在愚公150的机身中段的顶
部挖个洞，好把磁球放进洞里。"

"啊？"石飞听了江大伟的话后惊得目瞪口呆，连连摇头说，"这
是行不通的。"

"我看过图纸了，在顶部挖个直径8米的洞，对结构强度影响
不大。"

"对结构强度确实没多大影响，但稳定性和平衡性呢？在那么大
的加速度下磁球怎么固定？另外，气密性怎么保证？噪声、振动怎么控

制？……行不通的，绝对行不通。"石飞倒豆子般抛出一连串问题，一直用力晃着他的大脑门，嘴里连说不可行。

江大伟皱着眉头看了眼石飞，待他停下来才说："石主任，这是唯一的办法了，行不通也得行得通，不可能也必须有可能。这些东西如果现在不利用起来，"江大伟抬手指着不远处的航天飞机和磁球，接着说道，"将来可就是文物了。"

石飞看了看周围，无奈地叹了口气，"江教授，就按你的意思办吧。既然都是死路一条，搏一把总是必要的。"

"好。我现在即刻就给武汉的国家新材料研究所打电话，希望那里现在还有人。你立即组织切割。事不宜迟，我们就赶紧分头行动吧。"

位于武汉的国家新材料研究所最后一批人即将撤离之前，接到了江大伟打来的电话。这个单位是"天网"纳米丝供应商之一，江大伟曾去考察过好几次。了解江大伟的意思后，研究所几位研究员立即着手进行计算。他们根据航天中心发来的各种参数，愚公150的启动速度、磁球质量和几何尺寸等，迅速挑选出了一款大小合适的高强度纳米绳索。

待绳索运到文昌时，愚公150的机身也已切割完毕。石飞甚至还安排工作人员做了一个与洞口接在一起的碗状圆箍，还在圆箍周围加了一圈密封垫，以确保磁球在急剧加速中不会被甩出。巨大的吊装机将磁球缓缓吊进了圆箍里，工作人员用纳米绳索将磁球和愚公150机身牢牢捆在一起，远远看上去就像个五花大绑的粽子。

待用纳米丝固定磁球完毕，已经离愚公250的发射足足过去了两个小时。石飞原本还想做一次全面检查，但江大伟已经等不及了，他对石飞道："气密性肯定是有问题的。平衡性如果有问题，也没有时间再做调整了，就这样吧。"

江大伟坚决要求亲自登机，众人知道这次飞行的危险系数极高，都竭力劝阻，但无奈江大伟心意已决，大家也就只好由着他。由于气密性无法保证，所有机组人员都穿上了宇航服。石飞战战兢兢地指挥着愚公

150驶入发射区，大家看着机身鼓凸出一个圆球、形状怪异的愚公150开始进行引擎加速，紧接着颤巍巍地沿着栈道缓缓滑行，众人手心里不由得都捏了一把汗。石飞已经说过，在弹射出栈桥的瞬间飞船是最有可能发生意外的。

货船开始全力加速了，它就像一头愤怒的单峰驼一样，拼命往上冲去，一公里长的栈桥瞬间就被它甩了身后。它在脱离栈道的瞬间，机身猛地往下一沉，似乎就要跌入海里了，但它的头往上突然昂然翘起，奋力抵抗着地心引力的拉扯，迅猛往空中攀爬而去。

成功了！人群里爆发出欢呼声和掌声，威廉姆激动地大喊大叫，并一把抱住旁边的石飞，在他大脑门上亲了一口。舒帆禁不住与胡一云紧紧相拥在了一起，激动的泪水顺着他俩的脸颊淌了下来。

胡一云环顾了一下四周，问舒帆道："接下来你有什么打算？"

"你呢？"

"我没有中签，去不了'地下卫城'。"

"我也没中。"舒帆摊开手笑道，"你有想去的地方吗？"

"唔，"胡一云想了想说道，"我准备回家，我还有一对宝贝儿女呢。"

"你结婚了？"

胡一云耸耸肩，笑道："你知道兴兴和旺旺吗？"

"哦。"舒帆听完恍然大悟地笑了起来。

胡一云看着舒帆，突然说道："你有没有兴趣和我一起去鄱阳湖看看？"

"不介意一个医生和你一起？"

"当然，"胡一云微笑道，"不介意。"

降智打击

此刻，马冯静静地站在自由女神像的头顶，身边空无一人。极目之处是宽阔的水道，遥接大西洋。水岸上是鳞次栉比的建筑群，在黎明前的暗色里延伸到远方，曼哈顿岛遮住了水天之外的风景，纽约港的入口波澜不兴。再过一个小时，太阳将从东方升起，那是象征自由和光明的方向。

马冯知道那只是他的幻觉，没有人能再次目睹太阳东升——在东方，暮色正在降临；在欧洲大陆，灿烂的阳光此时正洒满大地，人们在任何可以祈祷的地方，呼吸着凝滞的空气，仰望着死寂的天空；在中东，人们匍匐在被燥热的阳光炙烤过的沙堆里，等待着审判日的来临……这一刻整个世界是安静的，就像马冯此刻平静的内心一样。

旭日东升，那已经是人类历史里出现过多少次的场景了，没有人真正去计算过，也不会有人在乎，毕竟那只是生活中最平常不过的景象。现在没有人能再看到了，有人会怀念它吗？当然有的，或许在"地下卫城"里新出生的一代，当他们看到太阳从地平线上升起的影像时，该露出多么惊奇的神色！出生于火星基地的孩子，将永远只能看到一个银白色的黯淡光轮在遥远的天际升起，孤独地悬挂在苍凉的红色荒原上；在"第二方舟"成长的孩子，每天将看到太阳将炽烈而冰冷的光洒在防辐射玻璃上，和方舟那巨大的金属构架一起折射出一条条躁动的炫光……

是啊，他们的父母将来得花费多少口舌，去解释那绚丽的满天霞光、彩虹，深沉的地平线，壮丽的海波……马冯缓缓地闭上了眼睛。

他等待着最后一刻的来临。半个小时后，直径6公里的"大花生"将裹挟在一团威猛迅捷的巨大火球之中，划破长空，向西太平洋奔去。只见烧灼成离子态的绿色光幕笼罩着它的头部，尾部则拖着长长的红焰。它将在离太平洋西岸2500公里处撞入海中。方圆几百公里的海水在高温中将迅速蒸发，大气层里密布着水蒸气。冲击波和海啸会先后席卷全球，它们顷刻间便可摧毁城市和村庄，淹没田园和树林。"大花生"将击中干涸的地壳，大陆板块被猛烈挤压，向西推倒珠穆拉朗玛峰，剧烈的爆炸和地震也将随之发生，花彩列岛那条南北走向的长岛链在撞击中会迅速崩裂，地底火山像蓄势已久的火龙一样瞬间迸出，高达几十公里的浓烟、火山灰和岩浆在地球各处此起彼伏地喷射……如果此时身处近地轨道，看到的将是人类史上最美的烟花。尘埃、蒸气和散发着臭鸡蛋味的乌云将遮蔽天空一百年，严寒和黑暗笼罩着大地，物种开始灭绝，地球史上另一个漫长的冰河期就此开始……

这一切都在这三年内被反复地计算、模拟、演示，马冯闭着眼睛都能看到那荒凉的末世景象，文明凋敝，万物灭绝，地球陷入沉寂，地表上唯有在熔岩余烬中得以保存的人类遗迹，残鳞片甲，一砖半瓦……深在地底的人们，需要一百年后，才能推开被掩埋的卫城闸门，在这片土地上重建文明……

马冯缓缓睁开眼来，他放在衣袋里的手指在微微颤抖。不，准确地说，握在他手里的手机在微微颤抖。马冯轻轻拿出手机来，是威尔斯的电话。

"喂，威尔斯总统……"

"喂，马秘书长，最新消息。'大花生'停止前进了！"

"哦？为什么？"马冯依然淡淡地问道。

电话那头的人显然没有料到马冯会这么平静，稍微顿了顿才又快速喊道：" '大花生'停下来了！马秘书长，它停下来了，你不觉得吃惊吗？它居然停下来了！"

"是啊，我觉得很意外。你现在在哪里？"

"我正在驱车前往白宫。我要立即召开新闻发布会。你呢？你不去联合国总部吗？"

"我不太确定。不过我得先跟SDA的专家联系一下。你知道是什么原因吗？"

"不知道。我跟NASA联系了，他们似乎比我更吃惊，真是岂有此理！'第二方舟'已经派出三个小分队前往'大花生'了，他们相距不远……我的意思是说，'大花生'现在就停在同步轨道上。不知道它是怎么突然停下来的？你知道，这有悖物理常识。不过先说到这里吧，我还需要润色发言稿。全国各地的记者都在往白宫赶，他们现在需要我。你懂的……你得赶紧回联合国总部！好吧，我就说这么多了，我先挂了！"威尔斯说完就挂断了电话。

就在马冯刚准备将手机放回口袋时，手机又振动了起来。这次是山本清原，在近地核弹防御计划失败后，他就不知到哪儿去了。

"喂，山本先生，你好。"

"马秘书长，'大花生'突然停在了同步轨道，您知道这件事吗？"

"哦，我也是刚听说。"

"很好。您要赶回指挥大厅吗？SDA已经成立了调查组。在演讲发表之前，请您尽快先来指挥大厅吧，我们正在分析原因，这对您的演讲很有好处。我们得到的消息称那些核弹和飞船都插在'大花生'上了，可是一个都没有爆炸。我相信您不会就此发表意见的，请相信我，这不是执行出了问题。"

"山本先生，我会先了解清楚情况再做评议的。"马冯虽然不太满意山本清原对自己要说些什么横加干涉，但仍然保持着应有的克制和耐心。

"唔，好的，那么请您尽快来主持大局吧。SDA里的人现在有明显的分歧……我搞不懂一些专家是不是被世界末日的言论吓破了胆子，他们居然认为'大花生'里有外星文明，这不是很荒谬吗？外星人会坐在一块陨石里进行太空旅行？他们为什么要待在一块石头里？马秘书长，我觉得比较合理的解释是核弹击中'大花生'后虽然没有爆炸，但冲击力也减缓了'大花生'的前进速度。当然，我们还在计算，不过很快就会有结果的。"

"唔，很好，辛苦你了山本先生。我会很快就回来的。"马冯挂掉了电话。他突然想起了胡一云对火星生命石的考察，难道它们之间真的有什么联系吗？如果2033KA1里真有外星生命，似乎也不是什么奇怪的事情。只是，正如山本清原所说的那样，如果是外星文明，它们为什么不乘坐宇宙飞船，而是待在一块陨石里？他们来地球的目的是什么？又为什么要停在同步轨道上呢？

马冯举目凝望着远方，太阳此时刚刚从远处的地平线升起，天空呈现出一种令人舒服的橘红色。马冯笑了笑，整了整领带，将风衣裹紧了一些。或许，下一个该是他出场了吧——谈判从来就不是一件坏事，不是吗？正当马冯准备走下阶梯时，他看到远方大西洋上空的橘红色顷刻间就变成了紫色，就好像是有人突然间用紫色滤光镜遮挡了一般。那道紫色的光幕笼罩住了整个天穹，最初略显暗淡，但突然就变得明亮，甚至耀眼起来了。

马冯用力揉了揉眼睛，疑惑地看着窗外的天空，那些紫色仍未消退，此时更是在他眼前跳跃着、晃动着。他感到一阵眩晕，不得不紧紧抓住栏杆。那一刻他感到大脑一片空白，就好像被燎原的野火舔舐过一般，脑海里只留下了黑色的残渣。他像中风了一般跌倒在阶梯上，感到手脚冰凉，嘴唇不由自主地翕动着，口水止不住地流了下来。他挣扎着爬起来，眼前突然一亮，此刻感到周围的一切一下子变得简单起来，那些城市的高楼看起来就像积木一样充满童趣，天空明朗而纯净。他禁不住呵呵笑了起来，边笑边慢慢走下阶梯，任由涎水从自己的嘴角流下……

威尔斯站在白宫门前的草地上，他的周围已经聚集起了三四十名记者。威尔斯决定用一个简洁有力的演讲给民众以新的信心，并号召他们重建家园。在过去混乱的一个月里他已经受够了，他可不想再没人响应他的号召。

"'大花生'突然停止了前进！这是半个多小时前NASA的一位官员告诉我的——感谢他们此时仍坚守在工作岗位上；同时也感谢记者们——你们这次将要一反惯例，告诉公众这个好消息了。"

众记者们都心领神会地笑了起来。

"无疑，'大花生'能停下来就是个天大的好消息。我们度过了艰难的三年，这三年……"

"快看！"一位记者突然指着天空惊呼道。他突兀的喊声将所有记者都惊动了，霎时大家都往天上看去，只见整个天穹都变成了紫色，紫色的天空在清晨突然明亮起来，瞬间就将整个发布会现场笼罩住了。威尔斯在经历了短暂的不快后，也为天空的异象所震惊。朦胧的紫色无边无际，令人感到不适、眩晕，但又无处可逃。有人最初还冲着天空不断拍照，但拍了几张后就跌坐在了草地上，傻傻地望着天空发呆。

过了好一会儿，威尔斯突然呵呵笑了起来，在场的所有记者都呵呵傻笑起来。有些人开始追逐玩闹起来，有些人则拿着相机乱按快门。西装革履的威尔斯也跳进了人群里，在草地上打起滚来。他身后的幕僚们一个个愣在那里，有的傻笑着，嘴角挂着的口水也顾不得擦去，有几个老头在草地上颤巍巍地小跑起来，边跑边跳。也有一些人什么也不干，仍然愣愣地望着天空发呆，偶尔会无意识地傻笑一下……

胡一云是在抵达鄱阳湖不久后看到那片紫色的。那时他正和舒帆在湖边的草地里依偎着，目送夕阳沉去，夜幕降临。他们在等待那个巨大的火球从天而降。

舒帆甚至不忘八卦一下，说看到徐小山和闻远挤在同一个摄像头里，真觉得他们就是很般配的一对儿。舒帆这么说时，胡一云忍不住抱起她，调侃道："比起我们这对儿怎么样？"

"你是说水里的？"舒帆指了指不远处的湖面，顽皮地回了一句。

"岸上的。"胡一云说完就吻向舒帆。舒帆正准备闭上眼睛，突然她看到一道紫色光幕从天而降。她两眼圆睁，仿佛在瞬间失去了魂魄一样。胡一云感到舒帆的舌头不再动作，便从她僵硬的嘴里抽出舌头，见到舒帆的表情后他不禁大吃一惊。他抬头向天上望去，这时紫幕已将整个天空笼罩，胡一云突然感到心烦意乱，他的手脚一阵抽搐，他忽然觉得自己的嘴角似有唾沫溢出，大脑却慢慢失去了意识。当他再次清醒时，周围的一切都变得陌生而美好。他望向舒帆，她眼里闪着天真而好奇的神色，他们呵呵地笑着，拉起手来，在草地里欢快地奔跑起来，早忘了刚才的柔情蜜意……

这个时候闻远和徐小山看着三艘飞船正从"第二方舟"飞出去。在他们所处的位置，"大花生"看起来真像是一颗花生——如果此时将一颗花生平举到眼前，那么它应该跟"大花生"是一样大小的——尽管那个六公里直径的庞然大物离他们很远。当然，也并不是特别远。

三艘飞船渐渐远去，最后隐没在"大花生"一侧的阴影里，不借助望远镜的话已经无法辨认了。闻远拿起望远镜看了看说道："太诡异了。"

"嗯，从表面上完全看不出什么。"

"这完全违背物理定律——怎么可能一下子就停下来呢？"

"很显然它不是一颗小行星。"

"不管怎么样，一会儿就会水落石出的。"

"嗯……你说我们要不要把光子捕捉器转到它的那个方向上？"

"这有什么用？"

"不知道有没有用。不过光子捕捉器不是正好闲置了吗？"

"你说的也是，那咱们就试试吧。"

徐小山急忙走过去操纵着光子捕捉器的玻璃鼓将其对准了"大花生"。当一切调整停当后，两人静候了一会儿，却发现纠缠态光子成像暗室里并没有任何反应。

闻远有些兴味索然，又拿起望远镜往"大花生"那边望去。按照"第二方舟"与"大花生"的距离，此时三艘飞船应该快接近它了。

突然，闻远看到一道紫光从"大花生"的底部射出，感觉它像光锥一样洒向地球。同时它的侧边也闪出一道光来，闻远感到一阵头晕目眩，便连忙放下望远镜，回头看徐小山，发现他正怔怔地盯着光子捕捉器屏幕，屏幕上此时有无数光点在飞速移动，密密麻麻，看起来就像到处乱撞的萤火虫。闻远忍不住又回头看去，这时他看到一道紫芒照在了八号空间站上——准确地说应该是整个"第二方舟"上。不过闻远很快就无法做出准确判断了，他开始傻笑起来。他傻笑着回头看看徐小山，徐小山正趴在屏幕边上，涎水一滴一滴地从他嘴里掉到桌面上……

"升压！"张锐嗓音嘶哑地向自己下达着命令，然后他摁下了身前的按钮。磁球已经从愚公250的腹部飘出，停泊在了500米开外，旋转的动力构让它带着一层淡淡的光晕。在张锐摁下按钮的瞬间，磁球便从他眼前消失了。

张锐知道，磁球正沿着与银面夹角8°6′3″的路线、以渐开线方式在茫茫银河里对面前进。如果从垂直于黄道面的太阳系外观察，磁球此时就像从太阳荡漾的引力波中破水而出的一个浮标，瞬间就从黄道面飞出去了，在人马座A的驱动下，飞向斑斓的星光……如无意外，它将在102年后抵达"诺亚星"。

现场没人发现杨颖进入了最后一个磁球，石飞正指挥着众人将磁球吊入愚公150的洞里，工程师们正忙着将磁球五花大绑在机身上。杨颖已经开启了冬眠床——这个由张锐改进过的人体冬眠系统不但比原来的休眠箱可靠，而且可以连续运行120年。

　　杨颖曾向张锐详细了解过冬眠床的操作方式。事实上那是一套操作极为简单的系统，只要设定好时间，按下开关，然后人只要躺进冬眠床里，系统就会自动运行，并在预定时间自动唤醒冬眠人。杨颖不确定120年够不够，不过她毫不犹豫地输入了"120"。

　　杨颖拉开冬眠床下面的一个抽屉，从里边取出一具银光闪闪的光滑连体服和一管药膏。她缓缓脱下所有的衣服，在手里抹上药膏，然后顺着脖子往下抹去，她的手最终停在了小腹上，那里的皮肤平坦而紧绷，是二十来岁少女应有的模样。但在杨颖自己眼里，它似略有隆起。

　　杨颖穿上连体服后，接着打开旁边的一个小抽屉，里边是一个红色的方形小匣子。她揭开小匣子的盖子，金属薄膜内衬上有两处凹坑，嵌着两粒药丸，一红一篮。她将两粒药丸取出，放入嘴里，药丸迅速就滑进了她的食道。待一切停当，杨颖摁下了冬眠床边一个醒目的绿色按钮，在冬眠床的玻璃罩掀开后，她就连忙躺了进去，嘀的一声，从她头上方缓缓降下一个面罩，刹那间便将她的脸覆盖住了。

　　来自面罩的吸附力让杨颖的脸有点发麻，不过一切尚好。之后玻璃罩开始降下，悄无声息地将整个冬眠床在瞬间就盖住了。杨颖感到脚底涌起了一股略带凉意的液体。液体渐渐浸没了她的身子，面罩上开始覆盖上一层淡蓝色的液体，紧接着变成深蓝，最后整个面罩都浸在液体里了。杨颖感到自己的心跳在不断加快，呼吸也变得急促起来。过了好一会儿，周围汩汩的轻微噪声终于让她平静下来了，她开始喜欢上这种宁静的感觉，慢慢放松身心，直到最后失去了意识……

　　江大伟站在愚公250的巨大舷窗前，看着几名宇航员匆忙解开了纳米绳索，磁球和愚公150在缓缓分开。等宇航员们都返回太空舱后，张锐启动了反引力系统，磁球眨眼间就消失在了茫茫太空里。

　　如果当时所有在场的人，知道杨颖正躺在磁球里，他们一定会用最隆重的方式，纪念人类的最后一次告别。但在当时，太阳系里所有的人类，都不知道有个女孩正躺在冬眠床中，她的子宫里有个人类胚胎，身旁有3000万个人类基因和20万个地球生命基因。那个在银河璀璨的星光里不断跳跃着的小球，就像一朵越过深谷、高冈、溪涧、江河的蒲公英，正向着一个前景不明的未来飞去……

返航途中，江大伟和张锐看到了令人吃惊的一幕：远处那个看起来只有篮球大小的地球，突然被一片紫色光锥笼罩起来了。

他们通过用愚公250的望远镜观察发现，紫色光锥的顶端位于地球同步轨道——从他们所处的距离和角度，这是很容易观察到的。

"你发现没有，光锥是一颗小行星发出的。"

"是'大花生'。"江大伟肯定地说。

张锐惊惧地望着江大伟，周围的宇航员们也都面色惨白，大家心里都有了一个可怕的想法。

"先跟地球联系吧。"江大伟整理了一下思绪，沉声说道。

几名宇航员奔到通信台前，同时往SDA、文昌航天中心和磁球基地发送了通信请求。在重复的呼叫声中，豆大的汗珠正从他们的额头沁出。

江大伟赶到旁边问道："怎么样？"

"没……没有回应。"一名宇航员用颤抖的声音回答道。

"发给'第二方舟'。"

"好。"宇航员们连忙行动起来。

"快看。"张锐指着前方喊道，听到喊声所有人都禁不住顺着他指的方向看去，只见紫色光锥突然绕着地球转动起来了，光幕刚好覆盖住了整个地球。

"'第二方舟'没有回复。"一位通信工程师对江大伟喊道。

江大伟走到张锐身边，用询问的目光盯着张锐，低声道："你怎么看待这一现象？"

张锐摇摇头，想了一会儿才道："如果是外星文明，这种方式不可能是为了和平和交流。"

"那么就是入侵了?"见张锐表情凝重地点了点头,江大伟缓步走到舷窗前,死死盯着那幕诡异的景象,沉吟良久才说道,"联系不上,说明地球的通信已经被切断了。"

他扫视了一眼众人,见大家都神色复杂地看着自己,就朗声说道:"这是我们从未想象过的外星文明,它们这样不可思议地光临地球!对我们来说,现在摆在我们面前的路有两条:一是停止前进,离开地球。但这基本上是死路一条,我们的食物和水顶多只能支撑一个月……更何况,"江大伟忍不住带了点嘲讽的意味继续说道,"我们都还没见过外星人,就这样不明不白地做了逃兵,实在有点说不过去。所以,"江大伟稍稍提高了嗓音接着说道,"我们只能继续前进,回到地球。远看外星人虽然比我们强大许多,但事件的真相到底是什么,或许只有回到地球才能得知了。"

"现在地球情况不明,我们何不去火星?"一名宇航员咕哝道。

"不,我们到不了火星基地。而且照目前的情况看,火星基地的情况应该跟地球差不多。"

"要不去月球?至少我们可以在那里补充水、食物和能源。"另一名宇航员叫道。

江大伟皱了皱眉头没有回答。

张锐忍不住反诘:"覆巢之下焉有完卵,你觉得现在月球能好过地球?"

"那么,我们该怎么办呢?"

"返回地球。"江大伟平静地回应。

"等等,"张锐急切地说道,"我们大可以在这里等上几天,先观察一下情况再说。"

几个宇航员点了点头,都觉得这不失为一条权宜之计。

"嗯。"江大伟想了想才说，"虽然我个人无所谓，不过如果大家觉得有必要，那我们就先在这里等上两天吧……"谁知他话音刚落，便突然一拍脑门说道，"糟糕！我怎么没想到呢！"

众人齐刷刷地望着江大伟，不知他突然想到了什么。

江大伟猛地冲到通信台前，大声说道："快！把我们现在所看到的一切赶紧记录下来，迅速发送出去！"

"发给谁？"一名宇航员还没完全反应过来。

"发往宇宙！发给一切能接收到这条信息的文明！视频、音频、图像、文字，赶紧行动吧！"

众人猛地回过神来，两名宇航员操起舱壁上挂着的长焦摄像机直奔舷窗前，对着光锥中的地球猛拍起来。张锐和另一名宇航员则打开了愚公250上唯一一台大功率无线电发送器。江大伟坐在电脑前，快速地敲击起键盘来，嘴里念道："人类公元2036年1月26日格林尼治时间11时左右，银河系猎户座旋臂太阳系行星地球疑似被外星文明侵入。一颗被人类称为2033KA1的小行星，在地球同步轨道向其释放紫色光幕。地球通信被瞬间阻断……"

"快看！"张锐的大声叫喊打断了江大伟的思路。他刚从屏幕前抬起头，一条紫色光柱已从遥远的天际迅疾射来，瞬间便将整个飞船笼罩在了光幕之下……

附录《后土文明全史》

"母星卷"-"残缺信息组"-"宇宙信息档"

……

残片编号：10010010

打捞日期：后土纪1979年

（记者张萌）

火星基地观测站配备的是口径2.5米的光学望远镜。据该站工作人员介绍，通过该望远镜观测到的地球分辨率为12公里/像素点，火星大气层不会对观测产生太大的影响。记者刚才用望远镜观看了地球，这次体验后才发现与在月球上裸眼观看地球的效果差不多……

……

残片编号：10111010

打捞日期：后土纪1979年

……

我是星空网记者张萌，这是视频信息。

……

我无法确定地球上到底发生了什么。自近地核弹防御计划启动以来，我们一直待在观测站里。

……

一位观测人员突然发现地球笼罩在一个紫色光锥里，光锥的顶端位于距离地球36800公里处的同步轨道上。我们无法分辨光锥来自何处。我身旁的洛克认为可能来自小行星2033KA1，不过他并不确定。洛克是火星基地观测站的一位工作人员，此前他在地球上的SKA工作。

据洛克计算，目前光锥正沿着同步轨道绕地球转动，角速度大约为2度/分钟。考虑到它的长度达到了36800公里，就足以说明这是个惊人的速度。洛克，你能给出一个具体数字吗？……外边好像发生了什么事，许多人都跑出去了……

……

是"蜂巢号"！天啦！它突然出现在火星轨道上！它看起来好像并没有受到什么损伤。等一下，我问问身边的人。"你好，请问你是……"

"我是维修工程师肖龙。"

"肖龙，你好！你知道发生了什么吗？"

"不知道。许多人认为'蜂巢号'被摧毁了，真没想到，它还好好的。"

"是啊，这有点太意外了。它看起来没有受损。"

"我想它只是失踪了，地球基地当时没有联系上它。"

"你认为机组人员还活着吗？"

"不清楚……哇，你看！"

"那是一道紫光！来自'蜂巢号'的紫光！"

我现在处在紫光中，周围到处是紫光……看起来大家的表情都有点异样。"肖龙，你觉得这光与我们刚才在地球上观测到的有区别吗？"

"呵呵……"

"肖龙，请问……"

"呵呵……"

"肖龙，你怎么了？"

"呵呵呵……"

肖龙看起来似乎碰到了麻烦……对不起，我得先去找医疗专家……

……

看起来周围的人都出了问题，他们好像是突然得了一种奇怪的病。这点我还不太确定，我得先去医疗棚……

……

现在站在我面前的三位医生也都患病了。他们的身体看上去都没有什么异常，但表情很古怪，其中两人……唔，流着口水，好像失去了自我意识。我忽然发现自己周围的人好像都得了这种病。我现在不确定这是不是被紫光照射的结果，但我看起来还能行动。不好意思，我现在得去其他地方转转，看看还有没有人和我一样未受影响……

……

情况看起来不太妙，基地上的所有人都变傻了。我不知道刚才发生了什么……"蜂巢号"还在上空，紫光已经消失了……

呜呜呜……

呜呜呜……

星空网总编室，你们能收到我的信号吗？

呜呜呜……我得停止发送信息了……对不起，我很难过。

……

残片编号：11100010

打捞日期：后土纪1979年

……

星空网记者张萌，这是火星。

……

他们看起来能做简单的交流，不但能理解我说的话，还能按照我的要求做简单的动作……我的意思是说，他们能进食，上床休息，穿衣之类，有些人会随地大小便，但大部分会使用便溺系统。他们好像对一些事失去了兴趣，比如说阅读或工作。他们已经不会使用工厂里的复杂机器了……我让他们挨个到全体扫描诊断仪里检查，但没有发现任何问题。

天啦，他们身上究竟发生了什么……

"蜂巢号"还在上空，它一直在基地上空，我估计大概是5公里的高度……

……

残片编号：11101100

打捞日期：后土纪1980年

……

信息来源不详

……

我太孤独了，不得不继续发信息。我知道这样做或许是徒劳的……

我做了一个很奇怪的梦。我可能太疲劳了……我梦见了杨天，我们在他的房间里，那个房间不大。我们坐在一起看电视，但我看不清屏幕上到底在播放什么……我们后来做爱了……我不知道为什么，我想可能是我太疲劳了，也可能火星基地的供氧系统出了什么问题——那些工程师们现在无法开展工作，他们患的病不知是暂时的还是永久性的……我现在正在学习火星飞船的宇航员手册……天啊，那太复杂了。我不知道要花多长时间才能看懂它……但不管如何我得返回地球……

……

残片编号：11110100

打捞日期：后土纪1980年

……

信息来源不详

……

我仍在学习宇航员手册，我已经懂得往聚变堆引擎里装载燃料棒了……"蜂巢号"仍停在那里，不过我不打算理会它了。我用了许多频率的电磁波给它发送信息，却都没有收到任何回音……

基地上的移民看起来没有人们想的那么糟，他们虽然只能从事简单的劳动，但不会乱碰东西。他们也非常顺从，即使饿肚子也不会乱喊乱叫。哦，天啊……他们的目光是那么的单纯……我不知道如果我离开火星他们该怎么办。他们看起来有自理能力了，但非常……可怜。我不知道这个词是否准确……

我又做了个相似的梦……我和杨天在他的房间里做爱……然后又一起看电视，我仍然看不清屏幕里的内容……杨天后来起身去弹琴。他弹的是《悲怆奏鸣曲》，我记得我在八号空间站听过一部分……不过看起来他弹的并不太熟练，或许是我不太了解音乐吧……

……

残片编号：11110101

打捞日期：后土纪1983年

……

信息来源不详

……

我已经看完了整本宇航员手册，懂得了火星飞船起飞和着陆的基本操作……我已经向地球发射了1008个求救信号……不管怎么样，我已决定飞回地球了。

我想带几个人回去，肖龙、洛克、琼斯，或者还有其他几位。他们虽然帮不上我什么忙，但也不会妨碍我什么。走之前还得去"蜂巢号"看看里边到底发生了什么。不过我不太清楚怎么操作飞船对接……我想还是算了吧……

我又梦见了杨天。难道我爱上他了？我只见过他一面……真是奇怪！……他又弹起那首《悲怆奏鸣曲》。我已经在梦中听了很多遍了……

……

残片编号：11110111

打捞日期：后土纪1983年

……

信息来源不详

……

我已经将火星飞船挪到了发射场。那群工程师们像孩子一样开心，他们看起来真的很有童趣啊！想到要把他们留在火星真让人于心不忍，不过没有其他办法……如果我能驾驶"蜂巢号"的话，倒是可以将他们全部带回地球……"蜂巢号"还是老样子……管它呢，等我回地球后报告给SDA他们自然能处理这些问题。不过SDA难道还不知道基地上发生的一切吗？基地是不是被地球抛弃了？……

唔！昨天的梦有了些变化。杨天弹完琴后要我将《悲怆奏鸣曲》发送到太空去，这真是个奇怪的要求啊……不过既然是梦，也就没什么好在意的……

......

残片编号：11111000

打捞日期：后土纪1983年

......

信息来源不详

......

我已经在做准备了。蔬菜棚里的食物很充沛，我已经储备了足够的粮食和水。他们懂得如何耕种，这太让人惊奇了。看来没有人照顾，他们也不会死去。不过他们似乎知道我要离开，每个人都非常悲伤，有几个人还不断打自己的脸，认为是他们表现不好才导致我离开……看到他们自责的样子，我感到非常难过……我真想放弃回地球了……不过如果我不回去，地球上的人怎么知道火星上发生了什么？……但SDA为什么不派人来看看呢？难道地球上也发生了类似的事？……不管怎样，我仍然要回地球！加油！

杨天这次弹完琴后又请求我将《悲怆奏鸣曲》发往太空。他看起来很悲伤，说是为了新的文明。我不明白他在说什么。不过既然暂时没其他的事，就试试看吧。

......

残片编号：11111001

打捞日期：后土纪1983年

......

信息来源不详

......

杨天居然在梦里告诉我，我记录的《悲怆奏鸣曲》不对！他怎么知道这些？他说他在净化循环系统的电脑硬盘里存了这首音乐，这太神奇了！唔，他倒是确实负责安装了基地的净化装置，但是怎么可以在那里边放私人的东西呢？而且……他怎么会在梦里告诉我这样的细节？难道我能感应到他遥远的脑电波吗？

或许我不应太在乎这个梦。飞船已经准备就绪，我想我还是早点离开这儿吧。

……

残片编号：11111011

打捞日期：后土纪1983年

……

信息来源不详

……

飞船出了点故障，我得再花些时间研究一下问题出在哪里。他们知道我暂时走不了，似乎都很高兴……

我居然在净化循环系统的电脑里找到了这首音乐，真是神奇！看来真的有必要将《悲怆奏鸣曲》发送出去。我记得，基地的通信总部就有大功率的长波无线电发射器。我姑且试试看吧。

……

残片编号：11111101

打捞日期：后土纪1983年

……

信息来源不详

……

我昨晚已经将《悲怆奏鸣曲》发送出去了。一夜无梦！

……

残片编号：111111111

打捞日期：后土纪2027年

……

《悲怆奏鸣曲》解码

编码人：杨天

编码日期：地球纪元约2035年年末～2036年年初

内容：

一、地球人类文明如果被摧毁，应该是另一种外星文明侵略的结果；

二、该文明自称MACU，其飞船是小行星2033KA1（或隐藏在小行星内）；

三、该文明来自一颗即将发生超新星爆炸的红巨星的行星系统里；

四、该文明能入侵人类记忆，控制意识，但不清楚能否读取人类潜意识；

五、该文明具有较强的观测能力；

六、该文明或为母系社会，以"母"为神或宗教领袖；

七、该文明或许具有集体记忆，因而在其文化里没有死亡的概念；

八、该文明可能具有强大的学习能力；

九、该文明认为人类为低等生物，具有杀戮、性欲、金钱、权力欲望；依此推测，该文明或许雌雄同体；

十、该文明制造和使用工具的能力或许不强；

十一、该文明会对人类实施降智打击，不太确定其后果；

十二、该文明或摧毁过某种与人类文明相似的文明。

《后土记》缘起

如果人类离毁灭只有三分钟，你会做些什么？

如果把这个时间再延长一些，比如说三小时，三天，三个月，或者说三年呢……

我想在不同的时间段，每个人都会有不同的抉择；而人类作为一个整体，在极端的生存时间里，又会爆发出怎样的求生欲望呢？

讲究些的科幻小说大概都会有意无意成为思想实验的故事文本，都会在某个或某些设定的极限条件下去穷尽可能性，进而建立一个在逻辑上大致可信的未来图景。在写作《后土记》之时，我也一直思考的一个问题是：如果只剩三年时间自救，人类能做些什么？

这个设定很有意思的一个地方是，看似有限的生存时间却足以让人类社会做出许多改变，一些平时普通百姓根本不在意的东西（比如某些科技）会凸显，一些生产形式（比如说银行系统）可能会崩溃，一些生活方式（比如说休闲娱乐）可能会在很大程度上得以改变……甚至地缘、宗教、民族、疆域、国家等概念也很可能在人的头脑中渐次更迭，成为历史的印记。

我们很少想到关于地球安全的问题，危机意识尚且停留在国与国、民族与民族、宗教与宗教之间的冲突上，停留在地震、海啸、火山喷发的自然灾难里。其实，纵使地球算得上是安全舒适的栖居星球，人类在宇宙中的生存条件也是极其脆弱的。我们假设天体的运行恒定如常，太阳的燃烧绵远无极，但哪怕一个小行星的光临，也足以摧毁人类得以自傲的全部文明。而我们对宇宙的全部知识，大部分却仅限于太阳系，甚至可以说仅限于地表上下三百八十公里的范围——这还是很乐观的估计。

从宇宙的尺度来看，人类文明尚处在原始阶段。这不是基于跟某个未知外星文明的对比，而是基于人类与其他地球生物之间差别的判断。事实上，人类发展至今，在生物性上与其他物种的差别并不明显，而人类依据自身经验构建和发展起来的知识体系还不足以对宏观宇宙和微观世界进行完美无瑕的阐释。人类文明的一切科技力量，在自然伟力或外星文明（如果这个文明能够进行星际穿越来到地球的话）面前都显得微不足道，这也意味着若无重大科技跃升，人类依然只是太空汪洋中一片绿叶上的蝼蚁，随时面临着被覆灭的命运。

人类地球的防御体系，除了天然的大气层和地磁场外，几乎没有任何手段能对外来威胁进行预警和抵抗。在科幻电影里，但凡我们见到的外星文明，都已经穿越星际来到城市上空了，这就像人家已经把刀架在了脖子上，出现这种情况时，人类文明的抵抗力基本为零。

人类要建立太空预警体系，监测范围起码应在火星轨道以外，甚至要到土星乃至天王星，这样才能勉强监控进入太阳系的小天体或其他异物，为提前部署争取一些时间。而就人类目前的能力而言，在技术方面并没有太大问题，不过这样的预警系统耗资必然巨大，实施难度不小。

对于外星文明的善恶，我基本上是抱着悲观态度来揣度的——无论外星文明是善是恶，当他们来到地球，人类都会处于不利位置。即使他们是善意的，在其眼里人类也很可能是恶的。首先，他们很可能认为人类只是比其他地球生物稍微聪明点的物种，人类的文明景观大概也是仅比蜜蜂蜂巢、蚂蚁蚁穴或者水獭筑坝高级一些而已；其次，人类居于地球生物链顶端位置，在行为上具有一以贯之的人类中心主义思想，对空间和资源的支配利用体现了明显的不公和非正义；再者，人类群落间延绵不绝的战争表现出了极大破坏力，同时也放大了人类的攻击性和危害性；最后，在人类思想里还以各种宗教、政治、地缘、民族情感的执念画地为牢，种族差别和文化偏见的危险性远大于其他生物单纯的领地或食物争夺。

外星文明的道德体系很可能与人类迥然相异，所以人类很难以自身道德标准去衡量其行为。即使在地球范围内，生物的道德体系（行为规范）也千差万别。比如说蜘蛛，其繁衍是靠幼虫吞食母亲和其他兄弟姐妹的肉体来获得生存权的。在蜘蛛的世界里，这种行为是合乎道德的。为了繁衍，蜘蛛母亲需要主动提供肉身做食物，而且要求更强壮的孩子吞食同胞，这样才能度过食物短缺的冬季。还有许多其他古怪的物种，有吞食配偶的，有吞食孩子的，不一而足。生物等级差异越大，行为模式差异越大，适用于不同物种的行为规范差异也越大。

道德体系只是建立在群落共识基础上的产物。即便在人类社会，不同群落社区构筑的道德观也大相径庭。比如说，食人部落对于杀食俘虏习以为常，因为在其道德观里，这种行为不但没有失范，反而恰恰是受到鼓励的，在某些部落里这是表现勇气和忠诚的一种方式。但对其他人来说，这就是一种严重缺乏道德的行为。虽然现在人类道德体系正在不断趋同，但依然存在迥异的道德标准，这在当今各种人类次文明的冲突中是显而易见的。

《后土记》里的外星文明MACU，是一个致力于自我改造的古老物种。在一万年前，他们一直生活在一颗离恒星较近的行星上。由于特殊的生存环境，在数百万年的文明史中他们成为行星上唯一的物种，通过不断主动进化寻求生存，具备非常特殊的生物形态和属性，又发展出独特的社会组织形式和生产方式。早在几万年前，他们已经知晓其恒星即将发生超新星爆炸，因而一直在寻找可以徙居的星球。在确定以地球为目的地后，他们做了两万年的战略准备，为太空迁徙彻底改造了自己的身体，并进行了长达一万年的星际穿越。

为了生存，人类可以做到什么？人类并不缺乏勇气和信念，总体上也具有足够团结和坚韧的精神。问题的关键在于，在对抗文明覆灭的方法上，我们能在多大程度上形成一致意见？

远见是人类最缺乏的东西。作为人类命运共同体的代表，政治精英和科技精英将是组织人类力量进行文明拯救的核心，但他们要达成完全一致的意见也是非常难的。一个最简单的例子就是全球气候变暖。科学家们对人类生活方式是否导致全球气候变暖尚且存在分歧，政客们更基于地缘、经济等因素的考量而互相角力博弈。可以说，即使是世界气候大会上最激烈的辩论，也无法直抵普通人的内心，进而改变他们的行为习惯和生活方式。

如果地球的命运像MACU的行星一样，将在三万年后毁灭，人类为了生存又会做些什么？回溯历史，我们发现有文字记载的人类史仅仅只有五千年！三万年，相当于六个人类文明史的时间跨度！

想想看，在这五千年短暂的人类历史里究竟发生了什么？

五千年前，人类第一次记载了船帆座一颗超新星的爆发。那颗超新星遮蔽了太阳和月亮的光辉，在幼发拉底河面上映出一条长长光带，耀眼的光芒持续了很久才逐渐暗淡。苏美尔人用地球上最古老的楔形文字在湿泥板上写下了"星"和"神"——他们以敬畏和膜拜的姿势记录了那次天文事件。

五千年后，在LIGO（激光干涉引力波天文台）的纯二氧化硅反射镜里，一粒不断穿梭的光子感受到了两个黑洞合并时所产生的引力波。当这些时空涟漪来到地球时，已经衰减到只有氢原子一百亿分之一大小的振幅，但却足以改变光子的飞行姿态，让人类第一次观测到来自数十亿光年外的时空扰动。

五千年在宇宙维度上是极其短暂的瞬间，但人类已经用自己的方式向宇宙深处投去了好奇的一瞥。遮蔽视线的巨幕已悄然揭开，我们却还没有准备好来自外太空的挑战。《后土记》里的人类文明，被外星人以出其不意的方式毁灭，我们尚不知异星种族来自何方、为何而来，就已经进入了低智时代。对人类文明的毁灭性打击是以一种人道的方式进行的，但在生物意义上讲，地球人类已经难以称之为人了。

但短短三年的拯救期也足以催生出一个后土文明来，在随后一千多年的进化史中，后土人虽然不一定会以地球作为自己的圣星，但也有足够好奇心去了解祖先人类的历史，并以十字军东征般的情结返回已成异世界的地球。在《后土记》第二部里，我期望能有机会对外星人的地球殖民和后土文明反攻做出详尽描述。尽管许多场景已在头脑里盘桓了一些时日，但囿于时间和精力，仍迟迟没有下笔。

我想，如果我能完成它，那也一定是因为有幸能与读者同行。

我至今记得2016年我写作《后土记》时的情景。那时我在芝加哥艺术学院学习电影制作，每天早晨要穿过一条长长的街道。街道远方有一座教堂，清晨的太阳正好从教堂后方升起，阳光照在教堂金黄的尖顶上，变成一片橘黄的暖色。那种柔软的光芒勾勒出的空旷的城市天际线，会透出一股喧嚣般的苍凉来。我走在路上，时不时想起《后土记》里的情节，不禁眼眶湿润——让整个人类文明毁灭，是一种残酷的行为。但科学幻想本身的意义，何尝不是以震撼般的毁灭，去激起一些思想的涟漪，让光明变得更加珍贵呢？

若《后土记》能给大家带来一些共鸣，那应是我最幸运的事了。

2018年2月于北京